La libertina

FLORENCIA CANALE

La libertina

MADAME PÉRICHON, UNA ESPÍA EN EL RÍO DE LA PLATA

Canale, Florencia
La libertina / Florencia Canale. - 3a ed. - Ciudad Autónoma de Buenos Aires : Planeta, 2021.
432 p. ; 23 x 15 cm.

ISBN 978-950-49-7160-3

1. Narrativa Argentina. 2. Novelas Históricas I. Título
CDD A863

Publicado bajo el sello Planeta®
Av. Independencia 1682, C1100ABQ, C.A.B.A.
www.editorialplaneta.com.ar

Diseño de cubierta: Departamento de Arte de Grupo Editorial Planeta S.A.I.C.

3ª edición: enero de 2021
2.500 ejemplares

ISBN 978-950-49-7160-3

Impreso en Latingráfica,
Rocamora 4161, Ciudad Autónoma de Buenos Aires,
en el mes de enero de 2021

Hecho el depósito que prevé la ley 11.723
Impreso en la Argentina

«¿Y cómo podríamos conocernos a nosotras mismas si nunca nos pusimos a prueba?»

Lady Cavendish

PRELUDIO EN ALTAMAR

«La furia es mi motor, la pasión mi faro. La curiosidad, mi continente... Solo así me es posible soportar este viaje interminable, largo como cola de estrella fugaz... Rumiar en silencio, escondida detrás de esta, mi soledad impertinente y multitudinaria...»

Anita se quitó un rulo desobediente de la cara y tomó aire como si fuera la última vez.

—Abrígate, hija querida. Cúbrete, por favor, que la helada en altamar trae enfermedad —la instó su madre, aunque sabía que el consejo se hundía en saco roto.

Étienne Armand Périchon de Vandeuil, su mujer Jeanne Madeleine Abeille y sus hijos Jean Baptiste, Étienne Marie, Eugène, Louis y Marie Anne, junto a sus pequeños nietos Tomás y Adolfo, navegaban los mares rumbo al sur, a esa América tan desconocida pero auspiciosa. El rico comerciante francés buscaba otros rumbos; la aventura era su ley pero, sobre todo, lo acicateaba el deseo de engrosar sus caudales, que ya viajaban bien gruesos desde el puerto de partida.

Quien no apoyaba la moción itinerante era la menor de los Périchon, esposa del irlandés Thomas O'Gorman. Este último no había sido de la partida pero había prometido seguir de cerca a la fragata de su suegro, la *María Eugenia.*

«La noche será mi fiel compañera, su páramo me asistirá hasta que arribe mi verdadero acompañante... ¿Habré hecho bien en casarme con el isleño de aire intrépido pero abrazo dudoso? Ay, mi querido Tom, ¿nos hemos equivocado con el sí fácil, el sí apurado, urgente como todo lo que preciso, este hambre constante, esta voracidad que insiste, que nada apacigua, que nunca se calma, que agrega ansia al ansia, que jamás se sacia? Protegido de mi padre, has sido el elegido de los Périchon, con negocios aunados pero sin afán de negociar el corazón que me late, que no puede estar solo, que no encuentra paz cuando se siente abandonado, que busca guerra cuando lo provocan, que halla contendiente a la velocidad de la marea... Dicen que soy demasiado joven y aún más intrépida... Digna hija de mi padre, entonces, siempre listos para la aventura, así que no intenten avasallar mi latido, mi búsqueda constante... No me dejes, mi Thomas, mi irlandés que grita, que vocifera con vahos pestilentes de alcohol... Pues yo no necesito de licores para aullar por dentro, que esta francesa sueña vidas y mundos, combates y sudores, amores y odios hasta las últimas consecuencias... Placer hasta el final, abismo galo, quien se cruce en mi camino jamás podrá olvidarme, para bien o para mal... Gozar, disfrutar del riesgo, de este latido perpetuo que me hace tragarme la vida. Conmigo, Tom, que si no ya verás, aunque es mejor que no veas...»

La jovencita apretó la cobija de lana contra su cuello y se apoyó contra la borda de la fragata, con los ojos fijos en la superficie del mar, iluminada por el brillo plateado de la luna llena.

Armand Périchon se acercó por detrás, catalejo en mano. El resto de la familia se había ido a descansar, solo se escuchaban las voces quedas de la tripulación.

—Vamos, niña, a dormir unas horas que la noche es larga —ordenó.

—No tengo sueño, papá.

—No hace falta, se acuesta y listo, la dormidera llegará antes de que se dé cuenta —insistió.

—¿Y qué haces tú en pie? —le preguntó la joven a su padre con una sonrisa zalamera.

—Debo controlar algunas cuestiones antes, pero termino y me voy al camastro —respondió.

—No faltes a la verdad, padre, que somos iguales. Cuando el sol desaparece se nos abren los ojos de par en par.

Périchon largó una carcajada. Su hija tenía razón. El insomnio lo buscaba de tanto en tanto y bien que lo encontraba. Ya se había acostumbrado a no dormir y siempre tenía algo para hacer durante aquellas horas de desvelo.

—Parece que en unos días tendremos tormenta otra vez. Pero estamos preparados —anunció Armand.

—Lo sé, nunca tengo miedo cuando tú andas cerca, papá.

—Bueno, no estaré siempre, *chérie*.

—Claro que sí, tú no me abandonarás nunca.

—Te noto algo crispada…

Giró la cabeza y miró a su padre con los ojos más negros que nunca. No le gustaba mentirle, con él no podía, aunque era una experta en el engaño y la manipulación. Quizás por ser la menor, como un modo de sortear los cuidados excesivos de su familia, desde pequeña había adquirido el artilugio de la farsa y lo había desempeñado a las mil maravillas.

—¿Por qué nos fuimos? ¿Adónde vamos? ¿Por qué no está Thomas con nosotros? —preguntó enajenada y continuó en un susurro—: ¿Para qué me casé?

—Ah, mi Annette querida —Armand besó a su hija en la mejilla y continuó—: Tu marido debía ajustar algunas cosas pero se nos reunirá en cuanto menos lo imagines. Y no te martirices con tantas preguntas. Has hecho muy bien en casarte con O'Gorman, es osado, tiene empuje y podrá darte una buena vida, la que te mereces.

Annette abrazó a Périchon y allí se quedó, respirando contra su pecho. Las palabras de su padre giraban en su cabeza. Quería creerle pero…

PRIMERA PARTE

En el Viejo Mundo

CAPÍTULO
I

Al fin se casaba. Le había llegado la hora. A pesar de sus jóvenes veinticuatro años, ya había empezado a preocuparse. Étienne Armand Périchon de Vandeuil consideraba que estaba en condiciones de establecerse como un caballero de bien, con esposa y familia propia, credenciales más que suficientes para su flamante puesto en la Compañía Francesa de Indias.

Instalado hacía unos meses en Pondichéry, en la costa oriental de India, había conocido a Jeanne Madeleine Abeille, hija de un influyente miembro del Consejo de esa bella localidad colonial frente a la bahía de Bengala, y rápidamente había decidido que se convertiría en su mujer. La cortejó, midió los tiempos tratando de refrenar la impaciencia y por fin pidió su mano. El joven comerciante ya demostraba ser un rey del cálculo. Aprobado con creces por la familia de la novia, llegó el día en cuestión en que se firmó el acta en la parroquia:

> *Hoy, nueve de julio de mil setecientos setenta, yo el infrascripto certifico haber dado la bendición nupcial en la Iglesia Parroquial de Nuestra Señora de los Ángeles, de Pondichéry, al señor Étienne Armand Périchon de Vandeuil, Caballero, empleado de la Compañía, natural de París, parroquia de San Roque, hijo del señor Étienne Guillaume Périchon de Vandeuil, Caballero, Recaudador*

de los Dominios y Bosques de Su Majestad en la Generalidad de Moulins, y de la señora Avoye Constance Armand Montice, su madre, de edad de veinticuatro años, y a la señorita Jeanne Madeleine Abeille, hija del señor Jean Joseph Abeille, Caballero, Consejero en el Consejo Soberano de Pondichéry, de edad de dieciséis años, y después que las amonestaciones han sido publicadas en la Misa mayor de la parroquia, la primera el 1º de julio, la segunda el 5, la tercera el 8 del mismo mes y año arriba mencionados, sin que exista ningún impedimento. Fueron testigos los señores Simon Lagrenée de Meziére, Consejero en el Consejo Superior de Pondichéry y Segundo Jefe de la Plaza, natural de la Isla de Francia; Pierre Duplant de Laval, ex consejero, natural de París, Louis Pierre Tremolliéres, Secretario del Consejo de Pondichéry, natural de París, que han formado conmigo, así también el esposo y la esposa.
Firmado: Fray Sebastian de Nevers, capuchino, Misionero Apostólico, Cura; Jeanne Abeille Périchon de Vandeuil, Lagreneé de Meziére, Duplant de Laval y Tremolliéres...

Los recién casados, junto a la familia de la novia, habían recibido a los invitados en la casa de los Abeille. El Consejero de la colonia francesa en la India de Pondichéry tenía motivos para celebrar. Desposaba a su hija con un ascendente comerciante, joven que prometía, a todas luces, un futuro más que acomodado para su querida Madeleine.

La residencia lucía su mejor vajilla e hilandería, adquiridas y acumuladas gracias a los negocios con la pujante Compañía Francesa de Indias. También el vestido de la entusiasta novia había llegado de París. No habían tenido ni que tocarlo, parecía pintado sobre el cuerpo núbil de la joven Madeleine. La falda de seda celeste caía sobre una infinidad de enaguas y armazón, y sobre la cotilla[*], el peto bordado con hilo dorado y mucho encaje la había convertido en princesa por un día.

—¡Brindemos por la felicidad de *ma petite*[**] Madeleine y Armand! Les auguro una vida pletórica de armonía. —Jean Joseph levantó la copa y todos los presentes lo imitaron.

Las mejillas de la novia se tiñeron de rubor pero eso no impidió que sonriera de oreja a oreja. Se había convertido en *madame* Périchon de Vandeuil en pocos meses y su nuevo estatus la llenaba de alegría.

Algunos invitados veían por primera vez al flamante marido de la hija del Consejero de Pondichéry. Los más lanzados se acercaron a Armand y sin ningún reparo le preguntaron por su ascendencia. A otros no les hizo falta, su vida y obra —algo corta, por cierto— corrían como reguero de pólvora entre murmullos comedidos detrás de oportunos abanicos: la familia del joven empleado de la Compañía de Indias era de París, residían en un *petit hôtel* de la calle Saint Denis. Su tío, señor de Vandeuil, era una de las personalidades más importantes de la ciudad, además de su Primer Regidor, y su padre, un destacado recaudador de una comuna al oeste de París. Preguntaron por la madre pero ¡oh, qué tristeza!, *madame* Vandeuil ya no estaba entre nosotros, pobre Armand, qué suerte que ha encontrado a una muchacha tan buena y encantadora que sabrá cuidar de él y lo acompañará hasta que la muerte los separe, aunque roguemos que el final le llegue a él primero. Los cuchicheos amenizaban el atardecer festivo

[*] Pequeña pieza de ropa interior, torso sin mangas y con ballenas que iba desde el pecho hasta la cintura y potenciaba las curvas de la silueta.

[**] Mi pequeña en francés.

chez[*] Abeille, mientras que los flamantes esposos respondían a las diversas convocatorias, asentían a todo tipo de cuestiones y, cuando lograban algún segundo para ellos, se dedicaban una sonrisa cómplice de una punta a la otra del salón.

Una de las convidadas, *madame* de Bligny, moradora influyente de la colonia francesa, traía noticias frescas de la metrópoli. Dos meses atrás el Delfín, duque de Berry, se había casado con María Antonieta, la Archiduquesa de Austria, en los espléndidos salones del palacio de Versailles. Al oírla, Madeleine quedó prendada con la novedad de esa boda, tan cercana en el tiempo a la suya aunque con realidades tan lejanas. Se acercó a *madame* de Bligny para escuchar mejor todo lo que se cuchicheaba. Se decía que la extranjera tenía catorce años y el futuro rey dieciséis, que sí, es una deliciosa muchacha espléndidamente formada, de exquisito rostro oval, de piel entre el color del lirio y de la rosa, y qué ojos, un amigo me ha confesado que son capaces de hacer caer a un santo, tiene el cuello esbelto propio de una reina y un caminar digno de una diosa. Las objeciones no tardaron en llegar y una voz destemplada, también proveniente de París, señaló que la boca de la Archiduquesa recién llegada a la Corte francesa era bien desagradable, tan pequeña y con ese inmundo labio inferior rebosante de desdén, propio de los Habsburgo. La joven novia de Pondichéry escuchaba con atención y en silencio. Se preguntaba si ella despertaría una sarta semejante de señalamientos y críticas luego de la celebración de su boda. Apenas pestañeaba para no interrumpir.

—A ver, señoras, que yo he estado allí —interrumpió uno de los invitados. —Acompañé a la familia de los Austrias, así que puedo dejar de lado las pleitesías francesas. Solo había

[*] En la casa de…

ojos para María Antonieta, sentada o de pie era la imagen misma de la belleza, y bastó que se moviera para demostrar que también era la gracia en persona.

Las damas reclamaron más detalles de parte del caballero, que no se hizo rogar. Hubo descripción de los fastos, los desfiles, la fiesta monumental y las solemnidades que provocaron estupor y algarabía en la audiencia femenina. El alboroto llegó a su paroxismo cuando oyeron el chisme sobre el gesto del Delfín al salir de la alcoba, luego de la noche de bodas. Con los labios apretados y gesto despectivo, parece que había escupido un «*rien*»*, para seguir su camino hacia vaya uno a saber dónde. Madeleine bajó la mirada con recato, pero no pudo esconder una sonrisa. Esperaba que su marido no tuviera que expresar el mismo descontento. Su madre le había confiado alguna que otra cosa sobre la famosa noche de bodas y la ansiedad ya no le entraba en el cuerpo. No faltaba tanto para que la fiesta se apagara y ella y Étienne se encerraran a solas en la alcoba. Ganas y miedo, eso era lo que sentía.

* * *

Armand se instaló en Pondichéry como un colono más. Se desempeñaba a la perfección en la Compañía y ya se había convertido en padre de una prole numerosa. Año tras año, Madeleine daba a luz a un *petit* Périchon, y la familia ya había sumado cuatro vástagos: Jean Baptiste, Étienne Marie, Eugène y Louis.

Los negocios eran la principal actividad de Périchon. Se ocupaba de ellos de sol a sol y su patrimonio crecía a

* Nada en francés.

ojos vista. Eran tiempos de abundancia de oro y plata en la ciudad costera y, gracias a su mente avispada y su sentido de la oportunidad, había encontrado en la venta de mercancías del Mogol y del Tíbet un mercado tan beneficioso como poco explotado. Tanto había crecido y en tan poco tiempo que pronto la familia se había mudado a una gran casa con atracadero propio y navíos de su propiedad.

Era el alba y el calor empezaba a apretar con ferocidad; se auguraba un mediodía bochornoso. Armand no lograba acostumbrarse a ese clima infernal. Madeleine, en cambio, adoraba la calidez. Apenas despuntó el sol y sin probar bocado, la muchacha bajó a la arena blanca de su casa, cubierta solo con la camisa de dormir. Caminó hasta el agua azul, atravesó el banco de arena y nadó un poco hasta sentir el alivio helado. Dio unas cuantas brazadas y se sumergió como un pez, para luego regresar a la superficie y dejarse flotar de cara al cielo y el sol, ese cielo luminoso, ese sol que abrasaba la piel expuesta a pesar del fresco del agua. Y de repente, allá lejos, vio a Armand que miraba hacia el mar, buscándola.

—¡Ven, Armand! ¡Ven para aquí! Verás qué placer, *chéri* —le gritó Madeleine y sacudió el brazo fuera del agua.

Armand no dudó y corrió hacia la orilla. En un periquete alcanzó a su mujer, se quitó el pantalón y quedó en camisa y calzón. Largó un grito de sobresalto cuando una ola lo empapó por completo.

—¿Has visto qué bonito se está aquí? Deberías acompañarme todas las mañanas, verás cuánto mejor empiezas el día refrescado por el agua del mar —dijo Madeleine mientras se colgaba del cuello de su marido.

—Tienes razón pero no siempre tengo tiempo. Hoy me encuentras de casualidad —respondió Armand y la tomó por la cintura. —Deberíamos salir, la ciudad se despertará y se poblará de esclavos con sus quehaceres.

No quería que la vieran semidesnuda, solo cubierta por la camisa de lino blanca y mojada, que se adhería a sus formas. Su mujer era preciosa y prefería que no provocara a los indios.

—No exageres, querido. Traes costumbres de Europa que aún no te has quitado de encima. Las cosas son distintas por aquí, me he criado entre blancos e indios por igual y no les tengo miedo —refutó Madeleine, adivinando los pensamientos de su marido.

—Pero no son lo mismo, mi amor. Y la desnudez es igual en cualquier parte del mundo —la tomó de las axilas, la levantó y le señaló la tela empapada pegada a sus pechos.

Se tentó y le estampó un beso apasionado en la boca. Ambos rieron y, tras quedar exhaustos, se dejaron flotar de cara al cielo.

—¿Sabes que este lugar es un milagro, no es cierto? —murmuró Madeleine.

—Claro, porque aquí te conocí.

—Zalamero, no hablo de eso. Hablaba del sitio que sufrimos hace algunos años. Era pequeña pero lo recuerdo bien. Nos vimos sumidos en el hambre. Fueron derribados hasta los cimientos de nuestras casas. Algunos fueron devueltos al suelo francés sin pan ni recursos, pero nosotros logramos resistir.

Madeleine recordaba el sitio perpetrado por los ingleses al mando de lord Pigot aquel lejano 15 de enero de 1761. La ciudad había sido bloqueada por todas partes, diezmada por el hambre y obligada a rendirse. La guarnición y la mayoría de sus habitantes habían sido enviados de vuelta a Europa. Recién a la firma del Tratado de 1763, la ciudad costera se había reedificado y poblado de nuevo. Poco a poco se levantó de sus ruinas, reconstruida luego de la destrucción perpetrada por los ingleses.

Armand volvió a apoyar los pies en el fondo arenoso y se peinó la melena hacia atrás. Suspiró con fuerza mientras abandonaba la mirada sobre la costa de Pondichéry. Hacía cuatro años que se había instalado allí y se sentía como en casa. Nada extrañaba de París, como si nunca hubiera vivido allí.

—Tengo algo para contarte, Madeleine —murmuró.

La joven movió la cabeza y su cuerpo inerte se hundió en el agua para emerger poco después. Enfrentó a su marido y puso toda su atención. Armand no era de hacer anuncios y era extraño que le advirtiera con semejante solemnidad que quería confiarle algo.

—Tanta seriedad me inquieta —dijo Madeleine y se quitó, como pudo, el agua que le bañaba los ojos.

—Esta tarde me nombrarán asesor en el Consejo Supremo. Me lo habían consultado días atrás y acepté —disparó Armand.

—¿Pero cómo no me lo habías dicho antes? —lo cuestionó Madeleine. —¡Qué alegría, mi querido!

—¿Me retas y me felicitas? Me haces reír —y le arrojó un chorrito de agua sobre la cara.

—Ahora te tendré conmigo —dijo con picardía. —Estoy segura de que viajarás menos, ¿no es cierto?

—Habías resultado una angurrienta, mujer —bromeó Armand, la tomó de la mano y la arrastró hacia fuera.

Entre risotadas y forcejeos fueron saliendo del mar y alteraron con su rumor el silencio de la mañana. La ciudad empezaba a despertar, los criados y los esclavos comenzaban a poblar las calles de Pondichéry con sus voces y sus mercancías.

Armand llegó primero a la orilla y tiró de Madeleine. Con una palmada en la nalga, la encaminó hacia la casa.

CAPÍTULO
II

Périchon —además de ocupar el cargo público— amplió sus negocios y agregó mercaderías a la compraventa. Enterado del crecimiento del café en la Isla de Borbón*, otra colonia francesa, decidió que era hora de mudar hacia allí a la familia.

A bordo de una de sus embarcaciones, el viaje duró más de la cuenta a raíz de varios temporales que fueron capeados con maestría por el capitán. Aún más bella que Pondichéry, Borbón se asemejaba a un paraíso terrenal. Con una topografía salvaje, interrumpida de tanto en tanto por alguna que otra hacienda, parecía una selva salpicada de construcciones. Los más contentos con el cambio fueron los cuatro niños, quienes se adaptaron de inmediato al nuevo lugar. Sin embargo, la verdadera novedad fue el anuncio del nuevo embarazo de Madeleine, y el posterior nacimiento de la niña, tan esperada por todos. Armand supo de inmediato cómo la llamaría: Marie Anne, en honor a su prima querida, hija

* Emplazada en el océano Índico, al este de la isla de Madagascar, en el siglo XVII fue ocupada por los franceses, pasando a ser administrada desde Port Louis, en Mauricio. La isla no sería oficialmente reclamada por Francia hasta 1642, y por decreto del rey Luis XIII pasó a llamarse con el nombre de la dinastía real. La colonización no comenzaría hasta 1665, cuando la Compañía Francesa de Indias envió a los primeros 20 colonos. En la actualidad se llama Isla La Reunión.

del hermano de su padre, con quien había compartido gran parte de su infancia.

A los pocos meses fue nombrado miembro del Consejo Superior, pero eso no le hizo descuidar sus negocios. Poco podía ocuparse de su mujer y sus ahora cinco hijos, y Madeleine entendía que era un dislate hacer reclamos. Ella estaba para atender a su prole mientras su marido trabajaba, para lo cual contaba con la ayuda de un ejército de esclavos y criadas que estaban a su permanente disposición. Veía poco a su querido Armand pero sabía que no debía demandarle más de lo que él podía. Su marido acopiaba ganancias para que ellos tuvieran una buena vida, y ella sabía cuál era el lugar que le tocaba. Cuidar de la casa era su función, no como esas mujeres desquiciadas que buscan y piden, que aúllan y reclaman, como alguna vez había escuchado que sucedía entre algunas libertinas de Francia, esas afiebradas del Continente a las que todo siempre les sabía a poco. Ella no era así, agradecía a los cielos la llegada de Armand a su vida; desde que tenía memoria, había soñado con casarse y tener hijos, y la plegaria se le había cumplido. A veces —y eso que intentaba aplacar los sentimientos incómodos— se sentía un poco rara, como melancólica, pero hacía todo lo posible por evadirse. Casi siempre se le pasaba pronto, y cuando el malestar persistía, buscaba algún sosiego en el bordado, o en un largo chapuzón, o en la cocina, donde intercambiaba recetas y sabores con la servidumbre. Pero, para qué engañarse, a veces el apretujón en la garganta o el pinchazo en el pecho duraban más de la cuenta.

La vida en la isla era pura diversión para los cinco críos. Parecían animalitos fuera del corral. Seguidos de cerca por alguna nana o por su madre, no eran fáciles de controlar, en especial Annette, la más pequeña, que en cuanto aprendió a caminar desconoció el peligro. Metía mano donde se le antojaba, era capaz de perseguir cualquier alimaña o corretear detrás de la espuma del mar cuando recorrían la orilla, a riesgo de ser llevada por alguna ola traicionera, que para su tamaño parecía un maremoto embravecido. Sin embargo, nunca hubo que experimentar catástrofes con ninguno de los *petits* Périchon. Los cuatro varones trataban a su hermanita como a un cachorro que no conoce el dolor. Annette se caía, la golpeaban —queriendo o sin querer, daba lo mismo— y ella siempre reía como loca. Solamente lloraba cuando la separaban de sus hermanos, o cuando intentaban peinarla o vestirla «como Dios manda», según decía su madre. La pequeña gustaba de corretear descalza pero, sobre todo, tan despojada como había llegado al mundo. Las criadas tenían que perseguirla en manada para acomodarle los rulos castaños desteñidos por el sol o para calzarle algún camisolín que cubriera su piel blanca.

—Esta niña no parece hija mía —bromeaba Armand con un dejo de preocupación. —Que el sol no le tiña el cuerpo, por favor. A ver, Madeleine, que pronto Annette parecerá la hija de un esclavo con la piel marrón.

En cuanto lo veía, la pequeña corría a los brazos de su padre, sin entender demasiado lo que decía. Armand la llenaba de besos y se olvidaba de las órdenes. Esa niña lo perdía.

* * *

Jorge III ocupó el trono de Gran Bretaña e Irlanda desde 1760. Sin embargo, no ostentó ni tranquilidad ni parsimonia durante su reinado. Desde el inicio, su gobierno estuvo marcado por la inestabilidad burocrática que llevó a los whigs* a acusarlo de ser un déspota. Tras idas y vueltas, en 1766 nombró primer ministro al jefe de los whigs, William Pitt el Viejo, que había mostrado sus habilidades como funcionario en anteriores gobiernos, y le dio además el título de *Earl* (conde) de Chatham, elevándolo así de su condición de hombre del común. Sin embargo, en poco tiempo las aguas se encabritaron entre el rey y su primer ministro. Jorge estaba convencido de que sus súbditos coloniales debían pagar los costos de la reciente guerra con Francia, y someterse sin discusión a sus órdenes y las disposiciones del Parlamento inglés. A Pitt no le parecía una política prudente recargar con impuestos a los colonos americanos. Una furia demencial dominó a Jorge III, mientras que lord Chatham, aquejado de gota y de ausencias mentales, se vio obligado a dimitir. Entre trifulcas, los tories** volvieron al poder.

Pero Chatham no era el único enfermo. Jorge III tampoco se encontraba bien de salud. Desde hacía tiempo sufría, primero de tanto en tanto y luego en forma recurrente, de

* Apodo despectivo que recibían los políticos liberales ingleses, ligados a los sectores protestantes disidentes y los intereses comerciales e industriales. El nombre proviene de una expresión gaélica escocesa que significa «cuatrero», y originalmente se refería a los presbiterianos que marcharon sobre Edimburgo en el llamado *Whiggamore Raid*, en 1648. Los whigs dominaron la política inglesa de gran parte del siglo XVIII y en el siglo siguiente dieron origen al Partido Liberal.

** Los partidarios más firmes del poder monárquico, vinculados a la jerarquía de la Iglesia anglicana y los terratenientes, recibieron el apodo de *tory*, expresión despectiva derivada de un término irlandés que significa «asaltante de caminos». Con el tiempo se convirtió en sinónimo de miembro del Partido Conservador, sin esa connotación negativa.

desórdenes nerviosos y después mentales*. Sus asesores no sabían qué hacer, como tampoco su mujer, la reina Carlota, que cuidaba de él permanentemente e intentaba todo tipo de curas sin ningún éxito.

Con el nuevo primer ministro, Frederick North, la situación con las colonias americanas se tornó tirante. Se mostraron cada vez más hostiles a las tentativas británicas de someterlos a nuevos impuestos, como el aplicado al té. En 1773, una muchedumbre furibunda lanzó al mar cerca de 350 cajones de té en el puerto de Boston. Ante este «Motín del Té», lord North reaccionó con la introducción de las Leyes Punitivas a los colonos y el puerto fue cerrado de inmediato. Tres años después, Jorge III había perdido trece de sus valiosas colonias americanas, que el 4 de julio de 1776 declararon su independencia.

El interés de Gran Bretaña por el continente americano databa de años atrás. Y no solo el norte, el sur también les había despertado bastante curiosidad. En 1711 habían comenzado a pergeñar el proyecto de extender sus dominios en el Río de la Plata y, veinticinco años después, «una persona de distinción», como firmaba, publicó «Un proyecto para humillar a España». El enigmático autor proponía que bien valía «enviar a principios de octubre venidero 8 buques de guerra con 5 o 6 transportes, los que muy bien podrán llevar 2500 hombres listos para desembarcar en cualquier momen-

* Se piensa que los males de Jorge III se debían a una enfermedad sanguínea llamada porfiria —generalmente hereditaria, ocasionada por un déficit en las enzimas—, y recientemente los científicos han descubierto altos niveles de arsénico en su pelo, por lo que se podría suponer que el envenenamiento con esa sustancia, entonces incluida con frecuencia en distintas preparaciones cosméticas y medicinales, fue una posible causa de la locura y de sus problemas de salud.

to, para atacar, o más bien para apoderarse de Buenos Aires, situado en el Río de la Plata». La disputa entre Gran Bretaña y España databa de allá lejos y hacía demasiado tiempo; el autor sin nombre así lo reafirmaba: «... tan pronto esté en nuestras manos, recomiendo se fortifique del mejor modo que el país permita, pues allá no hay piedra y los españoles haraganes jamás han fabricado un ladrillo». Alababa la fertilidad de ese territorio, las llanuras más extensas del mundo, cubiertas por ganado de toda clase, que debían verse para dar credibilidad. Y recomendaba ponerles el ojo a aquellas tierras del sur pero también el cuerpo, si fuera posible.

Jorge III entró en cólera al enterarse de la osadía de sus súbditos americanos, declarados rebeldes y a los que se dispuso a imponer el respeto por la fuerza. Seis años duraría esa guerra. Al mismo tiempo, dispuesto a no perder terreno, ordenó avanzar sin cuartel para expandir su imperio también en Asia.

De a poco avasalló toda la península india, especialmente su litoral. Aparecieron las flotas sobre las costas de Malabar, en Surate, y en toda la costa de Coromandel, desde el reino de Tandjaore hasta el Ganges. Sin advertencia alguna, sin declaración de guerra preliminar, los ingleses se lanzaron bruscamente sobre las factorías, tomaron sucesivamente Chandernagor y Karikal, hicieron prisioneros a los jefes de Mazulipatnam, Yanaon y Surate, y se dirigieron hacia Pondichéry.

A los primeros síntomas de hostilidades, su flamante gobernador, *monsieur* Bellecombe, puso manos a la obra. La plaza fue provista de víveres y cinco mil operarios trabajaron día y noche en las fortificaciones. En solo un mes se ahondaron algunos fosos y las murallas fueron puestas en estado de defensa. Por su parte, una escuadra que se hallaba en rada se dispuso para hacer frente al enemigo.

Semejante acontecimiento había alertado a toda la región. Périchon, que navegaba esas aguas tras alguno de sus negocios, se enteró de la situación que vivía su ciudadela querida y no dudó ni un segundo: se pondría a disposición de inmediato.

El 7 de agosto de 1778 avanzó una escuadra inglesa de cinco navíos sobre la costa de Pondichéry. Los franceses respondieron en el acto, logrando ventaja. En esa ocasión, Armand Périchon demostró un valor extraordinario y no se dejó doblegar ante el bombardeo inglés. Sin embargo, quince días después, la fortuna les dio la espalda con el arribo de dos navíos ingleses de refuerzo. La fragata francesa, la *Sartine*, fue tomada por la fuerza inglesa mediante falsas maniobras, de modo que, cuando el comodoro inglés volvió a la carga, los buques franceses no osaron defenderse. Las tinieblas de la noche permitieron que algunas naves se dirigieran hacia la Isla de Borbón; la de Armand, en cambio, atracó allí, y él y sus hombres se dirigieron rumbo a la costa.

Abandonados a su suerte, Bellecombe, Périchon y algunos más persistieron en la defensa. Por fin, luego de dos meses de asedio, en que los ingleses perdieron cerca de cinco mil hombres, con los franceses bloqueados por tierra y por mar y desesperanzados de recibir auxilio, se reconocieron derrotados y el gobernador se rindió por capitulación.

* * *

Annette observaba con fervor lo que sucedía a su alrededor. Su madre había organizado una reunión en la casa para agasajar a los recién llegados a la isla. Hacía unas semanas, algunos comerciantes de distintos puntos de Europa habían desembarcado en Borbón, y Armand, miembro del Consejo

Superior, le había pedido a su mujer que organizara una celebración de bienvenida.

El festejo tenía lugar en la amplia galería y como el sol había empezado a caer, el calor apretaba menos. Sobre las mesas, se ofrecían fuentes y más fuentes desbordantes de frutas de la isla, jarras de agua con limón, café y licor de Chambord, traído especialmente del valle del Loire, en Francia.

Armand disertaba acerca de los ingredientes fastuosos del licor, mientras una ronda de caballeros aprobaba y asentía con la cabeza.

—Prueben, señores, prueben, que esta joya es superior gracias a la pizca de vainilla de Madagascar que hemos encomendado desde aquí —afirmaba Périchon y exponía el líquido rojizo-púrpura ante algún rayo de sol desvaído.

—¿Puedo probar, papá? —preguntó Annette, como siempre lisonjera con su padre.

Madeleine, que estaba lejos pero no demasiado, escuchó a su hija y miró a Armand con el ceño fruncido. Sin embargo, una de las criadas le acercó una copa y la madre no pudo emitir opinión.

—Pero, querida, Marie Anne ya tiene catorce años, es toda una señorita —respondió Armand y le sirvió en la copa a su hija.

La jovencita era la atracción del convite. Con su vestido de lino blanco, el dorado de la piel de sus brazos y de su escote cautivaba a todos por igual. La isla entera, moradores y visitantes, se rendía a sus pies ante su belleza.

—Qué delicia, tiene gusto a frambuesa —dijo Annette y se relamió sin pudor.

Todos rieron ante semejante desenfado, ella también. Los caballeros continuaron con la charla entre ellos y las señoras prefirieron agruparse en un rincón para ocuparse de los temas de su interés. Marie Anne, en cambio, invitó a Julie, la joven esposa de uno de los comerciantes más avezados, recién llegados de París, a que la acompañara. La tomó de la mano y bajaron hacia los confines del jardín. Su madre, que no le perdía pisada, la llamó.

—Annette, querida, no se extravíen demasiado que pronto oscurecerá —le advirtió desde la galería.

—*Maman*, no te preocupes; mira el sol, parece una bola de fuego. Falta mucho para que se haga de noche —le respondió su hija con una sonrisa amorosa, le tiró un beso y tomó de la mano a su nueva amiga para que la siguiera.

Julie fue detrás de Annette, confiada en su guía. Seguía su paso firme a través de un camino angosto, custodiado a cada lado por arbustos y plantas gigantescas. La joven *Madame* suspiraba ante semejante vista; el corazón le galopaba con un dejo de temor pero la inmensidad que se presentaba ante sus ojos le daba ganas de más.

—Este sitio es grandioso, Marie Anne. No sé si estoy soñando o es la pura realidad —destacó Julie mientras miraba de un lado a otro.

—No conozco otra cosa, ¿acaso es tan diferente del resto? —preguntó entre risas.

La maleza empezó a despejarse, al fondo se veía un claro. Annette empezó a apurar el paso sin prestar mucha atención a su amiga. Julie hundía los tacones en la tierra arenosa y se le complicaba avanzar. Annette, como si fuera la dueña de la isla, dominaba el tranco como un animalito. La hojarasca se abrió y de repente apareció una orilla de arena blanca y un mar quieto. Annette lanzó un grito, se quitó las botinetas de un saque, desprendió los botones de su vestido, se lo quitó y en calzón y corsé corrió al agua. Se arrojó sin dudarlo y como un pez se hundió debajo del mar. Julie ahogó un grito con la mano y abrió los ojos como platos.

—¡Ven, Julie! El agua está maravillosa, es la mejor hora para darnos los baños —dijo, y la llamó con la mano mientras daba saltos y se volvía a zambullir.

La francesita negaba con la cabeza y lanzaba risas histéricas. La tentación era inmensa, pero el decoro era superior. Annette peinó toda su melena hacia atrás con las manos y salió del agua. Sin mediar palabra, se acercó a Julie, la giró y le desanudó el lazo, la volvió de frente y le abrió el peto del vestido. En un santiamén le sacó la ropa, las medias y los zapatos, y la arrastró hasta el agua. Forcejearon un poco en broma y en segundos eran dos sirenas zambulléndose en el Índico. Solo se escuchaba el sonido de los cuerpos en el mar, unas risas de tanto en tanto, los jadeos de alivio y la caída de algún fruto maduro, seco, contra el suelo. Aquello era el paraíso.

Corrieron fuera del mar y Julie, con un resoplido, se tumbó sobre la arena seca. Annette pegó un alarido y la incorporó.

—Quítate todo, que el lino empapado sobre la piel tarda más en secar —le ordenó y se desnudó para dar el ejemplo. Julie la miró hacer pero no la imitó. —A ver, que pareces una estatua, ¿eres de piedra? Déjame ayudarte.

Y le sacó lo poco que la cubría. Extendió las prendas sobre la arena para que los últimos rayos las secaran y se acomodó junto a estas. Palmeó a su lado y convidó a su amiga.

—Miremos el mar y verás cómo el sol lo persigue —la invitó y observó la desnudez de su amiga. Julie vigilaba a un lado y al otro, visiblemente incómoda. —No temas, nadie conoce este lugar. Es mío, es mi secreto.

—Tan impúdica y tan joven —se mofó Julie y aflojó el cuerpo.

—Igual de joven que tú.

—Tengo casi diecinueve años, Annette. Y estoy casada. Eso me transforma en una dama —dijo con una sonrisa.

—Eso es apenas poco más que yo.

—Pero mi situación marca la diferencia. —Julie se tendió sobre la arena cálida. Un escalofrío recorrió su cuerpo.

Marie Anne la imitó y se abandonó en un suspiro. Los pensamientos la acorralaron. Recordó los dichos de su madre, repetidos una vez y otra, sobre las gracias con las que la había colmado Dios, que debía dar el ejemplo, y a ella le resonaban las preguntas: ¿a quién?, ¿por qué? Semejante dulzura y docilidad obligarían al mundo todo a la reverencia amorosa, pero las dudas persistían. ¡Ya era suficiente con el corsé, que empezaba a ajustar cada vez más, para encorsetarse también dentro de un mundo de normas!

—Cuéntame de París —dijo mientras se acomodaba de costado.

—Pareces una auténtica cortesana parisina, Annette —dijo Julie y lanzó una carcajada al cielo.

—¿Y por qué me dices eso?

—¿No te ves? Desprejuiciada, liviana, bella por donde se te mire —con un dedo le acarició la mejilla. —De cualquier modo, las cosas no están muy bien en París, mi querida.

—Cuéntame todo acerca de María Antonieta —la melena de Annette empezaba a secársele y el agua salada se escurría sobre sus hombros.

—¿Qué quieres que te cuente? No goza en estos momentos de la aprobación general. A poco de casarme y emprender estos viajes, estábamos con mi prometido en la ópera y allí estaban también María Antonieta y el rey. Pues ese día fue abucheada sin miramientos. La noté angustiada y muy afectada, y no es para menos.

Desde la asunción al trono de la pareja real, todo alrededor del rey había ido de mal en peor y la imagen de la reina había caído estrepitosamente. Empezaban a llamarla «*Madame* Déficit» y la señalaban como la responsable de unos gastos inusitados, mientras el pueblo pasaba enormes necesidades. La fiesta constante que se vivía en Versailles enfurecía a quienes no participaban de ella. Marie Anne escuchaba pero nada de todo eso era de su interés. Quería saber cómo era la vida en palacio, qué comían, cómo eran los vestidos de la reina; todo el resto bien podían silenciarlo, eran cuestiones políticas que poco le importaban, cosas de hombres.

—Cuéntame la parte linda, lo otro no me interesa —señaló y le clavó la mirada con intensidad.

—La visten todas las mañanas, un séquito interminable le hace la *toilette* matinal y le van eligiendo prenda por prenda —dijo Julie con brillo en los ojos.

—¡Pero qué suplicio!

—¿Y sabes que durante un largo tiempo el rey no la hizo su esposa?

—Oh, ¿y por qué? —preguntó Annette con ansiedad. El tema de los recién casados comenzaba a desvelarla y su madre no decía ni una palabra al respecto.

—Parece que tardaron demasiado en visitarse —Julie rio con sorna.

—*Maman* siempre dice que todo depende de la esposa, si pone voluntad, es dulce y divertida, el matrimonio irá de maravillas —sentenció la jovencita. —¿Es así?

—Me haces reír, Annette. Es un poco más complejo que eso, pero ya deberías pensar en encontrar un prometido para ti así lo compruebas.

—Creo que en eso anda *maman*, pero donde ella pone el ojo a mí me resulta desesperante. Unos decrépitos llenos de doblones pero faltos de todo vigor —dijo, y frunció la nariz con asco.

—¡Qué dices, niña! Cuantos más doblones, mejor. Y a callarse con el resto. Hay que ser viva, mi querida.

De un salto, Marie Anne se incorporó y sacudió los restos de arena que tenía sobre su cuerpo desnudo e instó a su amiga a que hiciera lo mismo. Quedaba una pequeña lengua naranja sobre el horizonte y debían regresar antes de que anocheciera. Con movimientos lentos volvieron a vestirse y emprendieron la vuelta. Los pájaros comenzaron a piar a los gritos, la maleza parecía cerrarse a medida que avanzaba la oscuridad.

CAPÍTULO III

El invierno de 1789 en París fue gélido. Pero frío en serio era lo que sentían los pobres, quienes además de padecer las inclemencias del tiempo debieron recibir la estocada del aumento desorbitado en el precio del pan. Alimento fundamental de las clases más necesitadas, con aquella escalada se les hacía casi imposible saciar el hambre. La furia contra el régimen ya no se originaba en la burguesía, también el pueblo hambriento comenzaba a expresar su desazón. La proliferación de motines en todos los rincones del país pronto se hizo ver.

Luis XVI empezaba a desesperar, quería encontrar alguna solución para calmar la efervescencia popular. No encontró mejor idea que convocar a los Estados Generales por única vez. Para responder a la presión ejercida por las masas, el rey aceptó que se duplicara el número de diputados, creyendo que dándoles mayor poder salvarían a la monarquía.

María Antonieta, mientras tanto, se desvelaba por el Delfín, su hijo mayor, que desde muy pequeño tenía una salud frágil. Verborrágica y desesperada, confiaba sus temores a sus cortesanas y las taladraba noche y día.

—Sufro por mi hijo mayor. Si bien siempre ha sido débil y delicado, no esperaba la crisis que atraviesa. Su cintura se ha alterado, con una cadera más alta que la otra, y también la espalda, cuyas vértebras se encuentran desplazadas y salientes.

Desde hace un tiempo, tiene fiebre todos los días, está muy delgado y debilitado —lloriqueaba sin cesar.

Lo único que parecía interesarle era su hijo, que iba de mal en peor. Entretanto, las calles de París rebosaban de panfletos que difamaban a los reyes: él, un beodo impotente; ella, una depravada sexual.

En la mañana del 4 de mayo, Luis XVI y su esposa se preparaban para la ceremonia inaugural de los Estados Generales, en Versailles. Antes, los reyes debían participar de la solemne misa en la Iglesia de Saint Louis. Presta, María Antonieta hizo llamar a su peluquero Léonard para que la arreglara. Cuando el hombre arribó, la reina no disimuló la tristeza que la embargaba.

—Ven, péiname, Léonard, debo salir a exhibirme cual actriz ante un público que lo más probable es que me abuchee —le ordenó y acarició el vestido salpicado en hojas de plata que lucía.

Intuyó bien. Al asomarse, la reina fue recibida con un silencio de miedo. A partir de ese momento, ya nada sería igual para los reyes de Francia. El ministro de Finanzas, Jacques Necker, fue destituido y enviado al exilio. Eligieron un sustituto pero nada lograba calmar al pueblo. El 14 de julio de 1789, las calles de París se habían transformado en un pandemónium.

—¡A las armas! —gritaba el pueblo, enceguecido de odio.

Más de veinte mil hombres, con su escarapela tricolor en la solapa, marcharon rumbo a la Bastilla. Furibundos, la tomaron por asalto y se pasearon con la cabeza del alcalde de la prisión insertada en una pica.

El 5 de octubre por la tarde, la reina caminaba plácidamente hacia el Trianon. Conversaba con unos y otros, como si nada hubiera ocurrido durante aquellos meses. Tranquila, confiando en que aún quedaban los leales que defenderían el trono junto a ellos, se sentó a descansar a la vera del riachuelo que recorría un rincón de Versailles. Arrancó unos tréboles, jugó con las hojas, sin pensar en nada. Un paje corrió hacia ella y le entregó una carta en mano. La falta de aire le jugó una mala pasada; le anunciaban que la Asamblea había perdido el poder, que la ciudad estaba sumida en el caos y que, armado hasta los dientes, el pueblo marchaba hacia el palacio. La blancura de su rostro perdió brillo. Asustada, abandonó en el acto el jardín del Trianon. La consternación se había apoderado del palacio y, cerca de la medianoche, arribaron veinte mil hombres de la Guardia Nacional para custodiar a los monarcas y a su prole.

Pasada la madrugada, un griterío bestial despertó a los moradores de Versailles. Una multitud enajenada había saltado la verja y cual ola fuera de sí corría hacia las ventanas de la alcoba de María Antonieta. Los libelos habían encendido a la opinión pública al propagar la información de que «iba a faltar el pan porque la reina lo estaba acaparando para matar de hambre a París».

—¡Muerte a la austríaca!

—¡Maldita ramera, puta del demonio!

Hombres y mujeres aullaban por igual. La turba invadió el palacio en busca de la reina. Pero María Antonieta había huido a través de unos pasadizos hacia la alcoba del rey.

A las doce del mediodía, Luis XVI y su familia subieron a una carroza, y con un cortejo real de más de dos mil carruajes desbordantes de ministros, diputados y nobles damas, abandonaron Versailles rumbo a París, a las Tullerías, el palacio que había sido abandonado entre olor a moho, cristales rotos y salones desnudos.

* * *

Jean Baptiste, Étienne, Eugène y Louis, dos a cada lado, remaban el bote de su padre. Annette les había pedido que le permitieran acompañarlos y ellos habían accedido. Era imposible negarle nada a la menor y única mujer de la familia Périchon. Los cuatro hermanos ni siquiera soñaban con contradecir a su hermana.

Los varones trabajaban con su padre pero, cuando podían escapar de sus obligaciones —o cuando Périchon se hacía el distraído, aunque sabía de memoria las intenciones de sus hijos—, se dirigían hacia el atracadero.

—Cuidado, Annette, no te asomes demasiado que te vas a empapar —la previno Jean.

Nada le gustaba más a la jovencita que arriesgar al límite. Sentada en la proa, avanzaba con el cuerpo bastante más de lo aconsejable. El oleaje era imperceptible, el bote navegaba sin sobresaltos al ritmo parejo de los remos que entraban y salían del agua. Cruzaron la rompiente y cuando encontraron el sitio donde el mar se aquietaba hasta parecer una laguna, se detuvieron. En unos segundos, Louis y Eugène se quitaron los pantalones y las camisas y se zambulleron en el agua azul como el cielo. Los mayores se acodaron contra el borde del bote y permanecieron descansando de cara al sol. La conversación entre ellos sumaba intensidad. El tema recurrente era la situación de Francia: la muerte del conde de Mirabeau había sido una catástrofe para el rey, el hombre había sido el único aliado que les había quedado contra la Revolución y los dejaba solos y desamparados; se decía que sus últimas palabras habían manifestado el duelo que se llevaba en su corazón por una monarquía cuyos despojos serían presa de los rebeldes. Por lo que los hermanos sabían, ya ni siquiera en las Tullerías podían encontrar paz; alguien les había contado que hacía un tiempo habían sido hostigados en el patio por una turba gritona y avasallante durante dos horas, que les había impedido salir de las carrozas reales; habían decidido emigrar de una forma o de otra, y pedían ayuda al rey de España, tropas a Austria, dinero a los suizos y holandeses, pero todos miraban para otro lado y nadie ayudaba.

—Pobre gente, no le veo una salida, aunque el resto de las naciones deberían colaborar para que no se arme una guerra.

—Todo parecería confirmar que se vienen tiempos de terror en Francia. Gracias al cielo que estamos lejos, desde aquí oramos para que la paz se restablezca.

—No entiendo nada de lo que están diciendo —interrumpió Annette.

—Pero si es de una simpleza monumental, niña. La monarquía corre peligro, Marie Anne. Tu reina está desesperada —dijo Étienne con sorna.

—Pobre *papan*, no me gusta que se preocupe. —Como siempre, lo único que la perturbaba era el estado de ánimo de su padre.

—Nuestro padre está bastante ocupado con los negocios. Por algo renunció al Consejo Superior, no puede perder tiempo en la política, tiene transacciones más importantes que atender —intentó tranquilizarla Jean Baptiste y se quitó la camisa, muerto de calor. Como seguía transpirando, se desabotonó el pantalón y se lo sacó, y acto seguido se zambulló.

Los tres hermanos parecían peces en el agua, mientras Annette y Louis, a bordo, perdían la mirada entre el azul del mar y el bullicio de los bañistas. Al rato, Jean Baptiste, Étienne y Eugène regresaron al bote y emprendieron la vuelta. Annette tenía calor, el chapuzón de sus hermanos la había tentado pero a ella no se le tenía permitido bañarse con varones en las inmediaciones. Ella se bañaba cuando le venía en gana pero sus hermanos no lo hubieran aceptado de buen grado, o peor aun, irían con el cuento a su madre y ahí se las vería negras. Rebelde y voluntariosa, intentaban enderezarla cada vez que resultaba necesario. Pero Annette siempre encontraba la forma de evadir reprimendas o límites procurando el amparo de su padre, quien al fin y al cabo le permitía casi todo. «Ya estás demasiado grande como para andar de cuerpito gentil, quince años es suficiente», la reprimía Madeleine, «es demasiado cuerpo de mujer para andar insinuando, *mademoiselle*; habrá que encontrarte el caballero justo, el señor digno, bueno de toda bondad, de linaje aceptable y bolsillos desbordantes, que el apareo no es con cualquiera, y mucho menos sin compromiso firmado».

De pronto Annette se soltó el vestido de algodón, se deslizó hasta el casco y quedó en calzón y corsé flojo, y en el mismo instante se arrojó al agua.

—¿Pero qué haces, ridícula? —la increpó su hermano mayor.

—Bastante bien me he portado, *mon cher* Jean. Ustedes sigan hasta el atracadero que yo iré nadando, queda poco y soy experta en ese terreno —le respondió Annette con una sonrisa y suspiros de placer.

Era inútil porfiar con Marie Anne, era imposible ganarle una discusión. Con pocas ganas de pelea, los varones hundieron los remos en el agua y siguieron con lo suyo.

—¡Dejen mi vestido en la barca, así no vuelvo semidesnuda a casa! —les gritó y lanzó una carcajada.

Le gustaba provocar a sus hermanos, como una venganza en broma de tanto zangoloteo infantil. Sumergió la cabeza en el agua y el deleite fue instantáneo. El frescor le trajo calma, y a una brazada siguió otra, y otra más. Cuando llegó hasta el sitio en el que hacía pie, se apoyó sobre el agua de cara al cielo, como si descansara sobre una almohada. Disfrutaba de la frescura en el pelo que bailaba una danza lenta debajo del agua. En eso estaba cuando escuchó un sonido gutural, lento, como chicotazo en el mar, brazada metálica, resonancia de burbuja. Desarmó la postura y levantó la vista. A varias varas de ella nadaba Saeb, uno de los esclavos de su padre. La había visto, pero hasta que ella no lo saludó con la mano, no le dirigió la mirada. Annette lo llamó y Saeb nadó hacia donde estaba la joven.

—¿No me habías visto, Saeb?

—No, *mademoiselle*. Estaba buscando unas cuerdas de una de las embarcaciones de su padre —le mintió.

—Ven, acércate —y no esperó a que el muchacho acatara su orden, dio unas brazadas y llegó a él.

Se conocían desde pequeños; ella, la hija del amo; él, uno de los aguerridos esclavos de su padre, joven y fuerte, siempre dispuesto a cumplir con su deber y más. Annette clavó la mirada sin vergüenza en esa piel cetrina sin ropas que la cubrieran, en los ojos negros de mirar sin dudas, en los hombros fornidos y húmedos de agua salada, desbordantes de vigor y énfasis.

—Estoy cansada, nadé demasiado, permíteme —murmuró, lo tomó por los hombros y abandonó su cuerpo sobre el de él.

Saeb intentó objetar lo que su amita hacía pero ella solo chistó. Con un suave envión se apretó contra la piel del esclavo, cubierta por un taparrabos de lino. Annette sintió un remolino en las entrañas, le faltó el aire y un aguijonazo en la panza la obligó a ceñirse a Saeb. Acercó su cara a la de él, rozó su boca y lo besó. Se besaron con vehemencia, las manos de la joven bajaron por la espalda fuerte del mozo y siguieron por debajo del taparrabos. Saeb intentó un susurro de protesta pero también hurgó entre las telas femeninas. Sabía que no debía, que jugaba con fuego, que el peligro era inminente, pero el impulso era más fuerte que él. La muchachita jadeaba y se adhería al cuerpo poderoso del joven. Sin saber cómo, la presencia de sus hermanos invadió su mente y recordó que la esperaban, que debía volver a su casa, que su padre la aguardaba, que su madre la reprendería si tan solo imaginaba dónde andaba.

—Debo irme, Saeb —sonrió, le lamió la sal de la cara y se sumergió. Sin darse vuelta ni una sola vez, nadó hasta la orilla.

Saeb se quedó allí, mirándola mientras se iba. Se peinó el pelo renegrido, esperó a que la agitación mermara un poco y el ansia animal lo abandonara. Largó una carcajada y siguió con sus labores.

* * *

—Me han llegado rumores de tu hija —disparó Madeleine.

—Daba por hecho que también es tuya —respondió Périchon sin abandonar lo que hacía.

—¿Puedes levantar la vista y atenderme unos minutos? Estoy muy preocupada, Armand. Nuestra niña da que hablar y, como imaginarás, no me gusta —Madeleine bajó el tono y se sentó en una de las sillas del despacho de su marido.

Périchon trabajaba en los libros de su negocio, hacía las cuentas, controlaba lo que había vendido, registraba cuánta mercadería debía reponer. Había empezado a fantasear con nuevas plazas, con la ampliación de beneficios. Todo lo que había acumulado —que no era poco— ya no le satisfacía. Quería más.

—Bueno, Madeleine, soy todo oídos —abandonó la pluma en el tintero y se cruzó de brazos. —¿Qué te han dicho?

—La verdad, no me han hablado directamente a mí, pero algo me ha contado Kiran, mi criada de alcoba.

Armand esperó que su esposa continuara con el relato. No le gustaban para nada los chismes domésticos, mucho menos si llegaban de boca de la servidumbre. Hubiera abortado el diálogo allí mismo pero veía a su mujer bastante perturbada.

—Marie Anne anda en algo *non sancto* con uno de tus esclavos —disparó rapidito, como si precisara sacárselo de las entrañas.

—¿Con cuál?

—Ah, pero ¿cómo no te indignas tanto como yo? Esto es una vergüenza, querido —gritó Madeleine con una desesperación evidente.

—No nos apresuremos que, por lo que me dices, es solo un rumor —señaló Armand, tratando de calmar a su esposa.

—Por favor, no nos subestimes, que por causa de rumores más pequeños que este se han engendrado guerras —dijo *madame* como si supiera y continuó. —El joven en cuestión es Saeb, y tu hija y él tienen encuentros furtivos que parecen ser la comidilla de la isla.

El hombre suspiró con algo de hartazgo. Le cansaba enormemente el cotilleo pero, a decir verdad, que su hija protagonizara el escándalo sordo de los alrededores, no le gustaba demasiado.

—¿Podemos confirmar todo esto? Tal vez solo sea algo de chicos, un juego que no llegue a mayores.

—No puedo creer lo que escucho, Armand. Tu hija ya no es una niña, tiene dieciséis años. Y ese esclavo tuyo es un hombre. ¡Y es la servidumbre, por el amor de Dios!

—El más incrédulo en esta casa soy yo, Madeleine. Hasta hace algunos años, eras tú la que nadaba semidesnuda ante el vértigo de los sirvientes; eras tú la que jugueteaba conmigo ante el peligro de ser vista por cualquiera, y ahora te me presentas con una ansiedad enloquecida por un rumor de una chiquilla que te asiste en la alcoba —miró fijo a su esposa, en busca de un reconocimiento en su mirada.

Madeleine se quedó de una pieza. La indignación por los hechos de su hija cambiaba de rumbo y se enfocaba ahora en su marido. ¿Le recriminaba algo? ¿Cuestionaba su forma de ser? ¿Ahora? Tal vez quería decirle otra cosa y ella no estaba al tanto.

—¿Me recriminas alguna cosa, Armand? ¿No he estado a la altura de tus expectativas? He sido lo que he sido porque soy tu esposa, y me he comportado de tal forma con el hombre con el que me he casado. Jamás me he descarriado por ahí, ni antes ni ahora. Tampoco se me ocurriría hacerlo en el futuro —declaró Madeleine con lágrimas en los ojos.

Périchon se levantó y caminó hasta donde estaba su mujer. Se hincó a su lado y la tomó de las manos. No podía verla llorar, sentía un aguijón en el pecho.

—Por favor, Madeleine querida. Nada tengo para decirte, es más, solo puedo agradecerte por todo lo que haces por mí —murmuró mientras trataba de calmar su congoja. —Solo me pregunto si no estarás exagerando con Marie Anne.

—A veces no sé cómo hacer para corregirla, Armand. Es díscola por demás, se rebela demasiado, cree que puede proceder como sus cuatro hermanos y no es así. ¿Será la crianza en esta isla? —Las dudas dominaban a la madre afligida.

—Pero cuántas preguntas, mujer —se rio con ganas el marido. —Tengo entendido que tú te criaste en Pondichéry y mírate, me llevé una alhaja.

Madeleine se ruborizó y le dedicó una sonrisa. Le acarició la mano e intentó mostrar su cara menos desaforada. No quería llenar de preocupaciones a su marido pero la calma era un estado que, con las nuevas de su hija, era difícil de atrapar.

—Deberíamos encontrar un novio para Marie Anne, un hombre de bien pero sobre todo de clase. Alguien que dome a la fierecilla —anunció Madeleine.

—Eso me parece bien, confío en tu criterio para la búsqueda.

Se incorporó y abandonó el despacho de su marido. Ya lo había interrumpido bastante con sus cosas. Fue hasta la puerta, antes buscó una pañoleta para cubrir sus hombros, y salió. Necesitaba caminar un poco, debía pensar. Los incidentes de su hija, fueran ciertos o no, habían logrado perturbarla. No veía por qué debía rechazar los dichos de Kiran. Si el pueblo hablaba, por algo era. Y la personalidad de su hija era avasallante. No entendía a quién salía, era demasiado salvaje.

* * *

Marie Anne, mientras recorría los confines del atracadero de su padre, a la espera de la llegada de los esclavos, farfullaba.

> *Se me escurre la paciencia a la espera de tu presencia, Saeb. ¿Por qué será que debo esconder mis ganas, enterrar mi deseo, claudicar ante el ojo de engendro malicioso que mira mal y masculla peor? Porque aunque no me lo digan en la cara,*

sé bien lo que dicen de mí... No me importa lo que piensen y cuanto más lo hagan, haré más, diré barbaridades, pensaré tempestades, provocaré huracanes. La voluptuosidad de esta mi tierra verde y cielo azul es como la sabia de mis entrañas, que enciende la catarata de mi sangre... Me molesta que me miren, que me observen con disimulo mal actuado, si se les nota la furia ante mi naturaleza... Yo sé que papá me entiende aunque no diga, aunque no sepa, aunque parezca que no...

... Al fin hallé a la persona que no necesita que pida para saber qué debe hacer, que no puede decir y menos objetar. Tu piel, Saeb, que enciende la mía con solo acercarse, que me deja imaginar a mi antojo y cumplir la fantasía constante que asalta mi mente... Esos brazos de agarrar fuerte, que me aprietan a decir basta, que logran que mi cuerpo lance aullidos desde lo más profundo de mi fuego...

Se sentó sobre una roca y esperó que las barcazas avanzaran hacia el amarradero. Se había ubicado algo alejada, no demasiado, así podía dominar el panorama sin ser vista. No tanto, en todo caso. Prefería no hacer alharaca, su madre le había dicho que habían comenzado a buscarle un candidato, sus hermanos la seguían de cerca, más que seguimiento parecía una persecución, y ella no había precisado que le dijeran mucho, entendía de qué se trataba el caldo hirviente.

El griterío anunció la llegada de las dos embarcaciones. Los esclavos saltaron al agua, los bajos de los pantalones se les empaparon aún más, y con esfuerzo arrastraron las barcazas hasta encallarlas en la arena. Se hablaban entre ellos, reían, tomaban las provisiones, las bajaban y volvían a reír mientras colocaban todo lo que podían en los grandes canastos que aguardaban en la orilla. Saeb trabajaba a la par de los demás, una sonrisa limpia y blanca iluminaba su cara.

Marie Anne sintió un nudo en la panza. Se incorporó, alisó la falda y se dirigió hacia donde estaba la muchedumbre.

—Saeb… —le gritó y todos la miraron.

Los esclavos volvieron a la faena, alzaron las canastas y emprendieron la caminata rumbo a los galpones. Saeb quedó un poco rezagado pero los secundó en la marcha. Disgustada ante ese desdén, Marie Anne lo alcanzó.

—Saeb, ¿te has vuelto sordo?

El joven miró a un lado, al otro, se lo notaba incómodo.

—*Maîtresse*[*], es peligroso que nos vean juntos —dijo en un susurro, pero aminoró la marcha para que ella pudiera seguirlo.

—En esta isla, el único peligro llega cuando cae el diluvio —dijo la muchachita con el ceño fruncido.

—El caporal me alertó que me van a desollar si seguimos con lo nuestro.

—¿Lo nuestro? —preguntó Annette, azorada. —¿Y eso qué sería?

Saeb detuvo el paso y le clavó los ojos renegridos. No entendía lo que le decía su amita. Hacía semanas que ella lo buscaba sin pausa, y lo encontraba; hacía días que se escondían del resto —eso creían— y entonces daban rienda suelta a la pasión. Nunca había conocido a una joven tan vehemente, tan enloquecida de ardor. Era imposible decirle que no. Marie Anne Périchon, con solo dieciséis años, ya era una fiera desatada.

—Eso que hicimos a escondidas —respondió Saeb y si-

[*] Ama en francés.

guió su camino como si la joven no existiera. —Y que ya no haremos más. Es peligroso.

—¡Ven, Saeb, no te vayas! Escúchame, tengo algo que decirte —apuró Annette, atónita ante los dichos del esclavo.

Lo tomó de los hombros con fuerza y se le paró frente a frente. Saeb la miró con displicencia, no le gustaba que la hija de su amo pusiera en riesgo sus labores y su sustento, y a esta altura, su propia vida. Incluso había percibido un dejo de desconfianza y amenaza en la mirada de los cuatro hermanos de la chica, quienes antes jamás le habían demostrado resquemor alguno. Marie Anne no toleraba que nada ni nadie la contradijera. Mucho menos un empleado de su padre. Aunque demostrara ser una caprichosa irremediable, no era tonta. Entendía a la perfección lo que sucedía; de ahí a que lo aceptara era otra cosa.

—¿Ya no me quieres, Saeb? —susurró y le pasó un dedo por la mejilla.

—Por favor, *maîtresse*, no me exponga —el joven le tomó la mano sin medir la fuerza.

Marie Anne le respondió con un pequeño forcejeo, acompañado de una mirada de desafiante provocación. Mientras, pensaba y hacía silencio. La exposición no era buena para ninguno de los dos, pero le resultaba inconcebible que un esclavo la rechazara. ¿Cómo se atrevía a empujarla fuera de su vida, de su cuerpo, de su alegría? No le gustaba que le dijera que no, que no se mostrara a sus pies, aunque tampoco le interesaba que la persiguiera como un perrito necesitado.

—Te dejo libre, Saeb. No así mi padre, que es tu dueño —dijo con altivez y lo besó en la mejilla que había acariciado. —Ya preferirás que tu dueña fuera yo.

CAPÍTULO IV

Luis XVI ya no se sentía el dueño de Francia. Los días en las Tullerías eran agobiantes. Ahora él y la reina se veían a sí mismos como prisioneros en palacio. Tras la toma de la Bastilla, muchos nobles habían emigrado rumbo a Inglaterra, otros a Austria y a Prusia, con la intención de armar un ejército y regresar a su país para recuperar el poder perdido. Durante aquellos meses, las relaciones entre el rey y la Asamblea Constituyente habían empeorado dramáticamente. De capa caída y tras la confiscación de los bienes de la Iglesia, el humor del rey iba en picada y prestaba poca atención a las decisiones de la Asamblea. Ponía cara de buenos amigos pero en la intimidad de palacio conspiraba para huir de París y someter a los revolucionarios.

A conciencia, fue armando un plan de salida: se dirigiría a Montmédy, situada a poco más de once leguas de Metz y próxima a la frontera del imperio de los Habsburgo, y allí se reuniría con las tropas del general Bouillé, fieles a la Corona.

Durante algunas semanas, el oficial Fersen preparó todo para que la marcha fuera un éxito. Eligió una berlina espaciosa y confortable, ordenó que la pintaran de verde y amarillo para que se perdiera entre el follaje del camino, e hizo que por dentro la forraran de terciopelo blanco para el confort del rey y su familia. Adentro iría provista de alimentos para varios días, una bodega con los mejores vinos, vajilla de plata y un guardarropa completo. Bouillé hizo saber al rey que deberían extremar las medidas de precaución y alojar en el coche a un hombre armado que conociera a la perfección los caminos. Luis XVI y María Antonieta pusieron el grito en el cielo y rechazaron la idea; en la berlina solo cabían seis personas y de ninguna manera bajarían a la princesa Isabel y a *madame* de Tourzel, la preceptora de los niños.

Tras aplazar la fecha de salida en dos oportunidades, al fin acordaron que la noche del 20 de junio de 1791 sería la indicada. María Antonieta no escuchó los consejos de su ama de alcoba, *madame* Campan, quien le recomendó que no exagerara con el guardarropa, que seguramente encontraría camisas y vestidos en todas partes. La reina hizo oídos sordos, ordenó a su peluquero que le hiciera un peinado duradero para el viaje, pidió que subieran el neceser completo, con calentador para la cama y escudilla de plata a la berlina, además de sus infaltables vestiduras reales y una de sus coronas.

Entrada la medianoche, María Antonieta, ataviada con un discreto vestido de seda gris, una toquilla y un sombrero negro con un amplio velo que le cubría el rostro, despertó a sus hijos, le ordenó a *madame* de Tourzel que vistiera al Delfín con ropa de niña y así, con el único sonido de las faldas al rozar el piso de los interminables pasillos, abandonaron el palacio por una puerta sin vigilancia. Axel de Fersen, luciendo un traje de cochero, los aguardaba en la berlina. A los pocos minutos llegó el rey con peluca y sombrero de lacayo. Con lágrimas en los ojos, la reina se despidió de París.

Durante el trayecto, cerca de la frontera, en Sainte-Menehould, el rey, ajeno a los peligros que acechaban, se asomó por un instante fatal a la portezuela y fue reconocido por el jefe de posta. Al día siguiente, la berlina fue interceptada en Varennes-en-Argonne y la pequeña comitiva real fue detenida.

El regreso a la capital fue aterrador. Los seis fugitivos entraron de vuelta en París bajo un calor sofocante. La berlina avanzaba en medio de una multitud enardecida que no quería perderse el espectáculo patético de los reyes caídos.

—¡Muerte a la austríaca, la bribona!

—¡La puta, muerte a esta perra!

—¡Nos comeremos su corazón y su hígado!

A su alrededor todos gritaban pero María Antonieta parecía ausente. Centenares de hombres y mujeres levantaban sus puños y escupían la berlina a su paso.

Volvieron al palacio y al día siguiente una comisión parlamentaria interrogó a Luis XVI sobre su huida: él les respondió que había sido secuestrado. La Asamblea aceptó la versión y a los pocos meses le entregaron la Constitución. Luis XVI se convertía en un monarca constitucional con poder limitado. María Antonieta acompañó a su esposo durante la convención pero no se sentó en el trono sino en una silla simple con una flor de lis pintada en el respaldo, en un palco privado.

De regreso a las Tullerías, ambos se dirigieron a los aposentos del rey.

—¡Han sido testigos de mi humillación! ¡Venir a Francia para ver esto! —dijo, y abrazó a su esposa mientras ambos rompían en llanto.

* * *

En Inglaterra seguían con inquietud los hechos de Francia, que se agregaban a sus propias preocupaciones. La guerra en las colonias americanas había visto subir y caer sucesivos gobiernos, hasta que la derrota de los británicos en 1783 llevó nuevamente a un Pitt al cargo de primer ministro. Se trataba de sir William Pitt, conocido como Pitt el Joven, hijo del difunto lord Chatham y que a sus escasos veinticuatro años ya era un avezado político. A diferencia de su padre, sus apoyos estaban entre los tories. Pero tanto ellos como sus opositores whigs y muchos súbditos sin opinión formada estaban preocupados, sobre todo, por la salud del monarca. Los ataques de locura de Jorge III ponían en vilo al reino y eran una amenaza latente para su propia vida. A veces, cuando el Parlamento se reunía para dar comienzo a las sesiones de ese año, el rey no estaba en condiciones de dar su discurso inaugural. Los ministros discutían acerca del estado en que se encontraba el soberano y su imposibilidad de ocupar el trono. Hasta se llegó a pensar que el príncipe de Gales, su hijo, tomara el poder en su reemplazo. En 1789 se discutió en la Cámara de los Comunes una Ley de Regencia, por la que se autorizaba al príncipe a actuar como regente. Pero antes de que la Cámara de los Lores la votase, Jorge III se recuperó de su mal gracias al exitoso tratamiento impartido por el doctor Francis Willis. Tras el restablecimiento de su salud, el prestigio del monarca se renovó.

Pero los aires revolucionarios que llegaban desde el continente hicieron mella en territorio inglés. A mediados de julio de 1791, la ciudad de Birmingham se vio envuelta en una serie de disturbios de diversos orígenes; el principal fue liderado por Joseph Priestley y su iglesia, señalados como la disidencia religiosa a la que había que perseguir de cerca.

El diario más importante de la ciudad había anunciado que se celebraría el segundo aniversario de la Toma de la Bastilla en un importante hotel. La invitación, que circulaba profusamente, decía:

Un grupo de caballeros tiene la intención de realizar una cena el día 14 del mes presente para conmemorar el auspicioso día que fue testigo de la emancipación de veintitrés millones de personas del yugo del despotismo y que restauró las bendiciones de un gobierno igualitario a una nación verdaderamente grande e ilustrada, nación con la cual es nuestro interés, como pueblo comercial, y nuestro deber, como amigos de los derechos generales de la humanidad, promover un libre intercambio, que ha de servir a una amistad permanente.
Cualquier amigo de la libertad, dispuesto a unirse a la sobria celebración, tenga la bondad de dejar su nombre en la barra del hotel, donde las entradas pueden adquirirse a cinco chelines cada una, incluyendo una botella de vino; pero no se admitirá a ninguna persona que no lleve su boleto. La cena estará en la mesa a las tres horas de la tarde en punto.

El mismo día, un panfleto ultrarrevolucionario recorrió las calles de la ciudad. Los funcionarios, atentos y preocupados, ofrecieron cien guineas para obtener información sobre la publicación y su autoría, pero fue en vano. Los disidentes, cuestionados por el asunto, se vieron obligados a afirmar su absoluta ignorancia al respecto y rechazar las ideas radicales que proponía el panfleto. Sin embargo, a pocos días de la gala se daba por hecho que habría problemas.

El 14, la ciudad amaneció cubierta de pintadas en las paredes. «Destruyamos a los presbiterianos» y «¡Vivan la Iglesia y el Rey!» leía una ciudadanía sorprendida. Unos noventa simpatizantes de la Revolución Francesa llegaron decididos al festejo en el hotel. El banquete lo encabezaba James Keir, un industrial anglicano, miembro de la Sociedad Lunar. A medida que los invitados iban arribando, eran recibidos por manifestantes apostados en la calle al grito de «¡No al papado!».

El ágape, que transcurrió a puertas cerradas, fue un éxito. Cerca del final, alrededor de las siete de la tarde, cientos de artesanos y trabajadores industriales reunidos en la calle comenzaron a arrojar piedras a los invitados que salían. Arengados, entraron al hotel y comenzaron un saqueo feroz. La turba se trasladó a la capilla del ministro Priestley, la *New Meeting*, y la quemaron hasta dejar solo los cimientos; no conformes con el incendio, siguieron con otras iglesias disidentes, para luego marchar rumbo a la casa del ministro. Justo a tiempo, Priestley y su esposa lograron huir a la casa de unos amigos. Sucios de tierra, temblando de miedo y de agotamiento, encontraron allí algo de serenidad.

William, su hijo, había quedado en la casa junto con otros más, para proteger los bienes de la familia. Había tomado la precaución de apagar todos los fuegos. Los vecinos habían hecho lo mismo pero los sediciosos los superaban en número y finalmente arrasaron con la propiedad hasta los cimientos. La valiosa biblioteca de Priestley, su laboratorio científico y sus manuscritos se perdieron devorados por las llamas.

Londres respondió con una lentitud inaudita. Aunque los disturbios no habían sido ordenados por el primer ministro, sir William Pitt, los disidentes de Birmingham no recibieron ayuda de la capital. Todo parecía indicar que algunos funcionarios locales habían participado, entre las sombras, de la planificación de la gresca.

La discusión pública sobre la Revolución Francesa continuó. Desde un comienzo, muchas personas a ambos lados del Canal de la Mancha pensaban que los franceses continuarían las ideas de la Revolución Gloriosa inglesa, experimentada un siglo antes, y miraban con algarabía la revuelta gala.

Mientras Edmund Burke, miembro de la Cámara de los Comunes, rompía con sus colegas liberales para apoyar a la aristocracia francesa y a la monarquía, había otros que las denigraban. El líder del liberalismo inglés, Charles Fox, gritaba a quien quisiera escucharlo que la Revolución Francesa era «el más importante acontecimiento de la historia mundial y el más feliz». El mismo Pitt se había opuesto a que Inglaterra enfrentara a la Revolución, revelando que «de seguro no hubo nunca en la historia de este país una época en que la situación europea haya permitido esperar, mejor que ahora, unos quince años de paz». El primer ministro especulaba con que las perturbaciones políticas francesas pudieran debilitar su poder.

Aquellos sucesos hicieron que Inglaterra revirtiera su política respecto a Francia, dando comienzo a un largo enfrentamiento que involucró a las grandes potencias de Europa.

* * *

—Madeleine, tengo una gran noticia para darte —dijo Armand mientras cruzaba el umbral de su casa.

Se quitó el sombrero, su esposa estaba allí para recibirlo; luego la casaca y también se la entregó. Madeleine los colgó en el perchero y, con ganas de escuchar aquella nueva, lo siguió a la sala. Sobre la mesita de arrimo al lado de su sillón predilecto descansaba la botella de licor y una copa.

—¿Te sirvo, querido? —preguntó, conociendo la respuesta de antemano.

—Claro que sí. He tenido un día agotador, una copa me sentará muy bien.

Ella también había vivido su propia odisea diaria: había intentado controlar de cerca a su hija sin tan buen resultado. En algún momento del día, Annette había desaparecido como por arte de magia. La jovencita había comido algo frugal aduciendo una indisposición y le había dicho a su madre que se recostaría un rato para ver si calmaba. Madeleine, confiada, le había acomodado el mosquitero y la había ayudado con la muda de ropa. Al verla dormida, se había retirado, procurando que reinara el silencio para que su hija descansara tranquila. A las pocas horas había regresado a los aposentos de la joven para ver si se había recompuesto. Las cobijas estaban hechas un nudo por el piso, las ventanas abiertas de par en par y una agradable brisa aireaba el encierro previo. No había otro rastro que esos de su hija. Se castigó en silencio por lo ilusa que había sido, «me pasa por confiar en la niña, pero qué tonta, a veces tan viva para algunas cosas y otras tan desbordante de ingenuidad, en adelante tendré que encerrar a Marie Anne bajo cuarenta llaves y mil cerrojos, nada ni nadie la detiene», y así rumió casi toda la tarde sin dejar de lado el resto de sus quehaceres, la labor de punto, el control de víveres, la atención de los reclamos —infinitos, interminables, inauditos la mayoría— de la servidumbre, y tantas cosas más que ya había perdido la cuenta. Tanto había disfrutado la maternidad cuando sus querubines eran pequeños que ahora que eran más grandes e independientes sentía que la habían conminado en el infierno. Todo había sido fácil hasta entonces, liviano, incluso con cuatro varones a veces traviesos había podido atravesar esa etapa con altura. Ahora era otro cantar, y a la que no podía ni sabía controlar era a su única hija mujer.

—Hoy se ha presentado un nuevo comerciante en el atracadero. Viene con buenas credenciales, pretende hacer negocios en la isla —comentó Périchon y sorbió con gusto un trago del licor.

—Pero qué interesante, querido. Un habitante nuevo en Borbón... Debe traer noticias de otros sitios —señaló

Madeleine y sorprendió un brillo nuevo en los ojos de su marido. —¿En qué andas tú? No estás como sueles. Vamos, suelta.

—Je. Me parece un gran candidato para nuestra hija.

—No sabes lo que ha sucedido hoy. Se escapó y durante horas nadie supo adónde había ido ni qué hizo, aunque puedo imaginarlo. Mejor mato mi imaginación porque de solo pensar me da un vahído —Madeleine parecía una cotorra, hablaba sin parar. Al rato reparó en lo que le había dicho Étienne. —¿Cómo? ¿Qué dices? ¿Quién?

—El irlandés recién llegado, *chérie.* No me estás escuchando. Thomas O'Gorman, así se llama, y ya lo tengo decidido. Mañana daremos una fiesta de bienvenida, así que estás avisada.

—Ay, querido, me lo dices con tan poco aviso, debo apurarme para que la casa esté en orden y brille para la ocasión —dijo Madeleine y se incorporó de un salto.

—Tranquila, mujer, si esta casa refulge todos los días. Tampoco se precisa tanto —rio el hombre mientras negaba con la cabeza. —Eres una exagerada y perfeccionista, pero ya verás cuánto te gustará el caballero irlandés. Estuvimos conversando largo rato y le conté que tenemos una hija de dieciséis años. Se lo notó interesado. Es comerciante, tiene fortuna y tengo entendido que es de buena familia.

—¿Estás seguro? ¿Cómo averiguaste tanto?

—Somos pocos y nos conocemos mucho —dijo Armand a modo de atajo ante el interrogatorio de su esposa. Quería creer que O'Gorman era de abolengo, algo le había contado el joven y para él era suficiente.

—¿Y le informarás a Marie Anne?

—No hace falta. Se lo diremos mañana, cuando hagamos la presentación —dijo Périchon con firmeza.

—Ojalá que todo salga bien, ya sabes cómo es tu hija de díscola...

—Un poco impertinente, no lo voy a negar, pero a fin de cuentas nos hará caso, *chérie.* Ya verás. Luego tú te encargarás de alabar las condiciones del novio. Tendrás que ponerla a tiro, no me pedirás que de eso me encargue yo...

* * *

La finca de los Périchon lucía a pleno. Lo más granado de la isla estaba allí reunido para celebrar la presencia del recién llegado. Todos querían conocer al irlandés, tenerlo cerca, saber más acerca de sus negocios, pero sobre todo conocer su intimidad.

El salón era una copia fiel de cualquier otro que se preciara entre la burguesía francesa. Madeleine no era exactamente una *salonière* parisina, pero hacía todo lo posible por emularlas. Y la presencia de su hija, ya en edad de merecer, ayudaba a dar realce a la ocasión. Desde el día anterior, Annette y su madre no habían tenido otro pensamiento que la organización al detalle de la reunión en la casa. Ya no eran madre e hija, sino las perfectas anfitrionas del salón. Claro que no disponían de literatos o artistas para animar la fiesta como sucedía en el continente. Sin embargo, el elenco estable, además de alguna luminaria que pusiera su pie por primera vez en Borbón, era más que suficiente.

Los convidados ya ocupaban sus sitios, la sala se encontraba iluminada por numerosos candelabros, desbordante de conversación, risotadas y charlas de negocios para ellos, y de abanicos al viento, murmullos intrigantes y estratagemas secretas para ellas.

—Estás preciosa, hija querida —le dijo Madeleine a

Annette, y la abrazó emocionada. El tiempo había corrido como loco y nada quedaba ya de aquella criatura graciosa que aprendía a caminar a los tumbos.

Marie Anne lucía un vestido de seda verde claro, bordado con encaje en la falda y las mangas; de su cuello pendía una gargantilla de perlas con un dije central de piedra refulgente. El peinado recogido con algunas mechas sueltas lo había adornado ella misma con flores silvestres en rosa y amarillo. Toda ella parecía un camafeo griego.

—Ven conmigo, tu padre y yo queremos presentarte a un caballero muy especial —dijo Madeleine, que resplandecía también con su vestido de tafeta azul índigo y sus aros de zafiro.

La muchachita miró a su madre con desconfianza pero le regaló una sonrisa. El chisme había llegado a sus oídos, ya se imaginaba las intenciones que animaban a sus padres. Se dejó llevar y cruzaron el salón, hacia donde se encontraban Armand y un grupo de señores en plena charla.

—El disparate que he sabido descoloca por completo mi parecer sobre algunas cuestiones políticas de Francia, caballeros —decía uno de los residentes de la isla, mientras el resto escuchaba con atención. —Parece que continúa en vigencia el Cuaderno de Quejas y Reclamaciones entregado en la reunión de los Estados Generales.

—No sé de qué hablas, Jacques —intervino otro y atusó su bigote.

—De esos pedidos absurdos que han hecho unas mujeres sin cara ni firma, reclamando no sé qué cosa para las costureras. —El hombre lanzó una carcajada y revoleó los brazos. —¿Se dan cuenta? Derechos políticos e igualdad con nosotros en el contrato de matrimonio. ¿No es una locura?

Madre e hija ya se encontraban a pocos pasos de la rueda de caballeros y habían escuchado la última intervención. De inmediato Madeleine sintió la alteración física de Marie Anne, presta a meterse en la discusión, y le apretó el brazo obligándola a que callara. La joven le hizo caso pero los colores encendieron sus mejillas. Esas palabras la habían indignado. No conocía en profundidad los sucesos de Francia pero si había algo que Annette no conocía era la prudencia. Todo aquello que se pretendía en una mujer de su clase, la dulzura, la bondad y la paz, entre otros atributos, la joven los rechazaba de plano. ¡Claro que quería la igualdad! ¿O acaso ella era inferior a alguno de los presentes por el simple hecho de ser mujer?

—Señores, ¿quieren algo para beber? —intervino *madame* en un intento de calmar las aguas.

—Cómo no, *chérie.* Los gustos aquí están divididos, así que será complicado recordar qué querrá cada uno. Señores, si desean pasen a la mesa que allí está todo al alcance —respondió Périchon. —Si me disculpan, debo acompañar a mis mujeres, que ellas sí necesitan de mí.

Los señores largaron una carcajada, asintieron y continuaron con la charla. El resquemor ante las novedades francesas y su apoyo incondicional al rey Luis eran los temas recurrentes. Madeleine le comunicó a su marido con la mirada que aún no le había contado a su hija de qué se trataba todo eso.

—A ver, *mon chou chou,* ¿te ha dado tu madre la buena nueva?

Marie Anne se arrojó a los brazos de su padre y le estampó un beso en cada mejilla.

—Algo ha dicho pero no demasiado. Te escucho, papá —y sonrió.

—Hace unos días arribó a la isla un caballero que quiero

que conozcas. Lo hemos sindicado con tu madre como tu futuro esposo —lanzó el padre como bala de cañón.

La jovencita abrió la boca de par de par, impostando un completo desconocimiento. Quiso responder pero no le salieron las palabras. Solo atinó a enrularse uno de los rizos que caía sobre su frente con el dedo mientras miraba fijo a sus padres.

—Es irlandés, comerciante de fortuna y perfecto para sumarlo a nuestros negocios —continuó Périchon, hamacando el torso hacia atrás y adelante. —Nos parece un candidato ideal y además muy apuesto, según apunta tu madre. Es el caballero de la esquina, el que conversa con esas damas que no pierden el tiempo.

Thomas O'Gorman animaba la charla con un grupo de señoras que reían seductoramente, batían el abanico y competían con ahínco por su atención. El guapo irlandés, de melena castaña rojiza y ojos verdes, dejó de atender a su público y miró hacia el trío apostado cerca. Hizo una reverencia y caminó hacia donde estaban los dueños de casa.

—Thomas, perdón por la interrupción pero quería presentarte a mi hija —dijo Armand y tomó a Marie Anne del hombro.

La joven extendió la mano para que se la besara. Eso hizo O'Gorman y ella lo miró de arriba abajo, sin vergüenza ni reparo. Y lo que vio no le pareció nada mal.

—*Mademoiselle* Périchon, es un gusto para mí saludarla —aseguró el caballero sin disimular la conmoción ante la belleza de la jovencita.

Annette asintió con la cabeza y entrecerró los ojos. Así que este sería el hombre con el que sus padres querían que pasara el resto de sus días. Tan solo pensarlo, aceleró su corazón. Pero sabía que sería imposible rechazarlo. Si su padre lo había decidido, su voluntad debía cumplirse. Con su madre todo era más fácil, pero la voluntad férrea de su padre era muy difícil de torcer.

—Buenas noches, míster O'Gorman. El gusto es mío —la joven estiró el cuello y levantó la barbilla con altivez.

—Pero qué bonita pareja hacen, ¿no es cierto, Armand? —preguntó Madeleine en un susurro a su marido, mientras los jóvenes cambiaban unas palabras corteses y se estudiaban con detenimiento.

—Vamos, querida, dejemos que se conozcan, permitámosles un poco de privacidad —dijo Périchon y tomó a su esposa del brazo.

Los jóvenes permanecieron algunos minutos en silencio, como midiéndose. Ambos sabían que, de un modo u otro, sus vidas se unirían. Thomas confirmó lo que había intuido por comentarios de otros: la hija de su futuro socio era un ángel, una aparición. Respiró con alivio al pensar que se despertaría todas las mañanas junto a semejante belleza. Annette, por su parte, soltó la tensión del cuerpo: el irlandés no era un viejo decrépito como había temido. Todo lo contrario. Algo en su mirar la perturbaba. A pesar de la aprobación mutua, sentían una incomodidad imposible de disimular.

—Tal parece que nos quieren casar, Marie Anne. Ya puedo tutearte y decirte por tu nombre, ¿no es así? —dijo Thomas y dio un paso hacia adelante.

—Despacio, mi atrevido Thomas. Respondo que sí a la pregunta —dijo la joven y escondió una sonrisa detrás de su abanico.

O'Gorman entendió en el acto que la mujercita de dieciséis años que tenía enfrente estaba más cerca de las cortesanas de Versailles que de las jóvenes de Clare, su condado natal. Le sorprendió que el halo cortés hubiera atravesado los océanos hasta desembarcar en una de las tantas colonias francesas y personificarse en ese cuerpo grácil y sensual. La idea lo convocó aún más, sería digno contrincante de tan desafiante damisela.

—Pero cuénteme, Thomas. Quiero saberlo todo de usted —Marie Anne demostraba interés pero al mismo tiempo permanecía atenta a todo lo que sucedía en el salón.

—Tampoco hay tanto para conocer, Marie Anne —respondió O'Gorman y apoyó el peso del cuerpo en la otra pierna. —Tengo treinta y un años. Hace un tiempo que surco los mares comprando y vendiendo. Hago negocios, soy comerciante, como tu padre.

—Qué interesante, debe traer muchas historias con usted. Tanta experiencia... Un sinfín de aventuras...

—Algunas, Marie Anne, algunas. Pero podríamos vivir muchas más. Juntos —los ojos de Thomas brillaban cuando extendió la mano para rozar la de Marie Anne, que interceptó el gesto con su abanico.

—Cuidado, mi querido irlandés, demasiado apuro. Y aquí... a la vista de todos... ¿Acaso debo enseñarle modales? —soltó con un dejo de coqueta ironía.

—Le pido disculpas, *mademoiselle*. Me adelanto más de lo que debo, pero es que ya nos veo desposados.

—Me llaman mis hermanos, *chéri*, debo retirarme. Lo espero mañana, una hora antes de que caiga el sol. Venga preparado a pasear conmigo. —Marie Anne cerró de un golpe el abanico y le rozó la mejilla. Giró y desapareció entre la gente.

O'Gorman tomó aire y miró en derredor. La fiesta había seguido su curso, los invitados continuaban con sus bebidas, reían, conversaban y se las ingeniaban para acercarse a quien eligieran. La finca de los Périchon estaba atestada de seguidores de la casa real francesa. Thomas optó por escuchar antes de hablar. Él venía de una tierra donde la monarquía era otra cosa. Aceptó una copa de licor que alguien le ofreció y la bebió de a poco, saboreando. Una de sus tantas especialidades era la venta de bebidas espirituosas, conocía bien esa mercadería y podía apreciarla.

Recorrió la sala con la mirada. Las mujeres hacían gala de sus lujosas vestimentas, los hombres lucían sus pelucas empolvadas y exhibían sus gustos refinados. Mientras los observaba, vino a la mente de O'Gorman la furia que escalaba dentro de la sociedad francesa. «¿Puede haber algo más excéntrico y provocativo que empolvarse la cabeza con la harina que el pueblo necesita para su subsistencia?», pensó. Advirtió que algunos caballeros se habían colocado muy cerca de la mesa de estrado y tosían y manoteaban, como si estuvieran disputando entre ellos, siempre con el ojo alerta hacia el sector de las damas. Algunos se empinaban sobre las puntas de los pies, otros se trenzaban entre ellos, no cesaban los ademanes. Los más osados se amontonaban alrededor de las bien parecidas, las que no tenían esa suerte se levantaban de sus sillas en busca de conversación, los viejos se alejaban del bullicio general y las madres murmuraban.

Pasaron las horas. Thomas iba de grupo en grupo y en cada uno se convertía en el centro de atracción. El irlandés era la novedad, el poseedor de una historia desconocida, repleta de expectativas. Périchon lo presentaba como su futuro yerno y él asentía. Desde lejos, Annette maquinaba planes para lo venidero junto a ese intrigante desconocido.

CAPÍTULO V

Périchon y O'Gorman hacían negocios en el despacho del francés. El dueño de casa desplegaba su autoridad con su libro de cuentas abierto de par en par, al que de tanto en tanto echaba una mirada para cerciorarse de algún dato. Los caballeros conversaban haciendo gala de su condición de comerciantes: extendían sus títulos, hacían números, proyectaban probabilidades, escatimaban ganancias.

—Prueba, mi amigo, esta delicia de los dioses —ofreció Armand y le sirvió una copa al más joven. —Estoy seguro de que te va a gustar mi *guildive*[*]. He hecho grandes sumas con su venta. Juzga por ti mismo.

Thomas acercó la nariz a la bebida e inspiró hasta el fondo de sus pulmones. Luego bebió un sorbo y sonrió con agrado y picardía.

—Pero esto es ron, *monsieur* Périchon —dijo mientras daba otro sorbo. —La bebida de los esclavos.

[*] Durante mucho tiempo, en las colonias francesas e inglesas se fabricó una serie de licores destilados a los que se los llamaba *guildive*, o *tafia* o ron. Las dos primeras denominaciones son inglesas, la última francesa. El *guildive* era el licor fuerte obtenido destilando la caña de azúcar triturada, dejándola fermentar sin mezclarla con cualquier cosa. La *tafia* se hacía destilando los jarabes y espuma creados durante la producción de azúcar, después de haberlos dejado fermentar con la adición de agua purificada.

—Por favor, un poco de sutileza, Thomas. No sabes diferenciar nada. El ron es bien pobretón, esto es otra cosa.

El azúcar y sus derivados se producían, intercambiaban y consumían cada vez más en el continente y las colonias francesas e inglesas. La multiplicación de su consumo había crecido gracias a los bajos precios de los productos.

Desde principios de siglo y debido a la presión de los poderosos productores de coñac —bastante preocupados porque habían perdido el mercado británico durante la Guerra de Sucesión Española*— se había aprobado una ley en Francia que prohibía la producción e importación de alcohol destilado. Mientras el ron inglés se transportaba en buques ingleses —a bordo de pesqueros rumbo a Terranova y en embarcaciones esclavistas rumbo a África Occidental— y la melaza se usaba habitualmente en las cocinas de Inglaterra, las restricciones metropolitanas francesas sobre el ron habían marginado su producción y disminuido su valor, así como el de la melaza francesa. El ron producido en las colonias francesas era la bebida de los esclavos, algo de poco valor para sus productores.

—Quiero ampliar mercados, mi amigo. Seré sincero contigo, ya que seremos familia. Necesito confiarle mi visión del negocio a alguien que esté a la altura de las circunstancias y pueda secundarme —dijo Armand, yendo directo a lo que le importaba.

O'Gorman se quedó mirándolo en silencio. Bebió otro

* Fue un conflicto internacional que se extendió entre 1701 y 1713 y tuvo como causa fundamental la muerte sin descendencia de Carlos II de España, último representante de la Casa de los Habsburgo, que dejó como consecuencia principal la instauración de la Casa de Borbón.

sorbo para hacer tiempo. No quería adelantarse, intentaba domesticar su ansiedad. A él también le interesaba hacer componendas con el comerciante francés, pero no quería pecar de atolondrado.

—No creas que vengo a entregar mi legado, Thomas. Aún tengo cuerda para rato, muchacho. El asunto es que no quiero verme atrapado en las contingencias momentáneas, necesito poder delegar. Sabrás entender.

El irlandés no terminaba de calibrar el alcance de las palabras de su futuro suegro, pero estaba más que seguro de que pretendía aunar fuerzas con el único fin de multiplicar los panes de su mesa.

—*Monsieur* Périchon, me ofrezco para lo que guste. Bien lo ha dicho, familia seremos y jamás se arrepentirá de tal decisión. Seré un esposo perfecto para su querida hija, pero también seré su dilecto confidente, un socio ético y moral, facilitador de cuanta transacción decida emprender —acotó O'Gorman sin quitarle la mirada penetrante de encima.

—Seré honesto contigo, muchacho. Me preocupan los acontecimientos continentales. Es evidente que estamos a una infinidad de leguas de París, pero llega hasta aquí el repiqueteo de las campanas de derrumbe y oprobio. Los reyes viven prácticamente como prisioneros en las Tullerías, completamente aislados. He recibido correspondencia que me informa de que Luis XVI se encuentra débil y con melancolía; su fragilidad es la comidilla de toda Europa y, como sabes, he sido un gran defensor de nuestro soberano. Lo soy aún. ¡Viva el Rey!

—Pues claro, *monsieur*. Pero déjeme agregar algo: estamos lejos de Francia, aquí tenemos nuestras propias cuitas, que son otras. Viva su rey, pero más vida le auguro a su reinado, que es esta isla, los océanos y los territorios en los que desembarque en busca de negocios. Me ofrezco de nuevo a su servicio. No nos dejemos amilanar por miedos que, de tan lejanos, se pierden en el horizonte.

—¡Al fin alguien que me comprende! Te agradezco, Thomas. De cualquier modo, no sabemos qué pueda pasar en Borbón en los próximos meses. Tengo entendido que Prusia, Rusia, España y Portugal han mirado hacia otro lado frente al intento de apoyo solicitado por la reina. Francia es un hervidero, no me gustan los jacobinos ascendentes —murmuró Armand mientras negaba con la cabeza a un lado y al otro. —Me cuentan que la princesa de Lamballe, fiel amiga de la reina, oyó a un forajido gritar cerca de la residencia real que María Antonieta es una ramera a quien hay que derramarle plomo líquido en el pecho, y que merece azotes.

—No me atrevo a contradecirlo. Es verdad que en su país los hechos hablan por sí solos; mejor dicho, aúllan. Yo mismo he estado al servicio de su rey hace algún tiempo ya. Sin embargo, previo a la revuelta, supe que debía abandonar esas tareas cuanto antes. El comercio es mi patria, *monsieur* Périchon, los mares son mi abrigo. Le propongo que me escuche, que confíe en mí. Juntos haremos grandes negocios.

Levantó su copa e invitó a Périchon a que hiciera lo mismo. Brindaron en silencio. Dentro de lo que permitía el escaso tiempo que hacía que se conocían, confiaban el uno en el otro. Los ojos verdes de Thomas brillaban como nunca; soñaba ya con las arcas repletas de oro, con la fuerza pujante de su juventud unida al territorio comercial conquistado por su suegro francés. Armand, por su parte, era más cauto. La experiencia de los años había domado la fiebre de los comienzos, sabía apretar el ansia voraz por la acumulación de dinero. No era que no tuviera ambición, la tenía y lo corroía por dentro. Pero los años lo habían convertido en un gran simulador, el mejor.

—Querido Thomas, debemos sellar nuestra sociedad en todos los flancos. Quiero que organicemos la boda con Marie Anne cuanto antes. Será el mejor contrato que firmarás en tu vida —concluyó Périchon con la copa en alto y una sonrisa de oreja a oreja.

* * *

Diluviaba en Borbón. Era temporada de aguaceros y calor infernal. Annette descansaba en la galería con la mirada perdida en la cortina de agua. Había abandonado el abanico en la tumbona y ahora anhelaba con desgano que aquel aire incipiente la refrescara aunque fuera un poco. Suspiraba, entrecerraba los ojos, los abría, volvía a pestañear con la parsimonia de quien no conoce urgencias y solo se deja llevar por los vaivenes de la Naturaleza. Se desperezó como una gata fina en el sillón y entonces lo vio. Al fondo, entre la maleza y empapado, se distinguía la figura de Thomas, que avanzaba hacia la finca.

—¡Estás loco, Thomas! —le gritó desde la galería y lanzó una carcajada.

El hombre corrió como si escapara de una manada salvaje y de un salto subió la escalinata hasta guarecerse de la tempestad.

—¡Al fin! —dijo mientras se sacudía como un perro y se quitaba la casaca chorreada. —Te pido disculpas, Annette, por quedarme en camisa. Necesito escurrir algo del agua que traigo encima.

Ya se tuteaban, en poco más de un mes serían marido

y mujer. Périchon había dispuesto todo para que la boda se llevara a cabo cuanto antes. Nadie había manifestado ningún obstáculo y la organización avanzaba con premura.

—¿Así que impostas un caballero andante, mi irlandés? Si estás vestido, no tienes nada de qué preocuparte —le dijo Marie Anne y se incorporó. —Aguárdame aquí que te traigo un paño para que te seques.

Entró a la sala y allí, sentada, estaba su madre, fingiendo que se dedicaba de lleno al punto cruz.

—*Maman*, qué susto, no sabía que estuvieras aquí.

—Como siempre y a esta hora me siento con mi labor, *chérie.*

—Afuera está Thomas, casi ahogado de lluvia, pobre. Quiero llevarle algo para que se seque.

—Mira tú —respondió Madeleine, sin quitar la vista del bordado, simulando que desconocía por completo la presencia de O'Gorman. Alzó la mano y señaló con displicencia hacia la habitación contigua. —En la cómoda encontrarás un paño.

Marie Anne volvió a la galería munida del lienzo blanco. Lo desplegó y cubrió la cabeza goteante de Thomas. Entre carcajadas, lo ayudó a refregarse para un lado y para el otro. Parecía una niña consciente de su travesura. Él se dejó zarandear, cómplice del juego. Era la segunda vez que compartían un rato a solas. La caminata previa había sido con los tres hermanos Périchon a pocos pasos detrás de ellos. Madeleine los había enviado para que custodiaran a su hija y ellos habían aceptado la tarea, celosos de su hermana.

Thomas detuvo el zangoloteo capilar y se quitó el lienzo de la cabeza. Allí, cerca, bien cerca, encontró la mirada de Annette. Sin pedir permiso esta vez, se acercó y la besó. La joven lo retribuyó. No se tocaron, salvo las bocas. Desde la sala, un ruido interrumpió el silencio de abismo. Se separaron de inmediato entre risitas cómplices y cada uno se sentó en su tumbona.

—Vengo a ver a tu padre pero la tormenta ha sido más que generosa —dijo Thomas en voz alta, y siguió en un murmullo. —La posta con el lienzo entre tus manos sobre mi cabeza ha sido un regalo de los dioses.

Annette se ruborizó y bajó la mirada. Faltaba poco para casarse con O'Gorman y para la noche de bodas, suceso que la inquietaba por demás. Los juegos de manos con Saeb no habían pasado de allí. El placer que le había sabido regalar el contacto con el esclavo de su padre la había llevado al paroxismo infinito, pero el desconocimiento de lo que vendría la llenaba de inquietud. Algo le había intentado explicar su madre con medias palabras, pero se daba cuenta de que era poco. Madelaine había puesto el énfasis en el regalo de la pureza, la ofrenda divina, el tesoro de la procreación y vaya a saber cuánta perorata más. Marie Anne era más terrenal: ansiaba ver el cuerpo desnudo del irlandés junto al suyo y, a la vez, tenía miedo de que no le gustara. Después de todo, apenas conocía a su novio.

—Qué bonita te pones cuando bajas la vista, Annette —insistió Thomas.

La muchacha alzó la cara e intentó un gesto desafiante. Debía guardar bien dentro de sí las dudas. En unas semanas Thomas se convertiría en su esposo y era mejor no revelar sus ansiedades.

—También así me gustas. Tu padre me ha dicho que el mejor acuerdo de mi vida será el que firme en unas semanas con Marie Anne Périchon. —Thomas le clavó los ojos. —Sumisa, desafiante, tímida, feroz. Todo lo que proviene de ti me gusta, *my dear.*

—¿Y yo, qué me llevaré con el acuerdo? —Marie Anne se quitó unos rulos rebeldes de la cara, provocadora.

—Annette, te entregaré una vida llena de aventuras, la que no podrías tan siquiera imaginar si no te casaras conmigo. Sin mí tal vez quedarías conminada a esta isla por siempre, a vivir con holgura mientras tu padre viva y luego, quién sabe. La fortuna de tu padre la heredarán tus hermanos, *chérie* —extendió el brazo y le acarició el regazo. —Pero no hablemos de cosas tristes, hablemos de los días felices que viviremos juntos. Te colmaré de lujos, querida, vestirás como una reina, te llenaré de joyas.

Marie Anne abandonó la mirada sobre la mano de Thomas, una mano grande, de piel rojiza y pecosa, curtida por el sol, mano de hombre aventurero alejado de la tranquilidad del hogar. Le corrió un escalofrío. Al fin sería alguien, dejaría de ser una niña para convertirse en *madame.* Pero las dudas la asaltaban. El deseo de convertirse en mujer era tan fuerte como el terror de dejar de ser una niña protegida.

* * *

No se registraron obstáculos o reclamos. Nadie elevó la voz contra la concreción del matrimonio y, junto con unos pocos allegados, Marie Anne y Thomas celebraron oficialmente su boda. No hubo persona que olvidara la cita, todos se presentaron puntuales y con sus mejores galas para la ocasión más importante de la isla. Con voz clara y fuerte, el juez de paz leyó el acta matrimonial:

El 12 de febrero de mil setecientos noventa y dos, después de un buen anuncio por primera y última vez, en la plática de la Misa Parroquial de fecha 29 de enero último, sin que se

haya encontrado ningún impedimento u oposición del futuro matrimonio entre Thomas O'Gorman, nativo de la Parroquia de San Miguel Arcángel de Enecif en Irlanda, Condado de Clare, Capitán del Regimiento de Walch[*]*, hijo mayor de Mr. John O'Gorman y de la dama Helen O'Gorman, son padre y madre, de esta parroquia, de una parte, y Dlle. Marie Anne Périchon de Vandeuil, nativa de Borbón, hija menor de Me. Armand Étienne Périchon de Vandeuil, antiguo Consejero del Superior Consejo de las Indias de Pondichéry y Borbón, y de la Dame Jeanne Madeleine Abeille, son padre y su madre, que habitan las llanuras de Winhen, de esta parroquia, de su parte: Vista la dispensa de otros términos de esponsales y de domicilio para los futuros esposos; visto el consentimiento por escrito de Me. De Ferreud, Coronel de Regimiento de Walch,*
Nosotros, el abajo firmado, Prefecto Apostólico, hemos recibido el mutuo consentimiento de matrimonio de dichas partes, hemos dado la bendición nupcial; presentes y consintiendo por la futura esposa: Me. Armand Étienne Périchon de Vandeuil, su padre, en presencia de Me. Thomas Étienne, Juez de Paz de la Savinne y Me. Jean Baptiste Conve, comerciante, y Me. Nicholas Paul Alexis Chastol, vecino, y de Me. Jean Baptiste Gallet, oficial, los cuales han firmado, con el esposo, la esposa y el padre de la esposa…

Firmaron con la seriedad del caso los más veteranos, y con una sonrisa tensa los más jóvenes. Finalizado el acto,

[*] Regimiento conformado por irlandeses exiliados. Walch es la grafía francesa por la más habitual Walsh, nombre del coronel que organizó este, que era uno de varios regimientos creados a partir de 1690 por católicos partidarios de la continuidad de Jacobo II en el trono inglés y de sus sucesores, y que continuaron al servicio de los reyes de Francia.

subieron a los carruajes que aguardaban en la puerta y se dirigieron en fila hacia la finca, donde los esperaba la servidumbre con todo listo para el festejo. La sala estaba adornada con flores de una infinidad de colores y los músicos tocaban suavemente sus instrumentos de cuerdas y vientos para dar la bienvenida a los novios.

Annette, con su vestido de seda en tono marfil completamente bordado con espigas doradas y diminutos bouquet color carmín y el velo interminable de encaje ajustado en la cabeza por una tiara de rubíes y aguamarinas, entró a la casa del brazo de su flamante esposo. Las criadas, apostadas en el vestíbulo, contuvieron las ganas de abrazarla. Trabajaban en la casa desde que su amita era una bebé regordeta, y ahora la veían como una mujer hecha y derecha. Cruzaron miradas desbordantes de emoción unas con otras, eran cómplices de años de correrías y travesuras de la recién casada.

Madeleine estaba feliz. Su hija se había casado bien. Los tiempos de sobresalto constante y las noches de preocupación por el futuro de su hija se habían acabado para ella. El galope del corazón cada vez que descubría que su niña faltaba de la casa se aquietaría ahora que Thomas se haría cargo de ella. Ya no tenía por qué sufrir ni temer las habladurías. Annette se había convertido en la esposa de Thomas O'Gorman y la madre sentía alivio y satisfacción. Pero el más contento de todos era Armand. Se había agenciado un yerno ideal, no solo porque compartían faenas, sino que además podría aportarle beneficios que él no tenía; que fuera irlandés le resultaba de una enorme utilidad, ampliaba plazas, su negocio se iría por las nubes, daba piruetas de felicidad.

O'Gorman observaba a su flamante esposa con deleite. Era la muchacha más preciosa que hubiera visto jamás, y eso que había visto mucho. Por años había tenido una amante en cada puerto y habían sido infinitos. Pero Marie Anne era diferente. Además de la belleza, visible en cada rincón de su cuerpo, tenía una altanería graciosa que exhibía sin pudores. En vez de alejarlo, esa cualidad lo encendía aún más. Intuía que jamás se aburriría con la joven Périchon. Para él era un misterio, una fuerza escondida de la naturaleza. Había algo en su falta de transparencia que lo motivaba; de tan bella por momentos le parecía diabólica. Tal vez se confundía pero ya nada importaba, Annette era suya.

Marie Anne le dedicó una sonrisa a cada uno de los que posaban la mirada en ella. Era el atractivo de la fiesta, siempre lo había sido. Pero esta vez era especial, ya no era la niña de los Périchon, ahora era *Madame* O'Gorman y sentía un aleteo nuevo en las entrañas. ¿Cómo debía desempeñarse? ¿Le saldría bien, se llevaría todos los honores? Una náusea incipiente le invadía la garganta. Miedo, pavura, intranquilidad, terror… Todos esos sentimientos la asaltaban de pronto. Ya era la esposa del irlandés, no podía echarse atrás ni tampoco quería hacerlo. Pero ¿esto era el amor? ¿Así se garantizaba la armonía de los años venideros? No estaba segura… Quería correr, escapar, huir de todos y que luego le permitieran regresar. Era mejor acallar los pensamientos que atormentaban su cabeza. Mejor hacer silencio y sonreír, de ese modo se llevaba todos los premios.

Cuando las copas dejaron de chocar y las velas de arder, los novios se retiraron a la alcoba nupcial. La luna iluminaba la noche silenciosa, solo se escuchaba el parloteo intermitente de los pájaros. Ya a solas, Thomas acercó a su esposa hacia sí con gesto urgente. Con mano torpe le quitó el vestido y la dejó en enagua y calzón. Luego hurgó entre las telas y la respiración entrecortada de Marie Anne avanzó sobre el silencio de la alcoba. Fuera de sí, la joven arrancó la camisa y el pantalón a su marido. Como si no fuera solo la primera sino también la última vez, los recién casados fundieron sus cuerpos y sus bocas entre suspiros profundos y gruñidos de animal alzado. Luego del paroxismo, agotados y mojados por la mezcla de sudores, se tendieron sobre la cama uno junto al otro.

—Se te fue el miedo, Anne.

—¿Y de dónde sacas que estaba temerosa?

—Sé todo de ti, conozco todos tus secretos —le susurró al oído.

—Nadie conoce mis secretos, *chéri* —respondió la joven como si el galope de su corazón no existiera.

Thomas le sonrió con ternura, apoyó la mano sobre el pecho de la joven y apretó fuerte.

—¿Y estos latidos por qué son? —Mordió el labio inferior de su esposa, bajó la mano hacia la entrepierna y volvió a apretar. —No temas, *my beloved*, que el esclavo haya hurgado por aquí también no me importa. Es más, me trastorna bastante. Todo eso que eres es lo que me vuelve loco, Annette.

Ella le dirigió una mirada larga y gatuna. La respiración volvió a agitársele pero prefirió calmarla. Petrificó sus gestos y optó por convertirse en una estatua de mármol. Muchas veces había escuchado de su madre que el amor era una larga conversación que se construía con el tiempo, que había que templar las emociones y calmar la carne, que todo llegaba. Debía ponerlo en práctica y confiar. En una de esas se enamoraba de Thomas O'Gorman…

CAPÍTULO
VI

Eran los tiempos de Carlos IV en España. Poco antes del estallido de la Revolución Francesa, el sucesor de Carlos III había accedido al trono. La revuelta de Francia había tenido incidencia en el país vecino y había cambiado completamente su política. En cuanto llegaron las nuevas del otro lado de la frontera, el resquemor de la Corona hispana se acentuó a niveles insospechados. No fuera que el veneno de la iracundia del pueblo galo corriera como arroyo de montaña e hiciera que algo oliera mal también en España.

Falto de carácter y de presencia en el gobierno, el rey español le entregó el poder al conde de Floridablanca, un ilustrado a quien mantuvo cerca por consejo de su padre, que hizo y deshizo a su antojo. Como primera medida, estableció controles en la frontera para evitar que las ideas francesas llegaran al país y, acicateado por Carlos IV, llevó adelante una fuerte presión diplomática en apoyo del alicaído Luis XVI. Los lazos familiares, como descendientes directos del gran Luis XIV de Francia, se habían fortalecido aún más por el matrimonio: la esposa de Carlos, María Luisa, era prima de ambos, la sangre tiraba, además de la repulsión enfervorizada que sentían hacia cualquier intento de renovación.

En 1792, el rey sustituyó a Floridablanca por el conde de Aranda, quien llegaba con credenciales de lustre gracias a su amistad con Voltaire y otros ilustrados franceses. Aquella cercanía con la Galia más encumbrada obnubiló a Carlos IV, quien presionó aún más con el salvataje de su primo real al otro lado de la frontera. Pero no pudo ser. En agosto, la Comuna de París tomó la decisión de encarcelar a la familia real francesa en la Fortaleza del Temple. La vida de Luis XVI, su mujer y sus hijos se puso a disposición del gobierno revolucionario. Encerrados, los reyes de Francia no se enteraron de la violencia que arrasaba las calles de la ciudad. Los enemigos de la Revolución eran asesinados a destajo. El 21 de septiembre, Luis XVI y María Antonieta escucharon desde la torre los gritos de una turba encendida. La Asamblea había sido reemplazada por la Convención Nacional y la monarquía, abolida. Se proclamaba la República.

En España, esta sucesión de hechos precipitó la caída de Aranda y el arribo al poder de Manuel de Godoy, el 15 de noviembre de 1792. El joven guardia de corps* Godoy había ascendido a una velocidad estrepitosa gracias a su vínculo estrecho —más que estrecho, adherido— con la esposa del rey, la reina doña María Luisa de Parma, también muy influyente con su marido. En pocos años pasó de ser un hidalgo a transformarse en duque de Alcudia y de Sueca, capitán general y ministro universal. También bastante ilustrado, puso un pie en la Corte e impulsó medidas reformistas, entre ellas la de salvar la vida del rey depuesto de Francia. No solo la Corte de España intentó auxiliar a Luis XVI, toda Europa hizo un esfuerzo descomunal. El 21 de enero de 1793, tras un sumarísimo proceso, el rey de Francia y su familia perdían la vida en la guillotina, entre aullidos de júbilo desenfrenado del pueblo.

El poder cambiaba de manos, lo que confundía a los representantes del statu quo. Europa miraba con asco la re-

* Unida militar de custodia personal del rey y su familia.

volución y España se sumaba al rechazo. Godoy, listo para los avances, firmaba con Gran Bretaña la primera coalición contra Francia. La monarquía de Carlos IV se enfrentaría a la Primera República Francesa en la guerra de los Pirineos.

* * *

Suegro y yerno departían en una de las tabernas de Borbón. Brindaban por una venta que les había salido redonda. Périchon lo hacía con su coñac predilecto, O'Gorman con un brandy traído desde su tierra. Ambos eran los principales abastecedores de las bebidas espirituosas de la isla y, como era lógico, nunca faltaba una buena ración de las mejores para los dueños del negocio.

—¿Alguna preocupación, Armand? Le veo un gesto adusto —lo interpeló Thomas mientras se secaba el sudor de la frente con un pañuelo.

—A ti te noto acalorado; bebe, así se te aplaca —respondió Périchon, evitando la respuesta y levantando la mano para avisarle a la mesera que volviera a llenarles los vasos.

—El calor pasa, querido suegro, sobre todo en esta bendita isla. Su recelo, en cambio, parece que no —insistió el irlandés. —Puede confiar en mí, le he dado buenas muestras para que así sea.

—Tienes razón, Thomas, aunque supongo que no te revelaré secretos tan insondables. Lo que me inquieta es bien sabido por todos, ya nadie se guarda sus pareceres, me temo que la discreción está mal vista. Tiempos nuevos, mi amigo, horrendos, por cierto.

Era una tarde bastante agitada en la taberna. Las mesas estaban todas ocupadas, e incluso había habido que agregar sillas al número habitual. El propietario y la mesera iban y venían con los pedidos, apenas se detenían un instante con cada parroquiano, no tenían ni un minuto para perder.

—Me llegan noticias desde Francia. Parece que la isla dejará de llamarse Borbón, intentan cambiarle el nombre por el de Reunión —señaló Périchon y frunció el ceño.

—Continúa la fealdad ganando la batalla.

—Habrá que acostumbrarse al cambio, Armand. No veo otra opción.

Tras el derrocamiento de los Borbones y la muerte de Luis XVI, algunos acuerdos habían empezado a crujir. La dinastía era mala palabra y, a principios de 1793 y por un decreto de la Convención de Francia, se había decidido que la isla llevara el nombre de Reunión en homenaje a la unión de los revolucionarios de Marsella con la Guardia Nacional de París, que había tenido lugar el 10 de agosto del año anterior.

—Llamo a la moza y no viene. ¿Es ciega? ¿Tendré que gritarle? ¿O también será sorda? —dijo Périchon en voz alta y los parroquianos lo miraron con incomodidad.

—Permítame, Armand. Llevo los vasos hasta el despacho para que los llenen allí. Están todos demasiado atareados hoy. —O'Gorman tomó los vasos y apuró el paso.

Se acercó al despacho y apoyó los vasos sobre el mostrador. Con una sonrisa le indicó a la muchacha que los llenara. La jovencita se refregó las manos en el delantal mientras lo miraba con cara de pocos amigos. Luego se dio vuelta y se alejó. Thomas no entendía nada.

—No quiero problemas, caballero. No es con usted, pero al *royaliste*[*] no lo queremos más por aquí. Hágaselo saber —murmuró el dueño. Sirvió el coñac y el brandy y le dio la espalda, haciendo que ordenaba unas botellas.

[*] Realista en francés.

Périchon observaba desde lejos. Estiraba el cuello, no lograba entender la demora de su yerno. Thomas regresó y volvió a sentarse.

—¿Qué pasó?

—Estaban muy ocupados, Armand. Pero aquí tengo las copas —y apoyó el coñac delante de su suegro.

—No me mientas, vi caras hoscas.

Thomas cambió de posición, quería que pasaran los minutos y hacer que su suegro dejara de inquirir y pudieran beber en paz. Pero sabía que aquello era imposible. Hacía días que notaba las miradas de reojo, los secreteos evidentes y demás demostraciones de rechazo cada vez que aparecían en público. Creía saber lo que empezaba a suceder.

—Es verdad, no tiene sentido negarlo. Me han pedido que no asista más a esta casa.

—¿Has visto? Si yo tenía razón. Pues no vendremos más y sanseacabó. Hace rato que se han puesto levantiscos, creen ser más revolucionarios que Robespierre estos inútiles de pacotilla.

—Baje la voz, Armand —susurró Thomas; no quería que se armara una gresca. —No vale la pena ofuscarse. Mejor seguir con las copas en otro sitio y listo.

—Claro que sí, pero antes terminaremos estas. Y tómate tu tiempo, nada de apuros, no vaya a ser que nos indigestemos —respondió Armand con petulancia y dio un sorbito a su coñac.

Poco antes de la Revolución y ante la gravedad de la situación social, los parisinos hambrientos habían dado comienzo a un sinfín de saqueos a almacenes y tiendas, y ataques a los puestos aduaneros que controlaban la entrada de mercancías en la ciudad. Fue así que el Ayuntamiento de París optó por crear una milicia de ciudadanos para controlar la revuelta. Muchos voluntarios de la burguesía se presentaron espontáneamente y conformaron la Guardia Nacional de París, para luego replicarse en cada ciudad del país. El miedo se había diseminado por el campo y las ciudades del interior de Francia, y eso provocó que las guardias se instituyeran también allí. La ley obligaba a todos los ciudadanos, así como a sus hijos mayores de dieciocho años, a incorporarse a la Guardia Nacional. Debían ayudar a conservar el orden público, además de ocuparse de defender el territorio ante cualquier ataque. Los milicianos guardaban el uniforme azul añil y las armas en su casa y, cuando la necesidad los llamaba, allí estaban, listos para combatir.

Luego de la abolición de la monarquía, la Guardia Nacional comenzó a tomar partido por la Revolución. Contaba con casi ciento veinte mil hombres y fueron quienes mantuvieron el orden durante la ejecución de Luis XVI. Tras la muerte del rey, los conflictos con el resto de Europa se encendieron, y la Guardia Nacional había sido cada vez más utilizada como tropa francesa de defensa. Los guardias comenzaron a diseminarse para servir en todos los frentes.

—¿Piensas que debemos exiliarnos, Thomas? —se sinceró Armand por primera vez. —Me pareció ver, hace unos días, a algunos por aquí vistiendo la casaca añil. Traidores, se han dado vuelta, no tienen vergüenza.

—No creo que lleguemos a tanto. Vuelvo a decirle, suegro querido: no se exponga tanto. Más vale callar que vomitar excesos y arrepentirse de las consecuencias.

Périchon se quedó mirándolo. Tal vez su yerno estaba en lo cierto. ¿De qué valía defender sus ideas a voz en cuello si no había nadie para escucharlo? Era un fanático cruzado de la monarquía y de su querido Luis XVI. Creía con firmeza que su halo seguiría en el verdadero pueblo francés, en los auténticos habitantes de la Galia. Estaba inscripto en su naturaleza, era su fuerza interior.

* * *

La decisión estaba tomada. Luego de semanas de deliberaciones, Armand había aceptado la propuesta de su yerno: se mudarían a las Canarias. La situación ya no daba para más en la isla. Las agresiones habían tomado estado público y se habían multiplicado, y a los monárquicos cada vez se les hacía más difícil salir de su casa. Ya no solo les echaban miradas de asco, incluso alguna que otra vez habían sufrido amedrentamientos en sitios donde les había resultado imposible encontrar aliados. Muchos de los que se habían beneficiado con la amistad de Périchon, ahora le daban vuelta la cara.

Madeleine daba órdenes y sus criadas obedecían. Sin descanso, separaban lo que la patrona les señalaba y empezaban a llenar los arcones para la mudanza.

—¿Estás seguro de que haremos bien en viajar a Canarias, Thomas? —Inquieto, Périchon insistía con las preguntas.

Estaban todos en la enorme sala salvo el nuevo integrante de la familia, el pequeño Thomas, nacido hacía pocos meses, que descansaba en las habitaciones de su madre bajo el ala protectora de la nana. Marie Anne se abanicaba con parsimonia en el bochorno de la tarde. Su vientre ya alojaba otra criatura.

—Es más que evidente que ya no podemos permanecer aquí ni un día más, Armand —intervino su esposa mientras apilaba un sinfín de juegos de ropa de cama de lino francés.

—Es la mejor decisión que podemos tomar. Es un puerto que conozco al dedillo, llegarán con ese beneficio. Nosotros emprenderemos la marcha en cuanto Annette dé a luz. No me parece apropiado que viaje encinta. Son demasiadas semanas a bordo, y si el parto se adelanta correría demasiado peligro —afirmó O'Gorman, tratando de transmitir seguridad y convicción a sus parientes políticos.

Los irlandeses tenían las de ganar en territorio español. Desde principios de siglo habían entablado mejores relaciones allí que los ingleses. El catolicismo compartido era una de las razones que lo explicaban. Muchas veces los comerciantes ingleses se las habían visto negras en España; sus negocios se habían hundido en la ruina y a menudo habían sufrido la incautación de sus bienes por parte de la Corona. Pero cuando las tensiones entre el Imperio Español y Gran Bretaña se debilitaban, los comerciantes regresaban de buen grado a Canarias. El puerto los convocaba con su promesa de riquezas. Así había sido para O'Gorman, que había hecho muy buenos negocios en las islas hispanas. Conocía de memoria el engranaje comercial, quiénes eran los propietarios principales, quiénes vendían y a cuánto, quién era confiable y quién taimado. Y sabía mejor que nadie por los conflictos que habían pasado y de qué modo introducirse entre ellos y llevar las de ganar. Con el tiempo, se había convertido en un experto mediador en ese mundo de hombres duros y astutos.

—Tienes razón, Thomas. Debemos proteger a la mujercita de la casa —dijo Périchon y de inmediato sintió la mirada punzante de su esposa sobre su frente. —Mi venerada Madeleine, tú eres una mujer hecha y derecha y llevas por siempre mi protección.

—También puede quedarse con ellos su hermano mayor, así no están tan solos los meses que faltan —acotó ella.

Jean Baptiste levantó la vista del libro que leía; no prestaba demasiada atención a la cháchara de sus padres y su cuñado. Marie Anne, sentada a su lado, le tendió la mano y su hermano se la tomó.

—Yo puedo ocuparme sola de lo que haga falta, *maman*, pero si se queda Jean con nosotros seré tanto más feliz... —suspiró Annette.

Thomas miró a su joven esposa. Tal vez tenía razón en reclamar la presencia de su hermano. Sería mejor tenerla distraída. A veces no sabía cómo abordarla, Marie Anne era impredecible. Por momentos era suave y accesible. En otros se convertía en una fiera de pelaje erizado, a la que era imposible acercársele, mucho menos dirigirle la palabra. Nunca sabía a qué atenerse con Anne, iba como en puntas de pie y no le gustaba. No quería tener que pedirle permiso a una mujer para nada y ante nada, y mucho menos si tenía dieciocho años y era su esposa. Ya la domesticaría.

—¿Qué me miras, Thomas? ¿Necesitas algo? —le preguntó Annette con tono desafiante.

—Hija, los modales —la reconvino su madre.

—Son los que he aprendido en casa, *maman*. Los mejores, y así trato a mi venerado esposo. —Al ánimo de la joven el embarazo no le sentaba para nada. Se sentía pesada, perdía pronto la poca paciencia que tenía, no soportaba a nadie. —Me falta el aire, me voy a recostar un poco, si me disculpan...

Se incorporó con dificultad, cerró los ojos y respiró profundo. Thomas amagó asistirla, pero ella extendió el brazo y lo detuvo con el abanico cerrado. El adminículo era su arma. Con paso lento, como si atravesara arenas movedizas, se dirigió a la puerta y salió.

—Pero qué le pasa a esta niña, por favor —exclamó Périchon apenas juzgó que no podía escucharlo.

—¿Te olvidas cómo me sentía yo cuando esperaba a mis

hijos? Pobre *chérie*, ya se le pasará. Cuando la tripa esté a punto, santo remedio.

—*Madame* Périchon, perdón que me meta pero ya debería acostumbrarse a cambiar los nombres y epítetos. En Canarias nadie entenderá su francés. Igual no deben preocuparse por esos meses en los que yo no estaré. He dispuesto todo para que los reciba un contacto que oficiará de intérprete. Pero sugiero cambiar los nombres a su versión española, mis amigos —intervino O'Gorman. —Magdalena y Armando, ustedes; los muchachos, Juan Bautista, Luis, Eugenio y Esteban. Ya le avisaré a mi esposa que desde ahora será Anita.

Los Périchon se miraron azorados. En fin, tenían que confiar en el irlandés. Él había viajado más, había surcado mares y océanos, y si así decía, así debía ser. España no miraba nada bien a los franceses y los nuevos moradores de Canarias debían entrar con el pie derecho. Para qué sulfurar las nuevas aguas.

CAPÍTULO VII

España, con Godoy como su líder en los hechos, inició una campaña patriótica contra su flamante enemigo. Sabiendo que de este modo contaría con el apoyo del pueblo, embanderó la guerra en una cruzada en defensa de la religión y la monarquía, y en contra de la «perversa Francia» y «el impío francés», el mismísimo Mal Absoluto, relacionado a la Ilustración y la Revolución.

—Los franceses, con sus doscientos mil *sans-culottes,*[*] podrán hacer una devastación horrible. ¿Pero cuánto mayor será la que harán cuatro o cinco millones de *sans-culottes* que están por nacer en España de labradores, artesanos, mendigos, vagos y canallas, si toman el gusto a los principios seductores de los filósofos? —decía fray Jerónimo Fernando de Cevallos a Manuel de Godoy.

—El pueblo, convencido de la verdad de su religión, la amará y obedecerá sus preceptos —arengaba Godoy. —Y ellos le enseñarán que, aunque sea a costa de su vida, no deben tolerar que se altere su pureza, que se corrompa la integridad y candor de su madre, la Iglesia.

[*] La expresión significa «sin calzones», en referencia al culote, la prenda de vestir de los sectores sociales más acomodados de la Francia del siglo XVIII, mientras que los sectores menos acomodados de la sociedad llevaban pantalones largos. Eran los artesanos, obreros y campesinos, que constituyeron la mayor parte del ejército revolucionario durante el inicio de la Revolución Francesa.

Quienes sostenían este plan defendían a Carlos IV, la imagen de Dios sobre la Tierra, a quien juraban fidelidad eterna. Proponían perder mil veces su fortuna y su vida antes de consentir la menor desobediencia. Y afirmaban a grito pelado que la Revolución era el resultado de una conspiración universal contra la pureza del catolicismo y el buen gobierno.

Como consecuencia de la campaña patriótica a favor de la Guerra de los Pirineos, en muchos sitios se llevaron adelante ataques contra residentes franceses que nada tenían que ver con lo que sucedía en su país, al grito de «infieles, judíos, herejes y protestantes». En Madrid, tras la diseminación de rumores maliciosos de que las aguas habían sido envenenadas por los franceses, la locura estalló en las calles. En Málaga, embravecidos ante la competencia que les hacían los comerciantes franceses, estos eran señalados con un bramido general como «malditos jacobinos».

La guerra contra la República Francesa terminó siendo un desastre. El ejército español no estaba preparado para semejante gesta y se dedicaron, sobre todo, a llevar adelante actos más simbólicos que bélicos. Los golpes contra las tropas francesas eran insignificantes, pero en todas partes donde era posible sustituían la bandera tricolor de la República por la blanca de los Borbones.

La Armada española tuvo su oportunidad durante la guerra. Una escuadra al mando de don Juan de Lángara, junto a una flota británica liderada por el almirante Hood, intentó levantar el sitio de Tolón, en apoyo de los realistas franceses arrinconados por los revolucionarios que bombardeaban el puerto y la ciudad, entre los que empezaba a destacar un joven oficial de artillería llamado Napoleón Bonaparte. La operación fracasó y la flota bifronte tuvo que abandonar Tolón a fines de año.

Fueron muchos los ilustrados que no apoyaron la campaña patriótica; incluso hubo un sector al que los sucesos revolucionarios vecinos lo impulsaron a superar los postulados moderados de la Ilustración, lo que dio nacimiento a un movimiento liberal.

—En el café no se oyen más que batallas, revolución, Pirineos, representación nacional, libertad, igualdad —expresaban sin pudor. —Hasta las putas te preguntan por Robespierre y Barrère, y es preciso llevar una buena dosis de patrañas gacetales para complacer a la moza que se corteja.

Las discusiones políticas se repetían una y otra vez. Empezaban a proliferar los pasquines sediciosos, se ostentaban símbolos revolucionarios, circulaban panfletos subversivos que adoptaban los ideales de la Revolución Francesa.

Dividida, España se partía al medio.

* * *

Se había convertido en Anita de la noche a la mañana. Ella y los suyos navegaban rumbo a Canarias, donde ya se habían instalado sus padres y cuatro de sus hermanos. Juan Bautista, en cambio, se había quedado para acompañarla durante el resto del embarazo y la travesía. Ahora era madre de dos, Tomás y Alfonso, con nombre castizo por recomendación de su marido. Ni un año se llevaban los críos entre sí, parecía que su destino quería que fuera madre sin descanso. Pero ella no lo aceptaba. Sus hijos —preciosos, sí; suyos, sí, de su vientre; pero ¿buscados?— a veces le resultaban dos desconocidos. Berreaban y ella no sabía qué hacer. La miraban fijo como cachorro de perra y Anita sentía que le faltaba el aire. La llenaban de baba y le daba asco. Se sentía una mala madre y una pésima mujer. Necesitaba reencontrarse con *maman*, seguramente ella la calmaría, sabría qué decirle y le enseñaría cómo tratar a sus vástagos, a entender el idioma del amor maternal que para ella brillaba por su ausencia.

—¿Te sientes bien, *my dear*? —le preguntó Thomas.

Anita movió la cabeza imperceptiblemente. Dejó de mirar el horizonte y se detuvo por unos segundos en la cara de su marido, azotada por el viento de ultramar. Guarecida debajo de un alero, envuelta en su capa azul marino, ella estaba perdida en sus pensamientos.

—Sí, *chéri*. Ansiando llegar, ya quiero pisar tierra firme —dijo en un susurro casi imperceptible en el rugido del vendaval.

—Ya falta menos. Pobres los niños, ¿no es cierto? Tantos días de viaje... —Aunque estaban a cargo de las nanas, quienes se ocupaban a sol y a sombra de los bebés, Thomas O'Gorman se preocupaba por sus hijos.

La muchacha se recostó contra el respaldo de la reposera y cerró los ojos. Suspiró, prefería dejar de ver.

—Tomás y Alfonso ni se enteran de lo que pasa. Comen y duermen. Y gritan, eso siempre. Pero nada saben de este viaje interminable —sentenció.

Thomas se acercó aún más a su esposa. Con su mano fuerte acarició el cuello níveo de Anita. Ella abrió los ojos, abandonó el letargo que la embargaba y percibió el hambre de su marido.

—Ahora no, quiero releer la carta de *maman*, así me preparo para el desembarco —le besó la mano y lo desafió con la mirada. —Sabrás entender, Thomas.

Él aceptó la dilación, no le quedaba otra opción. Ya la tomaría por la noche en el camarote, después de la comida, con el impulso que da la bebida. El viaje iba bien abastecido:

brandy no faltaba en la bodega, tampoco los licores dulces que eran del agrado de Anita.

Juan Bautista se acercó adonde estaban su hermana y su cuñado. Venía desde la popa, donde había escoltado al comandante de la nave durante un buen rato. Al verlo, Anita le extendió el brazo y lo invitó a sentarse a su lado.

—¿Estás ansioso por llegar, *chéri*? —le preguntó.

—No tanto como tú —y largó una carcajada.

—Es que *maman* nos reclama —dijo Anita y desplegó la carta que tenía en la mano. —Me cuenta que están muy bien allí, pero que no es lo mismo sin nosotros.

Sin pedir permiso, leyó en voz alta algunos fragmentos de la misiva. Su madre contaba que la casa donde se alojaban estaba bastante bien, que *papan* se había integrado aceptablemente a la comunidad, que el panorama era aceptable aunque no era como el terruño que habían debido abandonar, pero qué sentido tenía la queja. «¿Cómo están *mes petits*? La casa los aguarda, las habitaciones están listas para todos, sus hermanos ya parecen comerciantes de la talla de *papan*, son nuestro orgullo...»

Thomas permaneció en silencio. Prefería no aguar la fiesta de su mujer, menos la de su suegra. Él conocía Canarias demasiado bien y no todo era tan auspicioso como se contaba en la carta. Claro que los habitantes de las islas eran nobles y hospitalarios, pero de lo que su suegra no hablaba era de la pobreza, la indolencia de algunos, la falta de higiene y la prostitución por doquier, como correspondía a todo puerto que recibía a cientos de navegantes abstinentes. Tampoco hacía referencia a los ataques constantes de los piratas ingleses en busca de tesoros procedentes de cargamentos reales. Eran islas prósperas, con mucha mercadería, demasiado doblón como para no levantar el avispero de los pillos de siempre.

O'Gorman creía que era mejor callar y dejar que lo descubrieran ellos mismos. Era evidente que, en su inocencia, su suegra no había reparado en nada todavía. Tampoco hacía referencia a la mendicidad o a la presencia de niños desnudos por las calles. ¿Estaría encerrada en las cuatro paredes del hogar? Bueno, por el momento guardaría silencio y a otra cosa.

—Tengo entendido que vuestro padre ha comenzado a hacer excelentes negocios. Mi contacto ha sabido relacionarlo bien —intervino Thomas.

—*Papan* no precisa de nadie. Él solo puede con todo —respondió Anita y le arrojó una mirada displicente.

—Te recuerdo que es francés y realista, por si has enfermado de amnesia y no lo tienes presente —retrucó su marido, con la sangre en el ojo por el rechazo previo.

—No, no, bien sanita que estoy, O'Gorman —respondió Anita, acalorada.

—A ver si se dejan de pelear. Parecen perro y gato. Con toda seguridad nuestro padre habrá sabido callar. Si hay algo que no hace, es pecar de ingenuo —los frenó Juan Bautista, rogando en silencio que su padre no se hubiera puesto en evidencia en un medio hostil.

Los tres optaron por el silencio. Prefirieron dejar de hablar de algo tan lejano, aunque no para Thomas, que conocía de memoria esas islas. Para los hermanos Périchon, las Canarias eran una incógnita que ansiaban revelar.

* * *

Al fin arribaron al puerto de Tenerife. El recorrido hasta la finca no fue lo que habían imaginado. En carruajes destartalados, avanzaron por unos caminos tortuosos con la polvareda provocándoles un concierto de toses, puntuadas por el llanto intermitente de los pequeños. Fue el viaje más pesadillesco del que los hermanos Périchon tuvieran memoria.

Agotada por el viaje, Anita descendió del carruaje y, sin mirar lo que dejaba detrás —marido, hijos, hermano, nanas, equipaje, criados, abrigo—, se dirigió hasta el inmenso portal. No precisó tocar que ya la puerta se abrió de par en par y su madre la recibió con un abrazo.

—¡Mi querida, era hora! ¡Cuánto ansiaba este momento! Pero qué cansada te ves —le dijo su madre mientras la conducía adentro. —¿Y el resto de los viajeros? Tu padre está ansioso por verlos.

—Vamos, *maman*, ya vienen los demás. Tardan demasiado. Voy a desfallecer en cualquier momento, necesito descansar.

—¡Magdalena! ¿Qué sucede, qué es todo ese bullicio? —gritó Périchon desde alguna de las salas.

—¿Pues ahora eres Magdalena, entonces? Suenas a baronesa española, *maman* —y Anita lanzó una carcajada.

—Aquí es así, *chérie*, y no estamos nada mal —dijo *madame* Périchon, impostando una sonrisa.

—¿Vistes de negro? ¿Qué es esta novedad? —preguntó su hija con el ceño fruncido.

—Son las costumbres locales, Ana, y yo las respeto. Nos han ofrecido una morada, debemos ser agradecidos y sobre todo respetuosos de sus formas.

Anita frunció la nariz con gesto displicente mientras miraba a su alrededor. *Pas mal*[*], pensó, aunque poco se asemejaba a su isla querida. Luego de atravesar varias habitaciones, había un patio espacioso que conducía a un parque plantado

[*] Nada mal.

de palmeras y eucaliptos, entre otros ejemplares de la flora tropical y subtropical. Inspiró con ganas. *Ahora sí, como en casa, aquí podré correr, escapar de esta nueva realidad, inaugurar mi jardín secreto,* se dijo en silencio.

—Quiero mis habitaciones con vistas al mar, *maman.*

El berrinche de uno de sus hijos le recordó dónde estaba y quién era. Giró la cabeza y vio el rostro chispeante de su padre. En un segundo corrió a sus brazos.

—*Papan,* te extrañé tanto —le dijo y le dio un beso.

—Yo también, mi querida hija. Pero llegas con la familia ampliada. A ver esos niños, vengan con su abuelo —exclamó Périchon y giró hacia donde estaban las nanas, cada una con un bebé en brazos.

—Llama a mis criados, *maman,* y vayamos a mis habitaciones, así dejan el equipaje. Es tanto que ya estoy mareada.

Anita persiguió a su madre por los pasillos hasta que arribaron a su recámara. Al franquear la puerta, su ansiedad se calmó. El polvo y el ruido no llegaban hasta allí y la vista dejaba sin aliento. Fue directo hasta la cama y la probó. No le pareció de lo mejor pero estaba limpia. Reinaba una temperatura agradable y desde la ventana llegaba el rumor constante de las olas.

—Vengan a comer, que deben estar famélicos por el viaje —dijo Madeleine.

Regresaron al amplio comedor, la mesa ya estaba servida. Anita se reencontró con sus hermanos y, luego de los besos y abrazos de rigor, cada uno ocupó su silla de Madeira con cojines de colores. Se sirvieron quesos, jamones y frutas.

—Cuéntanos cómo están, padre. Cómo es esta gente —quiso saber Juan Bautista mientras se servía un vaso de vino.

—Estamos bien, los canarios son educados y alegres. Y,

sobre todo, generosos. La avaricia, ese defecto espantoso, les es desconocido —replicó Périchon. —Debemos agradecerle a Thomas estar juntos y bien en este lugar. Es todo gracias a él.

O'Gorman levantó su vaso y brindó por su familia política. Estaba conforme con el devenir de los acontecimientos. Gracias al cielo, aparentemente no había quejas. Él había temido otro tipo de experiencias, pero los primeros meses allí habían sido lisos como una llanura para su suegro y la familia.

—Dan con todo su corazón y con la mano abierta mientras estás en su casa. Tienen un refrán muy bonito, que dice así: «El hombre que no da y el cuchillo que no corta, que se pierda no importa» —recitó *madame*.

Anita aplaudió con ganas y rio fuerte. Abandonar el barco, pisar tierra firme y ver a sus padres le había hecho cambiar su humor al instante.

—Bueno, pero también es cierto que su orgullo y la seguridad en sí mismos son a veces excesivos. Un poco de ínfulas tienen, lo que hace que a veces les resulte muy complicado someterse a las órdenes de un superior —dijo don Armando mientras tragaba un pedazo de queso.

—Pero qué tupé, *papan* —manifestó Anita, indignada.

—No exageres, querido —interrumpió Magdalena. —Que al principio los isleños parezcan ostentar un carácter reservado no significa que sea algo irreversible. Es la primera impresión, pero luego se abren y brindan su casa y se muestran espléndidos.

—Estamos frente a una canaria de pura cepa —la burló su hija y le tiró un beso.

—Incluso en las fondas más apartadas, siempre nos han invitado a comer —intervino Eugenio, quien empezó a relatar sus salidas continuas junto a sus hermanos.

La conversación se desparramó entre unos y otros. La

madre y la hija compartieron detalles sobre los niños y cómo crecerían en la nueva casa. Los hombres intercambiaban anécdotas sociales; ya habría tiempo para que los socios se pusieran mutuamente al tanto de los negocios.

* * *

La vida social en la isla española era toda una novedad para Anita. Acostumbrada a las rutinas y tradiciones de la colonia francesa, todo lo que se le presentaba en su nueva morada le resultaba sorprendente.

Por la tarde, las calles se colmaban de carruajes ocupados por damas que se dirigían a las afueras para tomar el aire cuando ya no apretaba el sol. Los primeros tiempos, Anita era una simple observadora, pero ya transcurridos unos meses, convocó a su madre para que la acompañara y copió la práctica del lugar. Si había algo que le llamaba la atención, era el exceso de pintura en las caras de las mujeres, en especial las más jóvenes. Parecían enmascaradas. ¿Debería imitar aquellos afeites de las muchachas en flor? Pero lo que más le impactaba era lo que se vislumbraba detrás de la máscara, esos ojos negros de mirada intensa típicos de las españolas. Eran las mujeres más atrevidas del mundo, y eso que hasta entonces había creído que las venidas desde su Francia eran las dueñas del cetro. Ahora comprendía que no. Las mujeres de aquellas islas no tenían empacho en chistar, llamar, hacer señas a cuanto caballero andante paseara por allí, bien vestido y siempre con ánimo de responder.

Ella ya era una señora casada, se suponía que no tenía necesidad de seducir, pero a veces la efervescencia contenida pugnaba por salir. Sus niños tenían uno y dos años y le habían aniquilado el deseo, o eso creía. Aunque tenía asistencia completa para la crianza de Tomás y Alfonso, el cansancio la embargaba por las noches. Sin embargo, cuando se cubría con algún manto con puntilla de Flandes, subía al coche acompañada de *maman* y paseaba sin rumbo fijo entre la gente por los senderos floridos, sentía que le volvía el alma al cuerpo. Fantaseaba que era mujer de nadie, sin prole de que ocuparse, con su dama de compañía, que no era otra que su madre. Todo era puro acto, unas horas al día de completa alegría en que imaginaba que era otra.

—Podemos organizar una recepción, mi querida, si te parece bien —le propuso *madame* Périchon, preocupada por la mirada perdida que una y otra vez observaba en su hija.

—Como gustes, *maman*.

—¿Te encuentras bien, *chérie*?

—Cuando salgo de casa, mucho mejor.

—¿Pero qué ha pasado? ¿Algún desencuentro con Thomas?

—Me aburro, *maman* —Anita bostezó y miró por la ventanilla.

—No es posible, hija. Tienes una vida deslumbrante, un marido devoto, dos pequeños deliciosos, ¿qué más puedes pedir? —y le palmeó la mano buscando calmarla.

Anita levantó los hombros y suspiró. Todo lo que sucedía fuera de su casa le resultaba mucho más inquietante que puertas adentro. Los caballeros que iban y venían por las calles de aventura en aventura, las damas en su deambular sensual e invitante eran suficiente alimento a su imaginación sedienta. Esos bellos vestidos que al caminar dejaban entrever las lentejuelas de las faldas por debajo, de telas oscuras en las señoras de más edad y más claras para las muchachas; las camisas bordadas con puntillas; las botinetas forradas en cabritilla: todo lo que ella no había disfrutado en las colonias francesas pero había conocido de oídas se desplegaba ante sus ojos y la dejaba fascinada.

—¿Te gusta lo que llevan puesto? Pues pídeselo a tu marido, *chérie.* Tienes la suerte de ser la esposa de un hombre acaudalado —sugirió su madre, en un intento por ver si de ese modo le cambiaba el talante.

Su hija giró la cabeza, miró a su madre y le sonrió.

—Tienes razón, *maman.* No tiene sentido que me entristezca. Thomas es un buen hombre —afirmó Anita.

—Y tú una excelente mujer. No eres como esas que se agachan ante el dinero y a menudo simulan la pasión y los delirios del verdadero amor para sacar ventaja. Has nacido aventajada y tienes lo que mereces sin necesidad de humillaciones. Cuídalo, mi querida. Si no hubiera sido así, estarías encerrada en el convento de las arrepentidas.

—Preparemos una velada musical, *maman.* Divirtámonos un poco, tú y yo lo merecemos —propuso Ana y rieron juntas.

Se entretuvieron pensando a quiénes convidarían, qué ofrecerían, cuánto duraría la reunión, cómo la conducirían, si además de refrescos servirían una comida. El humor de la joven cambió de inmediato y el aire melancólico se disipó.

CAPÍTULO VIII

La guerra con Francia, devenida en más de dos años de combates constantes, resultó desastrosa para España y así lo entendieron en la Corte de Carlos IV. La debilidad de su reinado iba de mal en peor. Su territorio había sido invadido en las provincias vascongadas y el principado de Cataluña estaba a merced de las tropas republicanas francesas. Del lado francés también había hartazgo de la guerra, y el derrumbe de Robespierre, seguido de la llegada al poder de los republicanos moderados, había abierto una nueva etapa en ese país.

Tras unas primeras intentonas sin éxito, el embajador español en la Corte de Varsovia, don Domingo de Iriarte, se había arrimado hasta Basilea, donde residía el representante de la República Francesa ante la Confederación Helvética, François Barthélemy. El 22 de julio de 1795 firmaron el Tratado de Basilea, que puso fin a la guerra de los Pirineos. Una de las condiciones para el cese de fuego fue la cesión en beneficio de Francia de la parte española de la isla de Santo Domingo, que, según se murmuraba, no interesaba en la Corte de Madrid.

El tratado había intentado mejorar las relaciones entre los países vecinos. No solo buscaba la paz sino la «amistad y buena inteligencia entre el Rey de España y la República Francesa», además de albergar el propósito de generar un nuevo tratado de comercio. Francia había pedido poco y se había conformado con menos, ya que las pretensiones ulteriores de la reconciliación eran la reedición de una alianza frente al enemigo en común, Gran Bretaña.

Manuel de Godoy, exultante como pocos, había brindado jubilosamente ante el título otorgado por los reyes de «Príncipe de la Paz» tras el éxito del tratado. Pero hubo muchos que despreciaron en silencio ese nombramiento. Después de todo, iba en contra de la tradición monárquica, que solo reconocía el título de príncipe al heredero del trono. Y don Manuel estaba lejos de serlo.

Uno de los hechos que la guerra franco-hispana había dejado en evidencia fue que Inglaterra no consideraba a España como su aliada, a pesar de haber combatido contra el mismo enemigo. Un siglo de guerras entre ambas y con intereses tan encontrados no podía zanjarse con una alianza, sobre todo teniendo en cuenta que España iniciaba un camino descendente con sus dominios en las colonias, mientras que Inglaterra reinaba en los mares del mundo, consolidando su imperio colonial en los territorios del Canadá, mientras empezaba a construir con paso firme un segundo imperio en India y África.

El rey Carlos IV decidió que ya era tiempo de declararle la guerra a Inglaterra. El poderío inglés crecía y no estaba dispuesto a quedarse de brazos cruzados ante la ola británica. Hubo varios hechos que le dieron el envión que necesitaba: la quema del arsenal, astilleros y navíos que los británicos no pudieron llevarse consigo en diciembre de 1793, durante la retirada del almirante Hood del puerto de Tolón; la quema que hicieron los británicos sin avisarle al almirante de la flota española, don Juan de Lángara, de quien eran aliados en el bloqueo naval; la firma del tratado de paz con Estados Unidos el 24 de noviembre de 1794, sin contar con España ni cuidar de sus intereses; el envío de navíos y armamento inglés a las

Antillas españolas con el fin de impedir la cesión de la parte española de Santo Domingo tras la firma de la paz de Basilea, de la que Inglaterra se declaró en contra.

Pero estos no eran los únicos motivos que el rey de España esgrimía como agraviantes. Enumeraba también con escozor los desembarcos de navíos británicos en las costas de Alicante, Galicia y la isla de Trinidad, las expediciones inglesas por aguas del Perú y Chile, el apresamiento sin razones de buques españoles, la ofensa al embajador español en Londres, don Simón de las Casas, cuando protestó ante el gobierno de Pitt. El avance marítimo de Gran Bretaña ponía los pelos de punta a Carlos IV y sus adláteres.

A la República Francesa también le interesaba la alianza con España, porque continuaba en guerra contra Inglaterra, además de Holanda, Cerdeña y Austria. Este nuevo rumbo de la política francesa precisaba de ayuda.

En la Corte española, Godoy se mostró partidario del nuevo rumbo militar en el Consejo de Estado ante Carlos IV. El 18 de agosto de 1796 se firmaba en Aranjuez el Segundo Tratado de San Ildefonso, una renovada alianza militar entre España y Francia. Durante dos meses el pacto se mantuvo en secreto, a fin de dar tiempo a las posesiones españolas en ultramar para ponerse en estado de alerta y ejecutar los procedimientos de ataque a las escuadras inglesas. Al fin, el 6 de octubre, el rey Carlos IV hizo pública la alianza hispanofrancesa.

* * *

Estaban todos sentados a la mesa, almorzando en familia. Los negocios los abarcaban a todos, aunque cada uno tenía su rol bien definido. Anita y su madre permanecían en el hogar y lo llevaban adelante, para que los demás pudieran ocuparse del resto de los asuntos que hacían al interés familiar.

—Vamos a tener que empezar a quitar de las aguas nuestras naves de bandera, Thomas. He percibido situaciones molestas en el puerto —señaló Périchon mientras se servía más guiso de carne y garbanzos.

—Así es, padre. El otro día fui testigo de algunos actos vandálicos. Se acercaba al puerto una nave nueva con los colores británicos, y unos operarios comenzaron a arrojarle piedras desde la orilla. Eran los mozos de siempre, los que trabajan para los canarios, pero es algo que no había sucedido antes —intervino Juan Bautista.

—¡Qué barbaridad! ¿Cómo es posible que hayan cambiado las cosas de este modo, querido? —preguntó *madame* Périchon, con cara de preocupación.

Las mujeres desconocían por completo lo que sucedía en el continente. Los nuevos pactos y las rencillas de la política no eran temas que los hombres compartieran con ellas. Tampoco habían prestado demasiada atención a los chismes del servicio doméstico, práctica recurrente puertas adentro de la cocina.

—*Madame* Périchon, el problema está instalado. España se ha aliado con Francia esta vez, para derrumbar al poder británico —interrumpió O'Gorman tratando de llevar calma a la mesa. —A nosotros nada nos interesa menos. Somos hombres sin bandera, nuestro amo es el comercio, los negocios, y el bienestar de la familia.

—A ver, tampoco la locura. Soy francés, mi familia también lo es y tú, Thomas, eres irlandés. Pero además de francés soy realista, y defenderé hasta la muerte a nuestra monarquía bendita, que colocó a Francia en el cénit del mundo. Miren cómo está todo ahora, el país está dominado por el oprobio —respondió don Armando con seriedad.

—Lo que quise decir es que no nos conviene entrar en esas grescas, que todo esto no interfiera con nuestros negocios. Debemos concentrarnos en las ventas, no en la política. Los únicos beneficiados con los asuntos de Estado son los que caminan esos palacios día y noche. Mientras tanto, nosotros avanzamos —acotó Thomas. —No perdamos tiempo con pavadas, Armando, Juan Bautista, estemos atentos, que en esta semana tiene que llegar el barco con el contingente de productos manufacturados.

Esperaban una cuadra que llegaría desde Francia con muebles, candelabros, cristales, paños, encajes, medias, cintas de seda, sombreros y unas cuantas cosas más. Anita comía distraídamente. Hacía rato que no escuchaba a los hombres. Lo único que la entusiasmaba era el arribo en breve de cierta mercadería. Las medias y los encajes le hacían falta. Mientras tanto, le echó un ojo a su marido. Ahora que lo veía poco y nada porque el hombre embarcaba y desembarcaba constantemente, tomado por sus ocupaciones en altamar, ardía en deseo por él. Bastaba con que le faltara, para que comenzara a desearlo. Su O'Gorman cumplía, y todo lo que había prometido al casarse lo llevaba a cabo. El problema era que estaba poco en casa, o a ella le resultaba insuficiente. Y cuando se le daba por reclamar, algo que no hacía a menudo porque no le gustaba ponerse en evidencia, obtenía risotadas y burlas del otro lado. Últimamente Thomas siempre estaba apurado, no tenía tiempo para conversar. Prefería hacer antes que decir, y por cierto hacía fuerte y bruto. *¿Será esto el amor, ese sentimiento de que tanto hablan pero del que poco comprendo?* Maman *afirma que ya llegará, que no sucede de inmediato pero al final llega, que mejor entregarse y no pedir, que para qué tantas preguntas sin senti-*

do... La joven se perdía en sus pensamientos. *Aunque* papan *ha explicado todo lo contrario, dice que en un sainete aseguran que el amor es algo perverso que debemos evitar, que el amor es un niño más temible que un gigante de diez varas de altura, y que cuando una muchacha, distraída, se aleja del lado de su madre, el amor se acerca a hurtadillas, la agarra y la devora, y como a veces toma la gallarda apariencia de un hombre, siempre hay que estar prevenida contra los hombres y huir de ellos y de su conversación... Pero a mí Thomas no me conversa, así que de prevención nada... En fin, lo mío es esperar en casa a que Thomas llegue, en invierno sentada junto al brasero, en verano cerca de la ventana buscando la brisa suave, y mientras tanto procurar algo de diversión con el cortejo de turno, porque las visitas me mantienen en vilo, el intercambio ingenuo pero seductor me alimenta. Total, marido celoso no existe, el mío por lo menos, y se lo ve tan poco por aquí que, cuando se lo ve, parece un completo extraño...*

No obstante, eso no siempre satisfacía a Anita Périchon y O'Gorman, quien, dotada de una sensibilidad muy viva y capaz de pasiones fuertes, se sentía abandonada cuando no estaba en compañía de su marido o de su cortejo de aduladores. Como la casa se llenaba de visitas durante el día, siempre algún vaivén cortés recibía. Una mirada intensa, alguna palabra arremetedora de algún caballero amistoso, siempre era bienvenida. Seguía las costumbres isleñas, que permitía este juego de coquetería entre las damas casadas. El asedio de los caballeros ante la sonrisa escondida detrás del abanico estaba socialmente autorizado, pero no mucho más. Eso sí: siempre que el marido no estuviera en la casa. Como Thomas dedicaba mucho tiempo a la navegación y los negocios, Anita llevaba adelante su rol de seductora con una maestría digna de aplauso. Sin embargo, era inimaginable que una mujer de su inteligencia y delicadeza de sentimientos, de su prudencia y su astucia, se volcara hacia esos extremos en los que arrasa la pasión y en los que se pierden los miramientos que requiere la decencia. Aunque se hiciera la sorda con su madre, tenía muy en cuenta las advertencias de *madame* Périchon: que era humillante ver a quienes parecen haber sido escogidas por la naturaleza para provocar la admiración del sexo opuesto degradarse y desprestigiarse ante la sociedad, como centro de las habladurías y el desprecio. Una y otra vez su madre le había advertido que había que tener cuidado y no exponerse demasiado, componer las formas, hablar poco, escuchar y atender a las recomendaciones de los mayores, que tenían de su lado la sabiduría que da la experiencia.

Anita volvió la vista hacia su marido, que mantenía aún una encendida conversación con su padre. ¿Por qué no la miraba a ella, en vez? ¿Por qué no le prestaba atención? Sentía celos. Y sentía celos de que él desconociera los suyos por completo. Hacía fuerza con la mente para que la mirara, para que advirtiera su presencia, pero los ojos desbordantes de brillo de O'Gorman estaban posados en su socio, que no era otro que su padre.

* * *

La nueva contienda se llevó adelante en el mar y su peso recayó en la Armada española, cuyo estado dejaba bastante que desear. Francia colaboraba poco y nada en aquel terreno, la mayor parte de los encontronazos se daban entre España y Gran Bretaña. El jefe de la escuadra del Mediterráneo, el almirante Mazarredo, había puesto en autos al rey acerca de las deficiencias materiales y organizativas de la Armada, pero esto le costó el puesto. Carlos IV no estaba dispuesto a atender fracasos, solo quería escuchar de éxitos y buenas noticias.

La Armada española, considerada la segunda del mundo en importancia por aquellos tiempos, presentaba grandes insuficiencias. A pesar de la excelsa calidad de sus buques, el entrenamiento de sus dotaciones no estaba a la altura de las circunstancias. Por falta de presupuesto, la mayor parte de los navíos permanecían amarrados y desarmados en los puertos, y los mandos y sus tripulaciones dedicaban su tiempo a otros menesteres mucho más triviales.

Pese a este estado de cosas, al que se sumaban las acusaciones del embajador francés en Madrid, que decía que «la escuadra española no sirve para nada», de todos modos estalló la guerra. El 14 de febrero de 1797, la flota española, al mando del almirante don José de Córdova, fue derrotada en la batalla del cabo de San Vicente por la escuadra del almirante Jervis, integrada por quince navíos. La vanguardia británica iba al mando del comodoro Nelson, quien cercó a la retaguardia española, incapaz de reaccionar debido a la impericia de sus hombres. El almirante Córdova perdió su empleo y fue inhabilitado en el mando para siempre.

Dos días después, ante la isla de Trinidad se presentó una escuadra británica al mando del almirante Henry Harvey. Inexplicablemente, el almirante hispano Ruiz de Opadoca ordenó incendiar los buques españoles y el gobernador dispuso evacuar la capital. Dos días después de la agachada, decidió firmar la capitulación en contra de la opinión de sus subordinados.

Tras algunas escaramuzas de menor importancia, las Canarias también sufrieron la arremetida. Era entrada la noche del 21 de julio. El cielo limpio y la luna llena permitieron el avistaje de una escuadra de bandera enemiga. El temerario contraalmirante Nelson se acercaba demasiado a la ciudad de Santa Cruz de Tenerife con cuatro navíos de línea, cuatro fragatas y una bombardera. Había planificado hasta el menor detalle la maniobra de desembarco en la playa de Valleseco, a pocas leguas de la ciudad, para luego avanzar y tomar por la retaguardia el castillo de Paso Alto y allí negociar la rendición de los españoles. Pero las cosas no salieron como imaginó. El inglés no contaba con la anticipación del gobernador de Tenerife, el teniente general Antonio Gutiérrez de Otero, quien dio la orden de preparar las defensas para un ataque inminente. Se reunieron milicias formadas por los propios vecinos de la isla, además de unos pocos militares españoles y un destacamento francés apostados en el lugar.

A la madrugada, tres fragatas inglesas se situaron a unas leguas de tierra firme y comenzaron los movimientos de desembarco. Entre los vientos desatados y el fuego defensivo de la armada, la intentona fracasó. A las diez de la mañana los ingleses lograron reponerse y desembarcaron unos mil hombres en la playa de Valleseco. A pesar de que consiguieron tomar una pequeña cota, no pudieron avanzar al encontrarse con las fuerzas de defensa, que hacían fuego desde el castillo de Paso Alto y desde otras fortificaciones. Tras un combate breve y debido al terreno escarpado, la imposibilidad de movimiento y la falta de apoyo naval, los ingleses iniciaron su retirada. Mientras tanto y a la espera de un nuevo ataque, Gutiérrez de Otero dejó un pequeño destacamento en el castillo, concentró fuerzas para la defensa de la ciudad y reforzó los puertos.

Tomando en cuenta sus dos fracasos, Nelson optó por atacar Santa Cruz de frente. A última hora, los ingleses se prepararon para el desembarco. Las barcazas comenzaron a navegar con visibilidad escasa y un silencio de tumba. Cubrían sus embarcaciones con lonas para evitar ser descubiertos, pero la fragata española *San José* los detectó y dio la alarma. Hicieron fuego sobre las fuerzas invasoras, algunas pudieron dirigirse al atracadero para cubrirse, las restantes se estrellaron contra las rocas. Nelson logró desembarcar pero, antes de llegar a tierra firme, recibió un impacto del cañón *Tigre* que le destrozó el brazo. Para entonces varios grupos de invasores habían logrado hacer tierra, pero los defensores los obligaron a refugiarse en el Convento de Santo Domingo, donde sin esperanza de socorro decidieron capitular. La rendición se firmó el día 25.

Los Périchon no salieron de la casa durante los días que duró el combate. Escuchaban aterrados el estruendo constante, que los obligaba a adivinar lo que sucedía entre tierra y mar. Pero el más preocupado era Thomas O'Gorman, cercano al fuego enemigo por su sangre irlandesa. Las bombas de afuera anunciaban el silencio de páramo de adentro.

CAPÍTULO
IX

Los más de trescientos ingleses que habían desembarcado en Tenerife, tras su rendición, fueron apresados y vueltos a embarcar en navíos de bandera propia y algunas españolas. El gobernador Gutiérrez los quería lejos del archipiélago, prefería limpiar el suelo español de sangre británica, que siempre podía representar un peligro.

Los Périchon eran franceses, se estimaba que ellos no correrían ningún tipo de riesgo. Pero el gran problema era Thomas O'Gorman. Aunque era irlandés y había enfrentado a los ingleses, la desconfianza hacia esos extranjeros, poco menos que apátridas para las autoridades, era mayúscula, y sus contactos comerciales no contribuían a disiparla. No solo había oficiado de salvoconducto a la hora del desembarco de toda la familia, sino que era el dueño de los contactos, el artífice de los negocios, la puerta de entrada a los comerciantes honestos y de los otros. Las transacciones limpias eran más fáciles de concretar. Thomas tenía colaboradores o secuaces, según fuera el negocio que tuviera entre manos. La tirria y la desconfianza contra el invasor inglés no ayudaban para que pudiera actuar tranquilo.

—Tenemos que irnos de aquí, Thomas. No podemos quedarnos mucho más, el silencio a nuestro alrededor es demasiado elocuente. Temo que suceda lo peor —le dijo Périchon a su yerno en un susurro, como si temiera que las paredes oyeran.

Estaban todos reunidos en su despacho, al fondo de la casa. La sala principal, que daba a la calle, se encontraba desierta desde hacía semanas. No se prendía ni una vela, los grandes cortinados estaban siempre cerrados y no era posible ver nada ni a nadie desde afuera. La familia prefería pasar inadvertida, no llamar la atención.

Doña Magdalena atajó a sus nietos que corrían enloquecidos por toda la casa y los acomodó sobre unos cojines, a su lado. Sentía la necesidad imperiosa de proteger a los pequeños O'Gorman y Périchon, víctimas inocentes del halo de odio que rodeaba a todo lo que se asociara con los ingleses.

Hacía días que Thomas se hundía en sus pensamientos, en busca de alguna solución a la catástrofe que vivían en la isla y que había venido a alterar su suerte. Sabía bien que si permanecían allí podía terminar muy mal. Intentaba disimular, no demostrar la inquietud que lo carcomía pero no lo lograba del todo. Anita lo perseguía a toda hora, le preguntaba, lo acosaba. Que fuera joven y entusiasta no significaba que fuera tonta. Y que pareciera no escuchar o no entender de negocios, solo ponía en evidencia que era una actriz fuera de lo común. Cuando estaba con sus padres, Anita regalaba sonrisas y parecía un cascabel. Pero a solas con su marido se convertía en un depredador que huele sangre y no ceja. ¿Qué pasa? ¿Qué haremos? ¿Por qué esa cara? ¿Y esa mirada torva? ¿Cuándo nos tocará a nosotros? Cuida de tu familia, protege a tu gente, despierta de ese letargo, Tom. ¿Es pereza o negligencia lo tuyo? Así lo acicateaba como pico de pájaro carpintero.

—He estado pensando y creo haber encontrado la mejor alternativa —señaló Thomas, mientras se fregaba la barbilla una y otra vez.

Sus suegros, sus cuñados y su esposa lo miraron impávidos. Contenían el aliento, como si entendieran la importancia de las deliberaciones por venir. También los pequeños Tomás y Alfonso hicieron silencio, copiando el gesto de los grandes.

—Tengo un tío en el sur, mi querido tío Miguel O'Gorman.

—¿En el sur dónde? ¿Qué es este parentesco del que nunca me habías hablado, Thomas? —preguntó Anita, impaciente.

—Es que tampoco había hecho falta. Tengo entendido que está muy bien establecido en Sudamérica, en Buenos Aires. Es el médico personal del virrey.

Los varones intercambiaron miradas. Don Armando fruncía el ceño, se movía para un lado y para el otro dando grandes zancadas.

—¿Será oportuno mudarnos a una colonia española en este momento? —dudó Juan Bautista, que estaba al tanto del mapa de Europa y sus conquistas alrededor del mundo.

Miguel O'Gorman, educado en París y Reims, había formado parte de la expedición del primer virrey del Río de la Plata, don Pedro de Ceballos, a quien había acompañado en las capturas de Santa Catarina y Colonia del Sacramento. Después de la firma de la paz con Portugal, se había establecido en Buenos Aires como médico personal del virrey Juan de Vértiz y Salcedo, sucesor de Ceballos en el cargo, y veinte años después continuaba en ese remoto lugar del sur del Imperio.

—La presencia de mi tío mitigaría cualquier exabrupto —respondió Thomas. —No se preocupe, don Armando. Yo me ocuparé de enviarle una carta poniéndolo en tema para que los reciba.

—¿Qué estoy escuchando, querido? ¿No te incluyes en la partida? —lo interrumpió Anita con ojos refulgentes.

—Tengo que resolver unos asuntos con tu padre, Ana

—explicó seco O'Gorman, siempre reticente a la hora de hablar de negocios con su mujer.

Algo habían estado conversando, yerno y suegro, acerca de una ampliación de mercados. Y los puertos de América habían sido la opción mejor.

—Thomas hará una parada en Lima, *chérie*, y luego se nos reunirá. No debes inquietarte, no hay por qué —intervino Périchon con la mirada puesta en su yerno.

Estaba todo decidido. Desarmarían la casa por las noches, para que nadie sospechara, y llenarían los arcones con lo indispensable. Una legión de esclavos y trabajadores de confianza prepararían la fragata *María Eugenia* y, cuando todo estuviera listo, en una medianoche de cielo claro zarparían. Lo mismo haría Thomas, pero con otro destino.

A muchas leguas hacia el norte se preparaba otro barco para zarpar. Durante seis meses anclados en el Támesis, la fragata *Lady Shore*, propiedad de la Compañía de Indias, se alistaba para salir rumbo al sur, hacia Botany Bay, en Australia. Además de la tripulación de rigor, se habían sumado 245 convictas, la gran mayoría condenadas por crímenes insignificantes, pero una buena porción solo por «desorden», un eufemismo para el cargo de prostitución. Entre la turba femenina, que ya había sido bien observada por la multitud de hombres revoltosos, había varias conocidas como mujeres rudas y de mal carácter. Una, sobre todo, había despertado la agitación generalizada: la jovencita Mary Clarke, una belleza descomunal entre tanto mozo desesperado.

* * *

Durante la primera mitad del siglo XVIII, la Corona española había centralizado el poder político en la España peninsular, eliminando las diferencias regionales. Pero a mediados de siglo, decidieron iniciar las mismas reformas en todas sus posesiones ultramarinas, apartándolas de las influencias de las élites locales y haciendo que los reinos de ultramar pasaran a funcionar como colonias, orientadas a satisfacer las necesidades de la metrópoli.

Las reformas borbónicas se habían establecido con la única intención de tener el control sobre las colonias americanas, para que la Corona aumentara sus réditos explotándolas. Para lograrlo, se había optado por profesionalizar el ejército, acentuar las prohibiciones para los criollos e impedirles participar en mandos políticos o eclesiásticos, y tener más vigilados a los virreyes y demás funcionarios indianos. La causa de las reformas no había sido otra que la necesidad de liberar el comercio y la apertura de nuevos puertos para mejorar el comercio exterior de España. Otra de las causas había sido la expulsión de los jesuitas de los territorios del Imperio Español, porque eran de dudosa obediencia al rey.

En cuanto a las reformas económicas, la preocupación central de los gobernantes españoles era el aumento en la recaudación de impuestos. No obstante, el crecimiento estrepitoso de los gastos de defensa había hecho que las colonias americanas no contribuyeran mucho al sostenimiento de la Corona. Pero lo más importante seguía siendo la insistencia en el desarrollo del comercio con América como mercado cautivo, que debía convertirse en la base del crecimiento económico del reino. Fue así que se establecieron medidas de prohibición a la producción local que pudiera competir con las exportaciones peninsulares.

Algunas de estas reformas habían comenzado a generar cierto malestar entre las poblaciones locales. Se empezaba a sentir el yugo de un control que antes no tenían. Los primeros en manifestar su encono habían sido los virreyes, ya que su poder se veía limitado a través de las intendencias. Se dividía el poder político hacia otros cargos y se aumentaba el aparato estatal.

La creación del Virreinato del Río de la Plata en 1776 y la apertura del Consulado en 1794 en el puerto de Buenos Aires habían generado una gran competencia para las grandes familias mercantiles asentadas en Lima, quienes buscaron, en la diversificación de sus negocios, el mecanismo adecuado para sortear los embates de los reformadores.

Los comerciantes peruanos eran verdaderos negociantes. Llevaban adelante sus transacciones con distintos puntos de América y Europa, formaban compañías para determinadas actividades, prestaban dinero y participaban en la conducción del Consulado de Comercio. Algunos invertían en tierras, otros en minas y ocupaban puestos clave dentro de la sociedad colonial. Llevaban vidas de grandes señores, típicas de una sociedad cortesana, portadora de rango, poder y riqueza, que iba en busca del esplendor público y el honor familiar y en la cual las relaciones eran una importante moneda de cambio. Una sociedad donde el prestigio y la jerarquía social eran el principal patrimonio, que mantenían un alto grado de cohesión a través de las relaciones comerciales y del parentesco que otorgaba el matrimonio.

Negociaban principalmente con el puerto de Cádiz, donde tenían a sus compadres y familiares, amigos y parientes. De un total de veinticinco comerciantes principales, se destacaban ocho: los hermanos José Matías y Antonio de Elizalde, Juan Bautista de Sarraoa, Juan Bautista Gárate, Blas Ignacio Tellería, conde de San Isidro, y el conde de Fuente González, quienes a su vez cumplían funciones de prior o cónsul en la dirección del Tribunal del Consulado. Este grupo selecto controlaba el comercio transcontinental e intercolonial en el Pacífico.

Los comerciantes extranjeros que se establecieron en Lima diversificaron sus negocios en busca de no repetir lo que ya estaba dado dentro de la comunidad hispana. A diferencia de los españoles, intentaron abarcar una mayor gama de transacciones mercantiles, comerciando con todos los puertos del Pacífico e importando mercaderías provenientes de puertos europeos y otros americanos. Beggs & Company, John Parish Robertson, Templeman & Bergman y pocos más habían sido registrados como almaceneros de primera y segunda categoría.

Ese era el panorama que esperaba al irlandés Thomas O'Gorman al momento de su desembarco.

* * *

Muchas leguas al sur de la ciudad de Lima, el francés Jacques Antoine de Liniers, cuyo nombre de pila había castellanizado como Santiago, dirigía la fortificación de Montevideo. Punto de defensa de los dominios españoles en el Atlántico contra las pretensiones portuguesas y de quien pretendiese avanzar, el presidio* intentaba poner límites, poblar con familias y asegurar la campaña de una de las bandas del Río de la Plata.

La ciudadela ofrecía un aspecto de grandiosidad imponente con su cerco amurallado, que asemejaba un abrazo protector del caserío. Allí se había instalado, desde hacía algún tiempo, el militar de origen francés, viudo pero vuelto a casar. Santiago de Liniers había nacido en Niort el 25 de julio

* Así se llamaba a las plazas o fortalezas guarecidas por soldados.

de 1753, tercer hijo varón del caballero Jacques de Liniers y Enriqueta de Brémond, también ella de noble linaje. Siendo un niño, había cursado estudios con los Padres del Oratorio*. Como no era el primogénito, no podría pretender más que una diminuta porción del patrimonio familiar, que, por otro lado, ya venía disminuido. Pero gracias al apoyo de su tío y padrino, el conde de Bremond y gobernador de Amboise, pudo entrar con apenas doce años en la Orden de Malta** como paje del gran maestre Manuel Pinto de Fonseca. La familia ya había entregado ocho caballeros a la orden, que era la escuela militar favorita de la nobleza europea, aunque algo alicaída respecto de su antiguo esplendor. Permaneció allí durante tres años, lo que le permitió entrar en contacto con el mundo árabe y ejercitar la lengua española. Su hermano mayor, Jacques Louis, conde de Liniers, luego de una vida disoluta en la Corte de Versailles, había emigrado a América durante la Revolución para luego desembarcar en Buenos Aires.

Mientras estuvo ordenado, el paje Liniers debió asistir a algunas expediciones militares, como la dirigida contra Mehemet Bajá, y regresó, en 1768, a su patria con la cruz de caballero, de la que se sentía muy orgulloso. Gracias a la recomendación de su tío materno, consiguió un despacho de subteniente de caballería en el Regimiento de Royal-Piémont en

* Esta congregación se rige por la regla de San Felipe Neri y tiene tres objetivos: oración, predicación y los sacramentos. Su regla es ser amable más que severo, y las faltas muy graves deben ser tratadas indirectamente.

** Orden religiosa católica fundada en Jerusalén en el siglo XI, nació dentro del marco de las Cruzadas, y junto con su actividad hospitalaria, desarrolló acciones militares contra los ejércitos musulmanes.

Carcasonne, pero la inacción de la paz continental lo sumía en un letargo que le resultaba difícil de soportar. Pasados seis años y ante los rumores que decían que el gobierno español se alistaba para una expedición contra Marruecos y Argel, sintió el ansia de formar parte de la moderna cruzada. Entregó la dimisión al comandante general del Languedoc, Gabriel de Talleyrand, y cruzó la frontera española sentando plaza de voluntario en la escuadra reunida en Cartagena. El jefe de la expedición era el general irlandés O'Reilly, y la escuadra estaba compuesta de cuarenta y seis buques al mando del teniente general don Pedro Castejón. Liniers sirvió en calidad de edecán del príncipe de Rohan, quien más tarde sería guillotinado durante la Revolución Francesa. Fue durante esta larga e infructuosa campaña que Santiago entabló amistad con otro joven intrépido, Baltasar Hidalgo de Cisneros, con quien compartía las ganas de recorrer el mundo.

El joven Liniers recibió una felicitación por su conducta y rindió examen de guardiamarina en Cádiz, y a poco fue ascendido a alférez y embarcado en la expedición que el flamante virrey del Río de la Plata, don Pedro de Ceballos, lideraba hacia el sur del Imperio Español, en noviembre de 1776. En Montevideo se les incorporó la fragata *Rosalía,* a cuyo bordo se encontraba el alférez de navío don Diego de Alvear y Ponce.

España mantenía litigios con Portugal en las costas sudamericanas. Tomada la isla Santa Catalina, Ceballos atacó a los portugueses en la Colonia del Sacramento.

A los dos años y habiendo clausurado con éxito su misión, Ceballos y su comitiva decidieron retirarse a reposar sobre laureles en la ciudad de Buenos Aires, capital del Virreinato. Debieron entrar de incógnito, frustrando el proyecto de los habitantes, que habían preparado un arco de triunfo para recibirlos y que tuvieron que contentarse con manifestar su alegría y agradecimiento con iluminaciones y fiestas de toros que duraron ocho días.

Desde 1779 y a la rastra del Pacto de Familia, España nuevamente unía su flota a la francesa contra la de Inglaterra. Liniers hizo campaña a bordo del *San Vicente* y posteriormente en la *Concepción*. En el sitio de Mahón, en 1782, se distinguió por su habilidad y bravura, recibiendo una herida. Fue ascendido a teniente de navío. Igual de brillante fue su desempeño en el sitio de Gibraltar, donde tras una lucha encarnizada pudo salvarse a nado.

El 1° de junio de 1783, en Málaga, se casó con Juana de Mainville, una señorita de veinte años con un único hermano, con quien compartía una fortuna considerable que su padre, gentilhombre bearnés, les había dejado en efectivo y en dos fincas, a dos leguas de Málaga. Los años subsiguientes, el capitán Liniers los pasó en las costas de España, ocupado en trabajos hidrográficos, hasta que, en 1788, el gobierno lo destinó a formar parte de la escuadrilla del Río de la Plata. A poco de instalarse en Montevideo con Juana y su hijo Luis, ella sufrió una enfermedad que pronto le costó la vida. Devastado, Liniers le escribió unas líneas a su hermana Enriqueta, su querida *Linote*:

> «... Cuando bebemos largos tragos en la copa de la felicidad, marchamos ardientemente hacia la meta que nuestra loca imaginación nos presenta, pero apenas nos roza la adversidad cuando la ilusión cesa y es entonces cuando vemos los objetos en su verdadera dimensión y aprendemos a apreciarlos. Si yo no temiera, mi querida amiga, causarte demasiada pena, ¡qué cuadro te habría hecho del triste acontecimiento que acabo de sufrir!...»

Solo y con el pequeño Luis a su cargo, se mudó a Buenos Aires, y al poco tiempo desembarcó allí su hermano mayor, Santiago Luis. Montaron una empresa de salazones, fabricación de velas y caldo concentrado de carne en tabletas. El negocio resultó próspero mientras la libertad de los mares permitió el libre comercio.

Liniers volvió a apostar al amor y se casó, en agosto de 1791, con Martina de Sarratea y Altolaguirre, hija del representante en Buenos Aires de la Compañía de Filipinas, don Martín Simón de Sarratea, que lo introdujo en la alta clase de comerciantes de la ciudad.

Una vez ascendido a capitán de navío, se dedicó a sus funciones: fortificó Montevideo y armó la zona con una gran cantidad de chalupas cañoneras para asegurar la defensa del Río de la Plata.

* * *

Anita se sentía mal. Hacía semanas que no toleraba las señales que le enviaba su cuerpo. «*Que me cincha, se me engrosa la cintura... ya no tolero un minuto más esta molestia que parece suave pero revoluciona mis entrañas día y noche...*» Sí, Anita llevaba una nueva criatura en su vientre. El embarazo avanzaba y el viaje en barco le resultaba interminable. Había supuesto —con inocencia propia de un infante— que su estado no complicaría las cosas, que los largos meses a bordo no dejarían registro nauseabundo en sus sentidos. Pero se había equivocado, y cómo.

Desde que había abordado el *María Eugenia* supo que estaba encinta, hacía un buen tiempo ya que no sangraba. Y aunque intentara ignorar a aquel cuerpecito que crecía minuto a minuto dentro de sus entrañas, llegó un momento en que eso se hizo imposible.

Su madre pensó que la palidez que despintaba la cara de su hija era producto del mal del mar, y así lo mantuvo durante algunas semanas. Hasta que Anita ya no pudo trucar más la realidad y le confesó la novedad. La familia entera celebró con alegría, aunque el gesto de Anita no decía lo mismo.

—¡Pero cambia la cara, hija mía! Pareces aporreada a escobazos, y no una madre joven, más hermosa y viva que nunca —la reconvino *madame* Périchon y levantó el vaso de vino, a tono con el resto de los presentes, a modo de brindis por el feliz suceso.

—Bebe un sorbo, Anita —le ofreció su padre, exultante ante la noticia del nuevo miembro de la familia que se avecinaba. —Eres la causante de nuestra alegría y tienes que brindar con nosotros.

—Ay, *papan*, el asco que tengo… Tan solo el olor me revuelve las tripas, no me entiendo —susurró Anita y se secó la frente perlada de sudor con su pañuelito de lino.

—El malestar con los otros niños me duró poco. Esta vez se me ha estancado adentro, no sé qué me pasa…

—Tal vez sea la falta de tu marido, querida. Pero no te preocupes, se nos unirá en menos de lo que canta un gallo —probó doña Magdalena.

Anita miró a su madre con fuego en los ojos. Sus hermanos, que disfrutaban de las copas despreocupadamente, enmudecieron en el acto. La cara de Anita no auguraba nada bueno. Temían que los arrasara el vendaval de su furia. Cuando su hermana se enojaba, cuidado con el que anduviera cerca. No contenía su instinto, era capaz de reaccionar a pura fuerza, y su mano era capaz de lastimar tanto como su lengua, que lograba ser feroz cuando percibía de lejos el ataque.

Sin previo aviso, el cielo se puso negro como la noche y el viento empezó a aullar anunciando tormenta. La tripulación se hizo notar a los gritos y comenzó a prepararse para hacerle frente. El baile de la fragata en las olas embravecidas provocó la confusión de los pasajeros. Empezaron las corridas a bordo, los varones listos para ofrecer su ayuda, las nanas tras los pasos de los pequeños Tomás y Adolfo, que disfrutaban del movimiento inesperado como si se tratara de un juego, y doña Magdalena que intentaba ayudar a su hija, que sentía aumentar la fuerza de sus náuseas.

La tempestad fue capeada, pero no sería la única ni la última en teñir el viaje de los Périchon hacia América. Lo que parecía que iba a ser una travesía llena de jolgorio y augurio de una vida mejor, se transformó en un sinfín de contratiempos que se sucedieron unos a otros y, si bien no llegaron a mayores, ensombrecieron el bienestar y el humor de todos a bordo. La llegada se demoraba por demás, parecía que el destino no se avistaría nunca en el horizonte y el viaje se les hacía interminable.

Transcurrieron algunas semanas pero el cuerpo de Anita no le daba tregua. El embarazo se complicó y una de las criadas que viajaba con ellos, conocedora de los menesteres del parto, les advirtió a los Périchon que necesitaban tierra firme con urgencia. No veía con buenos ojos el estado de su patrona y aún faltaba demasiado para arribar a Buenos Aires.

—¡Atracaremos en Montevideo, tripulación! —ordenó Armando Périchon. —No llegamos a Buenos Aires en estas condiciones y la vida de mi hija es lo más importante.

No hubo ninguna reacción adversa ante la disposición del dueño de la nave. Debían anclar cuanto antes y Montevideo era la mejor opción.

SEGUNDA PARTE

El paraíso americano

CAPÍTULO
I

El desembarco en el puerto de Montevideo no fue nada fácil. A medida que se acercaban al Río de la Plata, los riesgos crecían. Ese río no era de confiar. Inspiraba serios temores entre los navegantes, casi siempre corroborados. El capitán conocía algunos datos imprescindibles que había tomado en cuenta, pero a pesar de eso la amenaza constante de las corrientes cruzadas sacudía a la embarcación día y noche. Que no caminaran en cubierta, que pasaran al ancla, que el desembarco se hiciera atravesando el cerro de Montevideo sudoeste, todo debía seguirse al pie de la letra. El puerto era una ensenada que formaba la costa septentrional del Río de la Plata a manera de herradura con dos puntas salientes, la de San José y la de Piedras, que se proyectaban al noroeste y distaban cuatro millas entre sí. El menor fondo era de 18 pies y disminuía progresivamente hasta la playa de arena.

El puerto de Montevideo era el único en todo el Río de la Plata que estaba en condiciones de admitir embarcaciones de porte. Sin embargo, se aventuraban a encallar en el fango del fondo si la marea no acompañaba. Los navíos de gran calado se veían forzados a permanecer en la boca de la ensenada. Los menores se atrevían a penetrar a fuerza de vela, pero muchas veces se veían expuestos a encallar o ser lanzados sobre la costa del Cerro.

La *María Eugenia* iba bien capitaneada, pero eso no excluía las probabilidades de naufragio si las condiciones climáticas eran adversas. La fragata avanzaba a tranco lento, la tripulación rezaba en silencio para que nada interfiriera y los Périchon no emitían sonido, no fuera que desconcentraran al capitán en ese momento tan delicado. Pero este, acostumbrado a las vicisitudes de la navegación, relataba a quien quisiera oírla una anécdota de otros años que había tenido al velero *Nuestra Señora de Luz* como protagonista. Iba de regreso a Cádiz desde Buenos Aires con carga de oro, plata labrada, pieles, lana de vicuña, cueros y ciento cincuenta pasajeros a bordo. Hechas las provisiones, el viento había arreciado de tal manera que a las personas que habían desembarcado no les fue posible regresar a bordo. El navío había salido de la bahía y se había perdido de vista. A la mañana siguiente, no quedaron rastros de él. Anita ahogó un grito: la funesta historia empezaba a aterrarla. *Madame* Périchon tomó la mano de su esposo y se la estrujó como si fuera un trapo. Todos lo escuchaban en vilo y el capitán continuó, fascinado con la atención lograda. Se habían dispuesto los escasos medios de salvataje con que contaba el puerto y nada se supo durante los cinco días que duró la búsqueda por toda la costa.

Con el aullido del viento de fondo, el capitán confesó que finalmente el mar había empezado a arrojar cadáveres a la playa y solo dos meses más tarde pudo localizarse el casco en el que habían trabajado siete buzos para buscar el tesoro. Juan Bautista y Luis interrogaron al capitán; querían saber si el oro y la plata se habían recuperado. El capitán no se explayó sobre esos asuntos pero destacó la bravura de aquellos hombres, que exigían aguardiente para poder trabajar en las tareas de rescate.

A pesar de los vientos huracanados, por fin lograron atracar el *María Eugenia.* Luego de descender, buscaron un caserón para instalarse que los albergara a todos. Pero sobre todo, que tuviera las mínimas comodidades para el parto de Anita, que se anunciaba inminente. La comadrona improvisada aseguraba que el embarazo no llegaría a término.

El 18 de julio de 1797 nació María Micaela Leonor O'Gorman Périchon de Vandeuil, sin contratiempos y gozando de buena salud. El bautismo de la recién nacida tuvo lugar poco después en la iglesia Matriz. Los padrinos fueron la abuela materna y el comandante director de ingenieros don José García, en representación del tío de la criatura, don Miguel O'Gorman, único pariente cercano por parte del padre.

Tras algunas semanas de reposo que cumplió a rajatabla porque nada la tentaba más que el descanso y la cama, Anita se dispuso a escribirle a su marido para darle noticias. En unos días saldría el despacho rumbo a Lima, así que se tomaría su tiempo para pensar qué le confiaría. El nacimiento de su hija, desde ya, única niña entre tanto varón, y hasta ahora, la única ilusión que tenía. Mientras escribía, Anita pensaba en Thomas y ansiaba que estuviera a su lado en esa ciudad nueva, ante el panorama inquietante de un continente desconocido, plagado de costumbres que le eran ajenas. Precisaba contarle que se sentía diferente, como escrutada por los habitantes de la ciudad. ¿Le confiaría que los ojos punzantes de los hombres sobre su cuerpo no le desagradaban en lo más mínimo? Tal vez un poco de atención masculina no le vendría nada mal. En cambio la mirada de las damas le desagradaba bastante. Motivos tenían de sobra para recelar. Allí las señoras usaban faldas amplias con volados hasta el tobillo, medias blancas de algodón y mantilla. Anita, en cambio, había traído consigo su guardarropas completo con vestidos de tafeta de los colores más variados y vibrantes, medias de seda y zapatos forrados en satén, con taco y hebilla. Y eso que todavía no había podido lucirlos en toda su extensión, hacía pocos días que se sentía fuerte como para salir a la calle.

La curiosidad la carcomía, ¿en qué andaría su marido? ¿Pensaría en ella a la distancia? Debía hacerle una crónica cotidiana de su vida allí, pero no se le ocurría qué podría interesarle. Por ahora, tenía poco para contar; prefería preguntar, pero no quería parecer cargosa o incisiva. En una de esas, si se mostraba desbordante de honestidad y de añoranza marital, aunque el esposo brillara por su ausencia y no diera pistas precisas sobre el día y la hora del reencuentro, él movería la pluma sobre el papel y le confesaría cuánto faltaba para que pusiera proa rumbo a sus brazos... Pero no, demostrar amor jamás. Eso había aprendido: mejor un corazón duro, preparado para no recibir embates sufrientes. Había que tener cortito el bombeo amoroso, dominar siempre antes que sentirse avasallada. Se prefería una *madame* Pompadour antes que seguir a su madre, en la que veía a veces la mirada triste de una enferma del querer. Ella nunca. Extrañaba a Thomas, pensaba en él, pero reprimiría la ansiedad tanto como le fuera posible.

* * *

Thomas mantenía una reunión privada con William P. White*. El comerciante venido de Massachussets había hecho buenas migas con su suegro en los tiempos de Borbón y ahora se reencontraba con el yerno en Lima para hablar de negocios.

* Su segundo nombre, desde la obra de A. J. Carranza, *Campañas navales argentinas*, usualmente fue citado como Pío (o *Pious* en inglés); un estudio reciente señala que habría sido Porter.

El desembarco en El Callao había sido auspicioso. Al menos así le había parecido a O'Gorman. Tan solo llegar a la ciudad amurallada y cruzar la Portada del Callao, la primera impresión lo había impactado. Le había llamado la atención su aspecto oriental, tan diferente a lo que había imaginado antes de arribar. Desde lejos se veían los miradores de las casas, las torres macizas y las cúpulas de media naranja de las iglesias. Las fachadas desnudas de las casas quedaban interrumpidas por las celosías de los balcones y los maceteros de plantas expuestos en las ventanas daban el aspecto de jardines colgantes. Las calles estaban enmarcadas por largos e interminables muros, que alojaban a monasterios y conventos, y al lado, los palacios de la nobleza que residía en la ciudad.

Gracias a los negocios comunes y otras vinculaciones, O'Gorman se había hospedado en casa de Joseph Antonio de Lavalle y Cortés, portador de los títulos de conde de premio real, regidor perpetuo del Cabildo y síndico procurador, además de haber ejercido como prior del Tribunal del Consulado de Lima y ser caballero de la Orden de Santiago. Era una evidencia a gritos que Thomas nada tenía que ver con el linaje del peruano, hijo de vizcaínos, como la mayoría de los más ricos comerciantes indianos, pero la compra y venta de algunos productos los había acercado. Los negocios habían salido redondos para ambos, el tiempo los volvía a juntar.

El caserón donde habitaba Lavalle y Cortés desbordaba de lujo. La enorme sala se iluminaba con dos arañas de cristal y las paredes estaban adornadas por espejos de marcos dorados y gobelinos con escenas pictóricas. El retrato de un antepasado de don Joseph, su bisabuelo, don Martín Lavalle Llanas, regidor de Musques en Vizcaya en los años del pasaje entre siglos y casas reinantes en España, lideraba la habitación. En el medio de la sala descansaban un pianoforte y consolas enconchadas, junto a floreros de porcelana de gran exquisitez. Sobre la alfombra se apoyaban los muebles tallados con sus cómodos y mullidos sofás de borlón carmesí. En el comedor, espacioso y refulgente, destacaba el aparador de madera pulida que guardaba los vasos de plata, los aguamaniles también de plata con bordes dorados y los imponentes jarrones repujados. En un sitio especial atesoraban el vino: en garrafas de vidrio, los recios y comunes; en las de plata, los exquisitos y estacionados. La mesa de caoba, interminable, estaba rodeada por varias mesitas contiguas con vajilla, cubiertos, saleros y servilletas de lino. Allí disfrutaban de las largas comidas, desbordantes de delicias preparadas por un batallón de criados domésticos.

La alcoba de huéspedes adjudicada a Thomas no era de las más amplias de la casa, aunque no escatimaba en comodidades. La cama, con dosel y ricas cortinas de brocato, era alta y de cujas umbrosas de madera tallada. Haciendo juego había una banqueta cordobesa tachonada de cobre y un sofá para dormir la siesta, que Thomas disfrutaba de tanto en tanto. Se sentía observado por la numerosa cantidad de imágenes piadosas que vestían la recámara, ni que hablar del imponente crucifijo de madera tallada que lideraba uno de los rincones. Como buen irlandés, O'Gorman se declaraba católico, pero de ahí a practicar la religión había una distancia inmensa. La religión le había servido para los negocios, para evitar persecuciones. Pero la culpa y el pecado lo dejaban indiferente.

O'Gorman y White habían acordado el encuentro un poco alejado del centro. Preferían mantener la privacidad de la reunión. En la casa donde se hospedaba Thomas, aquello hubiera sido imposible. Los Lavalle y Cortés eran una familia muy numerosa, además de grandes anfitriones que recibían gente sin cesar.

William estaba al tanto del desembarco del yerno de su amigo y, pasado un tiempo prudencial, se había puesto en contacto. Aquella taberna de pocas mesas era perfecta para la reunión.

—Me siento asombrado con esta ciudad. Es realmente increíble —destacó Thomas mientras dejaba vagar la mirada por las desbordantes enredaderas que surgían entre los tapiales.

—Así es, mi amigo. Estamos en el paraíso, habrá que disfrutarlo mientras dure, aunque estimo que sabes que no será para siempre.

—Puede ser, pero aquí me siento a salvo, William. Hace rato que Europa no ha hecho otra cosa que expulsarnos.

—Me temo que es un juicio demasiado temprano el tuyo. Como sea, nosotros los comerciantes vivimos para ganar, sacar rédito de las circunstancias, sean estas las que sean. Esa es nuestra ley, O'Gorman. —White lo escrutó sin tapujos y bebió un sorbo de su café. —Europa hace sus negocios, nosotros debemos copiarla y hacer los nuestros. No existe el destierro cuando no hay patria, hombre. Menos sentimentalismo, Thomas, y más acción.

O'Gorman volvió a perder la vista por la ventana, el perfume de las plantas también convocaba sus sentidos. Podía parecer desconcentrado pero en realidad pensaba, urdía planes, buscaba palabras certeras. Había llegado a Lima para continuar con los negocios de su suegro, pero de pronto sentía que algo, un deseo nuevo, se abría paso dentro de sus entrañas. Las mercancías de siempre ya no le bastaban, quería emprender una empresa propia, plenamente suya.

—Tengo ganas de iniciar algunos negocios, William —dijo.

—Claro, si a eso has venido hasta Lima.

—Por fuera de mi suegro —arriesgó.

White hizo silencio y pasó una mano por la onda de pelo bien peinada. El comerciante estadounidense era conocido por sus múltiples acuerdos, entre los que estaban bien afianzados la venta de esclavos y el contrabando. Nada habían logrado detenerlo ni el avance inglés ni las reformas borbónicas. El dinero se lo ganaba a cualquier precio.

—¿Cómo se encuentra mi amigo Joseph? —dijo White, optando por cambiar de tema.

Thomas se avino a los términos que le proponía su interlocutor y le siguió la corriente. Se tomó su tiempo y parloteó un buen rato acerca de nimiedades insustanciales. Nada dijo de los negocios de quien lo acogía. Lavalle y Cortés era un gran comerciante que nada ni nadie lograban tumbar. Las reformas borbónicas se habían puesto en práctica como una manera de frenar, entre otras cosas, el contrabando en las colonias americanas, es decir, el comercio semilegal que favorecía no solo a otros países europeos sino a diversos comerciantes hispanoamericanos. España quería evitar a toda costa el control comercial que otras potencias de Europa comenzaban a ejercer sobre sus colonias. Frente a esta liberalización del comercio, algunos comerciantes, entre ellos Lavalle y Cortés, habían logrado acomodarse con bastante éxito al nuevo esquema. El peruano se había reconvertido en un próspero capitalista, que expandió sus negocios en varias actividades comerciales y crediticias. Vendía un sinnúmero de mercaderías, como cobre, cacao, cascarilla, pero las grandes ganancias se originaban en el tráfico de esclavos.

—Los negocios están al sur, mi estimado amigo —pronunció White y dio un sorbo a su café.

—¿Entonces no te quedas en Lima, William? —Ávido, Thomas quería saberlo todo.

—Parto en breve al Río de la Plata. Aquí ya he tocado un techo y no tengo nada que hacer.

—¿Algún negocio en Buenos Aires?

—Nada confirmado aún pero es allí donde hay que estar, Thomas. ¿No era el sitio elegido por ustedes, acaso?

—Así es, además tenemos el atajo de que un familiar mío ya está instalado allí en una situación más que favorable.

—Pues no entiendo qué haces perdiendo el tiempo en este sitio, entonces. No sacarás ganancias en Lima, amigo. Si no me crees, pregúntale a don Joseph, que tiene a su hermano Manuel en esas costas, de contador de la Real Audiencia. ¡Y allí está tu familia!

O'Gorman dudaba. Atendía pero no confiaba del todo en William P. White. Tal vez este buscaba evitarse la competencia. Si aquella ciudad del sur era la Arcadia, ¿qué hacía allí sentado frente a él? ¿Era verdad que tenía los días contados en Lima? ¿Tendría su embarcación lista en El Callao? Las preguntas lo aquejaban, las respuestas brillaban por su ausencia.

* * *

Don Santiago de Liniers permanecía todavía en Montevideo. Estaba allí instalado junto a su joven esposa, que ya le había dado tres hijos: María del Carmen, de cinco años, Enriqueta de casi dos, y el pequeño Juan de Dios, de apenas seis meses. De tanto en tanto cruzaba el río y desembarcaba por unos días en Buenos Aires para encontrarse con su hermano Santiago Luis, que lo había seducido para que formara parte de la empresa de salazones. Le había prometido brillantes expectativas que él había aceptado, pero los negocios no estaban resultando todo lo que le había prometido. Ya había perdido más de diez mil piastras pero aquello no lo había desmoralizado del todo. Prefería dar una oportunidad a los negocios con su hermano y vivir tranquilo en el seno de la familia antes que sucumbir al sobresalto constante de Francia.

El silencio que le llegaba desde Europa lo tenía a maltraer. Habían pasado cuatro años sin noticias de su familia allí. Los más funestos presagios embargaban su mente. Temía que los suyos hubieran estado relacionados con las escenas más sangrientas de los inicios de la Revolución. Llevaba ocho meses sin recibir buques de la metrópoli y las noticias le faltaban. Presentía que algunas de las cartas habrían caído en manos de los ingleses, y eso lo inquietaba. Pero anteponía el bienestar de su esposa e hijos antes que nada. Tenía la seguridad de un ingreso suficiente para permitirles vivir con cierto desahogo, y encontraba en ellos una tranquilidad y una felicidad que la ambición devoradora de otras épocas no le había proporcionado de ninguna manera. Su hijo mayor, su pequeño Luis, no estaba junto a él sino en Málaga, al lado de su tío, y esa era su principal fuente de aflicción. Lo extrañaba, las noticias tardaban en arribar y esa ausencia se le hacía dolorosa.

Intentaba mostrarse exultante con su mujer pero a veces se le notaba el fingimiento. Le preocupaba no poder estar a la altura de la vivaz Martina, hija del próspero comerciante Sarratea y bastante más joven que él. Ella lograba entrever los gestos de esfuerzo de su Santiago y a su vez emprendía su propia farsa de esposa colmada y satisfecha. Amaba tanto a su marido que no quería que él pensara que algo le faltaba a su lado.

A fines de agosto, con un frío que insistía en no retirarse de la ciudad fortificada, un par de oficiales golpearon la puerta de la casa de Liniers. Apenas despuntaba el alba, la escarcha pintaba las calles y solo se escuchaba el piar de alguna gaviota escandalosa.

—¿Quién vive? —gritó desde adentro.

—Venimos a buscarlo, capitán. Tenemos un problema —respondieron.

Liniers se vistió a la velocidad del rayo, instó a su mujer a que se quedara en cama, le aseguró que no era nada importante y salió. Los mozos no podían adelantarle mucho, estaban algo aturdidos. Aparentemente había estallado un motín, se trataba de gente de cuidado, peligrosa y repleta de armas, las mujeres eran las más feroces... Don Santiago los escrutó con ojo embravecido y apuró el tranco. No sabía si no entendía nada por el madrugón o por la torpeza de sus hombres para dar cuenta de la situación. Llegaron al muelle, donde una multitud cabizbaja aguardaba indicaciones. Una guarnición de soldados españoles los apuntaba, otros cargaban una bandera francesa arrugada.

—¿Qué es esto? ¿Qué sucede aquí y quiénes son estos hombres? —lanzó Liniers, inquieto.

—Parte de la tripulación del *Lady Shore*, mi capitán. Han desembarcado con esta bandera que les ha sido confiscada en el acto. Son amotinados, parece que han experimentado una situación temible a bordo. Algunos fueron arrojados a la mar, también hay unas mujeres dentro del grupo —le informó un oficial.

Liniers se acercó a los intrusos, que hablaban en inglés. Temió lo peor. Al costado y algo alejadas del grupo masculino, estaban las mujeres, sucias, desharrapadas, con las ropas empapadas. Una de ellas miró desafiante a Liniers.

—¿Quién es usted, *madame*? —le preguntó este.

Una carcajada generalizada inundó el muelle. Algunas

voces gritaron sin pudor, *streetwalkers*[*] y se armó una cantinela con la palabra. Liniers los chistó y volvió a preguntar.

—Soy Mary Clarke, señor, ninguna *madame*, inglesa soy —y sonrió, orgullosa.

—¿Y qué ha pasado?

—Venimos desde Inglaterra pero nuestro destino no era este. Hubo un motín cerca de Santos y fuimos abandonados por parte de la tripulación. Nos hemos salvado de casualidad y tenemos hambre, capitán. Necesitamos comer y beber algo de agua dulce —solicitó la inglesa con voz firme.

El oficial que había quedado a cargo de los reos apartó a la señorita del resto con el fusil y le susurró a su jefe al oído.

—No le crea nada a esa pérfida, capitán. Uno de los amotinados ha confesado todo lo sucedido. El grueso de la tripulación del barco era inglés, fueron nueve los franceses que organizaron la gresca. Dicen que tres de ellos eran fervientes partidarios de la República y habían revistado en las fuerzas navales de su país —relató con cuidado. —Dos alemanes, un suizo y varios irlandeses sirvieron como apoyo. Ninguno de ellos tenía interés en llegar a Botany Bay. No tenga conmiseración con las mujeres, capitán. Parece que han sido las principales instigadoras del motín.

Las cosas no estaban del todo claras pero se decía que, durante la gresca, el oficial del buque, John Black, había disparado su pistola y acertado en el sombrero de uno de los amotinados; estos, velozmente, se habían hecho cargo del *Lady Shore*. Pero durante la contienda, el capitán James Willcocks y el primer oficial de puente, Lambert, habían sido ultimados. Todos los que no habían participado del motín habían sido encarcelados bajo cubierta. Unas semanas más

[*] Prostitutas, mujeres de la calle.

tarde, John Black y otros veintiocho habían sido librados a su suerte, puestos en un bote con su equipaje y algunas provisiones, y abandonados en altamar.

Mary Clarke avanzó unos pasos y pidió permiso para dar sus referencias. Rápida de reflejos, precisaba agenciarse los mayores beneficios a la hora del reparto. Las autoridades asintieron y se dispusieron a escuchar.

—Caballeros, soy una mujer casada. Mi esposo es aquel —dijo y señaló a un hombre que descansaba a unos pasos de ella. —Conrad Lochard, lo conocí a bordo y nos hemos casado.

La inglesa continuaba hablando con actitud altiva y el brazo en jarra. No conocía de temores ni se arredraba ante nadie. Otro oficial se dirigió hasta donde estaba el señalado marido y le reclamó sus datos. Lochard dijo ser un ex oficial al servicio de Francia, de origen suizo-alemán, y que había caído prisionero de los ingleses y forzado a engancharse como voluntario en el Regimiento de la Nueva Gales del Sud y a embarcarse en la fragata. Cuando le preguntaron por su estado civil, respondió que se encontraba casado condicionalmente con Mary Clarke.

Liniers empezó a fastidiarse con la batahola que llevaban adelante los recién llegados. Todo era confusión: los hombres, malolientes y cansados, reclamaban un sinfín de cosas inentendibles; las mujeres, por su parte, entre quejas y lloriqueos, parecían desquiciadas. En medio del caos, Mary Clarke intentaba sacar rédito como fuera de la situación.

—¡Oficiales, distribuyan a esta gente como puedan y donde sea! Ya veremos qué hacer con ellos —ordenó Liniers, y acto seguido se dio vuelta y se alejó del lugar. Ya promediaba la mañana y, a pesar del sol, el aire frío mordía su cara. Estaba harto, necesitaba un poco de silencio para reflexionar.

* * *

Las posibilidades tan buscadas en Lima no llegaron a concretarse para Thomas O'Gorman. Todas sus intenciones por crecer en los negocios se desvanecieron en el aire al poco tiempo. Los contactos que creyó podrían colaborar se hicieron los desentendidos, levantaron los hombros y lo ignoraron. Nadie hizo nada por ayudarlo; cada cual defendió con celo su quinta, que poco tenía que ver con la del irlandés. Los tanteados socios reclamaban caudales de dinero tan siquiera para empezar a hablar. O'Gorman daba vueltas, ensayaba promesas y dibujaba castillos en el aire, pero no lograba tentar a los convocados. Pronto comprendió que faltaba dinero. El capital brillaba por su ausencia y los dueños de las mercaderías captaban al vuelo que era mejor estrechar las manos, sonreír y si te he visto no me acuerdo.

Cuando ya empezaba a sentir que se hundía en la frustración, O'Gorman entró en contacto con dos poderosos comerciantes de Buenos Aires, Francisco del Sar y Manuel de Sarratea. Sar, oriundo de Galicia, era miembro del Cabildo y uno de los mayores propietarios de embarcaciones del Río de la Plata. Sarratea, por su parte, además de ser uno de los hermanos de Martina, esposa de Santiago de Liniers, era criollo y había sido educado en Europa, en el Seminario Patriótico Vascongado de la Villa de Vergara, para luego llevar adelante su aprendizaje comercial en la casa gaditana de Juan Francisco de Vea Muguía. En sucesivos viajes por Madrid y las provincias vascas había afianzado su crédito y trabado nuevas relaciones comerciales, que le vendrían de perlas para su desembarco en Buenos Aires. Ya instalado por su cuenta, Sarratea se destacó por el impulso que le había dado al tráfico con América del Norte y en algunos negocios se había asociado con Sar.

Intrépido pero sobre todo temerario por excelencia, O'Gorman les había ofrecido a ambos todo tipo de acreditaciones para validar su experiencia. Los rioplatenses aceptaron y comisionaron a su nuevo empleado con galones a desembarcar en Estados Unidos, donde debía comprar varios buques para luego comerciar con Río de Janeiro. Además, Thomas debía tramitar varios envíos de mercancías desde Estados Unidos para distintos comerciantes, uno de ellos el poderoso don Tomás Antonio Romero, oriundo de Moguer en Huelva. A fines de siglo, Romero había obtenido, junto con el médico José Capdevila, la autorización de la Corona para la pesca del bacalao y la sardina en el puerto de San Julián; además, había obtenido algunos privilegios como la introducción libre de negros. Había sido el primer comerciante de Buenos Aires que había emprendido viajes al litoral africano para adquirir esclavos, y para ello había comprado numerosos barcos. Participaba también en el comercio de los cueros y en el contrabando.

La compra de navíos era uno de los mecanismos de inversión más importantes desarrollados hasta ese entonces. Algunos de los implicados en el negocio se dedicaban exclusivamente a esa actividad, como don Francisco del Sar o don Manuel de Sarratea, que si bien comerciaban con cueros y eran comisionistas que enviaban remesas de plata a la península española, se dedicaban fundamentalmente a la compra y puesta en funcionamiento de embarcaciones destinadas al comercio en el Atlántico, las cuales partían a cuenta y riesgo de terceros.

Arreglados todos los detalles, Thomas decidió viajar hasta Filadelfia. Antes de eso, envió una carta a Anita sin darle muchos detalles, pero avisándole que tenía un proyecto muy promisorio entre manos y que su reencuentro se retrasaría un poco más. Pero, al llegar a destino después de un viaje largo y azaroso, se enteró de que las relaciones comerciales entre España y Estados Unidos habían sido suspendidas. No era extraño que eso sucediera, pero no lo habían previsto con sus socios. Sin embargo, la alianza no se podía deshacer, la transacción estaba consumada, era un pacto entre caballeros. Subió la mercadería a bordo y decidió que la llevaría a Buenos Aires a su propio cargo.

CAPÍTULO II

Périchon consideró que ya estaban en condiciones de cruzar el río. Sentía que Montevideo le quedaba chico. Si bien la entrada al puerto era menos complicada que la de Buenos Aires, el negocio grande estaba en la otra orilla. Pero la mudanza no podía realizarse de un día para el otro. No eran españoles y debían solicitar los permisos correspondientes.

Inició las gestiones como el protocolo ordenaba pero nada salió como pretendía. La respuesta se demoró más de la cuenta y cuando desplegó el documento leyó lo que tanto temía: rechazo formal. El flamante virrey del Río de la Plata, don Antonio Olaguer y Feliú, quien había ocupado el cargo de gobernador de Montevideo hasta el 11 de febrero de 1797, había desembarcado con el pie izquierdo. Debía vérselas con la amenaza constante de las fuerzas británicas y portuguesas y, como si aquello no bastara, también con el halo revolucionario que llegaba desde territorio francés. Los franceses le generaban cierta urticaria, les desconfiaba. Su paso por Montevideo tampoco había sido fácil. Se había tenido que ocupar de las relaciones ásperas entre los comerciantes, de los estragos que había causado la viruela, y de la clausura del puerto durante un largo tiempo por las continuas guerras contra Francia y luego contra Inglaterra. Los extranjeros representaban un problema para él y hacía cualquier cosa para evitarlos.

Pero don Armando no perdió las esperanzas y comenzó gestiones con los consejeros legales de la Corona española.

Mandaba numerosas esquelas, llegaban respuestas, él reafirmaba el buen nombre y los honores de su familia, desde España volvían nuevos cuestionamientos, él insistía con razones de peso, aducía que la causa de su llegada a esas tierras era por los males que adolecía y por los deseos que tenía de criar a sus hijos dentro de la religión católica... Lo que omitió eran las edades de sus vástagos, que ya eran mayores de edad y estaban criados de sobra, incluso la menor, que lucía alhajas de esponsales y era madre por triplicado. Oraba que los consejeros no buscaran las verdades que él había obviado y que la aprobación volara como golondrina de estación. Sus plegarias surtieron efecto y el permiso llegó al fin, firmado por el virrey.

Nada decía al respecto, pero lo que en realidad convenció a Olaguer y Feliú era el capital abultado con que contaba el francés. Estaba más que interesado en hacer crecer a Buenos Aires y el puerto era el instrumento perfecto. Autorizó la entrada de buques extranjeros y neutrales en el embarcadero para estimular las actividades comerciales del virreinato, que comenzaban a sufrir los efectos negativos de las tensiones crecientes entre las potencias europeas.

Armando Périchon, su esposa, sus cuatro hijos y tres nietos abordaron nuevamente el *María Eugenia* y tras unas horas de viaje llegaron hasta donde el agua terrosa les permitió, para luego trasladarse a una buena cantidad de chalupas —traían además, veintisiete esclavos, quince fardos de pañuelos, tres pesados baúles con géneros y otros tantos con el tupido equipaje de cada uno—, que los condujeron hasta el Riachuelo de los navíos*, y de allí hasta el pozo de Santo

* Por aquellos años no desembocaba en el mismo lugar que ahora sino que bordeaba la ciudad y desaguaba a la altura de la calle Humberto I.

Domingo[*]. El puerto se comunicaba por tierra a través de la calle Mayor[**], aunque no siempre esto era posible. Cuando la temporada de lluvias arreciaba, el arroyo Tercero del Sur, situado entre el valle del Riachuelo y el casco histórico, crecía por demás y complicaba el tránsito. Esto propiciaba el uso de otro camino, por debajo de la barranca, en la punta de la Alameda[***].

Desembarcaron en el Alto de San Pedro[****], y permanecieron en el lugar con algún desconcierto. Los rodeaba gente de baja estofa, mal vestida y sin ninguna clase, que miraba a los recién llegados como si fueran apariciones paganas. Murmuraban entre ellos, se acercaban de a poco, daban vueltas alrededor. Los Périchon permanecían juntos e inmóviles, atemorizados ante el avance de esas presencias amenazantes, completamente ajenas a lo que conocían. Anita se aferró de la mano de Juan Bautista y apretó fuerte. Con la otra cubrió su cuello, que brillaba con las piedras preciosas de su gargantilla. Don Armando había intercambiado correspondencia con el tío de su yerno, avisándole día y hora del arribo, y daba por hecho que allí estaría para recibirlos. Cada vez que aparecía un hombre por las inmediaciones, le clavaba el ojo escrutador para ver si se trataba de Miguel O'Gorman. ¿Debía gritar su nombre? ¿Cómo anunciarse en medio de esos desconocidos?

Luego de un buen rato que para ellos fueron siglos, apareció un caballero distinguido y apurado, custodiado por dos

[*] Los fondeaderos quedaban justo frente a las iglesias costeras y de ellas recibían su nombre. Este era el de Santo Domingo, situado en la actualidad en avenida Belgrano y Defensa.

[**] Defensa en la actualidad.

[***] Un tramo de la actual Leandro N. Alem.

[****] El primer arrabal porteño.

mozos, que de buenas a primeras avanzó hacia donde estaban. El caballero no tuvo que adivinar: de inmediato supo que aquel hombre extravagante con séquito numeroso, ropas llamativas y acento francés era el indicado.

—¡*Monsieur* Périchon! Aquí estoy, bienvenido a Buenos Aires. Le pido disculpas por mi demora, no ha sido fácil llegar hasta aquí hoy —lo saludó con los brazos abiertos.

—¿El doctor Miguel O'Gorman, no es cierto? ¡Qué suerte que ya está aquí! Las mujeres empezaban a inquietarse —respondió.

—*Madame* Périchon —dijo con una sonrisa cordial—, también le deseo una grata estadía y le pido mis más sentidas disculpas por haberla hecho esperar. Y estimo que tú, jovencita, debes ser mi sobrina. Las palabras de Thomas se han quedado cortas para describir semejante belleza.

—Pero qué galante, tío Miguel. Soy Annette, sí, Anita para los hispanos y ya me he acostumbrado. Solo *papan* me sigue llamando por mi nombre en francés —extendió su mano y se la dejó besar.

—Salgamos de una buena vez de este lugar —dijo O'Gorman y los condujo hasta los coches que los esperaban.

Había varios y allí se acomodó la familia, la servidumbre y el equipaje. Con andar bamboleante y por momentos vacilante por el mal estado de los caminos, llegaron a la residencia del médico, que había ofrecido su casa hasta que encontraran dónde instalarse definitivamente. O'Gorman vivía solo, no estaba casado ni tenía hijos, así que había lugar de sobra para la familia numerosa de su pariente político. Cada cual se acomodó en su alcoba, la de los niños y de la recién nacida cerca de la de Anita, aunque hubo que controlar que hubiera una cama para la nana, que era la acompañante constante de los vástagos.

La llegada y el acomodamiento resultaron interminables y agotadores para los viajeros, pero en cuanto pudo Anita tomó del brazo a su flamante tío y lo sentó a su lado, en la *chaise longue* que adornaba su recámara.

—Cuénteme de Thomas, tío querido —dijo, directo al grano.

—¿Pero qué quieres que te cuente que no sepas tú? —dijo O'Gorman y lanzó una carcajada echando la cabeza hacia atrás.

—Todo. Lo que no conozco, aquello que no sé. Necesito saber, Miguel —desplegó seductoramente su abanico y lo sacudió con ganas. Tenía calor, la ciudad los había recibido con una temperatura alta. Pero no era solo eso, abanicarse siempre calmaba su ansiedad y la ayudaba a pensar.

—Pues hace siglos que no veo a mi sobrino, Anita. Sabes que hace demasiado tiempo que falto de mi país. A esta altura tampoco creo que vuelva —respondió O'Gorman con gesto nostálgico. Hacía diecisiete años que había sido nombrado director del Protomedicato de Buenos Aires, una suerte de tribunal encargado de vigilar los trabajos de los médicos y de perseguir a quienes ejercían indebidamente la profesión.

Pero le confió que había sido un buen niño, el protegido de su madre, beneficiario de alguna que otra reprimenda por parte de un padre riguroso y estricto, amante de empinar el codo y, por ende, algo levantisco. El pequeño Thomas había demostrado andar encaminado desde temprana edad y siempre había tenido aires de viajero. Notable que hubiera cumplido su sino, ¿no es cierto?

Anita prestaba toda su atención, como si fuera la primera y última vez que tendría noticias de su marido. Quería tragar toda la información, acercarlo con la perorata de la infancia y de las descripciones añejas de su tío. Ella, de cualquier modo, se había organizado a su manera una imagen del Thomas niño: lo veía como un pelirrojo travieso y avispado, que no le había temido a nada ni a nadie. Pero estaba repleta de lagunas. Su marido había sido esquivo a la hora de la entrega; siempre pedía bastante, pero daba poco y acompañaba menos. Sin embargo, pensaba mucho en él y a veces se reía sola cuando recordaba algún gesto inocente que revelaba al niño que había sido alguna vez. Los hombres eran primitivos y Tom iba a la vanguardia. Eso, a pesar de todo, la atrapaba, tanto como la distancia, esa lejanía persistente que parecía un cuento de nunca acabar.

* * *

Liniers no tenía descanso. Sus días en Montevideo no eran sencillos, se le pedía mucho y recibía mendrugos a cambio. Había ascendido en el escalafón pero perdido en monedas. Para paliar esta situación desventajosa, cruzaba el río cada tanto en busca de la ayuda prometida por su hermano. Si no recibía el auxilio económico esperado, por lo menos se encontraba con coterráneos que desembarcaban en la tierra prometida de aguas que la fantasía o la ambición pretendían plateadas, señalada en aquellos tiempos como la Arcadia del sur. Dejaba a su mujer y a sus tres hijos prometiendo regresar pronto con regalos. Ellos se despedían con una sonrisa, confiados y expectantes.

En uno de los cruces, su hermano Luis facilitó el encuentro con el almirante Pierre-Roch Jurien de La Gravière, quien había servido en las guerras revolucionarias para poner luego rumbo hacia América. La reunión con franceses acrecentaba la nostalgia de Santiago por su tierra. Aunque no hubiera conocimiento previo o algún asunto en común, revivía un poco con aquellos intercambios de caballeros. Pero con quien hizo migas de inmediato, a pesar de ser dos perfectos desconocidos a la hora de la presentación, fue con Claude Étienne Bernard, el marqués de Sassenay, también embarcado en busca de negocios hacia el Río de la Plata.

Sassenay, nacido en Dijon y antiguo capitán de los Dragones de Condé, había sido diputado por la nobleza en los famosos Estados Generales de 1789. Fiel a su estamento y a la monarquía, en 1792 había emigrado para combatir contra la República, primero en el llamado «Ejército de los Príncipes» y luego en los Húsares del barón Ferdinando de Hompesch, para finalmente participar, en 1795, de la expedición inglesa a Santo Domingo contra los rebeldes haitianos, hasta el armisticio de 1797.

Tras abandonar esa vida guerrera, el marqués se había casado con la joven Fortunée Bretón des Chapelles, casi veinte años menor que él y perteneciente a una familia expulsada de Santo Domingo y afincada en Estados Unidos. Pronto había tomado el mando en la empresa comercial de la familia de su mujer. Desde allí, Sassenay había llegado como sobrecarga en el *Wilmington*.

—Me resultan más que atrayentes las novedades que traes del norte de América, mi amigo —aventuró Luis. —Parece ser un mercado interesante.

—Yo no escatimaría interés en estas aguas, *monsieur le comte**. Me temo que el futuro está aquí y no en otro sitio —respondió Sassenay con convicción.

La conversación entre los tres hombres fue creciendo en volumen e intensidad. El recién llegado daba sus razones, los

* Señor conde.

Liniers asentían pero planteaban los obstáculos que encontraban en su nuevo territorio, entre ellos las dificultades que les ponían por ser franceses y, muy especialmente, la enfermedad que entonces asolaba las calles. En efecto, el vómito negro* se había llevado numerosas vidas y, aunque aún no había llegado a las vecindades más acaudaladas, todo era incertidumbre. Los ciudadanos reclamaban que el encargado de las cuestiones médicas de la ciudad pusiera manos a la obra y detuviera esa peste maldita que se ensañaba especialmente con los esclavos y dejaba a los godos**. «Si no fuera por los esclavos no se podría vivir aquí, porque el español, por más pobre que sea, en cuanto pisa suelo americano ya no quiere trabajar y solo aspira a echárselas de gran señor», despotricaba el mayor de los Liniers, que ampliaba su cartera de negocios con el tráfico de esclavos. Para tal negocio, había alquilado la casa de Benito Rivadavia situada en la calle Mayor***. Abogado y comerciante español, Rivadavia se había casado con la hija de uno de los hombres más acaudalados de la ciudad, asociado a varios comerciantes, entre ellos los Liniers.

De lo que nadie hablaba era del interés inglés puesto en aquellas tierras. Hacía rato que Inglaterra había posado su interés en Buenos Aires. El gabinete de Saint James**** nunca había descartado la ilusión de hacerse de esas tierras de algu-

* Así se le decía a la fiebre amarilla, debido a las hemorragias que produce a nivel gastrointestinal.

** Españoles.

*** Defensa en la actualidad. La casa estaba situada al 463, donde hoy hay oficinas de la AFIP. Don Benito González Rivadavia fue el padre de Bernardino, primer presidente argentino.

**** El palacio de Saint James, en Londres, era entonces la sede de la Corte y, por extensión, del gobierno británico.

na manera. A lo largo de los últimos años, varios habían sido los intentos, luego postergados por eventualidades políticas y otras prioridades. Sin embargo, a partir del desembarco del caraqueño Francisco Miranda en tierra inglesa, quien tenía el firme propósito de promover la emancipación de América con la ayuda británica, la vieja idea había vuelto a adquirir vigor. Tan convencido estaba Miranda que había logrado acercarse al primer ministro William Pitt en varias conferencias confidenciales, asegurándole que, de producirse la oportunidad favorable, estaría en condiciones de prestar sus servicios a Inglaterra.

Un accidente naval en aguas de la bahía de Nootka había sido el motivo ideal para que Inglaterra se pusiera en pie de guerra con España. Veloz de reflejos, Miranda había regresado como saeta ante Pitt y su primo, William Wyndham, secretario del Exterior, quien había quedado cautivado con el plan del venezolano. Pitt había respondido en el acto y dispuesto dos expediciones, una bajo el mando del general Archibald Campbell hacia las costas de Caracas, y la otra con la orden de tomar por asalto a Buenos Aires, a las órdenes del general Henry Craig. La diplomacia española había logrado frenar las acciones. Sin embargo, lord Bexley, el secretario del Tesoro, le proponía al gabinete de Saint James un nuevo plan que constaba del envío de algunas naves de reconocimiento al Río de la Plata. El general Arthur Wellesley había recibido la orden de que dispusiera el embarque de sus tropas acantonadas en la India. Una vez más el proyecto hubo de guardarse en el fondo del cajón. Los sucesos europeos obligaron a Pitt a abandonar la operación al sur del Atlántico. Sin embargo, luego de varios meses, la efervescencia regresó.

Ni una palabra se habló sobre el asunto en la reunión de los Liniers y el marqués de Sassenay. Luis de Liniers, en cambio, desplegaba el chismorreo que inundaba por esos días la ciudad.

—Hay que tener sumo cuidado, mi amigo, con la Audiencia*, que se toma atribuciones indebidas —dijo levantando la voz. —Por ausencia del virrey, parece que la Audiencia, ejerciendo temporalmente el gobierno, ha pretendido que el Cabildo en pleno, con el pendón enarbolado llevado por el alférez real y acompañado por el pueblo, sacara del interior de la fortaleza a los ministros del tribunal para conducirlos a la iglesia principal, quebrantando la costumbre y la forma tradicional en tal acto.

—Hacer caso omiso a las tradiciones siempre augura una desgracia —intervino Santiago.

—Pero, caballeros, no hace falta exigir tanto en cuestiones ínfimas —refutó Sassenay con sonrisa socarrona.

—Hay que ser y parecer, señor marqués.

—¿Así que eso piensas, don Santiago? Te imaginaba más flexible, no sé por qué.

—Mi hermano menor es un alma prístina, señor marqués. Comprometido con las normas imperantes.

—¿Y cuáles son esas normas? El mundo cambia todo el tiempo, mis amigos. Y a gran velocidad —respondió Sassenay, que sabía de acomodamientos.

—Dices bien, a gran velocidad, por lo que el tiempo apremia… ¿Hablamos, pues, de negocios, mi estimado? —apuró Luis, cansado de tanto preámbulo.

Santiago interpuso su mejor cara de piedra.

* La Real Audiencia de Buenos Aires fue el más alto tribunal de apelaciones de la Corona española. En casos en que no había virrey, por muerte o no haber arribado aún el designado, ejercía de manera provisoria el gobierno.

CAPÍTULO
III

O'Gorman abrió de par en par las puertas de su casa y los Périchon se lo agradecieron. Se instalaron de inmediato en la residencia del pariente de Thomas, a pesar de que una seguidilla de contratiempos tiñó pronto su estadía. A poco de llegar, la mitad de los esclavos de la familia se infectó con el mal que asolaba la ciudad. El fondo de la casa del médico se transformó en un corral pestilente, dominado por el vómito negro y la pavura ante un posible contagio.

—¡No se puede respirar en esta casa, *papan*! —gritaba Anita desde el encierro a cuatro llaves de su alcoba.

El doctor O'Gorman se encargó de aislar a los enfermos. Los montó en un carro y los depositó en un galpón en las afueras de la ciudad para evitar el contagio del resto. No pudo afirmar que estarían de regreso con la cura, pero haría todo lo posible por ayudarlos.

—Me aburro, *maman*. No soporto esta vida pueblerina en esta colonia recóndita, que tiene poco y nada para ofrecerme… —se quejaba Anita, una y otra vez.

Su madre intentaba apaciguarla como podía. La convidaba a pasear por las inmediaciones en el coche que Miguel había puesto a disposición. Sin nada mejor que hacer, la joven aceptaba. Sin embargo, lo que veía desde el coche no ayudaba a mejorar su estado de ánimo. Las calles estaban plagadas de moscas debido a la basura acumulada y los perros, en jauría sobrealimentada, se adueñaban del territorio, incomodando el paseo. El tranco del coche se complicaba por los pozos que reinaban por doquier, salvo en las callejuelas que el virrey había ordenado empedrar.

—Intentemos evitar el traqueteo, Gregorio —instaba Anita al cochero.

—Desde ya, *madame*. Haré que viajen lo más cómodas posible. Si hubieran arribado a Buenos Aires algunos años atrás, Dios santo... —respondió solícito.

—¿Era peor que esto? —preguntó la madre, atónita.

—Ay, señoras, en tiempos del virrey Loreto se desestimó por completo el arreglo de las calles porque el hombre sostenía que los edificios corrían el riesgo de desplomarse, por cuanto sus cimientos se moverían al pasar vehículos pesados sobre el empedrado —les informó. —Ya se pueden imaginar.

Las damas largaron una carcajada mientras continuaban con el descubrimiento de la ciudad. Tras algunas cuadras de bonanza, apareció un carro empantanado y un tumulto enardecido alrededor. Anita y su madre le ordenaron al cochero que detuviera la marcha, querían saber qué había pasado. Varios mozos ataban largas cuerdas al carro desde los caballos cuarteadores, que servirían para tirar del vehículo y lograr que saliera de la huella devenida en pantano tras días de lluvia y desidia. Todos gritaban. Un funcionario de policía procuraba evitar que algún transeúnte desprevenido cayera al barrial, o que algún jinete temerario minimizara la profundidad y se hundiera más de la cuenta en el barro. Daba órdenes a diestra y siniestra, y todo se había transformado en una batahola de órdago.

—Me voy de aquí, señoras. No vaya a ser que nos pidan que colaboremos —señaló Gregorio y se apuró a dar la vuelta.

Cuando llegaron a los alrededores de la Plaza Mayor* Anita volvió a reclamar un paso más lento. Quería mirar con detenimiento no solo las construcciones sino también a los transeúntes que poblaban las calles. Necesitaba ver caras nuevas, escuchar otras voces, aunque fuera de lejos. Allí estaba el Cabildo, al medio y a los costados el mercado, que reunía a decenas de personas, más allá el Fuerte y frente a este, la Barranca de la Campana** y la Catedral, aún en construcción.

—Notable que la iglesia más importante de la ciudad sea un escombro —destacó Anita. —Habla de la consideración que le dan a Dios en este sitio, ¿no es cierto, *maman*?

—No exageres, hija, que bien bonita se ve. Es un virreinato católico, por eso hemos venido aquí.

Anita detuvo la mirada en su madre y bufó. Las apariencias a ella no la engañaban. Le habían bastado unos pocos días para entender al dedillo las costumbres de los habitantes de Buenos Aires, y no creía que fueran demasiado piadosas. Además, los dogmas religiosos no regían su corta vida.

—Aquella es la residencia del virrey Olaguer y Feliú, señoras. —El cochero señaló un magnífico caserón que hacía esquina con la calle Mayor, en dirección al río. —Fíjense que es muy espaciosa, porque alberga también las oficinas del Consulado.

—Tu padre ha visitado ese sitio, Anita. Allí se tratan los asuntos vinculados con el comercio —agregó *madame* Périchon.

Era uno de los edificios más importantes de la ciudad.

* El sector de la actual Plaza de Mayo que estaba frente al Cabildo, hasta la Recova, entonces a la altura de las calles Defensa y Reconquista.

** Donde está hoy el Ministerio de Economía, en Yrigoyen y Balcarce, era el campo de práctica de tiro.

En 1794, España había enviado al joven Manuel Belgrano a que inaugurara el Consulado de Comercio de Buenos Aires. Dependía directamente de la Corona española y se regía por las normas que dictaba la Casa de Contratación de Indias, situada en Cádiz. El abogado, educado en España, había desembarcado en la ciudad con enormes expectativas de transformar aquella región pobre y abandonada en un vergel rico y próspero.

—Ya es suficiente, volvamos a casa, *maman* —suspiró la muchachita y apoyó la cabeza contra el respaldo del coche.

Estaba cansada de todo: de sentirse sola, de esa ciudad que la recibía con los brazos abiertos pero que le parecía sucia y aburrida, de pensar en Thomas y que la mente le devolviera un fantasma, de imaginar su cuerpo junto al suyo y solo encontrar un vacío de hielo. Quería hablar con un hombre, escuchar a un hombre, coquetear con un hombre; estaba sola y los recuerdos del pasado no la colmaban. Al contrario, la enfurecían. Quería mantener la calma pero le resultaba cada vez más difícil. Su marido le había escrito contándole poco y nada; que faltaba menos, que ya llegaría, que lo esperara, que tal vez le salía un negocio en Paraguay... Estaba harta de sus demoras, sus excusas, sus argumentos fútiles que lograban exasperarla.

—¿Te sientes mal, hija? No te veo bien últimamente.

—Si la soledad es una enfermedad, estoy grave, *maman* —le respondió con lágrimas en los ojos.

* * *

Cansado de los negocios, pero sobre todo decepcionado de su práctica a veces vil, otras, desbordante de trapisondas y agachadas, Santiago tenía intención de cambiar algunos aspectos de su vida. Sentía que había llegado a la cumbre de su carrera pero ansiaba más, y comprendía que la satisfacción no le llegaría de la mano del comercio, ni mucho menos.

Enterado de que el gobernador de las Misiones Guaraníes, don Joaquín de Soria, había abandonado su puesto para ocupar el de comandante del Regimiento de Voluntarios de Caballería, se propuso para el cargo. La tarea no le fue fácil. Las misivas iban y venían mientras los pueblos de las Misiones quedaban a la buena de Dios. Estaba seguro de que él era el indicado para esas funciones y no cejaría hasta conseguirlo.

El territorio misionero había sufrido todo tipo de embates. Su pasado estaba signado por los quiebres y las disputas. Luego de la expulsión de los ignacianos*, Francisco de Paula Bucarelli y Ursúa, quien fuera gobernador de Buenos Aires en 1768, había dictado las ordenanzas por las que dividía el territorio de las reducciones en dos gobernaciones. La Real Ordenanza de Intendentes, aplicada en 1784, había creado las intendencias de Buenos Aires y Paraguay, y ordenado que se repartieran las misiones entre ellas. Esta decisión había generado un jaleo administrativo, que llevó al abandono de algunas reducciones y la ocupación de sus tierras por los portugueses.

Qué mejor que retomar las armas y regresar al campo de batalla para recuperar las tierras del poder lusitano, que hacía incursiones permanentes y asolaba a los pobladores. Así pensaba Santiago de Liniers y con ese objetivo en mente dedicó toda su energía a lograrlo. Pero nada salía como esperaba. Hubo que esperar, encomendarse a los Santos Evangelios, orar al Padre Todopoderoso. Su perseverancia terminó por

* La espiritualidad ignaciana sigue a San Ignacio de Loyola, fundador de la Compañía de Jesús.

lograr su cometido, y después de largos trámites el virrey, al fin, firmó el nombramiento:

> *Yo, don Joaquín del Pino y Rozas:*
> *Por cuanto se halla vacante el empleo de gobernador de los treinta pueblos de las Misiones del Uruguay y Paraná, por dimisión que ha hecho el coronel don Joaquín de Soria que lo obtenía por nombramiento de este Superior Gobierno y Capitanía General confirmado por Real Orden de tres de diciembre del año próximo pasado, y precisa proveerlo desde luego provisionalmente en un oficial de talento, desinterés, celo y conocimientos militares y políticos; por tanto y conceptuando asistido de estas circunstancias y demás convenientes al capitán de navío de la Real Armada don Santiago de Liniers, le elijo y nombro por ahora y en comisión por gobernador político y militar de los mismos Pueblos y Subdelegado de Real Hacienda de los pertenecientes a esta provincia.*

Con la alegría de la designación a cuestas, Santiago informó de inmediato a su mujer del traslado. Hicieron pie en Buenos Aires y luego embarcaron rumbo a la aventura, con tres hijos más en la familia. Los Liniers partieron un 27 de enero río arriba, con viento del este y sin novedad, hasta que, al día siguiente de embarcar, por un error del patrón de la nave, embistieron el banco de la Herradura. Salieron indemnes del escollo y dieron fondo en el Arroyo de la China[*]. El capitán Liniers se quedó pasmado con la hermosura de los canales que forman las infinitas islas del río Uruguay, cubiertas de frondosos bosques. En la otra banda del río se encontraba Paysandú. Liniers agradeció en secreto la impe-

[*] Concepción del Uruguay.

ricia o la falta de conocimiento de los portugueses sobre el terreno, que había evitado que se apoderaran de todas las floridas estancias de las orillas del río, pobladas por más de medio millón de cabezas de ganado. Descubrió que aquel puerto era el más conveniente para hacer pasar con prontitud un socorro a los pueblos de las Misiones, valiéndose de un fortín con seis u ocho cañones de calibre de ocho a doce, un comandante inteligente, el cura y teniente propietario y pocos más.

Tras una navegación difícil a la que contribuía la torpeza del patrón del barco, un sol ardiente que no daba tregua y las lluvias torrenciales que arreciaban, los viajeros debieron hacer un alto en Arroyo de la China durante una semana. La salud de Santiago se había resentido con una dolencia no especificada. Desesperada, Martina no sabía qué hacer para aliviarlo. Pero tuvieron la fortuna de ser recibidos por el alcalde de la villa, el abogado José Miguel Díaz Vélez y su amable consorte, doña María del Tránsito Inciarte y Montiel, quienes se pusieron a su total disposición. Liniers hizo reposo unos días y, rodeado de atenciones y cuidados, pronto se sintió mejor.

—No me asustes, Santiago —le imploró su esposa. —¿Debemos continuar viaje? ¿Estás seguro de estar en condiciones?

—No te acobardes más de la cuenta, mi querida. Ya estoy bien, no hay de qué preocuparse —la calmó.

Continuaron viaje y a los tres días desembarcaron en Salto, en la otra banda del río. Les sorprendió el desamparo de la población pero admiraron la buena administración de don Félix Martín Britos, que había fomentado con éxito las plantaciones del algodón y la mandioca. Tras hacer noche allí, a la mañana siguiente continuaron la marcha hacia Mandisoví, donde años antes, por orden del capitán Juan de San

Martín, se había organizado una estancia, dependiente de la jurisdicción del pueblo de Yapeyú. A dos leguas de allí, el comandante del Partido don Manuel Heredia puso a disposición de los viajeros una balsa sobre el río Mocoretá, bien sólida, para que pudieran llegar a tierra firme. Partieron rumbo a San Gregorio. También allí Liniers quedó desconcertado.

—El pueblo se halla enteramente abandonado de todo auxilio divino, Martina —le confió entristecido.

—No te amargues, mi querido. Haces más de la cuenta, te entregas demasiado —lo reconvino su mujer.

Hicieron noche en un infeliz rancho a orillas del Miriñay. Cruzarlo no fue tarea fácil; lo hicieron sobre dos canoas medio carcomidas, que formaban una mala balsa de caña. Al mediodía descansaron en San Pedro y nuevamente hicieron noche en San Joaquín. Hicieron posta en varias localidades, mudaron de caballos y, al ponerse el sol, arribaron a Yapeyú, donde los recibió el teniente interino don José Lariz y el administrador don Vicente Viveros. A Martina el viaje ya le resultaba interminable. Sin embargo, no decía ni una palabra. No quería afligir a su marido, así que se dedicaba resignadamente a asistir a sus numerosos críos, tanto o más impacientes que ella.

Al despuntar la mañana del 1 de marzo, partieron de la Cruz y fondearon el río Aguapey en balsa. Almorzaron frugalmente en la capilla de San Bernardo y a las diez de la noche arribaron a la capilla de San Antonio, donde durmieron. Por la mañana, Santiago se animó a arrojarse a nadar al río. Sus hijos mayores aplaudían al ver a su padre en pleno dominio de las aguas. Martina, mientras tanto, vigilaba que no se tiraran a acompañarlo, ganas no les faltaban pero era muy peligroso.

El 6 de marzo partieron rumbo al destino final. La meta estaba cerca y los integrantes de la familia estaban llenos de entusiasmo. Pero, a una legua de distancia, se quebró el eje del coche que los trasladaba. El berreo de los más chicos se mezcló con el ansia de los mayores por ver solucionado el desdichado inconveniente. El accidente demoró la llegada y recién a las siete de la tarde, exhaustos y hambrientos, hicieron su entrada a Candelaria tras treinta y siete días de marcha.

* * *

Thomas emprendió viaje rumbo a Buenos Aires. La correspondencia con su familia había sido salteada y escasa. Al principio había intercambiado varias cartas con su esposa, hasta que la asiduidad se fue ralentando para derivar luego en largos períodos de absoluto silencio. Un día Thomas dejó de responder; su intención era dejarlo para más adelante, apabullado como estaba por las obligaciones, las reuniones sociales y de negocios y el cansancio. «A la noche me ocupo de la pluma y la palabra», se decía a modo de excusa, pero el momento nunca llegaba. Así se sucedieron las semanas y los meses. Lo cierto es que tampoco había percibido un interés demasiado grande en su mujer por saber de él. Sus frases le parecían formales y frías, como dictadas por un enemigo en las sombras.

Thomas no podía saber que a Anita le pasaba algo parecido. Sentía a su marido aún más lejos que la infinidad de leguas que los separaba y en su letra escrita descifraba una distancia que por momentos parecía irremediable. Thomas le comentaba sandeces que poco le importaban, como si escribiera más por obligación que por un verdadero deseo. Harta, decidió no escribir más. Pero ninguno de los dos se sinceró con el otro. Ambos elucubraron en silencio y todo se convirtió en un inmenso malentendido.

Quien sí le iba informando a Thomas acerca de lo que sucedía en el puerto de Buenos Aires era su suegro. Lo había tenido al tanto de la realidad imperante en la ciudad del sur en la que habían desembarcado con un virrey interino, un tal Olaguer y Feliú, que había obtenido el puesto tras la muerte de su antecesor. Pero al poco tiempo había sido reemplazado por Gabriel de Avilés y del Fierro, quien había comenzado a dirigir las vidas de los habitantes. Don Armando le comentaba su sorpresa ante el modo en que la gente acataba órdenes con algarabía, parecía que aquellas orillas estaban llenas de personas sumisas, que hacían oídos sordos a los cantos de sirena que llegaban, en mala hora, desde Francia, a los llamados revolucionarios que asolaban por todas partes. «En mala hora, querido yerno. Qué desgracia esos asesinos del buen vivir que habíamos logrado conseguir, estos jacobinos que más vale ver muertos que avivando esperpentos, como el repugnante de Sieyès, instigador de la Revolución y primer promotor del infame Bonaparte, que buscan, bajo toda circunstancia, impedir el regreso de los monárquicos».

Thomas leía a su suegro y pensaba que entonces aquella comarca situada más que abajo en el mapa tenía mucho para ofrecer y, por lo que advertía a través de Armando y de los contactos que se había agenciado a la distancia, la vasta mercadería que traía del norte sería bien recibida allí y le daría excelentes frutos. Se fregaba las manos ante los posibles negocios de esa clientela ávida por encontrar destino a sus dineritos.

A su llegada, su tío y su suegro fueron a recogerlo al atracadero. Soplaba un viento espeso y el cielo anunciaba, con su plomo persistente, lluvia y tempestades. Thomas y su interminable equipaje subieron al coche. Las decenas de esclavos que lo acompañaban —otro de los bienes traídos de lejos, que esperaba colocar a precios monumentales tras el aseguro que le había transmitido Péricho— serían depositados en los *quartos* de Chavarría[*], para luego definir su derrotero.

—Antes de llegar a casa necesito saldar una deuda —empezó Thomas, firmemente. —He traído mercadería que debo instalar por aquí y quiero hacerlo todo lo legal que se pueda. La encomienda de Sarratea y Sar no salió como pensábamos, ya tuve problemas en Estados Unidos y prefiero que no persistan por aquí. Parte de mi mercancía está a cuenta de Sevilla y no quiero problemas.

—No te preocupes, hijo, haremos un memorial para el Cabildo y *voilà* —sentenció su suegro. —No me cabe la menor duda de que el virrey, para no enajenar la buena voluntad de los comerciantes más influyentes de por aquí, aprobará la descarga.

Llegó al fin a la casa de su tío, situada en la calle de Santo Domingo para afuera, a las tres cuadras y media[**]. La enorme residencia en la que habitaba Miguel O'Gorman, alquilada a doña García de Zúñiga por cuarenta y cinco pesos por mes, albergaba a su numerosa familia política. Además tenía una puerta abierta permanente para recibir la consulta de enfermos que no podían esperar la consulta a domicilio. A eso se sumaba el desfile constante de franceses residentes en la ciudad o de viajeros, que en el último tiempo habían intentado aplacar la nostalgia de los Périchon con resultado ambiguo.

Los tres hombres franquearon la puerta, el vestíbulo estaba desierto, pero de la sala llegaban voces. *Me lo ha dicho tu padre, ¿y por qué nos lo ha escondido a nosotros?, ¿es que no*

[*] Ubicado frente a la plaza de Monserrat, semejante a los conventillos y compuesto por una decena de habitaciones.

[**] Actual avenida Belgrano, casi Perú.

contamos, no importa nuestro parecer?, asuntos de fuerza mayor, eso asegura, esta ciudad me tiene hasta aquí, necesitamos un cambio... Llegaba a oídos del recién llegado el zumbido de palabras de Anita, que con sus hermanos y su madre esperaban en los sillones forrados en seda durazno, probando por enésima vez la tan celebrada infusión de esas tierras llamada mate.

—Disculpen, caballeros, antes que nada vamos al despacho. No quiero perder el tiempo —se dispensó Thomas. No estaba aún para saludos familiares, necesitaba primero sacarse las obligaciones de encima.

Fue detrás de su tío y su suegro y se encerraron en el despacho. Ahí se quitó el capote negro, el sombrero y se dispuso a dictar el acta que sería entregada cuanto antes al Cabildo:

Don Tomás O'Gorman irlandés, residente en Buenos Aires con su mujer:
Ofrezco en beneficio de estas regiones para el mayor adelantamiento de la agricultura de la misma, como del carruaje que he traído de la América del Norte, unas rejas de arado que promete ser de más avance en el beneficio de la tierra, así como una especie de batatas para el sustento de los habitantes de la campaña, y unas máquinas simples y de poco costo para hacer mantequilla de los que hace oblación a este Cabildo como también lo hará de mil doscientos árboles de diferentes especies, y entre ellos el que se hace azúcar en dicha otra parte de América, todos los cuales son de pronta fecundidad y un beneficio excelente, pero que por haber venido algo maltratados los tiene plantados en la campaña. Presento tres modelos de carruajes para el traslado de las mercaderías, para todo el que quiera tomar sus modelos, siendo el primero un carro grande de cuatro ruedas que puede llevar un enorme peso para toda exportación, sin ser necesario emplear la fuerza que para las

carretas se acostumbra para darles su movimiento natural; el segundo, una carreta muy cómoda construida por el mismo estilo para usos más inferiores; el tercero, una especie de coche llamado diligencia para viajes y transportes de personas a la campaña, que puede llevar nueve a diez personas sin más fuerza que la de dos caballos, lo que tendrá a la vista para que este Cabildo haga practicar la experiencia y aprovecharse de esta idea.

Périchon selló el documento que, a primera hora del día siguiente, sería entregado a quien correspondiera. Los tres hombres se dirigieron entonces hacia donde aguardaba la familia. Thomas fue el primero en entrar a la sala.

—*My dear* —pronunció, y se produjo un escándalo. Caminó con tranco veloz hasta donde estaba su mujer, que se había quedado de piedra. La joven sabía que su padre había salido temprano pero había perdido dimensión de las horas.

—¿Qué pasa, Anita? ¿No te alegras de mi llegada?

Anita se incorporó de un salto y abrazó a su marido con fuerza. Juan Bautista y Luis se acercaron y le palmearon la espalda. Todos hablaban al mismo tiempo, le hacían preguntas, le daban la bienvenida. Anita permanecía en silencio, sin soltarse de su brazo.

—Pero dejen tranquilo a este pobre hombre, por favor. Debe estar agotado del viaje —intervino *madame* Périchon. —Hija, ¿por qué no le indicas las habitaciones a tu marido? Seguramente querrá higienizarse un poco.

Thomas aceptó las indicaciones de su suegra y fue detrás de su mujer, que cumplió la orden de su madre sin chistar. Atravesaron el patio ante la mirada de dos criadas, que hacían que continuaban con su faena de quitar cuanta hoja seca empobrecía los macetones desbordantes de plantas. Anita se adelantó, abrió la puerta de la recámara y entró sin mirar atrás.

—Pero qué bonito todo, mi tío se ha portado como corresponde, ¿no es cierto? —dijo Thomas nomás franquear la puerta.

—Tu tío es un caballero —respondió Anita de inmediato. Abandonó la mirada en la cara de su marido. Era como estar frente a un desconocido. Ese era el hombre con quien se había casado, con quien había forjado, en demasiado poco tiempo, una unión. Pero se sentía a miles de leguas de allí. Tampoco ella se reconocía y presentía que a Thomas podría pasarle algo similar. Ese reencuentro que había imaginado una y mil veces no era como lo soñaba: la puerta que se abría para dar entrada a un Thomas enardecido que la arrastraría por la cintura y la tomaría por asalto sin siquiera desnudarla, estaba lejos de esa realidad anodina y banal. El silencio entre ambos aumentaba aún más la incomodidad imperante.

—¿Y? ¿Cómo fue la travesía? ¿Cómo has estado?

O'Gorman agradeció la digresión de su mujer y se apuró a llenar la habitación de palabras. Describió tormentas, cielos y oleaje embravecido durante minutos que parecieron horas. Siguió con la tierra generosa de Lima, los negocios que habían salido y los que no, sus habitantes que tanto lo habían deslumbrado. Anita suspiró y congeló los gestos de su cara. Se odió por haber planteado la pregunta, nada de todo eso le interesaba. Sintió que le faltaba el aire y, sin poder evitarlo, giró en busca de la puerta. Quería escapar, morir.

—¿Adónde crees que vas? —preguntó Thomas y la tomó de la muñeca. Con fuerza la atrajo hacia sí, pegó su cuerpo al suyo y alejó su cabeza para mirarla mejor. Sus ojos brillaban, los de Anita también. De un manotazo, le arrancó el peto del vestido, los botones cayeron al piso uno tras otro.

—¡Thomas, me rompes la ropa! —dijo Anita en un jadeo.

—No te aflijas, te he traído nueva, mujer. Yo te visto y cuando quiero te desvisto —respondió, y sin ningún cuidado continuó con el resto de la ropa hasta dejarla desnuda.

Anita sintió que el ansia por el cuerpo de ese hombre crecía a límites increíbles. Todo resto de razón o reparo desapareció en el acto y ya no pudo pensar. Era un animal en celo.

* * *

Los huéspedes y el dueño de casa deliberaban en el despacho. Sus caras confirmaban que la preocupación no era exagerada. Miguel O'Gorman había recibido a su pariente y su familia con toda la buena voluntad del mundo, pero no había imaginado el derrotero que tomarían las cosas. Entre las enfermedades que asolaban las calles y las nuevas determinaciones que había tomado el virrey, Buenos Aires se había convertido en un lugar inhóspito y lleno de restricciones.

—No entiendo, caballeros, qué es lo que está pasando en esta ciudad —dijo Thomas y se cruzó de brazos; la alegría de un rato antes comenzaba a desmoronarse.

—¿Por qué no me advirtieron que sería así?

—Cuando esta realidad se instaló definitivamente ya era tarde, Thomas. Estabas en altamar y no había modo de avisarte —le respondió su suegro.

—Pero tal vez no sea para tanto, ¿no están exagerando? —preguntó.

—Mira, Tom, cuando desembarcaron tu esposa, suegros y cuñados, el vómito negro comenzaba a azotar a la ciudad. Incluso algunos de los esclavos que traían sucumbieron ante la peste. Como si fuera poco, ahora nos azota otra enfermedad, la viruela —explicó el médico.

Hacía pocas semanas, la viruela había regresado sus periódicas y terribles «visitas» a la ciudad. Desesperados, los habitantes prestaban poco oído a médicos y autoridades, que recomendaban aislar a sospechados de tener el mal y mantener una rigurosa higiene. No faltaban versiones para todos los gustos: que Dios vengaba los pecados de la población, que se llevaba a los impíos, que las emanaciones fétidas de las aguas impuras se adentraban en casas y cuerpos, que mejor lavarse con la lluvia que caía del cielo, y así en un sinfín de curas y diagnósticos murmurados en cada rincón. Sin embargo, la enfermedad había barrido ya con las vidas de muchos, y quienes sobrevivían quedaban con secuelas visibles, consecuencia desoladora en especial para las damas jóvenes, que lo último que querían era una cara deformada por la peste.

—Ya está decidido, nosotros nos mudaremos a Corrientes. Me han dicho que es una buena plaza y tengo planes —intervino Périchon.

—No es una mala idea, Armando —lo alentó Miguel.

—¿Y yo qué hago entonces? —preguntó Thomas, ofuscado ante las decisiones que no parecían tomarlo en cuenta. —He traído decenas de esclavos… Vine a hacer negocios hasta aquí y me quitan las posibilidades. Otra vez.

—Has llegado en un pésimo momento, sobrino querido. Al virrey, el comercio de esclavos se le ha metido entre ceja y ceja. Una desgracia.

Thomas bufó con hastío. Se cruzó de brazos y se dejó llevar por sus pensamientos. Para qué se había embarcado en semejante epopeya. Había cruzado los mares con un cargamento de negros con el fin de transformarse en un acaudalado de ley, un verdadero hombre de negocios, aunque estos no fueran del todo prístinos. ¿Por qué le había tocado justo en ese momento la moral hispana del tal Avilés, que vociferaba su combate contra el tráfico de negros y el contrabando? ¿No eran, acaso, todos negreros en ese mundo infame?

—Debes buscar otro mercado, Thomas. No desesperes, siempre habrá un comprador para nuestra venta. Solo hay que saber encontrarlo, tener el ojo atento y hallarlo —intentó calmarlo su suegro. —Por otro lado, debemos escapar de la peste de esta ciudad lo antes posible. Tu tío no da abasto con los enfermos y en esta casa ya no estamos a salvo, a pesar de su generosa hospitalidad.

—Así es, *monsieur*. Entre los caídos nuevos, los del vómito y las inglesas, no tengo tiempo para nada más. No me quejo, es lo que me gusta, pero no quisiera que resultaran perjudicados —corroboró O'Gorman.

—¿De qué inglesas hablan? —Thomas levantó la vista con curiosidad.

—El grupo que desembarcó del falucho *San Luis* hace unos meses. Pero tú no habías llegado aún. Un grupo de convictas que encalló en Montevideo y luego pasaron a la Residencia por orden oficial.

La Residencia* era una antigua casa de los jesuitas, que tras su expulsión había quedado poco menos que abandonada, hasta que tras mucho solicitarlo se la habían entregado a los Bethlemitas. Los barbudos frailes que aún no habían completado la mudanza de su hospital de Santa Catalina, a cinco cuadras de distancia, y estaba visto que nunca terminarían de hacerlo del todo.

El doctor O'Gorman había sido designado para atender a las recién llegadas, tras la atención inicial llevada adelante por el doctor Eusebio Fabre. Pero el trabajo había sido muy

* Museo del Servicio Penitenciario en la actualidad, en el barrio de San Telmo, vecino a la iglesia de la calle Humberto I.

fatigoso para él, y los ministros de la Real Hacienda, ante el reclamo de diez pesos de pago por mes, habían dispuesto que el doctor O'Gorman lo reemplazara.

—¿Las del *Lady Shore,* Miguel? —preguntó Périchon. —Creo haber escuchado algo durante nuestra estancia en Montevideo.

—Esas mismas, Armando. Unas pobres muchachas a las que les ha tocado bailar con el más feo.

Thomas escuchaba con atención todo lo que compartían su suegro y su tío. Algo se le arremolinó adentro. Inglesas, mujeres de liviandad asegurada, lujuriosas a cambio de unos pesos... Cualquier cosa que supusiera un intercambio monetario calentaba su sangre. Comprar, dar para recibir, pero siempre mejor recibir, pagar para poseer sin que nada ni nadie tuviera derecho de reclamar... La ambición y la voracidad eran su ley de leyes.

—¿En qué estás pensando, Thomas? —dijo su suegro y tuvo que reiterar la pregunta; claramente, su yerno estaba a leguas de allí.

—A qué puerto podré llegarme esta vez, señores —mintió el joven irlandés. —Necesito vender mi mercadería con urgencia.

—Nosotros partiremos a Corrientes. Mi idea es instalar una plantación de tabaco negro, me han dicho que es la plaza ideal. Me temo que para lo tuyo, Paraguay será la más indicada. —Cuando se trataba de negocios, Périchon siempre tenía todo muy estudiado. —Por otro lado, así estarías bastante cerca.

Thomas volvió a incendiarse por dentro. Una nueva ciudad, otra aventura por delante. Las imágenes del futuro se le amontonaron en la cabeza. Entre ellas no aparecía ninguna de Anita.

CAPÍTULO
IV

Abordaron el *María Eugenia*, esta vez sin tanta comitiva. La mitad de los esclavos propiedad de Périchon que habían sobrevivido a las pestes permanecieron en Buenos Aires. El resto cumplió las órdenes impartidas: a embarcar y seguir. Serían largas semanas navegando el Paraná rumbo al norte, hasta aquella tierra nueva que prometía tanto, sobre todo al líder de la travesía, amante perpetuo de los desafíos y para el cual los inconvenientes parecían actuar como un acicate. La familia acataba, sabían que no había fuerza humana capaz de contradecir las decisiones del *pater familiae*, a pesar de la edad adulta de sus hijos varones y su única hija mujer.

Otra vez el viaje fue largo y lleno de contratiempos. Anita intentaba pasar las horas como podía. Había días que se sentía tranquila, plena, sin desesperaciones a la vista. Pero ese no era su estado acostumbrado y sabía que no podía durar. Otros días sentía que se volvía loca. El sonido del agua, aquel oleaje constante y repetido, era como el repiquetear de un tambor en su cerebro, entreverado con ese viento leve, pertinaz, un aullido sordo que horadaba sus oídos cual puntada sangrante. Cuando el cosquilleo en sus manos y pies mermaba un poco, se sentaba en alguno de los extremos de la nave con el único cometido de mirar hacia adelante. El problema se desataba cuando no veía tierra firme a los costados, y el verdor del agua amenazaba con ahogarla. Entonces le faltaba el aire, o le sobraba, no podía discernir bien. Le costaba respirar, el encierro a bordo le sentaba pésimo, cuando no tenía mareos eran vahídos, e incluso vómitos, que habían esperanzado a sus padres con la llegada de un nuevo nieto, pero que ella había desechado por completo ante la evidencia del sangrado. Ni siquiera podía ocuparse de sus hijos, todo resto de tolerancia había desaparecido para ella, como si nunca la hubiera conocido. Los gritos de reyerta entre los varones, o el lamento constante de la niña Micaela le ponían los pelos de punta. La presencia de la nana y su persecución perenne para que los niños no la molestaran resultaba siempre insuficiente.

Su pensamiento extraviado se dirigía a la figura ausente de su marido como un mal sueño recurrente. Thomas estaba a cientos de leguas de allí, de ella, de su cara de furia, de su cuerpo insatisfecho, de su alma perturbada. Y aunque lo intentara, no se podía contener, apenas conseguía contener la angustia que amenazaba con dominarla. De nuevo sola, se sentía agotada de caer una y otra vez en la ilusión de que algo cambiaría para despertar luego a una realidad tan distinta. Un tiempo, brevísimo, con su marido no contrarrestaba las horas de incertidumbre y soledad en las que él la sumía. ¿Se había equivocado al tomar aquel compromiso de por vida? ¿Y si emprendía un camino nuevo, un atajo en esa procesión interminable hacia ninguna parte? Necesitaba llegar a destino antes de que la tortura de su cabeza la liquidara.

Tras varias semanas de navegación por fin atracaron en las inmediaciones de Corrientes, donde el río se amansó un poco y pudieron maniobrar. Desembarcaron y el grupo familiar se ubicó sin demoras ni obstáculos en su nuevo hogar. Périchon había organizado todo desde Buenos Aires. A diferencia de lo que les había sucedido en aquella otra ciudad portuaria, el panorama aquí era completamente diferente.

La aprobación de todos fue inmediata. Aquel aislamiento les resultó cautivante. El comercio de cueros y lana de ovejas, además de la abundancia de algodón, caña de azúcar y madera, resultaba más que tentador para don Armando. Tenía grandes planes y el largo viaje lo había ayudado para moldearlos.

Se instalaron en un caserón a unas cuantas cuadras del río. Desde la orilla se podía ver un islote de pajonal alto enfrente, que parecía deshabitado pero nadie tenía el ímpetu de controlar. Confiaban en su nuevo hospedaje, por el momento no tenían nada que temer. Los comentarios que le habían llegado a Périchon habían sido extremadamente auspiciosos. Nada había dicho este de otros, que habían quedado bien sepultados en el silencio. Ni una palabra sobre los bandoleros que asolaban las estancias, ni sobre la rapiña que de tanto en tanto imperaba en tierra guaraní. Se decía que a cinco leguas de la ciudad, el campo era recorrido por gente de mal vivir, y si un dueño de tierra se atrevía a visitar su finca luego de cierto tiempo, escoltado por esclavos y sirvientes, era posible que la encontrara en ruinas. Pero don Armando había preferido preservar a su familia de estas habladurías. Como siempre, tenía una confianza ciega en sí mismo y en su capacidad de progresar.

* * *

O'Gorman no había perdido ni un segundo de tiempo. Apenas pudo envió correspondencia al gobernador intendente de Paraguay, don Lázaro de Ribera y Espinoza de los Monteros, con una propuesta y aguardaba ahora su respuesta. Él sí había aprendido a cultivar la paciencia, no como su mujer, que no la practicaba ni pensaba hacerlo. Con su familia política ya de viaje y solo en Buenos Aires, aguardaba con tranquilidad a que el hombre fuerte de Paraguay diera el visto bueno a todos sus requisitos. Don Lázaro estaba casado con la primogénita de don Martín y hermana mayor de don Manuel de Sarratea y Altolaguirre, su socio en algunos negocios.

Sin embargo, parecía que había pedido demasiado. Ribera, anoticiado de la oferta del caballero irlandés, decidió enviar la información a España. Carlos IV en persona analizó esa misiva que llegaba desde América. Por entonces, su atención estaba puesta en asuntos más relevantes que los reclamos de un irlandés perdido en sus posesiones del sur de América. Napoleón Bonaparte había sido nombrado primer cónsul de la República, convirtiéndose en el hombre más poderoso de Francia, y había comenzado a presionar al monarca español. Ampuloso y petulante, Bonaparte había ganado la pulseada y ambos países firmaron el Convenio de Aranjuez, por el que ponían la escuadra española a disposición de Napoleón, lo que concluiría con una nueva guerra contra Gran Bretaña.

Nuevos frentes se abrían en la Corona española. Godoy le declaró la guerra a Portugal, principal aliado inglés en el continente, antes de que lo hiciera Francia. Estos conflictos tenían a maltraer a Carlos IV. Sin embargo, algo de atención le quedaba para los asuntos que significaban que los arcones pudieran colmarse con los dineros de las colonias. Así llegó la cédula que aprobaba —con algunas contras— el desembarco del novato irlandés:

Del Rey al Gobernador Intendente de la Ciudad y Provincia del Paraguay. En Cédula del 27 de noviembre de mil ochocientos y uno fui servido mandar me informase mi Virrey en esas Provincias de lo que se le ofreciese y pareciese sobre la solicitud de Don Thomas O'Gorman de Nación Irlandesa y residente en Buenos Aires acerca de varias propuestas que hizo sobre que se le concediesen tierras en esa Provincia y establecer ingenios de azúcar y añil concediéndole licencia para introducir seiscientos negros para esta empresa y el de traer artífices de Irlanda para los salazones de carne, queso, manteca y otras manufacturas por lo que suplicó se le concediese carta de naturaleza de esos mismos Reinos encargándole que a consecuencia de otra anterior de cinco de agosto de noventa y nueve tolerase en esos mis dominios a O'Gorman y entre tanto le permitiese los tratos y que pudiesen ser beneficioso al Público y producir utilidad y conveniencia al Estado. En consecuencia de estas Reales resoluciones, informó el expresado mi Virrey cuanto le pareció conveniente en carta de veinte y seis de Noviembre del año último. Y habiéndose visto todo en mi Supremo Consejo de Cámara de las Indias con lo informado por su Contaduría General y expuesto por mi Fiscal y consultándome sobre ello en diez y siete de Agosto próximo, he tenido a bien declarar que no es tiempo de conceder a O'Gorman las Cartas de naturaleza que solicita y que cuando haya verificado las ofertas que ha hecho se le podrán conceder las gracias que pide. Entre tanto, he mandado le señaléis inmediatamente tierras suficientes para fabricar uno o más ingenios de azúcar y añil con mojones ciertos para que no sea inquietado en ningún tiempo y que le permitáis introducir seiscientos negros y los más que le parezca en el tiempo de tres años, no obstante de hallarse concluido el de la concesión del año noventa y uno con las calidades contenidas en dicha Cédula y Reales Órdenes posteriores y la de que por el tiempo de ocho años no ha de poder ser inquietado ni turbado por razón de extranjero con tal que resida en el terreno que eligiere del que no podrá salir sin licencia del gobernador de la provincia por tiempo limitado. Asimismo he venido en mandar, entre otras cosas, que se previenen a mi Virrey de esas Provincias por Cédula de esta fecha se concede a O'Gorman que traiga de Irlanda y otras partes, operarios y oficiales mecánicos, católicos para que le ayuden a mejorar las salazones haronas y especialmente dueleros, flegeros y toneleros para que las harinas de esos mis Reinos salgan en barriles y no como cosa mal acondicionada y enfardadas y se desprecien en La Habana y otras partes por el estado en que llegan.

Y últimamente he venido en mandar se anime a O'Gorman a que trabaje y haga ver el fruto de sus fatigas, seguro de que se le compensará con mayores premios que los que él mismo solicita. Y cuando por un accidente imprevisto se creyere preciso obligarle a salir de esos mis dominios se le dará tiempo y auxiliará a efecto de que recoja sus haberes, lo que os participo para que como os lo mando, tenga su puntual cumplimiento esta mi soberana resolución, que comunicaréis al enunciado Don Thomas O'Gorman para su inteligencia y cumplimiento en la parte que le toca por ser así mi voluntad.

Al Gobernador del Paraguay, para que señale terrenos a Don Thomas O'Gorman, irlandés en que pueda poner en ejecución las ofertas que ha hecho benéficas al Público y al Estado.

Con el visto bueno tan esperado aunque sin el total de esclavos indicados, Thomas desembarcó en las cercanías de Villa Real*. No había llegado a reunir la cantidad de negros que se le solicitaba —como tampoco los especialistas irlandeses—, pero había prometido su arribo tan pronto como le fuera posible.

Lo recibieron con toda la pompa que se le daba a un

* Concepción en la actualidad.

mercader con acreditaciones. O'Gorman retribuyó con hidalguía y modales. La simulación le salía de perlas, era un actor excelso. Era un mago para hacer promesas de toda clase, aunque desconocía cómo llegaría a hacerlas realidad. Pero nadie parecía darse cuenta. Sin descanso, el irlandés sonreía y seducía a cuanta persona se le pusiera por delante.

* * *

Liniers había fijado residencia en Candelaria junto con su familia. El matrimonio tenía varios hijos: María del Carmen, María de los Dolores Enriqueta, José Atanasio, Santiago Tomás, Martín Inocencio y Mariano Tomás.

Trabajaba con afán, casi solo y con escasa ayuda, apenas con un número reducido de soldados provistos de un armamento prácticamente inútil. Pero eso no era todo. Sus hombres se enfermaban continuamente, la salud no los acompañaba y la escasa asistencia hospitalaria lo obligaba a reclamar con insistencia el envío de algunos médicos. Las respuestas tardaban en llegar y la tolerancia general iba en descenso. Los pedidos se replicaban sin cesar y Liniers no daba abasto para satisfacerlos.

Hacían falta muchas cosas en el lugar, las necesidades se multiplicaban y Liniers se desesperaba. No quería que la comunidad se viera perjudicada por las inequidades enraizadas desde hacía décadas. Intentó suprimir las concesiones que tenían los productores para la explotación de la yerba pues perjudicaban al resto de los habitantes. Recomendaba que las tierras fueran repartidas para la producción agropecuaria, como lo había hecho el virrey saliente, marqués de Avilés. En Buenos Aires habían cambiado de funcionarios. El 20 de mayo de 1801 habían recibido al andaluz Joaquín

Del Pino con un banquete en la Chacarita de los Colegiales*, en el que se brindó en su honor como virrey del Río de la Plata. A nuevas caras, órdenes renovadas. Liniers aprovechó la ocasión y le envió una infinidad de cartas con todas sus ideas para la mejora del territorio a su cargo. Lo mismo hizo con el rey Carlos IV.

Don Santiago acataba las disposiciones del mandatario anterior sobre la obligación de dar cuenta de la labor de los administradores de los pueblos, la inspección de los libros y diarios, el movimiento de los bienes de la comunidad, la situación de los empleados, la entrega de vestuario, el recuento de ganado y el relevamiento de almacenes. La actividad era interminable, de sol a sol, y su entrega era absoluta. Nada lo desconcentraba ni distraía, salvo los pedidos de su querida Martina, que de todos modos solían ser modestos. La dama entendía el compromiso de su marido con su función y solo pedía algo cuando deducía que estaba al alcance de Santiago dárselo.

—¿Puedo encargarle algo a Letamendi, mi querido? —preguntó Martina una tarde con voz suave.

Don Francisco Antonio de Letamendi, amigo y apoderado de Liniers, se había dedicado al comercio como representante de importantes exportadores de España. Muy de tanto en tanto, Martina le pedía a Letamendi, a través de su marido, algunas mercaderías que solo se podían obtener en Buenos Aires.

—Claro, querida. ¿Y qué es lo que precisas esta vez? —respondió Santiago, solícito; si pudiera, le daría todos los gustos a su joven mujer. —¿Resultó bien el aceite de linaza que ha-

* Antigua estanzuela de los jesuitas, y actual Cementerio de la Chacarita.

bías pedido en otra oportunidad? Mi encargo de guantes fue cumplido a la perfección, ¿verdad?

—De maravillas, Santiago. Ahora necesito seis varas de paño grana de tercera, junto con unas franjas de librea que le entregará mi hermana Petrona, y otras tantas varas de algún generillo de lona blanco, para forros. Y dile que me dispense tan continuas molestias.

Liniers acarició el hombro de su esposa. Veía todo el esfuerzo que hacía por él, las ganas constantes de parecer una mujer feliz a pesar de no haber elegido esa realidad que le tocaba; pero era evidente a veces que sufría cargando con la prole y con un marido siempre ocupado. No era fácil criar a los niños allá, lejos de la bonanza de Buenos Aires y de la fortuna de su padre, don Martín Simón de Sarratea, en su caserón de la calle Del Rosario*. Martina lo había dejado todo por amor, por seguirlo hasta el final, por acompañarlo, y él le estaba eternamente agradecido. Quería recompensarla hasta el fin de sus días, Martina se merecía todo.

—No precisas pedirle disculpas a Letamendi, mi querida. Él está para colaborar y se ha ofrecido con total desinterés.

Pero su apoderado no era el único que lo ayudaba. A poco de llegar, Liniers había tenido la fortuna de cruzarse con un hermano de su amigo el capellán Pantaleón Rivarola, que se encontraba en la estancia del suegro. Entre otras cosas, este les había facilitado velas, sin cuyo auxilio se hubieran encontrado completamente a oscuras en la nueva casa. Las lluvias constantes a veces complicaban las cosas, pero Liniers iba para adelante tenaz como una mula. Su familia gozaba de buena salud, sus hijos se habían aclimatado al lugar y eso era

* La calle Venezuela en la actualidad, y la casa situada en el número 469.

más que suficiente. Hasta Martina empezaba a acostumbrarse y ya no parecía extrañar tanto.

—¿Tal vez pueda pedir algo más, Santiago? —dijo la joven y esperó la reacción de su marido. —Me gustaría tener una negrita de no más de doce o trece años, cuyo precio no llegue a doscientos cincuenta pesos, sana y de buena disposición. Que me haga el gusto de comprármela y entregársela a mi cuñada Isabel, mientras no encuentre ocasión segura para remitírmela.

Liniers asintió con una sonrisa leve. Su esposa necesitaba alguien que la ayudara con los quehaceres del hogar, era evidente que sola no podía con todo. Se dirigió a su despacho. Le escribiría a su amigo con la encomienda, mejor apurarse antes de que se despachara la correspondencia.

* * *

Habían quedado en reunirse en el Café de Marco, inaugurado hacía unos pocos meses. Necesitaban conversar de algunos asuntos urgentes. Los integrantes del Consulado de Buenos Aires —no todos, solo aquellos que tejían las mismas estrategias— buscaban privacidad aunque sin dar la nota. Simulaban un encuentro social pero en realidad querían intercambiar anudados secretos, hacer negocios sin que se notara.

Caminaron hasta la esquina nordeste del Presidio y Santísima Trinidad*, y en la puerta del café, un sobrio cartel que rezaba «Billar, Confitería, Botillería», los invitó a pasar. Don Martín de Álzaga, Juan José Lezica, José Martínez de Hoz y Juan Antonio de Santa Coloma, sobrino del cónsul don Gaspar de Santa Coloma, entraron. Su propietario, el español

* Actuales Alsina y Bolívar.

Pedro José Marco, siempre atento a la clientela, se acercó para darles la bienvenida.

Los hombres estudiaron el amplio salón, buscaban una mesa que les proveyera la privacidad que necesitaban. En el fondo había dos magníficas mesas de billar y unos parroquianos dándole a la bola con los tacos empolvados. Ya fuera por la hora o vaya a saber por qué, había bastante lugar en el salón y la comitiva se dirigió hacia una de las mesas más alejadas de la puerta.

—¿Qué puedo servirles a los señores? —preguntó Marco mientras repasaba con el paño la mesa para que brillara aún más.

Los caballeros se miraron y coincidieron en pedir todos café y leche. No querían perder minutos valuados en oro con el servicial propietario, conocido por su locuacidad y exceso de entusiasmo. El Real Consulado de Buenos Aires* había abierto sus puertas a fines de 1794 por orden del rey, para controlar de cerca los negocios de la colonia. El Consulado tenía tres funciones: representaba a los comerciantes, era el Tribunal de Justicia que atendía casos comerciales y además debía ocuparse de promover el desarrollo económico de la colonia. La eficiencia y dedicación completa de su secretario, don Manuel Belgrano, prometía resultados exitosos. Este se proponía imponer un orden diferente al que dominaba el comercio en el Río de la Plata. La estructura económico-social imperante indignaba por su vetustez. Algunos integrantes de la institución miraban de soslayo al joven Belgrano. ¿Quién era ese joven impertinente con ideas nuevas e intenciones dudosas?

* Situado en San Martín entre Bartolomé Mitre y Perón, donde está ubicado el Banco de la Provincia de Buenos Aires en la actualidad.

—¿Qué hacemos con el imberbe advenedizo? —Álzaga abrió la reunión sin circunloquios. El caballero vasco caminaba las calles de la ciudad como si fueran de su propiedad. Arribado a los doce años desde Álava y hablando solo euskera, a los pocos meses había empezado a trabajar como dependiente del paisano de su tierra, un peso pesado: Gaspar de Santa Coloma. Pero pronto se había independizado y hacia 1780, tras su boda con María Magdalena Carrera, ya era un hombre rico. Apenas pasados los veinte años, era uno de los grandes potentados de la región.

Marco apuró el paso y depositó la bandeja colmada de tazas y jarras sobre la mesa. Álzaga aguardó que el despachante hiciera lo suyo antes de continuar. El ritual era exasperante: delante de cada comensal colocó el platillo, en el centro desparramó la pequeña medida de azúcar y lo cubrió, uno por uno, por su inmensa taza. Cuando la ceremonia terminó, Marco miró a los caballeros y les dio el visto bueno. Dieron vuelta el tazón con cuidado, evitando que se les desparramara el azúcar fuera del tarro, y Marco vertió el café y la leche hasta llenar el recipiente y el plato. Álzaga le clavó el ojo, ya estaba bien, podía retirarse, era suficiente. Marco hizo sonar sus dedos y un empleado apareció al instante y acomodó una servilleta junto al plato de cada uno. A esa altura, don Martín soltó un notorio bufido. Santa Coloma lo tocó por debajo de la mesa para calmarlo. Los despachantes hicieron caso omiso, terminaron la tarea y solo entonces se fueron como habían llegado.

—Bueno, ya está Martín, volvamos a lo nuestro. ¿Que qué hacemos con Belgrano? —intervino Martínez de Hoz, harto también de la demora. La cuestión era urgente. —No creo que sea buena idea ir a su encuentro en alguna esquina oscura y ajusticiarlo. Seamos inteligentes, cuidemos nuestros actos y actuemos con mente fría como venimos haciendo hasta ahora.

—¿Pero tenemos tiempo, José? Parece que el mozo trae órdenes de Europa, su valedor es el propio rey —atacó Álzaga.

—A ver, nosotros tenemos a Del Pino de nuestro lado. Carlos IV está a demasiadas leguas de aquí —Lezica sonrió con sarcasmo, sus conexiones con el poder eran estrechas. Su esposa, doña Petrona Antonia de Vera Muxica y López Pintado, era sobrina de la virreina, doña Rafaela de Vera Muxica, la mujer de don Joaquín del Pino. Los lazos de sangre lo beneficiaban.

El flamante virrey había desembarcado con planes decididos. Desde los primeros días de su gestión había ordenado que se prohibieran los arribos de buques extranjeros, lo que había logrado acabar, siquiera temporariamente, con el contrabando de cueros, bastante tupido hasta aquel momento. Intransigente, había limitado la circulación de foráneos, acicateado por su aversión a las ideas republicanas insufladas por doquier tras la Revolución Francesa.

—¿Realmente temen que alguien se atrevería a querer hundir nuestros negocios? —cuestionó don Gaspar Santa Coloma y pasó su mano por la pelambre canosa de tintes rojizos. Su boda, hacía veinte años, con Flora de Azcuénaga y Basavilbaso, lo había transformado en el dueño de una de las fortunas más importantes e influyentes del Río de la Plata. Contaba con relaciones de envergadura, además de gran cantidad de clientes en España y América. Su casa de comercio, de ramos generales, importaba y exportaba un sinfín de mercaderías, además de grandes cantidades de oro y plata.

—Bueno, parece que sobran los atrevidos. A ellos debemos liquidar. No permitiré que nadie se meta con nosotros. Les doy mi palabra —juró Álzaga.

Si había algo que no iba a permitir era que le cercenaran el tráfico de piezas de Indias* desde África y Brasil, negocio que compartía con José Martínez de Hoz. Ambos regenteaban, entre otras cosas, la compraventa de esclavos más importante de la región.

El intercambio de pareceres continuó poco más. Decretaron que no cualquier extranjero sería bienvenido en Buenos Aires, mucho menos los agazapados debajo de piel de cordero. Había que ser y parecer, y ellos estarían atentos.

* Una «pieza» no era sinónimo de un esclavo, sino una «unidad de medida». Pieza de Indias: hombre o mujer de quince a veinticinco o treinta años, sin vicios y con todos los dientes.

CAPÍTULO V

De vuelta los bártulos a bordo, los Périchon, los pequeños O'Gorman y una restringida dotación de sirvientes atravesaron las aguas hasta el poblado de Itatí. La correspondencia con Thomas había sido intensa y alentadora; el irlandés prometía enormes ganancias en Paraguay y esta perspectiva había logrado seducir a su suegro.

Don Armando descendió del bergantín y en seguida se llegó hasta el Cabildo, donde solicitó que se le proporcionaran los auxilios necesarios para pasar al pueblo de Candelaria. Los funcionarios a cargo le respondieron que regresara a bordo, que le darían una respuesta cuanto antes. Le sugirieron que, mientras tanto, se quedara tranquilo. Ellos le facilitarían todo lo necesario para mantenerse durante el tiempo de espera. Por último, le desearon que disfrutara de las beldades de Itatí. Sin otro remedio, *monsieur* Périchon dio media vuelta y regresó al barco.

—No entiendo qué hacemos aquí detenidos, *papan* —se quejó Anita. —Establezcámonos en algún sitio de una buena vez. Estoy harta de navegar, necesito tierra donde arraigar, no soy planta acuática y lo sabes.

La joven madre estaba cansada de esa vida nómade, de viaje en viaje, de ciudad en ciudad, y de esas interminables temporadas a bordo del barco de su padre. Quería establecerse, disfrutar de su casa, de los paseos en coche, de las diversiones que cualquier mujer de su edad que se preciara merecía. Se preguntaba —con una ofuscación cada vez más evidente— para qué diantres había llegado su marido al puerto de Buenos Aires con diligencia y todo si a la velocidad del rayo habían metido pies en polvorosa para continuar con su periplo. El carruaje había quedado en manos del tío Miguel y ella estaba ahí otra vez, sin él, con la fantasía de volver a verlo como único aliciente. Persistía en sus ensueños pero incluso estos tenían un límite frente a la realidad de que él no estaba a su lado y quién sabía cuándo se dignaría a estarlo.

A los tres días les informaron que el permiso estaba otorgado y con este les proporcionaron cincuenta caballos, veinticinco pertenecientes a la Estancia de la Virgen, junto con treinta bueyes. Armando apuró la partida, Juan Bautista y Luis irían por tierra con los animales y los demás seguirían en barco por el Paraná.

Transcurrieron días, semanas, pero al fin llegaron a destino, unos primero, los otros poco después. Périchon, precavido, se había ocupado de anunciarse con antelación al gobernador de las Misiones, su coterráneo don Santiago de Liniers. Había presentado, además, la *liaison* de su yerno con Sarratea, cuñado de Liniers. Permanecerían allí por poco tiempo. El destino final, si no había un giro de timón inesperado, sería Villa Real.

Apenas desembarcados, se dirigieron a la residencia de Liniers. El poblado era reducido pero vistoso; guardaba el trazado jesuítico, además de la impronta hispánica tradicional. Dominaba el paisaje una imponente iglesia de tres naves con cubierta de teja a dos aguas, fachada con triple arcada de medio punto, simbolizando la Trinidad, y tres puertas de madera tallada. La gran edificación incluía lo que había sido la Casa de los Padres, un patio, el huerto y, por último, el cementerio. A su lado, se encontraba la que había oficiado de

Casa de las Recogidas y que ahora albergaba al gobernador y a su familia. Se anunciaron con el edecán, todos menos Juan Bautista y Luis, que aún fatigaban los caminos arreando a los animales. Les recomendaron aguardar en una sala umbría, en medio de un silencio sepulcral.

—Qué suerte tenemos de que el gobernador sea francés, además del parentesco con Sarratea, el socio de Thomas. Seguro nos llevaremos de maravillas. Entenderme con los españoles a veces se me hace cuesta arriba —La voz de Armando retumbó en la sala.

—Me parece que era uno de los franceses con los que quiso agasajarnos tu tío político, Annette, cuando estábamos en Buenos Aires. Pero no hubo tiempo porque debió viajar. El mundo es un pañuelo, *chérie* —agregó *madame* Périchon.

—Sí. ¡Por fin un compatriota! Qué placer, los echaba de menos —dijo Anita y se acarició el cuello con lentitud.

—Buenas tardes, amigos, qué bueno que han llegado —saludó Liniers desde la puerta y avanzó con su esposa a su lado hacia donde lo esperaba la familia.

Las cortesías fueron y vinieron entre unos y otros. Martina prestó especial atención a los pequeños O'Gorman; les dedicó un buen tiempo a cada uno, preguntó edades y preferencias. Los varoncitos, dándose aires, respondieron que ya tenían ocho y nueve años. Micaela, tímida, hizo con los dedos el número cuatro. La dueña de casa les propuso ir hacia adentro de la casa a jugar con los suyos. La nana recogió la propuesta de inmediato y condujo a la prole hacia donde le señalaba Martina, en las habitaciones del fondo. Todos hablaban a la vez salvo Anita, que prefirió la reserva. Se concentró en observar todo a su alrededor, en especial a ese francés de mirada franca. Mientras Liniers hablaba con su padre para acordar el alojamiento de la familia, ella pensaba que era un hombre interesante, locuaz, generoso. Se fijó en la atención que dedicaba a su esposa. Se mostraba amable pero no regalaba sonrisas en exceso. En pocos minutos se armó la estampa de un caballero gentil pero firme, cuidadoso y viril. Un hombre en serio, algo que ella hacía tiempo no tenía. Santiago le dedicó una mueca breve que ella interpretó como una sonrisa, y siguió con las deliberaciones con su padre.

Los hombres hablaban de negocios y de las novedades políticas recientes. Périchon exponía su fortuna —no toda, algo se guardaba para sí— y describía los emprendimientos que estaba listo para encarar. Liniers escuchaba con interés; no eran esas las actividades que lo ocupaban en ese momento, pero le confió la comisión que le había solicitado el virrey: recuperar los siete pueblos de las Misiones invadidos por los portugueses de Brasil desde comienzos del año. Se quejó de que él estaba listo para empuñar su espada, pero los medios no llegaban, no le facilitaban los pertrechos necesarios para la tarea. Sin embargo, aseguró que estaba dispuesto a dar batalla como pudiera, contra quien fuera que lo enfrentara. Martina se tomó las manos sobre el regazo y asintió con aprobación y orgullo ante los dichos de su esposo.

—¡Bravo, gobernador Liniers! Así se habla, con convicción y firmeza. Esta tierra necesita de individuos como usted. Lo felicito desde el fondo de mi corazón —dijo Anita con entusiasmo, dejándose llevar por la buena impresión que le hacía ese hombre.

* * *

Lázaro de Ribera y Espinosa de los Monteros recibió a Thomas O'Gorman en su despacho. Señalando con una mano y un gesto displicente de la cabeza, le indicó que se sentara en la silla más simplona del sofisticado mobiliario que adornaba la sala. El gobernador del Paraguay se recostó sobre el respaldo del imponente sillón de damasco dorado con repujes en oro y se dispuso a escuchar. Todo era brillo en el despacho del primer mandatario del país, muebles y ropajes por igual.

—Siéntese, mi estimado amigo, póngase cómodo —dijo Ribera y pasó una mano por los rizos de la empolvada peluca.

Thomas le hizo caso y se acomodó en esa silla de aspecto frágil. Temía romperla del todo, además de sus posaderas. Comprendió que el gobernador le estaba dando un mensaje subliminal al adjudicársela.

—Bueno, ¿qué tiene para comentarme, señor O'Gorman? Aquí estamos muy entusiasmados con su arribo, supongo que estará al tanto —y estiró la casaca de seda ocre bordada con hilo dorado. El jubón marfil destacaba su vientre abombado.

—Pues sí, Excelencia. Tengo todo listo para instalarme con lo prometido. Gracias por su apoyo. Ya verá las ventajas incalculables de haber confiado en mis ideas —señaló Thomas, impertérrito.

—¿Y están al llegar los hombres, los pagos, la maquinaria? —inquirió el gobernador.

—En eso estamos, Excelencia —O'Gorman le regaló una sonrisa de oreja a oreja y continuó. —Como usted sabe, el clima no ha colaborado y se han demorado las encomiendas, pero están en camino.

Necesitaba tiempo, un bien que a veces se le escapaba entre los dedos. Su suegro no apuraba los trámites y las respuestas que recibía de su parte eran ambiguas: «estamos al llegar», «Candelaria nos acoge de maravillas», «el gobernador es un caballero francés muy generoso», «en breve emprenderemos la marcha», «Annette pregunta por ti pero está tranquila», y así sucesivamente. ¿Qué querría decir con eso de la tranquilidad de su esposa? ¿Le estaba mandando un mensaje? Había cosas mucho más importantes en ese momento que la gota constante de los reclamos de Annette vertida por allí.

—¿Entonces viene su familia a reunirse con usted? No es bueno que el hombre esté solo, mi estimado —dijo Ribera con parsimonia.

—Como le decía, están preparando todo para venir.

—¿Se ha casado bien, señor O'Gorman? —preguntó Ribera aguzando el ojo.

—Sí, Excelencia, Annette es la hija de un rico comerciante francés.

—Lo celebro, entonces. Yo me he desposado, hace años, claro, con mi adorada María Francisca, como bien sabe. La mejor asociación que he podido hacer, ya conoce la fortuna de mi suegro en Buenos Aires, además de ser ella la mujer ideal para acompañarme y ser la madre de mis hijos.

—Lo felicito, Excelencia. Mi Anita y su familia están en Candelaria, recibiendo los honores del gobernador y preparándose para venir.

—¡Ah! ¡Hubiera empezado por ahí! Están con mi cuñada, la buena de Martina. Francisca es su hermana mayor. ¡Qué bien, estimado, qué bien! —La casualidad le gustó a Ribera, que sonreía satisfecho.

El malagueño había sido nombrado gobernador militar y político e intendente de la Real Hacienda del Paraguay en 1795. Antes de tomar el poder había recalado en Buenos Aires y contraído nupcias con la mayor de las Sarratea, sumando así linaje y monedas.

El gobernador había encarado su gestión siguiendo la política borbónica. Ribera era el perfecto representante del despotismo ilustrado español, que había logrado, a fuerza de reales órdenes y cédulas, establecer su dominio absoluto y censurar cualquier idea que fuese contra su autoridad. Hasta a los indígenas, antes adoctrinados por los misioneros jesuitas, se los buscaba catequizar en la fe borbónica. Cuando se le preguntaba quién era el rey de España, Ribera respondía: «Es un señor tan absoluto que no conoce superioridad en la Tierra». Sin embargo, no había logrado la simpatía de la población, que lo consideraba demasiado rígido y despótico.

—Pero mire, Su Excelencia, cuánto albur. Tantas leguas que nos distancian y tanta gente en común —destacó Thomas.

—Le mostraré las tierras que necesita para fabricar uno o más ingenios de azúcar y añil. Mis hombres lo conducirán hasta el sitio que yo mismo he elegido para usted. —El gobernador cambió de posición, como si empezara a fatigarse. —Bueno, hala, afuera lo esperan para indicarle todo. Y a apurar la ganancia, que sin ella el mundo se hunde y usted el primero.

O'Gorman hizo una reverencia y escondió los colores que le habían pintado la cara. La ampulosidad y los devaneos iniciales empezaban a deshilacharse. Era la hora de sumar concreciones a las palabras, porque a estas, como era sabido, se las llevaba el viento.

* * *

Anita había aceptado la invitación de doña Martina de hacer un paseo por la plaza. Se emperifolló como si celebrara una fiesta y partió hacia el punto de encuentro, la imagen de la Virgen, situada en uno de los cuatro ángulos. Allí, junto a Pilar, su esclava, aguardaba doña Martina, envuelta en mantón de luces, cubierta hasta el cuello. Con un leve movimiento de su mano, la llamó desde la distancia.

—Buenas tardes, Martina. Le agradezco mucho el convite. Siempre es bonito encontrarse con una amiga para conversar, ¿no es cierto? —dijo Anita, y la tomó del brazo sin preguntar. —Caminemos, querida.

Así empezaron la caminata, con la Pilarita unos pasos detrás para mantener la discreción. Anita parloteaba mirando hacia adelante, pero con el rabo del ojo espiaba a su acompañante. Era guapa la dama Sarratea, con esa mirada parda de ojos redondos, sus pómulos valientes enfrentando a quien fuera, la piel tan blanca como la suya.

—Claro que sí, Anita. ¿Me permites que te llame así? Es más fácil para mí, aunque tengo un marido francés y debería decirte Annette —Martina rio con ganas. —Por la mañana ha llegado el barco con la correspondencia, seguro que has recibido carta del tuyo.

Annette congeló su mejor sonrisa. Por supuesto que no había recibido nada, y si su padre lo había hecho, nadie la había puesto al tanto.

—Me temo que no, querida. Thomas se dedica a los negocios, parece que no cuenta con tiempo para dedicarme.

—Oh, cuánto lo lamento, Anita. Sin embargo, en breve podrán reunirse. Por lo que me ha contado Santiago, el próximo destino suyo y de su familia es el Paraguay, ¿no es así? —Martina le palmeó la mano con cariño.

—No puedo asegurarlo, y te voy a ser sincera, se me ha terminado el ánimo de viajar, Martina. Me gustaría tener una vida como la tuya, se te ve tan feliz y con un hombre que te quiere...

Anita se detuvo y le sonrió otra vez. Quería hacer buenas migas con su anfitriona, pero sobre todo anhelaba conocer los vericuetos de Liniers. El francés le había llamado poderosamente la atención.

—Pero cómo debe quererte el tuyo, querida. Sí, soy muy afortunada con el esposo que tengo, pero no te creas que todo ha sido fácil. Santiago se las ha visto negras muchas veces. Trabaja demasiado y recibe poco a cambio.

—¿Cómo es eso? Si es el gobernador de este sitio —Anita señaló ampulosamente con los brazos a su alrededor— y parecería que lo hace con gran eficacia.

—Es que él es un hombre digno y responsable y se ha propuesto llevar a cabo sus funciones con todas las de la ley. Pero ¿sabes qué, mi querida? El virrey no le entregó el cargo en su totalidad. El puesto fue en comisión, es decir, es un interinato. Santiago hubiera preferido otra cosa pero esto es lo que hay y lo aceptamos.

Martina miró hacia abajo. Cuando recordaba todas las alternativas por las que había tenido que pasar su marido, se le estrujaba el corazón. Prefirió callar el asunto del sueldo, que era otro despropósito: le mantenían el mismo que tenía como capitán de navío desembarcado porque esa paga era superior a la de gobernador interino. Las necesidades persistían siempre pero él continuaba en sus labores, y ella acompañaba, intentando pedir lo menos posible para ella y sus hijos.

—¿Y por qué no reclama? Se lo merece, Martina. También tú, por supuesto; pero qué desgracia la presencia de mercachifles que arruinan todo, ¿no te parece? —opinó Anita a destajo.

—¿Volvemos a casa? Estoy algo cansada, ¿tú no? —doña Martina le hizo una seña a Pilar para que las siguiera en el regreso.

Anita asintió y replicó el paso de su amiga. Le gustaba Martina, le parecía una mujer llena de bondad, sin dobleces, sin medias tintas, que se entregaba por completo a los suyos. Era honesta y generosa, y la trataba bien, algo que pocas veces le había sucedido. Las mujeres, casi siempre, miraban a Anita de soslayo, «*elles me regardent de côté*» le repetía una y otra vez a su madre aunque ella la desestimara. «Exageras, hijita mía querida», le decía Magdalena, pero ella no se conformaba, la examinaban como si fuera un corsario a punto de robarles todo, y no ponían ni medio ánimo en disimular. Pues Martina la contemplaba con ojos francos, los mismos que tenía su marido. Ah, Liniers, también le gustaba el francés abundante en sencillez. «*Il ne me regarde pas, en échange*», él la había mirado poco y nada, parecía imposible pero así lo había percibido. ¿Un hombre que no se detuviera en su belleza? Parecía una locura pero era real. Y cuanto menos atención le dedicaba un hombre, más se activaba en ella un mecanismo difícil de detener. Las ínfulas crecían, las dudas le corroían las entrañas y, poco a poco, se le volvía una obsesión. Le hubiera gustado introducirse en la mente del francés para ver si la indiferencia era auténtica, si los ojos esquivos eran ausencia de interés o tan solo miedo.

* * *

—¿Cómo le decimos a Anita todo esto, padre? —preguntó Juan, refregándose la sien. Sabía que su hermana repudiaría las decisiones que habían tomado sin consultarle. Aunque más no fuera, deberían habérselas hecho saber mientras las tomaban. Anita tenía pocas pulgas pero muchas veces con razón. Su marido privilegiaba las relaciones comerciales antes que las maritales y era entendible que ella pusiera el grito en el cielo de vez en cuando. Se defendía como podía.

—Tu hermana parece destemplada pero es la más inteligente de la familia, hijo mío. Perdón por estas palabras, espero que no te sepan mal. Quiero que seas mi sucesor en los negocios, mi mano derecha, pero si pudiera, dejaría a Annette al mando de todo. En su condición de mujer eso no es posible, pero por suerte te tengo a ti, que reúnes las condiciones —dijo *monsieur* Périchon, palmeando a su hijo en el hombro. —Anita entenderá todo, ya verás.

Don Armando había recibido noticias desde Paraguay. Su yerno lo apuraba, le prometía pingües ganancias pero necesitaba el capital inicial que debía aportar él, además de su presencia física. Aquellos días en Candelaria le habían venido bien para reflexionar. Thomas hablaba maravillas del futuro, pero contaba poco y reclamaba mucho. Lo que conocía del territorio guaraní era más bien poco, y por lo que decía el irlandés, había que empezar de cero. Le parecía inoportuno mudar a las mujeres a ese sitio por el momento.

—¿Te parece que Anita será tan comprensiva? —Juan Bautista lanzó una carcajada seca. —Puede desbordar inteligencia pero que nosotros decidamos por ella que no se reunirá con su marido, no creo que le haga gracia.

—Sabrá que la decisión es, sobre todo, por su bien.

—Tu hija tiene veintisiete años y es una mujer casada, por si no te haces a la idea. Ha dejado de ser tu niñita desde hace tiempo. En todo caso, quien decide por ella ahora es su marido —sentenció Juan con un chistido.

—Qué perdido estás, hijo querido. Poco conoces a tu hermana. Ni yo, ni el marido, las decisiones las toma Annette. Es imposible contradecirla.

Juan se cruzó de brazos y la vista se le nubló. Pensaba en los requerimientos enviados por Thomas, que ya había instruido su nombre para la continuidad de los ingenios. Su cuñado le comentaba que el gobernador lo aguardaba para la realización de medidas anticipadas que deberían tomar para la introducción de seiscientos o más negros y la promoción de varios artículos de agricultura, industria y comercio; le pedía que llegara cuanto antes porque lo había presentado como el experto, él sería el encargado de dar el visto bueno para la examinación de las tierras que considerara más proporcionadas a la feliz ejecución del proyecto, etcétera, etcétera.

—Insisto, padre, me parece que recae demasiada responsabilidad sobre mí. Y que Thomas no tenga ni un reparo en la voluntad de su esposa es una señal de mal agüero.

—Termina con ese miedo, Juan. Tu hermana sabe mejor que nadie lo que sucede, no se aviene a señales, magias o hechizos ramplones. Annette tiene más filo que mi daga y sabe bien cuándo cortar.

Un ruido imperceptible les llamó la atención. Miraron hacia la puerta y notaron que estaba entreabierta. Una sombra en el piso anunció la presencia de alguien. Transcurrieron pocos segundos, Anita se asomó. Sus ojos brillantes se entrecerraron apenas, sus labios se abrieron como para decir algo pero solo tomó aire.

—Ven, pasa, Annette, no te quedes allí parada como una estatua —la llamó su padre. —¿Hace mucho que estás allí?

—¿En qué cambia cuánto tiempo hace que los escucho? —Con una sonrisa intrigante, la joven avanzó hacia donde estaban su padre y su hermano. Se detuvo al costado de la silla que alojaba a Juan Bautista, se inclinó, lo tomó de la cara y le estampó un beso en la mejilla.

—Me escuchaste. En fin, tarde o temprano te ibas a enterar. Me voy solo a Paraguay a reunirme con Thomas.

Anita suspiró y se acomodó sobre el apoyabrazos al lado de su hermano. Jugó con uno de sus rizos y volvió a suspirar.

—No debes preocuparte por mí, Juan, imaginaba algo de esto —dijo y su padre asintió mirando a su hijo. —Me hubiera resultado descabellado instalarme en un páramo donde todo está por hacerse. No me interesan las gestas sin sentido, elijo otro tipo de hazañas para mi vida, ¿no es cierto, *papa*?

Périchon aplaudió y rio con fuerza. A diferencia de Juan Bautista, su hija menor sabía adaptarse al vendaval. Aquel que se enojara perdía, y Anita era un claro ejemplo de coherencia. De cualquier modo, a veces le generaba incertidumbre. No lo iba a confesar, pero su hija todavía lo desvelaba.

—Así es, *chérie*, pero no debes olvidar que Thomas es tu marido. Eres una mujer casada —recomendó su padre.

—Empiezo a aburrirme, *papa*. La ausencia se prolonga por demás y es eso lo que me enferma de sopor: su ausencia, sus preguntas tontas en la correspondencia ya casi inexistente, su pasión no deseada —refunfuñó Anita.

Juan le palmeó la mano que descansaba sobre el regazo. No le gustaba ver a su hermana adorada en ese estado de crispación, sentía un afán desmedido por protegerla.

—Te prometo que custodiaré tus intereses en Paraguay, Anita —le aseguró. —Lo seguiré de cerca.

—Cuánto te lo agradezco. De cualquier modo, ya ni siquiera me inquieta la distancia, hermano, ni fantaseo con sus prácticas indecentes —murmuró pero no pudo evitar la puntada en el pecho. Aunque la relación se encontraba bastante enfriada, le hubiera gustado tenerlo enfrente para gritarle que él no habría de hablar con otra que con ella, aun cuando ella no estuviera presente, que ella sería la única en otorgarle permisos y licencias, que si cayese enferma por alguna de esas desgracias, nadie habría de estar a su lado para suministrarle las medicinas sino él, que le debía eso y mucho más.

Se incorporó, les dedicó una reverencia a su padre y a su hermano, y se retiró a sus aposentos sin agregar palabra.

CAPÍTULO
VI

Estaban todos reunidos en la Gobernación de La Candelaria. Todos menos Anita, que había salido temprano a la mañana a montar en el caballo que le había regalado su padre. Montaba casi todos los días, repetía siempre el mismo camino y terminaba en la Gobernación, que alojaba a su ahora amiga Martina y, sobre todo, a don Santiago de Liniers.

Los Périchon —salvo Juan Bautista, que había partido al Paraguay para participar de los negocios de su cuñado— habían ido a despedirse del gobernador y su esposa, y partían rumbo a Corrientes otra vez. Don Armando le había solicitado al Cabildo la concesión de un terreno para labranzas y manufacturas. Quería intentar una plantación de tabaco negro como las que se llevaban adelante en Brasil.

—Venimos a darle las gracias, don Santiago. Han sido muy gentiles con nosotros, además de generosos —Périchon lo saludó con una palmada amistosa.

—Por favor, Armando, sus palabras están de más. ¿Cómo no iba a recibir a un compatriota en mi casa? Es una alegría para mí rememorar mis tiempos en Francia, y compartir la misma nostalgia con ustedes. Han sido una gran compañía para nosotros. Pero no veo a su hija… —dijo Santiago, buscándola infructuosamente con la mirada.

—Debería estar aquí, estará al llegar —respondió Magdalena, algo inquieta.

—Estaba al tanto de que nos despediríamos, pero ya vieron cómo es, hace lo que le viene en gana y no le apetece dar explicaciones.

Martina rio con ganas, acordaba en todo con los dichos de la madre de su amiga, Anita era un caso único.

—Pues nosotros también estamos empacando, nos retiramos de La Candelaria, dejamos la Gobernación —anunció Liniers y una sombra tiñó su cara.

—¿Cómo es eso? ¿Decisión propia o hay otras cuestiones?

—Entre nosotros, mi amigo, fui relevado de mis funciones tras la pérdida de las misiones del Guayrá, hace un tiempo ya. Habían nombrado a don Antonio Amar para que tomara mi lugar, pero el relevo se suspendió. —El gobernador expresó sus argumentos ante la atenta mirada de su esposa. —Pues ahora debo esperar el arribo del coronel Bernardo de Velasco para entregarle el mando y partir.

Se escuchó un alboroto a lo lejos, hasta que el taconeo inconfundible de Anita anunció su llegada. Tras una larga cabalgata, la joven había desensillado en la discreta Casa de Gobierno de dos altos y se dirigía adonde estaban todos reunidos y esperándola.

—Buenas tardes, ¿qué miran con esos ojos de terror nocturno? —preguntó tras franquear la puerta de entrada.

—¿Pero dónde estabas, *chérie*? Sabías que teníamos una reunión ineludible hoy, que veníamos a despedirnos… —observó su madre.

Anita miró en derredor con curiosidad. La sala de armas, con sus seis mesas, cuatro estantes, el reloj de sobremesa, los dos retratos reales que vestían las paredes y el crucifijo custodiando a sus moradores le dieron escalofríos. Era la primera vez que entraba allí y, por lo visto, sería también la última.

—Discúlpenme, don Santiago, Martina querida. Me dejé llevar por el galope de mi caballo, me atrapó el monte misionero, sabrán entenderme, ¿no es cierto? —Sacudió el polvo de la falda y, al hacerlo, dejó a la vista sus botas negras de caña alta que usaba para montar y el borde de encaje de su enagua.

Sus hermanos la miraron fijo, la fusilaron con los ojos. ¿Qué era eso de mostrar las piernas a cualquiera, donde fuera y sin pudor? Había un hombre allí y ese gesto podía verse como una provocación.

—Bueno, bueno, Luis y compañía, ya está —respondió Anita y se sentó sin que la invitaran al lado de su amiga.

—Nos contaba don Santiago de su pronta marcha también —Périchon cambió de tema en el acto.

—¿Cómo es eso? —preguntó la recién llegada, mirando a Liniers y a Martina.

—Sí, mi buena amiga, nos vamos, Santiago cumplió con sus funciones, ya nada más tiene que hacer por aquí.

Pronto el bullicio dominó la sala. Todos hablaron al mismo tiempo, bombardeando a preguntas a Liniers, que respondía como podía. Anita y Martina cuchicheaban tomadas de la mano, aquella buscaba las razones del destierro, esta ensayaba frases y argumentos. Martina se lamentaba de que la mudanza iba a ser interminable, la cantidad de enseres que habían recibido gracias a las bondades del fiel Letamendi y la familia de ambos, la divina docena de vasos de cristal fuerte, la media docena de candados, los cajones de chocolates, los frascos de cristal grueso de agua fuerte con tapón de cera y doble badorna por encima, y sobre todo la infinita biblioteca de Santiago, amante de los libros, «tanto que a veces se me hace pesado el amontonamiento de palabras, anda por ahí como un niño entusiasmado con un curioso manuscrito del padre Segismundo, que dice haber descubierto un precioso bálsamo y parece haber escrito sobre todas las plantas que producen estas misiones, describiéndolas con elegancia y anotando todas sus virtudes, con sus nombres en guaraní y sus concordancias en castellano…»

Anita dejó de escuchar el parloteo de Martina y abandonó la vista en dirección adonde estaba Liniers. Este hablaba con su padre, sus gestos transmitían un malestar difícil de esconder. Por lo que pudo escuchar, la falta de noticias de Europa lo llenaba de intranquilidad.

—No hay peor estado que la indecisión, Armando —decía Santiago con un suspiro. —Sé que esta reflexión conviene a un genio melancólico y atrabiliario que no prevé más que desdichas en lo venidero.

—No debe pensar así, mi amigo —refutó Périchon.

—Entiendo que todo cambio es bienvenido para los caracteres opuestos, pues la imaginación siempre les presenta progresos y ventajas futuras, sin que puedan desengañarlos los ejemplos contrarios. Al menos, mientras imaginan gozan de alguna dicha. Mientras los primeros anticipan siempre los males —concluyó.

—Espero que pertenezca al grupo de los esperanzados. No hay que dejarse vencer por algún desahucio, hay que seguir siempre la marcha, Santiago. Usted tiene todo por delante, y la compañía de una excelente esposa.

Liniers asintió y le dedicó una breve sonrisa a Martina. Los ojos se le escaparon hacia Anita, que recibió su mirada con ansias pero permaneció quieta como piedra hundida en la tierra. Martina le devolvió la sonrisa a su marido. En silencio, la francesa agradeció que su marido estuviera a miles de leguas de distancia.

* * *

Francia y España vivían un tira y afloje constante, una relación de amor y odio que representaban a la perfección sus mandatarios y monjes negros. Desde el último año del siglo XVIII, la escalada de poder del embravecido Napoleón Bonaparte ya era un hecho consumado. El corso y su ejército habían avanzado sobre las fronteras de varios países sumando victoria tras victoria. La República, en cambio, estaba en bancarrota y el Directorio, que en su nombre ejercía el poder, naufragaba en uno de sus momentos más impopulares, tras acusaciones varias de corrupción e ineficiencia. Uno de los directores, Emmanuel-Joseph Sieyès, había instado a Bonaparte a que colaborara en un golpe de Estado contra la Constitución imperante.

El 9 de noviembre de 1799 las tropas dirigidas por Napoleón tomaron el control, instituyéndose él, junto a Sieyès y Roger Ducos, como cónsules provisionales del gobierno. La gresca inevitable entre Bonaparte y Sieyès obtuvo un ganador evidente: el corso se adelantó y logró el nombramiento de primer cónsul vitalicio.

En los albores del siglo XIX, Napoleón Bonaparte regresó a Italia, cruzó los Alpes en mula durante la primavera y derrotó a los austríacos que habían avanzado sobre los italianos. El hermano del primer cónsul, José Bonaparte, principal negociador del armisticio entre Francia y Austria, había reportado que debido a la alianza entre Gran Bretaña y Austria, esta no podría reconocer ningún territorio conquistado por los franceses. Harto de dimes y diretes, Napoleón ordenó que atacaran Austria otra vez. El general Moreau acumuló una nueva victoria para Francia en Hohenlinden y un tratado de paz se firmó en febrero de 1801, en Lunéville. Francia reafirmaba su dominio sobre los territorios ocupados.

Los británicos, a su vez, firmaron un acuerdo de paz con los franceses, el Tratado de Amiens, por el cual la isla de Malta pasaba a ser dominio galo. La paz entre Francia y Gran Bretaña pendía de un hilo. Las monarquías legítimas de Europa mostraban su desconfianza a la hora de reconocer a la República, temiendo que las ideas revolucionarias traspasaran las fronteras.

Con España, Bonaparte iba y venía en una relación intempestiva. Había heredado la alianza militar por la que se enfrentaban a otros países, por la cual España había entrado en guerra con Inglaterra, trayéndole como consecuencia la pérdida de Trinidad y Menorca, los ataques a Ferrol y Cádiz en 1800, además del embargo comercial decretado por los ingleses contra España, que llegó para sumarse a una situación económica cada vez más complicada. Ante esta situación, Napoleón aprovechó para renovar votos de amistad con España. Como siempre, la necesidad tenía cara de hereje.

Para los franceses, oficialmente seguía siendo el 9 vendimiario del año IX, y para el resto del mundo el 1 de octubre de 1800, cuando el enviado de Napoleón, Louis Alexander Berthier, se reunió en el Palacio de San Ildefonso con su colega español, don Mariano Luis de Urquijo, para acordar en secreto. Napoleón le ofrecía a la duquesa de Parma, hija de Carlos IV, el nuevo reino de Etruria como propiedad de la familia real española, y a cambio España prometía la Luisiana a Francia y estaba obligada a unir su flota a la francesa, además de iniciar hostilidades con Portugal para obligarlo a renunciar a su pacto con Inglaterra.

La guerra con los vecinos portugueses duró menos de un mes y supuso la cima de la gloria de Godoy. La llamaron la Guerra de las Naranjas, por el ramo de frutas que la reina recibió de manos del Ministro Universal y Príncipe de la

Paz. El favorito había mandado a construir unas angarillas adornadas con flores y ramas, y allí ubicó a doña María Luisa, que luego fue llevada en procesión frente a las tropas, para recibir de manos del favorito un ramo de naranjas recogidas por los soldados, en Elvas. Godoy concretó una paz favorable a España y Portugal, pero contraria a los intereses de Francia. Concluyeron en el Tratado de Badajoz, por el cual Portugal cedía a España la plaza de Olivenza y se comprometía a cerrar sus puertos a los ingleses.

A pesar de que el desenlace no convenció del todo a Napoleón, urgido por una tregua, terminó firmando la Paz de Amiens con Inglaterra en 1802, por la que España recobraba Menorca y cedía la isla Trinidad a los británicos.

Europa estaba demasiado entretenida con el tironeo constante entre sus regiones y sus líderes. Ni tiempo ni ganas le quedaban para atender las cuitas de sus posesiones en América. Sin embargo, a fines de año, el Cabildo de Buenos Aires le propuso al rey Carlos IV que nombrase a su favorito Manuel de Godoy como Príncipe de la Paz, regidor honorario del Cabildo de la ciudad portuaria del sur de América. Los ojos de España volvían a posarse sobre sus colonias.

* * *

Juan Bautista arribó sano y salvo a las cercanías de Villa Real, a poco del río Ypané, donde se había instalado su cuñado como si fuera el rey de la selva. Thomas O'Gorman se había hecho construir un gran castillo de piedra, para lo cual su tropa de esclavos había invertido horas sin descanso. Allí contaba con todas las comodidades que había pretendido. Decenas de habitaciones, salas bien vestidas, interminables pasillos por los que gustaba caminar, de una punta a la otra, con las manos tomadas por detrás y el mentón hacia abajo, reflexionando mientras el fresco que entraba por las ventanas le daba en la cara.

El joven Périchon se acomodó en una de las recámaras más amplias, provistas de todos los enseres necesarios para su estadía. Thomas quería agasajarlo en forma. La cama con dosel y mosquitero, el gran armario con espejo de luna, los cortinados, las alfombras y los candelabros, todo había sido cuidadosamente dispuesto. Por la ventana se veía un enjambre de grandes arbustos, que servían de muralla natural para los curiosos que se acercaran hasta allí.

Ya habían transcurrido algunos meses de su llegada. El joven Périchon hacía los implementos y hasta algún contante y sonante encomendados por su padre. Sin embargo, pronto comprendió que, a pesar del despliegue, los negocios de su cuñado no funcionaban tan bien como este les había hecho ver en la correspondencia. Todo parecía demasiado quieto, un silencio ensordecedor que le lastimaba los sentidos.

—Buenos días, Thomas. Pensaba llegarme hasta los ingenios a ver cómo sigue todo —así se anunció Juan, sin más preámbulos, en la alcoba de su cuñado.

O'Gorman no se había levantado. Era entrada la mañana y el irlandés estaba tendido en la cama, con pocas ganas de hacerle frente al día. A su lado dormía con placidez una negrita completamente desnuda. Thomas no amagó a cubrirla con la sábana y le regaló una sonrisa displicente a su cuñado.

—Tapa a esa niña, hazme el favor.

—¡Pero cuánto enojo para empezar la jornada, Juan! Cambia esa cara, hazte tú ese favor —le respondió y le dio una nalgada a la esclava, que despertó en el acto. —A ver, vístete y largo de aquí, que mi cuñado es peligroso.

La mocita se incorporó en un segundo. Una maraña de

rulos negros le cubrió la cara y su piel tensa y brillante resplandeció entre las sábanas blancas. Las manos tantearon desesperadas las cobijas o cualquier cosa que sirviera para tapar su desnudez. Se hincó en el piso y gateó hasta donde estaban su falda y su camisa hechas un bollo. Mientras se vestía, espiaba con sus ojos redondos al recién llegado. Este a su vez miraba con gesto de furia a su cuñado, que persistía con la mueca sonriente dibujada en la cara. Al fin, la joven se escabulló como una sombra, dejando la puerta abierta de par en par.

—¿Contento, Juan? Tampoco es para tanto, hombre, siempre tan exagerado, a veces me recuerdas a tu hermana —dijo y lanzó una carcajada.

—No metas a Anita en esto, por favor —lo frenó Juan en seco. Se sentó en uno de los taburetes. —¿Qué pasa, Thomas? No me gusta nada lo que veo, tengo que mandarle un reporte a mi padre y no me atrevo a mentirle.

El irlandés se incorporó. La sola mención de su suegro lo incomodó. Bajó las piernas, pisó suelo firme y salió de la cama. Aguardó unos segundos, la habitación le daba vueltas. Tuvo que esperar a que pasara el mareo.

—¿Te sientes bien, Thomas? —Juan Bautista se paró para ayudarlo pero su cuñado lo frenó con un gesto.

—Fue una noche larga, no te preocupes, no es nada. De solo recordar las piernas de la negrita, vuelvo a nacer. —Cuando recuperó pie, se dirigió hasta la cómoda, completamente desnudo, se sirvió un vaso de agua y lo bebió de un trago.

—Vístete y vamos, Thomas. O cuéntame qué está pasando aquí.

Thomas comenzó a vestirse con parsimonia. Se le partía la cabeza, la noche anterior había bebido de más y dormido casi nada. Su fogosa acompañante lo había desvelado. No era la primera vez que la metía en su cama y esperaba que tampoco fuera la última.

—Las inversiones no llegan, cuñado, eso es lo que pasa.

Juan Bautista se quedó de una pieza, congelado. Bufó, se tomó la frente con las manos y cerró los ojos. No podía creer lo que escuchaba, aunque en realidad no le resultaba del todo raro. Thomas era un tiro al aire, lo sabía desde el principio e insistía en confirmarlo. Su padre le tenía demasiada paciencia, lo quería, aunque las agachadas se multiplicaran como los panes en la Biblia. Quien lo conocía de pies a cabeza era su hermana, que había optado por usar la máscara del disimulo, aunque de tanto en tanto se ofuscara y fuera detrás del desleal y traidor.

—¿Y qué vamos a hacer, Tom? El gobernador te matará, no creo que puedas embaucarlo, ha apostado mucho en ti —Juan Bautista puso las manos en jarra y cambió el peso del cuerpo de una a otra pierna.

—Hablando del gobernador, te aviso que viene al mediodía a la hacienda. Acabo de recordarlo —deslizó.

—¿Pero me estás tomando el pelo? —le gritó Juan Bautista a viva voz. —Apróntate, Thomas, que de un momento para otro estará acá. ¡Ya son pasadas las doce!

O'Gorman tomó aire y permaneció estaqueado en el piso, como si buscara ordenar sus ideas. Se abotonaba la camisa con una lentitud exasperante, cuando unos golpes en la puerta anunciaron la entrada de uno de sus esclavos. El gobernador don Lázaro de Ribera lo aguardaba en su despacho. Se calzó las botas, se puso la casaca y se acomodó el pelo con las manos en el espejo de la cómoda. Luego tomó del brazo a su cuñado. Le rogó que calmara su exasperación, que él se encargaría de todo, que confiara en él.

—¡Excelencia, mis honores! —dijo O'Gorman, con una claridad y vehemencia insólitas para el estado en que lo había encontrado su cuñado pocos minutos antes.

El gobernador levantó la vista y lo retribuyó con un leve cabeceo. Los tres edecanes que lo acompañaban ocupaban sus lugares, cerca de la puerta. Thomas susurró unas palabras a su sirviente y caminó hasta donde estaba el invitado.

—Le presento a mi cuñado, Excelencia, Juan Bautista Périchon. Es mi hombre de confianza. No hay persona más honesta y leal que él. Ambos somos como una misma persona.

Thomas apoyó su mano en el hombro de Juan Bautista y se lo apretó. Los tres hombres se sentaron en los sillones tapizados de terciopelo de la sala.

—Buenos días, caballeros. Es muy agradable este sitio, señor O'Gorman, está muy bien. El viaje me ha despertado la sed, tal vez pueda convidarme un poco de agua —dijo Rivera y se cruzó de piernas con dificultad.

—No se impaciente, Excelencia. Ya le he ordenado a mi servicio que traiga algunos elixires y manjares que calmarán su sed y su hambre.

—Mientras tanto, vayamos al grano. Me anotician mis hombres que la tierra está intacta y no por yerma, precisamente —Ribera se tomó de las manos y allí apoyó su barbilla, sin quitar la vista del semblante de su anfitrión.

—Claro que no, Excelencia, si las tierras de este país son de una fertilidad obscena. Tengo los hombres para la tarea, y estamos a bien poco de comenzarla.

—Las mismas palabras las escuché hace unos meses, el señor Périchon aún no estaba entre nosotros —enfatizó el gobernador e insistió—: ¿Debo repetir una y otra vez una verdad que ensordece? ¿Acaso no entiende que las Provincias del Virreinato de Buenos Aires llegarán a la opulencia en tanto se facilite la extracción de las materias primas que luego cruzarán el océano para avivar las manufacturas de la Península? ¿Nos entendemos?

—Sí, sí, solo faltan algunos detalles y empezaremos a cultivar, Excelencia —afirmó Thomas, intentando transmitir seguridad. —Por eso lo tenemos a mi cuñado aquí. En unos días parto rumbo a Inglaterra, he recibido noticias grandiosas. Debo ir a buscar lo que faltaba, maquinarias y algunos especialistas. Juan Bautista quedará al mando de todo, la única persona en la que confío, como ya le advertí.

Se hizo un silencio incómodo. Juan permaneció inmóvil, sin atreverse a mirar a su cuñado por si aparecía el halo de pavor que lo invadía. Thomas puso su mejor cara de sensatez y control. Don Lázaro de Ribera observaba a uno y a otro con evidente desconfianza. Pasaron pocos segundos y el criado entró con una bandeja repleta de bocadillos, una jarra de vino y tres vasos, y depositó todo sobre la mesa frente a los sillones.

—Una pena, entonces, don Thomas. No creo que esté de vuelta para las celebraciones que le daré al regidor perpetuo de la ciudad. Manuel de Godoy ha aceptado el cargo honorario de Asunción, la primera ciudad en los reinos de las Indias que merece tal distinción —afirmó el gobernador. —Le ofreceré un gran banquete en vajilla de plata, como debe ser. Luego trasladaremos a la efigie en una carroza tirada por caballos blancos y negros, al son de una banda de músicos, custodiada por un grupo de miñones. Iluminaremos las calles, las casas de los vecinos principales, los edificios públicos. Será una gran fiesta, mis amigos.

—No me cabe la menor duda, Excelencia. Es conocida su entrega y grandiosidad para con el pueblo —dijo O'Gorman.

Sin probar bocado, Ribera apuró la copa de vino y se levantó del sillón estirando su chaqueta de brillos. Sus edecanes se cuadraron en el acto. Asintió levemente y se despidió dando grandes zancadas. Tenía mucho que pensar y organizar. Ese hombre que conocía bien los dolores y las miserias de la tierra guaraní, que tendía su mano al desvalido y al pobre, el mandatario iluminado y atento, era también un gran vanidoso y pagado de sí. Afirmaba a cuantos quisieran oírlo que el porvenir del Paraguay estaba en su tierra fértil, en su producción abundante, en los ríos que lo regaban y ponían en contacto con el mundo. Había confiado en las promesas de O'Gorman y en que este contribuiría con su causa, pero algo le decía que esta vez se había equivocado.

CAPÍTULO VII

La ciudad de Corrientes estaba situada en un alto del terreno y sobre una punta que se internaba en el agua, en la confluencia de los dos ríos. Una barranca abrupta hacia un lado de la ciudad llamada Punta de San Sebastián se levantaba a pique sobre el río y desde allí se abarcaba un horizonte más abierto. Las iglesias no faltaban. En las calles principales vivían los poderosos, en casas grandes y cómodas con patios y galerías. En la plaza mayor estaban emplazados el Cabildo y la cárcel pública. Numerosos jardines poblados de árboles, arbustos y flores regalaban a la ciudad una apariencia exuberante y pintoresca. El puerto estaba formado por la margen natural del río, a la que llegaban embarcaciones, incluso de buen porte, que cargaban y descargaban con comodidad. A tres leguas de la ciudad se encontraba la chacra de los Périchon, señalada por cuantos la conocían como uno de los lugares más bonitos de Sudamérica.

Una tarde como tantas otras, Annette descansaba en la galería de la casa. Se guarecía del sol, que pegaba fuerte hacia el mediodía e insistía durante algunas horas más. No le gustaba dormir de día, algo que hacía la mayoría de los moradores del lugar. Prefería esconderse del calor y aprovechar el silencio de ese tiempo detenido, interrumpido por el canto de las chicharras, para pensar.

Recostada en una de las poltronas, se abanicaba el cuello a ritmo suave. El vestido de algodón blanco se le adhería al cuerpo. Sentía el calor pero había algo en ese estado que le agradaba, la ponía de mejor talante. *Me invade esta sensación que tan bien conozco, que libera el ansia que brega por salir. Evoco el momento en que, con mis ojos bien abiertos, me acerco a ese que exuda hombría, para bien o para mal, poco me importa, y siento la misma impresión que le produciría a un soldado traspasar territorio enemigo. Sentir la falta pero derrochar jadeo, abrir sus escondrijos y encontrar secretos... Ah, recuerdo muy bien aquellos instantes en los que palidecía y casi caía de espaldas, cuánta angustia me producían tales circunstancias... Intuyo claramente la verdad de estar yendo por senderos ilícitos, pero ¿ilícitos para quién? Y en todo caso, ¿por qué? Para la moral embustera que los rige, sí, a ellos, no a mí que persigo la mía, mi moral, mi ley, que me lleva por un camino que no elijo pero me elige, me subsume, me empuja, me mastica, me traga. No la combato, no peleo, la tomo del brazo y sigo... Creo en mí, busco adentro de mí y arrojo afuera aquello que encuentro, me halla quien esté a la altura, a la mía, que es menuda pero reúne miles. El placer ha sido y es la base de mi vida. Disfruto de lo estético y me deleito de las personalidades intrépidas, temerarias, voluptuosas... ¿Mi reflejo, acaso?* Ensimismada, Anita ajustaba sus ideas a la sombra del alero, mientras tarareaba un estribillo en un susurro. Sus ojos a media asta miraban alrededor, atentos y vigilantes.

Desde adentro de la casa apareció Marcelina, la esclava que había entrado a servirla apenas instalados en la chacra. Le traía una bandeja con una jarra de limonada y un vaso.

—Gracias, Marcelina, como si me hubieras leído la mente.

—Se la leo, *'ña* Anita. La única cosa que sé leer —respondió la negrita y apoyó lo que traía sobre la mesa de arrimo, situada al costado de la poltrona.

Anita rio a carcajadas. Su criada era rápida y despierta. Se había convertido en su confidente, descansaba en ella para casi todo. De los niños se encargaba la nana que la acompañaba desde el nacimiento del pequeño Tomás, pero si la cosa se embravecía demasiado, siempre estaba Marcelina para dar una mano en todo.

—¿Cómo están las cosas adentro, Marcelina? No tengo ni la más mínima intención de moverme de aquí, como ves.

—Nada de qué asustarse —y le mostró los dientes con la sonrisa plena.

—Me mimas como nadie, Marcelina. Qué haría sin ti. No te separes de mi lado nunca, te lo ordeno —Anita también le sonrió.

Marcelina negó con la cabeza, a puro frenesí. Le gustaba servir a su patrona y no pensaba irse de esa casa. La familia la había rescatado de una seguidilla de infortunios que mejor ni recordar. Ahora vivía tranquila, a pesar de que su ama no fuera fácil de complacer.

—¿Le traigo algo más a la señora? —preguntó la sirvienta, siempre impecable en sus modos y en su apariencia, con olor a ropa recién planchada.

—Cuéntame, niña, si aún sigue reunido mi padre con esos hombres. Hace horas que llegaron.

—¿Los que vinieron ayer y han vuelto hoy? Pues sí, siguen adentro —informó Marcelina.

Anita suspiró. El día anterior los había visto llegar a caballo. Uno enjuto, huesudo, de aspecto torvo y vestido como los gauchos; llevaba además dos pistolas de caballería y un sable de vaina herrumbrosa, que colgaban de un cinturón sucio de cuero crudo. La patilla y el bigote colorados, y el pelo enmarañado del mismo color, por un instante le habían recordado a Thomas, pero la cara requemada por el sol le había dado un chicotazo de realidad: no era su irlandés. La melena negra del otro, en cambio, no le había disparado ningún recuerdo.

—¿Sabes que los pelos de mi marido tienen el mismo color que el de ese colorado? —le dijo Anita y regresó al abanico.

—Cabeza de fuego le decimos nosotros, *'ña* Anita —y se le escapó una risa.

—Ha de ser irlandés también, otro *wild goose*[*], Marcelina. Me persiguen… —y suspiró otra vez.

Para muchos, los irlandeses no eran los hombres más agradables, sobre todo a la hora de hacer negocios. Pero en fin, las cartas estaban echadas para ella desde hacía un buen tiempo. Se le desconfiaba al irlandés. Podía entenderlo, a pesar de haberse transformado en esposa de uno de ellos, pero se parapetaba contra todo lloriqueo de ninfa en estado de candidez. Nada tenía que ver ella en esas cosas. Además, sin la presencia física de Thomas, se sentía en un mundo de gasa, más etéreo, leve, bien distinto a la realidad. Con la ausencia de su cuerpo, su voz y movimientos, solo tenía los recuerdos y las palabras diseminadas en las cartas, papeles ya amarillentos de letras borroneadas.

* * *

Después de entregar el mando de las Misiones al coronel Bernardo de Velasco, Liniers y su familia emprendieron viaje hacia Itapúa. La prole había aumentado. Había nacido otro hijo, al que bautizaron con el nombre de Juan de Dios.

Santiago recapitulaba. Pese al nacimiento de su hijo, aquella etapa no había sido demasiado feliz para él. *No sé*

[*] A los soldados mercenarios al servicio del rey francés y sus familias, que abandonaban Irlanda, se los llamaba «*wild geese*», gansos salvajes en inglés.

cuándo dará fin la desgracia que me persigue desde que he pisado esta América, parece que lo mío es poner la mira en un objeto para que me salga torcido, hasta ahora nadie se ha acordado de este destino y, apenas pongo los ojos en el pan, se presenta otro pretendiente, y con menos servicios y menos méritos lo consigue. Si tuviese mejor suerte podría esperar que surtiesen efecto mis pedidos, pero estoy ya tan acostumbrado a ver frustradas mis esperanzas que no espero más que pesadumbres de la Corte, quién me iba a decir que después de treinta años de servir al rey no iba a tener asegurado ni un pedazo de pan para mi vejez ni medio para dar carreras a mis hijos... Confío en la Providencia y le pido a Dios que ellos no elijan las armas, para que no tengan que pasar la mocedad en galera y la vejez en un palo... Las ideas giraban en torbellino dentro suyo. Decidió que le escribiría a su fiel Letamendi, compañero inigualable, para ver si encontraba algún solaz para sus aflicciones.

Insistió con los pedidos a la Corte, pero la esperanza de una respuesta afirmativa crecía y se hundía, dependiendo del ánimo que lo embargara. El camino se hacía largo y su cabeza arrojaba distintas opciones. Tan desesperado estaba que recurrió a su concuñado, don Lázaro de Ribera, para que enviara una recomendación suya a la Corte esquiva. Si llegaba a obtener la gracia, pensaba recompensarlo con dos mil pesos. No le confió el reclamo a Martina, no quería preocuparla. Poco antes de emprender la retirada, habían recibido la visita de doña María Francisca de Paula, la hermana mayor de Martina, en Candelaria. Había sido de una enorme alegría para las damas, para quienes verse era algo inusual por la distancia que las separaba. Panchita, como la llamaban en familia, había demorado cinco días en llegar desde Arroyo de la China y había acompañado a su hermana durante poco más de una semana. Transcurrido ese tiempo, había recibido esquela del marido urgiéndola para que volviera, pero antes de hacerlo había entregado otra a su cuñado, que traía de casa. Ribera le sugería la oferta de seis mil pesos a los gestores interesados, ya que tenían íntimas conexiones con el secretario del Príncipe de la Paz y con un primo hermano de este.

Para ver si lograba la liquidación, le había otorgado un poder a Letamendi para que recurriera en su nombre. Sin embargo, la salud del virrey Del Pino no pasaba por su mejor momento. Santiago temía que la enfermedad se lo llevara a mejor vida y nadie le proveyera lo indispensable necesario como para cubrir su crédito. Esa suma era de imperiosa necesidad para poder capear los gastos de su numerosa familia.

Al tiempo, tuvo conocimiento de que la enfermedad de Del Pino había terminado en muerte. En carácter de interino asumiría el marqués Rafael de Sobre Monte. Resignado, Santiago se dispuso a persistir en las gestiones con el nuevo virrey. Movió cielo y tierra y su concuñado lo calmó:

> *... ya al recibo de esta habrán experimentado VMs. los efectos del nuevo gobierno, estoy persuadido que a lo menos los asuntos no padecerán atrasos pues el marqués es muy trabajador y versado en el pormenor del gobierno, como que ha ejercido los empleos subordinados, fue mi amigo...*

El 13 de octubre de 1804 llegaron a Itapúa y se embarcaron en la sumaca *Nuestra Señora del Pilar*, que los depositaría primero en Asunción y, de ahí, seguirían a Buenos Aires. Había decidido realizar el viaje a través del río Paraguay; de esa manera evitaría que su familia hiciera el itinerario por incómodos y peligrosos caminos de tierra. Martina estaba con un embarazo avanzado, era un riesgo someterla a semejante peripecia. Por suerte estaba Pilar, su criada, que la asistía a sol y a sombra, se ocupaba de los niños y no se despegaba nunca del lado de su ama.

Tales eran los calores inmensos que se experimentaban en esos días que decidieron hacer un alto en Asunción, en casa del gobernador. El clima era imposible de soportar y el estado de doña Martina no recomendaba continuar con la navegación. A fines de diciembre, una epidemia de viruela había causado estragos en Buenos Aires y empezaba a cruzar la frontera con Paraguay. Una de sus chiquillas y uno de los varoncitos se habían llenado de granos, pero gracias al señor se habían recompuesto.

Liniers recibió noticias de Europa, donde le anunciaban la declaración de guerra de los ingleses a Napoleón, a quien adjetivó como Grande Hombre. *Ah, la Providencia ha conservado y conserva de tantos peligros para castigar el orgullo y los delitos de estos altivos isleños, quienes al abrigo de las riquezas y del poder que han usurpado sobre las demás naciones por la preponderancia de sus fuerzas navales, aspirarán a dominar el mundo entero. Cartago estuvo en el mismo caso y Roma la destruyó con su general Escipión. Los ingleses, en medio de su arrogancia, no temen menos al cónsul francés que los cartagineses temieron al cónsul romano; pues en medio de sus debates se conoce el fervor que los inspira, y el hecho del vil asesinato que han premeditado es un buen comprobante de esta ascensión. Mucho deseo el correo de abril, pues me parece que no se habrá perdido la coyuntura del equinoccio de marzo, tiempo de los mayores temporales, y más grandes marcas; que por consiguiente siendo baja descubre mayor playa angostando el canal cuya travesía es el mayor riesgo que tiene la invasión…* Día y noche, Liniers se exiliaba en sus pensamientos, que le permitían evadirse de su complicada situación.

Los temas relevantes los compartía con su cuñado, Lázaro de Ribera. Mientras las hermanas cotorreaban de sus cosas, ellos intercambiaban pareceres.

—Pues entonces han proclamado emperador a Napoleón. ¿Y qué te parece, Santiago? —le preguntó el gobernador.

—Bueno, mucha novedad sería la erección de este Buena Parte al título de emperador, pero me parece una noticia muy apócrifa. Tal vez sea solo una de las incesantes sátiras de los ingleses contra la nación francesa —dudó Liniers. —Si Buena Parte hubiera efectuado el desembarco en Inglaterra, no me extrañaría que en el primer movimiento el entusiasmo del pueblo francés le diera ese relevante título, que aunque de mucho resplandor no añadiría nada a la gloria de ese héroe. Pero, como dije, hasta que nuestras gacetas lo confirmen en letra de molde, mejor suspendamos el juicio.

—Al que sí esperan nombrar es al virrey efectivo en Buenos Aires —afirmó Ribera.

—Me haré el petaca hasta el arribo del nuevo virrey, me dicen que será el actual intendente de Guadalajara, amigo de otros tiempos.

Sin embargo, el marqués de Sobre Monte se hizo cargo del mando en propiedad como virrey. *Masco y masco la noticia de la exaltación del señor de Sobre Monte y no la puedo tragar; no lo comprendo; veo en todas las cartas que generalmente están entusiasmados en Buenos Aires de tenerlo como jefe… Dios quiera que orégano sea, por mí me prometo más que la fatalidad tocante a mi individuo, pero Dios que lo hace sabrá por qué y mucho más merezco por mis iniquidades…*

La estancia en Asunción duró ocho días y resultó alegre para toda la familia. Santiago quedó embelesado con el paisaje. Le pareció que no había conocido país más ameno que aquel, con la increíble frondosidad de su vegetación, la buena calidad de sus aguas y un suelo que pedía ser cultivado para producir las más abundantes y ricas mieses. Pero el viaje debía continuar. Panchita, hermana de su Martina, que ya no podía soportar ni un día más la canícula, tomó la determinación de acompañarlos en el periplo.

Y emprendieron la marcha en los primeros días del mes de marzo, en un barquito de la ligera. El embarazo de Martina pasaba los siete meses. Se sentía demasiado pesada como para caminar unos pasos. Le costaba respirar, se agitaba al más mínimo movimiento. Su esclava y su hermana la acompañaban en todo momento.

La última semana de abril, tras algunos altos en varios puertos de embarcos y desembarcos, un extraño mal enfermó a uno de los tripulantes. Nadie le prestó mucha atención. En ese momento, las puntadas y un dolor desmedido le anunciaron a Martina que su bebé estaba pronto a nacer. Pilar y Panchita la acomodaron como pudieron en un sector de la nave, para que pudiera dar a luz. Las entrañas se le revolvían como nunca, el asco le subía por la garganta, la fiebre hacía hervir su cuerpo. Los dolores de parto se combinaban con los síntomas de la peste y Martina lloraba en medio de un horrible sufrimiento. No podía dominar su vientre, que sentía como una bola de fuego. Su hermana la sostenía fuerte de la mano, le secaba el sudor de la frente y lloraba lágrimas de impotencia. Pilar hacía su trabajo pero también tiritaba de miedo. Liniers observaba todo de lejos, impotente y desesperado, rogando que todo pasara pronto.

Con los primeros soles del 27 de abril, los alaridos de una niña rubicunda inundaron el silencio del delta. A las pocas horas, Martina y su fiel Pilarita dejaron de respirar. Ambas se habían contagiado la peste y no lograron sobrevivir. Santiago sintió que moriría él también, que sería lo mejor, pero el llanto de la bebita recién nacida y el gesto desvalido del resto de sus hijos lo hicieron recapacitar. A los dos días arribaron al puerto de Las Conchas. Como un espectro, asistió al bautismo de María de los Dolores de la Cruz Concepción, que ofició el cura Manuel de San Ginés, con los padrinos don Martín José de Goyechea y doña Concepción de Arizmendi, en la Parroquia de la Inmaculada Concepción. Después, celebraron las exequias de doña Martina, que fue sepultada con entierro mayor, seguida por su criada, con entierro menor.

Devastado por la tragedia, Santiago encontró refugio para él y su familia en la casa del comerciante y padrino de la recién nacida, don Martín José de Goyechea. Este y su esposa, doña Concepción, albergaron con afecto a las víctimas de semejante infortunio. Los niños ocupaban un ala de *la Vidriera*[*] junto con su tía Pancha. Liniers se había instalado en la otra. Con todas sus fuerzas intentaban recuperarse cuando un nuevo y terrible golpe los arrasó: Francisca de Paula, de solo dos años, enfermó y murió en pocos días. También su cadáver fue dado en sepultura con entierro mayor. Desesperado de dolor, Santiago sentía que ya no habría consuelo alguno para él en este mundo.

* * *

El Palacio lucía sus mejores fastos para darle la bienvenida a su nuevo virrey. El Cabildo en pleno y las personalidades más importantes de la ciudad se habían reunido para ofrecerle sus honores. En el besamanos, don Rafael de Sobre Monte, bien erguido, buscaba estirar su escasa altura ayudado por el artilugio de unos tacos demasiado altos; lucía casaca de seda blanca, chaleco de terciopelo morado, banda y medallas

[*] Una vivienda magnífica para la época llamada así por ser la única que ostentaba ventanales de vidrio, actual Museo de la Reconquista del Tigre.

de oro y rubíes. Además de todos los afeites, ostentaba a su esposa, doña Juana María de Larrazábal y Quintana, instalada a su lado como si fuera un objeto de su pertenencia. Ella también extendía su mano blancuzca repleta de anillos ante las reverencias. Los cabildantes miraban de reojo: no les parecía que aquella era una autoridad digna de genuflexiones.

El virrey saludaba a uno y a otro. Elegía a su audiencia para recordar otros tiempos: su infancia en Sevilla, su embeleco ante el Cristo de la Catedral en las fiestas de guardar, los blasones de la familia hidalga de Aguilar de Campo, la jactancia del escudo, la bravura militar.

—Bellos días. Gracias por asistir, Buenos Aires me saluda con sus mejores representantes.

—Excelencia, nos sentimos honrados por su presencia.

—Señor, estamos convencidos de su diestro mando para estos tiempos difíciles. Sin duda nos vemos beneficiados con la elección.

Todos le agradecían y le besaban el anillo, mientras Sobre Monte se sentía brillar como la única estrella en el firmamento negro. Los recuerdos invadían su mente. Pensaba cuando años atrás el padre del rey, en tiempos de su trono, lo había designado gobernador intendente de Córdoba del Tucumán. Durante trece años había llevado adelante su función a la perfección. Atacado de un fervor higiénico, había lanzado la orden de limpiar y arreglar las calles de la ciudad. Gracias a la primera acequia que había ordenado construir había llevado agua corriente a la Córdoba de Sudamérica, proveniente del río Primero. ¡Cuánto tiempo había pasado! Pero se sentía orgulloso de su papel en la Intendencia. Había embellecido plazas y paseos, emplazando fuentes y luces, y había fundado un hospital para mujeres; había creado fortines para combatir a los malones. Sin embargo, no todas habían sido mieles. La afrenta más hostil la había recibido de parte de los hermanos Funes. «Ah, aquel Ambrosio, pero tanto peor el provisor del Obispado y flamante deán de la Catedral, el infecto Gregorio», que lo habían perseguido como gaucho a la comadreja... Pero todo llega a su fin y el regreso a Buenos Aires había sido con toda la pompa que se merecía, y con el cargo mayor, cuánta dicha.

Doña Juana, la virreina, se había quedado sola en un rincón. Los concurrentes rodeaban a su marido, alguno le regalaba apenas una mirada de soslayo. ¿Quién se creía la señorona? La Larrazábal era la mujer de Sobre Monte, no tenía más mérito que ese. Pero la virreina no se dejaba amedrentar por las miradas aviesas de los trepadores de turno. Ella, la marquesa, dama de la sociedad perteneciente al acaudalado clan Larrazábal —en quien confluían los clanes porteños más acaudalados y de mejor linaje, los Larrazábal, De la Quintana, Riglos, Avellaneda, Lavayén, Basualdo— había regalado el honor de su estirpe a ese funcionario de alto rango de la Corona española para conquistar el mundo. También ella recordaba con nostalgia esos tiempos cordobeses en los que había sido la gobernadora en la casona solariega de la calle Real*, compuesta de dos regias plantas con sus veintiséis habitaciones, capilla, cinco patios y vivienda para los esclavos. Gracias a su ahínco, habían llegado a convertir a la pueblerina Córdoba en una ciudad de mundo, estímulo para el vulgo, brillo para esa sociedad opaca, madre de las artes, la poesía y la música. Allí había parido siete hijos, quedando exhausta de maternidad y perdiendo en el trajín a dos de ellos.

Tras concluir el período cordobés, el matrimonio y su prole habían regresado a Buenos Aires. Pero el retorno de

* Hoy Rosario de Santa Fe.

doña Juana a su ciudad natal no había sido lo glorioso que hubiera imaginado. Había franqueado las puertas con aires de nobleza, poniendo una distancia de hielo, y generado reyertas y habladurías bastante incómodas de afrontar.

Los integrantes del Real Consulado de Buenos Aires engalanaban la fiesta de nombramiento del nuevo virrey. Muchos de ellos conocían bien al suegro de Sobre Monte, don Marcos José de Larrazábal y Avellaneda.

—Habrá que ver el despropósito de la hija de don Marcos —masculló don Ventura Miguel Marcó del Pont, peso pesado de la sociedad porteña. Oriundo de Vigo y radicado en la ciudad, era consignatario de buques, armador y comerciante y estaba a favor del libre comercio; por encargo del Cabildo había redactado el Reglamento para la Escuela de Dibujo, fundada por Manuel Belgrano, del que era aliado acérrimo.

—Me importa poco la estampa y humos de la doña. Aquí al único que debemos mirar es al nuevo virrey. Que Sobre Monte no intervenga en nuestros negocios: a eso habrá que estar atentos, señores —interrumpió Martín de Álzaga mientras dedicaba una sonrisa aviesa al marqués, que observaba desde la otra punta.

—¿Han visto la puesta de *Los áspides de Cleopatra* en el nuevo coliseo provisional? —preguntó don Antonio de Escalada, buscando cambiar de tema. Aunque le preocupaban sus negocios como a todos, la ocasión no le parecía apropiada para expresar resquemores.

El resto de la cofradía lo miró con impaciencia. Conocían bien a Escalada; podía tener una salida insólita como esa pero el rico comerciante, amante del arte y la buena cocina, era una luz.

Todos los concurrentes se observaban de lejos, se sonsacaban información o tejían intrigas, según la necesidad. Los dueños del puerto de Buenos Aires le rondaban cerca a Sobre Monte y este hacía su bailecito con deferencia, aunque no mostraba todo el juego. Mientras tanto, la virreina espiaba el fulgor de las piedras preciosas que adornaban sus manos, fascinada con ella misma.

TERCERA PARTE

El juego de la guerra

CAPÍTULO
I

La decisión estaba tomada: regresaban a Buenos Aires. Thomas tenía buenas noticias. Según había expuesto en la última carta llegada desde Inglaterra, le esperaban unos negocios promisorios que no podían fallar.

Una vez más, O'Gorman prometía éxito seguro y su familia optaba por creerle. Así que prepararon el velamen que los llevaría de regreso. No había lugar para objeciones, debían empezar a desmantelar la casa de inmediato, a organizar el equipaje y preparar el viaje. Pero la llegada de la Semana Santa retrasó los planes. Días de guardar por excelencia para la liturgia católica, el recogimiento dominaba las calles, las casas y las almas correntinas. En la comunidad local, aislada del mundo y bajo la influencia férrea del clero, el espectáculo que se ofrecía —sobre todo para franceses con ansias de naturalización pero máscara religiosa— resultaba a la vez lóbrego y fascinante.

Mientras daba órdenes a diestra y siniestra —«esto al baúl más grande, aquello junto a la ropa de cama de los niños, dejemos esos trapos inservibles»—, Anita no dejaba de espiar por la ventana, práctica que la entusiasmaba hasta el paroxismo.

—*Maman*, ven, esto es una locura, mira *s'il te plaît* —dijo sin abandonar las tareas de selección de prendas.

Madame Périchon se acercó a la ventana y también se detuvo a observar las celebraciones religiosas que tenían lugar allí afuera. Las mujeres correntinas habían hecho a un lado los lujos y atavíos, y con los ojos bajos y una cruz de cenizas en la frente, largos rosarios pendientes de la mano y pañuelos de encaje destinados al enjuague de lágrimas, recorrían la calle en procesión hasta la iglesia, donde cumplirían sus devociones frente a las imágenes y relicarios favoritos.

—Esto es de un primitivismo bestial, *maman.*

—No hables así, hija. No vaya a ser que la servidumbre te escuche y desparrame por ahí que eres una hereje —objetó doña Magdalena.

—Me haces reír, *maman.* No irán con el cuento. Y si lo hacen, de todos modos ya estaremos en viaje, así que no importará.

En las calles se levantaban altares, se rezaban Ave Marías como tono monocorde y se depositaban ofrendas ante cada imagen, según la devoción que se le consagraba. Hasta allí se acercaban hombres, mujeres y niños a rezar su oración y exhibir su piedad.

—Es increíble el fervor con que reza esta gente. —El cuerpo menudo de Anita se asomó todavía más por la ventana.

—Ten cuidado, querida, cúbrete un poco, que el aire es traicionero en estos días —su madre la previno.

—¿Puedes creer que hay gente que sale de sus casas a las cinco de la mañana para esto, y no vuelven hasta muy tarde en la noche? Y solo comen una pequeña porción de pescado. Me resultan insondables —acotó la francesita, imaginando las delicias que comería en un rato, totalmente alejadas de las obligaciones del rito. —Se la pasan todo el tiempo en las iglesias ante los altares repitiendo rezos uno tras otro, hasta agotar las cuentas de sus rosarios. Es conmovedor pero un poco insólito, ¿no crees, *maman?*

Se alejaron de las ventanas y volvieron a lo suyo. Las criadas seguían en silencio con la tarea de empacar. Anita era la encargada de separar aquello que no era indispensable en los baúles correspondientes. Mientras lo hacía, empezó a tararear una tonada en voz baja. Su madre la siguió y ambas movían el cuerpo al ritmo de la *chanson*. Marcelina y las demás sirvientas se miraban de soslayo con una sonrisa. Madre e hija iluminaban el caserón con su gracia. Anita se acercó a la punta de la sala, donde estaba Marcelina junto a dos mozas limpiando porcelanas, envolviéndolas en papel de seda y colocándolas en cajas bien resguardadas.

—Tú te vienes conmigo a Buenos Aires, niña —le dijo en voz baja, para no levantar el avispero entre las demás.

Marcelina ahogó un grito de alegría. Daría todo con tal de acompañar a su ama adonde fuera. Poco después, Anita le ordenó que saliera al comercio en busca de algunas vituallas para la hora de la cena. Le entregó unas monedas y la negra salió presta a la calle, mientras ellas continuaban la tarea con la ventana abierta, aprovechando la pintoresca vista y la suavidad del clima otoñal. Pero, a poco de salir, Marcelina volvió y golpeó la puerta con fuerza. Estaba espantada, fuera de sí. De inmediato cerró la puerta de un golpe y le echó el pasador.

—¡Ama, ama, vienen para acá! ¡La ventana, cuidado! —exclamó.

Apenas pronunció esas palabras confusas, desde afuera irrumpió el ruido de unas cadenas. Anita y su madre corrieron hacia la ventana y aparecieron cinco faroles avanzando con lentitud, llevados por otros tantos individuos vestidos de negro. Se pusieron a la vista de las mujeres, quienes observaban con ansiedad el espectáculo. Eran ocho hombres, cinco de ellos formaban un cuadro, cada uno con un farol; otros tres iban dispuestos en triángulo y el último portaba una fuente donde había una esponja, un cacharro con agua y algunas naranjas. En el centro, caminaba una figura enmascarada, con el torso desnudo, cubierta la parte inferior del cuerpo por un vestido suelto de muselina blanca, sucio y manchado con sangre. La espalda lastimada era un vertedero de sangre y se movía con dificultad a causa de los pesados grillos que ajustaban sus tobillos. A medida que avanzaba, se azotaba la espalda con un látigo de muchas cuerdas y luego limpiaba el adminículo en la falda. Todo sucedía en medio de un profundo silencio solo interrumpido por la respiración dificultosa y los gemidos sofocantes del flagelante.

Anita cubrió su boca con la mano para ahogar un grito. No dejaba de mirar lo que sucedía allí afuera con fascinación aterrada. La comitiva continuó con la peregrinación pero el engrillado cayó de rodillas, como si fuera víctima de un vahído. Anita se tambaleó y se tomó con ganas del marco de la ventana. Le hubiera gustado socorrer al sufriente. El hombre que iba detrás de él lo tomó para incorporarlo, le enjugó las sienes, le dio a chupar una naranja y trató de restablecerlo. Pasado un momento, continuó la flagelación y el grupo siguió su camino.

—¿Qué tienes, Anita? —le preguntó su madre, preocupada al verla pálida.

La joven respiraba con dificultad y su cara estaba bañada en sudor.

—Nada, mamá, creo que esa escena me impresionó, pero no me hagan caso —respondió Anita e instó a todas a que volvieran a sus tareas. Cerró la ventana con lentitud para esconder la agitación que la embargaba. Esa carne expuesta, esa desnudez masculina, mezcla de dolor y éxtasis, de sufrimiento y arrebato la habían conmovido de un modo que no alcanzaba a precisar.

* * *

Thomas O'Gorman desembarcó en el puerto de Buenos Aires a mediados de 1804. De nuevo los negocios no estaban saliendo como esperaba y el éxito asegurado que había prometido desde Gran Bretaña se mostraba como una mera ilusión. Había intentado enviar un gran cargamento de mercaderías aprovechando la apertura parcial del comercio con el Reino Unido, pero desde Buenos Aires se le habían cerrado todas las puertas. Sin embargo, la ayuda financiera de don Ventura Marcó del Pont lo salvó del presente negro que lo cercaba y así pudo emprender viaje hacia el Nuevo Continente. No llegó solo esta vez; lo acompañaban su sobrino Edmund Lawton O'Gorman y un tal Santiago Borches, que se presentaba como un naturalista prusiano. Pero ni siquiera era auténtico el nombre, aunque se parecía al real.

Había llegado al mundo en Irlanda, y la versión inglesa de su nombre era James Florence Burke. Como Thomas O'Gorman y otros caballeros católicos de su clase, había servido en los cuerpos militares irlandeses al servicio de Francia. En su caso, había ingresado como joven oficial a comisión en el Regimiento de Dillon, que en medio de las guerras de esos años fue enviado a Santo Domingo. Tenía facilidad para las lenguas y en la isla de Santo Domingo había sumado el castellano a su repertorio. Pero el servicio del irlandés bajo bandera francesa había durado un suspiro. La invasión inglesa a Santo Domingo llevó a la rendición del Regimiento de Dillon ante las fuerzas comandadas por el teniente coronel John Whitelocke. Más que prisioneros de guerra, los miembros del regimiento eligieron el cambio de bando y la reyerta bajo los colores británicos. Burke se había desafiliado y afiliado a su nueva bandera en un abrir y cerrar de ojos.

Había mantenido su posición de oficial pero agregado un nuevo trabajo de inteligencia en Alemania y otras regiones de Europa, reportando directamente al duque de York, hijo del rey Jorge III. Whitelocke, que mantenía una relación cercana con la familia real, había recomendado al irlandés gracias a su dominio de idiomas. Además del inglés, el francés y el castellano, James manejaba de maravillas el alemán, y uno de sus disfraces favoritos era el de oficial prusiano.

Su primera misión en Sudamérica comenzó en Buenos Aires, la capital del Virreinato del Río de la Plata. La orden del Foreign Office a sus enviados consistía en que le proveyeran información de la colonia española, desde los aspectos de la vida local hasta los detalles geográficos, costumbres sociales y comerciales, armamento y actitudes en relación con España.

Con grado de capitán pero siendo en realidad un espía encubierto, James Florence Burke desembarcó en Buenos Aires junto a Thomas O'Gorman, gracias a la vía libre otorgada por su amigo irlandés.

Thomas se instaló con su sobrino en la casa situada en San Martín y San Nicolás*, que había comprado en su viaje anterior. Burke, en cambio, se alojó en la fonda de los Tres Reyes, situada cerca del Fuerte, en la calle del Santo Cristo**. Era el albergue más importante de la ciudad, propiedad de un español. Contaba con varios sirvientes y camareros franceses que le daban al lugar la fama de atención esmerada que tenía. El gran salón comedor, con capacidad para ochenta comensales y decorado elegantemente con cuadros de la batalla de Alejandría, varias vistas de la ciudad de París y unos

* Actuales Reconquista y avenida Corrientes.

** Actual 25 de Mayo.

cuantos retratos de personajes europeos, deslumbraba a los curiosos. Era el sitio perfecto para Burke.

—Cuando le parezca oportuno, *mister* James, le presentaré a lo más selecto de la sociedad —prometió Thomas.

—Gracias, mi amigo. Aguarde que me instale y lo haremos. Este clima me recuerda a las islas, con sus lluvias incesantes —señaló Burke y bebió un sorbo de su brandy. El salón comedor estaba colmado, el visitante miraba en derredor.

Las miradas estaban depositadas en la mesa de los irlandeses, sobre todo las de dos camareras, que parecían embrujadas por el nuevo parroquiano. Burke era alto, elegante, se notaba que era un hombre de mundo a sus treinta y tres años, además de poseedor de un atractivo evidente para las mujeres.

—No, James, Buenos Aires es otra cosa. Ni mejor ni peor, pero muy diferente —respondió Thomas y rio con ganas. —Ya conocerá a mi familia política. Son franceses, como sabe, pero muy universales, ya verá. Están por llegar a la ciudad. Vienen de Corrientes, mi suegro acaba de vender su finca a un norteamericano llamado Tuckerman, así que vendrá con contante y sonante.

Thomas brindó en el aire y bebió de un trago el resto de vino que le quedaba en el vaso. Se recostó contra el respaldo y se dedicó a soñar despierto: planes, negocios, dinero, la pulsión de siempre.

—Saldré a caminar, quiero recorrer las calles de Buenos Aires, conocer a sus pobladores, dejarme llevar —dijo Burke y se levantó.

—¿No le importa que lo deje solo? Prefiero quedarme a descansar —O'Gorman le hizo una seña a una de las camareras.

—Para nada. Me gusta perderme en lugares que no conozco y suponer, por unos segundos, que no encontraré la salida —manifestó James con una media sonrisa y se retiró del salón.

* * *

El día domingo era ideal para llevar a cabo la reunión secreta, y si era en las afueras de Londres, mejor. Fue así que Home Riggs Popham, capitán de navío de la Armada Real Británica, recibió en su casa de campo a su cómplice en la trama silenciosa próxima a concretarse.

Nacido dentro de una familia aristocrática empobrecida y endeudada, Popham había logrado un rango militar que no alcanzaba para cubrir sus gastos. Para paliarlo, se encargaba del transporte de tropas, lo que le generaba algunas comisiones ocultas, además del bendito contrabando, siempre bienvenido en los circuitos ávidos del vil metal. Sin embargo, el problema era que Inglaterra prefería el dominio marítimo a las expediciones militares. De ese modo y bajo esos conceptos, se había acercado a una propuesta concebida por el mayor general sir Thomas Maitland.

Desde hacía unos meses, el ingenioso William Pitt se encontraba nuevamente instalado en Downing Street, con el cargo de primer ministro del gabinete de Saint James, impulsado por el rey Jorge III. Otro que había obtenido designación era Henry Dundas, flamante vizconde de Melville, en funciones de primer lord del Almirantazgo. Aprovechándose de las designaciones y la amistad que había cimentado con el venezolano Francisco de Miranda, Popham lo había instado a retomar su idea de una avanzada británica en las colonias hispanoamericanas. Sin perder el tiempo, Miranda había enviado una carta secreta a Pitt, en la que le expresaba sus ganas de entrevistarse con él para considerar los planes militares y el estado de los preparativos, con la seguridad de que los nuevos ministros de Su Majestad consentirían en que se retomara aquel proyecto. Los gastos y la organización ya se habían hecho, estarían en condiciones de decidir si iniciaban o no la empresa, y si deseaban o no participar en ella, como lo juzgaran conveniente.

Cuatro meses después, el embajador inglés destacado ante la Corte madrileña había arribado a Londres con un alarmante informe. España alistaba su flota para aliarse con Francia. La reacción de Pitt había sido inmediata: impartió instrucciones al almirante Thomas Cochrane de bloquear el puerto de El Ferrol y apoderarse de cuatro fragatas españolas que transportaban un considerable tesoro proveniente del Río de la Plata con destino a Cádiz. El precioso botín de guerra, valuado en varios millones, fue conducido al puerto de Playmouth.

La inminencia de un conflicto con España apuró una reunión entre lord Melville y Popham. Estos fueron a buscar el consentimiento y apoyo de Pitt. Concluyeron en que el martes 16 de octubre de 1804, Popham y Miranda se reunirían en la residencia de lord Melville, en Wimbledon, para presentar una propuesta definitiva.

La mañana estaba pesada aquel domingo 14 de octubre. Amagaba llover pero, por algún misterio del otoño, el agua no llegaba. Popham había recibido a Miranda en la glorieta de su casa de campo. La vista de los jardines desde ahí era fascinante, aunque la luz de lluvia no colaboraba demasiado.

—Bueno, mi amigo, manos a la obra —anunció Popham y lo instó a que desplegara la cartografía y los documentos que traía consigo.

Los caballeros observaron al detalle la infinidad de papeles que poblaban la mesa. Discutían, corregían, enmendaban y volvían a discutir el memorial que pretendían entregar en Downing Street. Luego de unas horas febriles, concluyeron la propuesta.

Dos días después, lord Melville los recibió en su residencia. Almorzaron y conversaron del proyecto en términos generales, hasta que, finalizado el postre, se levantó la mesa y se desplegaron los mapas.

—Cuéntenme, caballeros, en qué consiste su plan —pidió lord Melville mientras observaba el papelerío con minuciosidad.

Popham y Miranda dieron rienda suelta a los argumentos. Insistieron una y otra vez acerca de lo indispensable y urgente de la maniobra, echando mano a las más finas artes de la persuasión.

—Caballeros, tampoco es para tanto, no es necesario que me vengan con artilugios sofistas. Hace más de cinco años que estoy completamente convencido de la importancia de esta empresa —los interrumpió Melville.

El documento planteaba tres planes operativos con distintos objetivos: el primero, alentaba una invasión a Venezuela donde habría unos veinte mil insurrectos listos para sublevarse al yugo realista. Debían enviarse dos mil infantes, dos escuadrones de caballería, dos baterías de artillería y cuerpos de voluntarios, que dispondrían de una base operativa en la isla de Trinidad. El segundo documento manifestaba que el siguiente punto a invadir desde Europa debía ser sin ninguna duda Buenos Aires, y para alcanzar aquel objetivo sería necesario tener una fuerza de tres mil hombres; debía considerarse que se trataría realmente de una operación militar. Por último, el tercer objetivo era la captura del puerto chileno de Valparaíso con tropas provenientes de Nueva Gales del Sud y cuatro mil cipayos enviados desde la India para operar sobre Panamá y converger finalmente sobre Lima.

—Mis amigos, si bien el plan es vasto y aparentemente complicado, nada hay aquí que no sea práctico y sensato en relación con el conjunto. Tengo el gusto de decirles que acepto la propuesta —confirmó el dueño de casa.

Miranda y Popham respiraron con tranquilidad y reprimieron la alegría. La máquina comenzaba a marchar. Sus anhelos de tanto tiempo podrían por fin llevarse a la práctica.

—Usted, Miranda, asumirá con el grado de general del ejército británico la conducción de las fuerzas que actuarán en Venezuela, y usted, Popham, como jefe de la expedición a Buenos Aires.

Al día siguiente, lord Melville se dirigió a Downing Street. Le trasladó todo lo conversado con Popham y Miranda al primer ministro Pitt, quien se mostró dispuesto a apoyar la ejecución del proyecto. Con entusiasmo, le encomendó al secretario de Hacienda de su gabinete William Huskisson que, cuanto antes, le aportara a Popham recursos y nuevos informes sobre la situación de Buenos Aires con miras a facilitar sus planes de conquista.

Pitt creía en la oportunidad que representaba la operación militar al Río de la Plata. Sin embargo, por el momento se abstuvo de someterla al conocimiento de Su Majestad, Jorge III. Ya llegaría ese momento adecuado.

CAPÍTULO
II

Los Périchon se instalaron en la casa de la calle San Martín. Anita estaba feliz de estar de vuelta en Buenos Aires. Sin embargo, a poco de llegar, su padre, su amado *papa,* murió repentinamente. Había tenido tiempo para montar su negocio y para instruir a sus varones sobre cómo llevarlo adelante, aunque quien más aprovecharía los contactos, el dinero y el nombre sería su yerno, Thomas O'Gorman.

Anita tuvo poco tiempo para llorar a su padre como hubiera querido. Le faltaba el abrazo del hombre más importante de su corta vida, ya nada sería igual. Pero la ausencia súbita del jefe de la familia la llevó, con naturalidad, a ocupar el sitio de mando en el hogar. Aunque hermanos no le faltaban, su *papa* confiaba en ella como en nadie más y el resto lo sabía y lo aceptaba sin aspavientos.

El reencuentro con su marido había sido correcto y civilizado, aunque envuelto en un halo espeso de indiferencia mutua. Habían buscado la forma de no tirarse el zarpazo, de evitar las recriminaciones mutuas pero la tensa calma no auguraba nada bueno.

Era fines de agosto, los días empezaban a alargarse y el frío perdía la batalla. En la recámara, sentada frente al espejo del *dressoir,* Anita cepillaba su larga melena. La bata abierta dejaba ver el corsé que ceñía su cintura mínima. Thomas entró sin anunciarse; su mujer apenas movió la cabeza, lo miró por el rabillo del ojo y continuó con el cepillado.

—Bueno, Ana, salgo ahora y regresaré tarde. No me esperes —le anunció, como todas las noches.

—No te espero, Tom, no te preocupes —Anita entrecerró la mirada, disfrutando del placer que le daban las cerdas del cepillo al rascar su cabeza. —Por otra parte, jamás te esperé.

O'Gorman se quedó perplejo, se había acostumbrado al silencio de su esposa.

—Pero, ¿qué es esto? ¿Un reclamo? No tengo tiempo para esas cosas, mujer —dijo. Sin embargo, se sentó en la banqueta a los pies de la cama.

—Me causas gracia, querido. No conozco de reclamos. No estoy segura de que se pueda decir lo mismo de ti.

—Lo que es mío, mío es, Marie Anne. Protejo todo lo que es de mi propiedad, que bien merecido me lo tengo. Y aunque ahora me vengas con tu sarta de imprecaciones, bastante errada estás.

Anita giró despacio hasta enfrentarlo. Dejó de hacer lo que hacía sin soltar el cepillo, que aferraba con fuerza como si fuera un arma de defensa. Respiró hondo, le hacía tanta falta el aire, la ayudaba a no precipitarse.

—Te casaste conmigo por mi padre, Thomas. Nada tenía que ver yo en todo eso.

—¿Y tú por qué lo hiciste?

—No preguntes sandeces, bien sabes que las dudas no nos están permitidas a nosotras. Solo dudan los hombres y encuentran, cuando les place, sus certezas. Te eligieron, no te elegí. Como debía ser, como es.

—Hice de todo por casarme contigo, Marie Anne. Peleé por ti, como hacen los hombres.

Anita tiró la cabeza perfecta hacia atrás y soltó una carcajada.

—No te rías, hasta tuve que presentar un permiso al coronel de mi regimiento —apuró Thomas.

—Y automáticamente te convertiste en un comerciante devoto de mi padre.

—Le hice ganar mucho dinero, Marie Anne.

—No te atrevas a hablar de él. Lávate la boca antes —dijo ella elevando la voz por primera vez.

Thomas prefirió callar. Eligió no decir que gracias a sus contactos habían podido navegar hasta el Río de la Plata sin inconvenientes; que la falsa patente de navegación a Filadelfia —lo mejor para evadir barcos de guerra enemigo— y la bandera norteamericana flameando en el mástil habían sido obtenidas por él, y que Périchon había aceptado agradecido.

—Pero si yo no quiero hablar mal de él, Dios lo tenga en la Gloria.

—Deja de nombrar a Dios, hereje empedernido, no vaya a ser que te incinere en el acto.

Llegó el turno de Thomas para reír a los gritos.

—Tal vez nos quememos juntos en la pira, mujer. Tú, bruja descreída, y yo, hereje de escondrijo.

Anita no pudo evitarlo y sonrió ante la ocurrencia de su marido. Él le retribuyó el gesto, esperó unos segundos y se incorporó. Fue hasta donde estaba ella, la giró de nuevo, le sacó el cepillo de la mano y se lo pasó por la brillante melena. Ella lo dejó hacer y en ese mismo instante recordó el desembarco en Montevideo, y luego las palabras de aliento del que fuera virrey en aquel entonces, don Antonio Olaguer y Feliú: «… el excelente comportamiento de todos, en contraste con otros de su nacionalidad, con el respeto y conformidad que han desplegado para evitar el contrabando. La circunspección y devoción que han mostrado en la iglesia acredita, a través de sus acciones, que el objeto de su arribo es el de mantenerse dentro de la religión católica». Ja. Todo había terminado al revés. Su marido había heredado, tras la muerte de Périchon, unos negocios con Casimiro Francisco de Necochea, el importante comerciante de platino que había salido de garante de todos los bienes importados que había traído el francés, manteniéndolos en depósito en la Aduana Real de Montevideo.

—Debo irme, *chérie*. Los negocios me reclaman —Thomas le besó el cuello y se fue, sin más.

Anita sintió un escalofrío. Se quedó sola. Quería saber más de las transacciones de su marido. Había escuchado algunos nombres detrás de las puertas, pero ahora quería verles la cara. No le era suficiente con perseguir la información desde la clandestinidad. Pensó que tal vez debía solicitarle a Thomas que la mantuviera en conocimiento de sus asuntos. Aunque también podía agenciarse sola ese saber…

* * *

El virrey y la Real Audiencia aguardaban el estandarte real en la puerta del rastrillo del Fuerte. Sobre Monte y su séquito ocupaban su sitio de acuerdo con las normas del protocolo. Como todos los 11 de noviembre, fecha en la que se le rendían honores a San Martín de Tours, patrono y protector de la ciudad, el estandarte real debía entrar hasta el pie de la escalera, donde aguardaban a que el virrey y Audiencia bajaran para incorporarse al séquito.

Sobre Monte esperaba. El Cabildo le había enviado dos diputados con anticipación para advertirle de la maniobra. No pasarían adentro, tampoco se detendrían, sino que seguirían de pasada y él debería seguirlos. Si no se encontraba a tiempo, la procesión seguiría su curso sin él. El virrey estaba dolorido. Hacía algunos días, uno de sus hijos, el pequeño José Agustín María de Mercedes Ramón, había muerto. De salud endeble, el niño no había podido resistir una fiebre y había abandonado el mundo para desesperación de sus padres. La ciudad en pleno había sido invitada a los funerales pero los cabildantes no habían asistido. Lo desairaban aun en la desgracia tras los aires de grandeza desplegados por él y por la virreina durante el besamanos de la fiesta de asunción. Le habían declarado una guerra entre murmullos. El virrey ponía cara de piedra y representaba su mejor papel de estatua de *res publica*. Su esposa, mientras tanto, vestida íntegramente con los colores del luto, lloraba y repetía plegarias una y otra vez, intentando en vano mitigar el dolor.

Y al fin llegó el estandarte real con una seguidilla de hombres que marchaban a paso lento y redoblado. Sobre Monte los vio venir, se anticipó y con una mirada de daga conminó a la Real Audiencia a que lideraran la marcha de la comitiva. Con sus vestiduras nobiliarias y un crespón negro evidencia de su duelo, el virrey dirigió la ceremonia de honores al patrono de su nueva ciudad. Al finalizar, pidió que lo dispensaran, que debía cumplir una exigencia de orden personal. Todos entendieron de qué se trataba. Al llegar a la residencia, se dirigió de inmediato a la recámara de su esposa. Allí estaba doña Juana, hincada en el reclinatorio de madera labrada y cojinetes de seda, rezando el rosario.

—Querido, ya estás de regreso —murmuró doña Juana al verlo.

—No quiero importunarte, discúlpame —le dijo don Rafael y amagó con retirarse.

Con la cara arrebolada de llanto, doña Juana se incorporó. Había perdido peso, parecía un fantasma de lo que había sido en otro tiempo. Sobre Monte saltó a ayudarla, la tomó del brazo y la sentó en el sillón más confortable.

—Tienes que descansar, querida. Estoy preocupado por ti. Te ruego que comas, no puedes abandonarte de este modo —le imploró su marido. —Si no lo haces por mí, hazlo por nuestros hijos.

Doña Juana atajó el sollozo pero algunas lágrimas rodaron por sus mejillas. Solo la fe en Dios y el amor que le brindaba su Rafael la mantenían viva. El resto de sus niños también, pero intentaba que no la vieran en ese estado. Volvió a las cuentas de su rosario y los Ave María se repitieron al infinito. El cuchicheo constante, la lengua contra los dientes la fue llevando lejos de allí, calmando de a poco su congoja hasta que la respiración se hizo más regular y entró en una especie de sopor. Rafael le rozó las manos, estaban azules de frío. Buscó una manta, la cubrió con ella y la dejó en la duermevela. Se sentó a su lado en el sillón, en silencio, para velar su sueño.

Sobre Monte aprovechó ese momento para poner algún orden en su mente agitada. Las ideas, los planes, los proyectos se le agolpaban, aunque el dolor por la pérdida de su hijo le hacía muy difícil concentrarse. Quería facilitar el comercio de aquella bendita ciudad, ampliar los negocios y las recaudaciones. Tenía intenciones de construir un canal en las afueras, sobre el río, para evitar las inundaciones de esas tierras. Además planeaba una pronta radicación de industrias en la zona del Delta. Le preocupaban especialmente las regiones que eran atacadas por ladrones de ganado. Quería implementar la acuñación de monedas en Potosí y la producción de plata en el Alto Perú y, sobre todo, combatir el contrabando. Sabía quiénes eran los líderes del comercio espurio; fuentes idóneas le habían facilitado los nombres pero quería ir más lejos, iría contra todos. Había autorizado el funcionamiento de la Casa de las Comedias. Le gustaban los actores, él mismo recitaba unas coplas cuando no había un ojo censor cerca. Una sonrisa triste se le dibujó en la cara. Su mujer dormía tranquila a su lado. ¿Tal vez se hubiera atrevido a subirse a los estrados del arte? Su padre lo hubiera fusilado antes.

* * *

Unas semanas después, el 12 de diciembre de 1804, España, la metrópoli a la que Sobre Monte rendía pleitesía y honores, le declaraba la guerra a Inglaterra en respuesta a la agresión a sus cuatro fragatas. Y luego de unos días, Miranda le escribía a su amigo Rutherfurd manifestándole que la suerte estaba echada. El capitán Charles Herbert le escribió a lord Melville advirtiéndole que el Río de la Plata sería el punto elegido para dar el golpe de gracia al poder español en América, y que el operativo militar para tomar Buenos Aires y Montevideo demandaría muy poca tropa.

«Podremos formar una colonia inmensa, deliciosa y de gran porvenir —sostenía Herbert. —Debe ser una guerra no de beneficios privados, sino de ambición nacional y civilizada».

Popham también le escribió a lord Melville requiriendo definiciones urgentes. Este todavía no había dado su confirmación. El primer ministro se mostraba ambiguo. Retaceaba las respuestas pero el viento triunfalista inglés avanzaba como tromba.

* * *

O'Gorman mantenía una reunión privada en el despacho de su casa. Había sumado al conciliábulo a su cuñado, recién regresado del Paraguay tras el fracaso de los negocios. Juan Bautista era su confidente dilecto, ponía las manos en el fuego por él y sabía que jamás lo traicionaría. Los otros convidados eran James Florence Burke y William P. White. Desde la última vez que se habían cruzado en Lima, este último había dado una infinidad de vueltas al mundo persiguiendo dinero, contactos e intercambios variopintos.

—Caballeros, quiero que conozcan a mi cuñado. Pueden confiar plenamente en él. Hablar con Juan es lo mismo que hacerlo conmigo —se anticipó Thomas e hizo las presentaciones pertinentes.

Juan Bautista inclinó levemente la cabeza. El norteamericano y el irlandés le retribuyeron la deferencia.

—Debemos apurar la marcha, Thomas. Los acontecimientos vuelan en Europa y me urge el envío de despachos. —Burke se cruzó de piernas y entrecerró los ojos.

—Sí, James, no te intranquilices que estoy listo para introducirlos en la sociedad. Mis socios en el país me darán una mano.

—Pues yo también tengo mis asociaciones en este lugar del mundo, así que puedo aportar lo mío —dijo White, tomando la palabra. —No se olviden que he sido representado por don Bernardino Rivadavia en el litigio que mantuve con las autoridades de Montevideo.

En sociedad con el comerciante Martin Bickham, White había traído un barco, *La Concepción,* hasta las orillas del Río de la Plata. La dirigencia de Montevideo se había apoderado de la nave y, como resultado, se había llevado adelante un pleito con Rivadavia como abogado de White, y don Martín de Álzaga representando a Bickham.

—Perfecto, William. Sumamos nombres a la lista, entonces. Debemos cuidarnos con los hombres de negocios. Son muy celosos de sus intereses. No vaya a ser que crean que intentamos quitarles el territorio ya ganado —advirtió O'Gorman.

—Mis amigos, supongo que ya estarán enterados de los sucesos en Downing Street. Nuestro benemérito Pitt está persuadido de que Inglaterra debe lograr fuerzas continentales aliadas para combatir a Francia, y al mismo tiempo desarrollar aún más su poderío naval para alcanzar el dominio del mar. Traigo órdenes precisas, caballeros, de aliviar las aguas y rastrillar el territorio. En menos de lo que canta un gallo los tendremos por aquí —dijo Burke y una sonrisa de satisfacción le iluminó la cara.

Sin embargo, algunos datos habían quedado fuera de su órbita. Los hechos habían ido cambiando y el gabinete de Saint James había quedado desconcertado. Lord Melville había sido señalado como malversador de los fondos del Almirantazgo, derrumbándose así su gran nombre y honor. William Pitt, profundamente defraudado en su confianza, había enviado emisarios a Miranda para que tuviera paciencia; los asuntos políticos en Europa no tenían aún la madurez necesaria para la iniciación del ambicioso plan. Enterado del nuevo curso de los hechos, Popham había propuesto impulsar una expedición a la colonia holandesa del Cabo, como una forma de acercarse lo más posible a Buenos Aires, su presa elegida. Pero Burke no estaba al tanto de este nuevo estado de la cuestión.

—Tengo otro allegado que puede colaborar, señores. Es el conde Jacques Louis de Liniers. Está muy instalado y tiene gran predicamento entre las mayores fortunas de por aquí. Déjenlo en mis manos —propuso White y en silencio pergeñó listas de personas a las que debería escribir muy pronto.

White prefería no adelantar todavía los asuntos que lo vinculaban con Liniers. Le había propuesto, ya que Jacques era intrépido y amante de los desafíos, que le ofreciera a Inglaterra el apoyo de la independencia de las tierras americanas en poder del Imperio español por medio de una invasión al Río de la Plata. Parecía que el conde ya le había hecho una oferta similar a Bonaparte para invadir la Banda Oriental primero y luego el Virreinato del Río de la Plata, para seguir luego a Brasil, pero no había tenido eco de parte del francés. Los ingleses, en cambio, eran otra cosa.

—En unos meses parto rumbo a Inglaterra por unos negocios. No se preocupen, antes tendremos todo resuelto y serán unos más entre la sociedad porteña. Nadie tendrá la más mínima sospecha de nada de lo que planeamos, pero seamos cautelosos —dijo Thomas.

Un suave golpe en la puerta los interrumpió. Todos hicieron silencio. Juan Bautista, que no había pronunciado palabra, se incorporó y abrió sin preguntar. Del otro lado, bien erguida y luciendo sus mejores galas, se encontraba su hermana.

—Discúlpame, querido, ¿los señores se quedan a comer? —preguntó, y cruzó el umbral que separaba el pasillo de la sala.

—Les presento a mi esposa, Marie Anne Périchon y O'Gorman. Aquí todos la llaman Anita —dijo Thomas y se puso de pie. El resto lo imitó en el acto.

Con paso lento y siseo de sedas, Anita le extendió la mano a White y él se la besó. Lo mismo hizo con Burke aunque este se detuvo algo más de la cuenta, o eso creyó Anita. El irlandés le pareció muy atractivo. Los señores desecharon la invitación de su anfitriona aduciendo otros planes.

—Además no queremos complicarle el servicio, *madame* —se disculpó Burke y le regaló una reverencia.

Anita lanzó una carcajada estudiada y zalamera.

—¡Pero si no es ninguna complicación! Bueno, será la próxima vez, entonces…

Juan Bautista avanzó un paso.

—¿No te parece una buena idea, Tom, que Anita organice una tertulia alguno de estos días? —preguntó.

Todos aprobaron la propuesta y Anita quedó encargada de la organización de la fiesta. Ella ya estaba bien insertada dentro de lo más encumbrado de la sociedad de Buenos Aires. Su tío político, Miguel O'Gorman, había sido de gran ayuda, aunque la fortuna y los negocios que había dejado su padre le habían abierto las puertas de par en par.

—Bueno, no queremos importunarlos más. Ya nos retiramos, Thomas —dijo White, y saludó a su amigo.

—Caballeros, permítanme que los acompañe a la puerta. ¿Te parece bien, querido? —se ofreció Anita, veloz como el rayo.

Burke se despidió de Thomas. En un aparte y en voz baja le solicitó que conversaran a solas acerca de su próximo viaje. Quería proponerle una sociedad para el comercio de exportación. Tenía una oferta apetecible que hacerle. O'Gorman asintió y no hizo falta decir mucho más. Entre irlandeses se entendían. Los cuñados permanecieron en el despacho mientras Anita lideraba la marcha y los señores la seguían detrás. Era consciente de que la miraban, atraídos por su belleza. Recorrió el largo pasillo hasta la puerta de calle con paso lento y un estudiado contoneo de caderas. Sin darse vuelta, Anita percibía esos ojos que la recorrían desde la nuca hasta los tobillos.

—Buenas noches, caballeros, espero verlos más seguido

por mi casa. —Extendió primero la mano a William P. White y este la besó. Luego le tocó el turno a Burke, que de nuevo la sostuvo más de la cuenta. Ella lo permitió mientras lo miraba con fijeza a los ojos.

CAPÍTULO III

Al fin, Liniers había recibido señales desde Buenos Aires de parte del mismísimo virrey. Don Rafael de Sobre Monte le anunciaba el ansiado traslado, nombrándolo comandante del puerto de Ensenada de Barragán, distante a una punta de leguas al sur de Buenos Aires.

Hasta allí se llegó el francés con sus seis hijos. Era ahora padre en solitario de una fila de niños de los que no podía hacerse cargo como era debido. La mayor, María del Carmen, la luz de sus ojos, intentaba ocupar el sitio de la madre muerta, pero con sus cortos trece años era pedir demasiado. Cuidaba de los más pequeños como podía, pero casi siempre la situación se le iba de las manos. Liniers había mantenido una criada que lo acompañaba a todas partes, pero a veces resultaba insuficiente entre tanto crío. Sin embargo, la distancia con Buenos Aires se acortaba en su nuevo destino. Liniers consideraba enviar a sus hijos a casa de sus abuelos maternos como una forma de asegurarse su mejor cuidado.

De cualquier modo, para Liniers aquello seguía siendo insatisfactorio. Él creía que estaba para mucho más, que merecía mejores destinos y remuneraciones. Se sentía desplazado por otros oficiales españoles que no daban su talla. Había demostrado suficientes méritos como para recibir tan poco a cambio. Así lo había expuesto ante sus superiores, pero la retribución acorde con sus expectativas nunca llegaba.

Al enterarse de la nueva situación de guerra con Gran Bretaña, Sobre Monte había convocado a los jefes militares a una junta. Liniers no había sido de la partida pero se le encargó que vigilara la costa y más allá. El virrey enviaba constantes despachos con destino a la metrópoli, acusando recibo de una intranquilidad generalizada. Insistía, reclamaba insumos y asistencia, auxilio, pero España estaba demasiado absorbida en sus propios asuntos como para prestarle atención.

En el mes de mayo, en aguas del Río de la Plata, hizo su aparición el bergantín inglés *Antelope.* Rápido como gacela y antes de que se aproximara demasiado, Liniers puso sobre aviso a Buenos Aires. Sobre Monte dispuso un plan de defensa, confiando en la experiencia del francés, quien iría secundado por el capitán Juan Gutiérrez de la Concha con una flotilla de barcos, listos para hacer frente a los corsarios ingleses.

Desde Buenos Aires se aprestaron dos lanchas cañoneras y dos zumacas, la *Belén*, propiedad de los padres Bethlemitas, y la *Santo Domingo,* de don Domingo de Nevares de la Compañía de Filipinas, que fueron armadas con dos cañones y cuatro carronadas. Embarcado en la *Belén* y al frente de esa improvisada escuadrilla, Liniers salió a vérselas con los ingleses y logró que la *Santo Domingo,* que venía ricamente cargada, no cayera en manos enemigas. El mal tiempo y los vientos adversos, sin embargo, le habían impedido dirigirse a Maldonado en busca de la nave de cargamento profuso, como servicio suplementario a la Corona.

Los corsarios ingleses no cejaron. Enfrentaron como fieras a la flotilla española liderada por Liniers e intentaron desembarcar en la Ensenada. Antes habían sondeado las costas de Quilmes y de Colonia del Sacramento, pero Liniers había actuado rápido y había logrado impedirlo. Sin embargo, la marea no estaba mansa y los ingleses volvieron a intentar el avance. Una vez más, Liniers volvió a vencerlos.

Con la urgencia del combate alivianada, se dirigió a Montevideo, satisfecho de haber cumplido con la misión ordenada por el virrey. Antes de eso, subió a sus hijos a un carruaje en compañía de la criada y bajo la custodia de un oficial de su plena confianza, y los envió a casa de sus abuelos maternos, que los esperaban con los brazos abiertos. La situación ya era demasiado peligrosa y no era conveniente que sus hijos estuvieran cerca.

* * *

—*Madame*, alguien pide por vos en la sala —anunció Marcelina, con los negros ojos redondos como una taza.

Anita se acicalaba en su habitación para salir a hacer unas compras. Al fin había asomado el sol luego de días de lluvia incesante y contaba con que los barriales en que se convertían las calles de la ciudad ya se hubieran secado un poco.

—¿Y quién me busca a tan tempranas horas? —preguntó, ya que los invitados que solían venir a la tertulia empezaban a caer al atardecer, nunca al mediodía.

—El caballero amigo del patrón. El Florentino alto y apuesto, *madame* —Marcelina se tapó la boca con la mano y ocultó una sonrisa cómplice.

El ama y su esclava largaron una carcajada. Anita le dio la espalda y Marcelina supo de inmediato qué debía hacer. Con cuidado pero con firmeza, ajustó los cordones del corsé, tiró una vez, luego otra y los anudó en un moño. La francesa se miró al espejo, empolvó apenas su nariz diminuta y salió de la recámara. Demoró el paso: no quería parecer ansiosa a su visitante.

—Pero, mi estimado James, ¿qué lo trae a mi bendito hogar? —dijo a modo de saludo al franquear la puerta de la sala. Allí permaneció unos segundos, cuidando la perspectiva, para luego caminar hacia donde la esperaba, de pie, el irlandés.

—Espero no importunarla en este horario, *madame* O'Gorman —respondió Burke y le besó la mano.

—¡Oh, *mister* Burke! —se burló Ana del trato formal. —Por favor, James, para usted soy Anita... Y no, no me importuna, solo me llama la atención. Estaba por salir, me encuentra de casualidad.

—La acompaño, entonces, así no sale sola. ¿Me lo permite? —El irlandés hizo una pequeña reverencia y ajustó las puntas de su casaca.

—Las salidas a solas nunca han sido un problema para mí, estimado. Pero si así lo quiere, puedo hacerle un lugar en mi coche.

Anita llamó a la criada, que le alcanzó el abrigo y el sombrero, y luego salieron a la calle. Allí aguardaba el carruaje, con el cochero atento y vigilante, el látigo de cuero bajo el brazo. Anita le extendió la mano y le confió el recorrido que harían. El cochero la ayudó a subir. Burke lo hizo después.

—Qué agradable este sol, que seca lo húmedo y derrite la helada, ¿no le parece? —señaló Anita y finalizó sus dichos mirando a su acompañante directo a los ojos.

—Así es, *madame*, ha sido un incordio esta lluvia de días. Pensé que duraría para siempre. El viento sudeste, con lluvia y creciente tan grande del río, arruinó y echó abajo el muelle y todas las casas de la ribera de esta ciudad —Burke hablaba sin quitarle la mirada de encima. —Nada mejor que el sol de junio, calma y trae esperanza.

Anita le sonrió y prefirió callar. Algunos caminantes se

animaban a recorrer las calles. Tras la larga tormenta, de a poco empezaba a rearmarse la rutina de la ciudad. El agua había subido tanto que había llegado hasta la barranca más alta, y echado a la costa todos los barcos que permanecían fondeados en balizas, reventando sus amarras. Los criados le habían contado a Anita que ocho personas se habían ahogado dentro de sus casas.

—Thomas me ha dicho que calcula se han perdido tres millones de pesos entre buques, muelle y casas a causa del temporal. Por no hablar de la pérdida de vidas —dijo Anita y suspiró. —Qué desgracia.

—Su marido atrasó un poco el viaje, por lo que me ha contado.

—Así es, pero seguro usted está mejor informado de sus cosas que yo. Me entero más por la servidumbre que por él. Pero volviendo al temporal, supe que el puerto de las Conchas ha sufrido más. No quedaron más que tres casas en pie y murieron seis personas. Me comentaron que hubo rogativas en todas las iglesias pidiendo a Dios que cesara el temporal, pues si seguía seis horas más las aguas del río hubieran llegado hasta la Plaza Mayor.

Anita abría grandes los ojos y hablaba y hablaba. Quería demostrarle al hombre que la acompañaba que estaba al tanto de todo lo que sucedía en Buenos Aires, de cada movimiento. Su acompañante la atraía y quería que su compañía resultara interesante para él.

—He escuchado en los Tres Reyes, de parte de hombres de edad, que no hubo en su tiempo ni han oído decir que haya habido otra igual.

—¿Otra mujer, quiere decir? —preguntó Anita, capciosa, y maldijo en silencio no haber traído su abanico.

James le regaló una sonrisa desafiante. Sostuvo su sombrero con la mano. El tranco del coche era bamboleante y temía que se le cayera. La elegancia y las formas ante todo.

—Pues no, no hablaba de mujeres, *madame.* Hablaba de tempestades. Dicen los que saben que hubo otra similar a fines del 1600, que entonces sí llegó el río hasta la plaza.

Una de las ruedas del carruaje se hundió por demás en la huella de la calle. Anita aprovechó el bamboleo y se apoyó, con suavidad pero decidida, sobre el cuerpo de Burke.

—Oh, discúlpeme, James. Tendré que reprender al cochero, este hombre conduce con tanta torpeza —murmuró mientras volvía a acomodarse.

—¿Y por qué dice que Thomas no le comenta sus cosas? Pocas mujeres más atractivas que usted, Anita. A mí nada me placería más que hablar con usted y escucharla —Burke le habló al oído en un acto de provocación desembozada.

Anita no se amilanó. Giró la cara y le rozó la boca con sus labios. Burke no dudó, la atrajo hacia sí y la besó. El sonido de los cascos del caballo sobre el camino acalló el jadeo inevitable de los pasajeros. A Anita poco le importó la presencia discreta del cochero ni la posible mirada curiosa desde la calle. Nada la apartaría de los brazos de aquel hombre, del cuerpo viril intuido ante la cercanía, de las ganas que había acumulado. Se incorporó como pudo y golpeó el pescante.

—Volvamos a casa —ordenó al cochero.

—Pero, Anita, te parece. ¿No corremos peligro allí?

—Déjamelo a mí, James. Peligro correrías si te bajaras de aquí —se quitó el guante sin sacarle los ojos de encima, lo tomó de la cara y volvió a besarlo. Su mano empezó a bajar por el cuello, despacio, como un anuncio de lo que vendría. Acarició el chaleco de terciopelo y siguió hacia abajo por la huella de los botones.

* * *

Anita y Burke vivieron días de pasión. El escurridizo hombre de las mil caras, como lo conocían en Buenos Aires, gustaba de hacerse pasar por general prusiano, por el mundano Florentino, o por Jacobo, dependiendo siempre de su interlocutor. Para los O'Gorman era James Florence Burke.

Madame O'Gorman no se había visto obligada a ocultar demasiado a su amante. Thomas lo supo de inmediato y casi había propiciado el fuego entre su esposa y su compatriota. No solo le servía para enlazar posibles negocios y sumar dinero, algo que lo excitaba sobremanera, sino para agregarle fuego a su envión animal cuando el lecho marital lo aclamaba. Saber que su mujer se entrelazaba con otro cuerpo le inyectaba deseo por ella y, si el hombre en cuestión tenía poder y vínculos, tantísimo mejor. A través de los años, había consolidado una reputación entre los comerciantes de Buenos Aires como uno de los contrabandistas más importantes. Había entrado de a poco, sin perturbar los negocios ya establecidos y a sus propietarios. Los oficiales de El Resguardo[*] miraban hacia otro lado y, si era necesario, él les hacía entrega —entre gallos y medianoche— de unas monedas y, como si el viento soplara, todos se volvían ciegos y sordos. La cantidad de naves portuguesas y norteamericanas que poblaban el estuario era asombrosa. Muchas avanzaban hacia Buenos Aires o Montevideo donde, en un periquete, cambiaban de faz y devenían en receptáculo de esclavos, además de otras mercaderías ilegales.

O'Gorman había sabido escuchar y seguir las recomendaciones de sus socios criollos. El virrey anterior había sido

[*] El nombre que se le daba a la fuerza que controlaba la costa.

humillado tras sus intentos vanos por quebrar los negocios turbios de los comerciantes. Los poderosos habían ganado la pulseada. Sobre Monte había aprendido del fracaso de su antecesor y prefería hacer mutis por el foro y mascullar con sus leales, grupo selecto y apretado, sin intervenir demasiado en el sector.

Thomas había florecido en ese ambiente turbio y sinuoso. Al fin, el Consejo de Indias había enviado la respuesta a un reclamo previo de naturalización con estatus nobiliario. El pedido había sido rechazado, pero el Consejo le había dicho que no se preocupara, que la concesión podía tardar ocho años pero llegaría. Con el entusiasmo desbordante, había formado una sociedad con los comerciantes Manuel Piedra, Tomás Fernández y Nemesio María Sotilla para importar bienes desde Gran Bretaña. La sociedad estaba dividida en partes iguales entre los cuatro socios y O'Gorman era el responsable de llevar adelante las transferencias de fondos a Inglaterra, a través de un banquero situado en Filadelfia, además de ser el encargado de viajar a Europa para facilitar las compras. A pesar de que estas transacciones eran completamente legales bajo las leyes españolas, los bienes debían hacer trasbordo en España para el pago de cánones antes de seguir camino rumbo al Río de la Plata.

El trío funcionaba perfecto y cada uno tomaba la porción que mejor le convenía. Thomas se dedicaba al acaparamiento de bienes, poder y relaciones. James, por su parte, encontraba un socio que le habilitaba vinculaciones y le abría puertas, y una mujer que le entregaba su cuerpo apasionado. Y Anita descubría, después de años de sentirse dormida, que tenía un motivo para vivir.

Mientras la pareja desplegaba su erotismo a escondidas, Thomas padecía un sinfín de dificultades. Un cargamento de cueros que había despachado a Inglaterra estaba demorado por problemas legales. Aún peor, uno de sus socios, Tomás Fernández, había muerto en el medio de la tarea. Su muerte había golpeado a O'Gorman, ya que Fernández había tomado la responsabilidad de hacer el envío del cargamento de cueros a Bordeaux. Allí serían vendidos y los productos quedarían bajo el derecho de habilitación* sobre la mercadería británica cuando arribaran al puerto de Vigo. Un tal Benito de Olazábal, agente de las propiedades de Fernández, se había negado a aceptar semejante responsabilidad. Había suspendido el cargamento de cueros a Bordeaux, reclamando que toda la operatoria era demasiado riesgosa ante la posibilidad de una renovación de la guerra entre España e Inglaterra. A esa altura de las circunstancias, Piedra y Sotilla también habían querido abandonar la sociedad. Una vez más, Thomas debía pensar cómo salir del atolladero en el que estaba metido. Necesitaba dinero y nuevas conexiones que le resolvieran los obstáculos que se empecinaban en frustrar cada aventura comercial que emprendía.

Anita organizaba fiestas en su casa, en las que reunía a lo más granado de la ciudad. Nadie quería faltar a la cita de los O'Gorman, en especial por la presencia incandescente de *madame* Périchon, suerte de dama de Versailles instalada en Buenos Aires, siempre lista para dar clase de estilo, tan fascinante para la sociedad criolla de tintes hispanos. Anita no prestaba atención a los aduladores, solo sabía reír y entregar voluptuosidad y gracia a manos llenas. En su casa había de todo y para todos. Las familias más ilustres formaban parte de la lista de honores, incluso Sobre Monte y la virreina acudían a las veladas francesas *chez* Périchon.

* El pago por el derecho a importar bienes extranjeros.

Cuando las velas se consumían y dejaban de arder, los invitados comenzaban a partir a regañadientes y Anita enfilaba hacia la recámara secreta. Empujaba la pared hueca de una de las salitas, y allí, en la *petite chambre** solo decorada con una deslumbrante *chaise longue* traída en uno de los tantos viajes de su marido, una banqueta, una mesita de roble de Eslavonia y un biombo, aguardaba a James, que conocía bien el camino.

—Yo soy el sol que te calienta y el aire que respiras —le susurraba este al oído apenas quedaban a solas.

—¿Y quién te dijo que era eso lo que quería? —lo provocaba la francesa.

—Ya verás, te amaré hasta el paroxismo, Anita.

—Yo no quiero amor, estoy hasta la coronilla de amor, James —retrucó la dama. —¿Serás capaz de ofrecerme algo nuevo?

—Conmigo encontrarás sensaciones que jamás habrás experimentado, *madame.* ¿Te atreves a este viaje? ¿Estás en condiciones de que te conduzca?

Anita rio con ganas y lo perforó con la mirada llena de deseo. Se quitó los tacones en dos movimientos, tomó el bajo de la falda y se la levantó, dejando a la vista las medias de seda. No llevaba otras ropas. Apoyó sus pequeñas manos en los muslos del hombre.

—Eres tan bella que resulta insoportable —dijo James mientras la miraba de arriba abajo.

—Me atrevo a todo, señor. ¿Y usted?

—Seamos cómplices, entonces, *madame.* Supongo que tienes en cuenta que te relacionas con un hombre sin moral.

—Pues claro, mi señor. Ojo, no vayas a acabar siendo mi

* Pequeña habitación.

víctima. Las frases hechas conmigo no funcionan. Lo que más me atrae de ti, precisamente, es tu inmoralidad —y refregó sus pies contra la seda de la *chaise longue*.

—Abusaremos uno del otro, *madame*. Te daré placer y tú me darás información —le propuso el irlandés.

—Me gusta, *mister* Burke. Trato hecho —Anita se recostó en la *chaise longue* y abrió las piernas.

CAPÍTULO IV

La fonda de la inglesa era el punto de reunión. Como casi todas las tardes cuando caía el sol y la ciudad se teñía de sombras, los caballeros recorrían la calle del Santo Cristo* para terminar en lo de doña Clara. Así se hacía llamar pero los íntimos sabían quién era la inglesa Mary Clarke.

Tras su estancia en la pocilga de la Residencia con ese marido improvisado, Conrad Lochar, la guapa moza de tan solo diecinueve años había tomado la decisión férrea de que se agenciaría una vida nueva. Así, fue a parar a la casa de don Felipe Santiago Illescas, de familia bien católica, quien la acogió con generosidad. La familia le dio un pequeño empujón para que se bautizara. La joven agachó la cabeza y se entregó en cuerpo y alma al nuevo rito. Se dirigió hacia la Iglesia de la Concepción, vecina de la familia benefactora, y el cura Illescas, párroco interino, puso el sagrado óleo y crisma a María Clara, habiendo recibido el agua del bautismo —así había perjurado la inglesa— en su tierra. La tía de don Felipe, doña Basilia Díaz, con lágrimas de alegría, ofició de madrina. Gracias al santo sacramento, María Clara había obtenido una libertad en condiciones y pasó a depender de aquella familia que cumplía el rol de tutora de la extranjera.

La inglesa sentía que había avanzado pero todavía le faltaba para llegar al ansiado paraíso. Para eso debía despo-

* Así se llamó, hasta 1808, la calle 25 de Mayo.

sarse, solo así se hallaría verdaderamente libre para hacer lo que le viniera en gana. Rápidamente encontró al hombre en cuestión. La doblaba en edad, lo que era mucho mejor. El español avecindado Rosendo del Campo había quedado de una pieza ante el avance de la atrevida inglesa y no dudó en pedirla en matrimonio.

La ceremonia se celebró en la misma parroquia de los Illescas y María Clara prefirió usar su apellido paterno para semejante fiesta: Johnson antes que Clarke, que solo le traía malos recuerdos. Su marido, natural de Asturias, tenía algunos negocios que le permitirían ofrecerle a su flamante esposa un buen vivir. Pero Clarita quería algo muy específico. Necesitaba una fonda donde recibir comensales, atender y ofrecer un buen servicio. Buscaba intercambios, lícitos y de los otros. Así se originó la fonda de doña Clara.

O'Gorman y White recorrieron con la mirada el enjambre de mujeres en exposición. Caminaban a paso lento por Santo Cristo. Sonaban unas guitarras por allí y por aquí y las puertas de los zaguanes permanecían abiertas. A partir de cierta hora, aquellas cuadras recobraban vida y se transformaban en el sitio elegido de los caballeros de estirpe, además de los marginales que deambulaban por la ciudad.

—Entremos de una buena vez, William —lo instó Thomas y se detuvo en la puerta ubicada entre La Merced y La Piedad*. —Vamos que nos esperan.

Adentro aguardaba Clarita junto a un puñado de mozas, algunas inglesas como ella, otras de orígenes desconocidos que a nadie importaba. Las mujeres deambulaban por el salón mientras una cantidad considerable de hombres ocupaban los asientos, algunos con más privilegios que otros.

* Actuales Perón y Bartolomé Mitre.

Thomas se dirigió hacia donde estaba Clara y con gesto de grandes amigos le besó la mano.

—*My dear* Mary[*], cuántos invitados tienes hoy, asombroso —le tomó la otra mano y se las llevó a los labios. —¿Han llegado ya nuestros amigos?

Miró en derredor, sin encontrar a quienes buscaba. White, a pocos pasos de donde estaba, lo imitó. Los otros integrantes previstos de la reunión brillaban por su ausencia.

—Me extraña, *my dear* Tom. Nuestros amigos están bien guarecidos en la sala privada. Aquí hay demasiada bulla, los ojos están puestos en otras cosas. —La inglesa largó una carcajada y recorrió su silueta con las manos.

—Pues vamos, entonces. Cuando hayamos terminado, regresaremos por nuestra recompensa —respondió O'Gorman sonriente y fue detrás de la falda bamboleante que lo conducía hacia el fondo de la casa.

Llegaron a la última puerta. Clara la abrió y allí, sentados a la única mesa que vestía la habitación, aguardaban Juan José Castelli y los hermanos Saturnino y Nicolás Rodríguez Peña, bebiendo de sus copas y fumando sus cigarros. Los caballeros dieron la bienvenida a los recién llegados.

—*Gentlemen*, disculpen la demora pero un asunto ineludible nos entretuvo —se excusó O'Gorman y se sentó con un suspiro de alivio.

Se acomodaron en los sitios vacantes, todo se había preparado con antelación. Entre sus muchas funciones, la fonda de Clara oficiaba de redil de operaciones. Era uno de los tantos sitios en la ciudad que acogía las reuniones secretas que proliferaban por entonces. Dependiendo el bando o el negocio que se llevaba entre manos, se elegía el escondite

[*] Mi querida, en inglés.

apropiado. Hacía varios años que la masonería y las logias habían recalado en la ciudad. Viajeros, comerciantes y militares llegados de Inglaterra, Francia, España y Portugal habían empezado a diseminar ideas nuevas por toda Sudamérica. Y a Buenos Aires también le había llegado el turno. La primera había sido la Logia Independencia, que se regía por protocolos otorgados por la Gran Logia General Escocesa de Francia. Las actividades de la logia habían comenzado en una vieja casona pegada a la Capilla de San Miguel*, pero los zanjones de los alrededores se anegaban en los días de lluvia y convertían la zona en un pantano imposible. Pronto la capilla y la casona dejaron de reunir a los muchachos ávidos por secretear y estos encontraron otros refugios para la tarea.

—Al fin, estimados. ¿Y dónde está el Florentino? —preguntó Castelli con la mirada alerta.

El caballero había secundado a su primo segundo, don Manuel Belgrano, en el Consulado cuando este había aducido problemas de salud. Pasados unos meses, también lo habían propuesto como regidor tercero en el Cabildo. Algunos se habían enfurecido ante semejante escalada. Don Martín de Álzaga había sido el líder de la furia.

—Ya sabes, Juan José, James aprovecha otras reuniones, y mejor que así sea. Ha aceptado una invitación de parte del virrey a su residencia y hacia allí se ha ido con mi mujer —respondió Thomas con despreocupación.

El resto de los presentes eligió mirar hacia adelante, como si no hubieran escuchado nada. La ciudad completa cuchicheaba, *madame* O'Gorman se revolcaba con el irlandés Burke, eran amantes, ni siquiera evitaban mirarse con lasci-

* Situada en el barrio de San Nicolás, en la esquina de Bartolomé Mitre y Suipacha.

via en público. Les importaba poco el quedirán y a Thomas parecía que tampoco.

—¿Los recibe Sobre Monte? Pero miren qué interesante —destacó don Saturnino y volvió al silencio.

—Señores, no debemos perder tiempo en palabrerío inútil. Tengo novedades del otro continente. Las decisiones se han tomado y debemos hacer que se conformen en nuestro beneficio —expuso William P. White con grandilocuencia. —Las noticias son de primera mano. Los ingleses han zarpado hacia estas aguas, caballeros, y tengo ahí un hombre de mi más entera confianza.

En efecto, White había mantenido negocios con Popham en la India, años atrás. El inglés había quedado adeudándole una fuerte suma de dinero. ¡Qué mejor que intentar un nuevo encuentro para ver si lograba el reembolso de una buena vez! Como el norteamericano intuía las intenciones de su socio de antaño, había mantenido un encuentro secreto con Thomas Wayne, un colega negrero que había recalado en Buenos Aires para luego continuar viaje rumbo al Cabo.

La puerta se abrió de par en par. Una joven con una mata de pelos rubios y mejillas como manzanas avanzó con bandeja en mano. Los caballeros detuvieron la conversación para observarla entrar.

—Buenas noches, Jane, qué suerte que nos traes bebidas. Eres de las buenas, mujer —dijo O'Gorman y le palmeó la nalga cuando pasó a su lado. —Espérame, que en cuanto terminamos nos vemos en la sala.

La inglesa Jane Gregg, compañera del *Lady Shore,* no había tenido la suerte de su amiga Clara. Con dos hijos de dos padres diferentes pero sin hombre que la mantuviera, se había mudado junto con su cría y otras dos ex convictas a la casa del doctor Miguel O'Gorman, tío de Thomas. Se ganaba la vida como podía, entre el servicio de copas en la fonda y algún que otro favor solicitado por la clientela.

El humo de los cigarros espesaba el ambiente y los hombres persistían con la charla en voz baja. Castelli y los Rodríguez Peña reclamaban a Burke, mientras O'Gorman y White le quitaban importancia. Los criollos buscaban el encuentro con el representante de Gran Bretaña, que afirmaba que haría todo lo posible para colaborar con la emancipación de aquellas tierras de la Corona española. Pero Burke era esquivo. Prefería frecuentar otras reuniones, urdía otros planes.

Los conciliábulos se mantuvieron durante unas horas más. Castelli y los hermanos Rodríguez Peña se retiraron entrada la noche. O'Gorman y White, en cambio, se detuvieron en la sala principal. Allí los esperaban Clara, Jane y varias señoritas más.

* * *

Anita estaba sola. Su esposo se había lanzado a los mares nuevamente en pos de sus negocios. La política podía esperar. El irlandés había hecho las conexiones pertinentes y ahora volvía a lo suyo, lo único que lo desvelaba, su auténtico *métier*: el comercio. Había partido rumbo a Inglaterra y Portugal con dos buques cargados de frutos del país. Aunque no le pertenecían —siempre eran otros los dueños de la mercadería, de los barcos, de todo...—, viajaba con la idea de entregarle los productos a su hermano comerciante en Londres, para que los vendiera y así pagarle las deudas que mantenía con él.

Nada le importaba menos a Anita en ese momento que la ausencia de su marido. Incluso sin su presencia, su rutina podía ser más fácil, menos engorrosa. Estaba en condiciones de frecuentar las tertulias, de ofrecer las suyas, de caminar por las calles de Buenos Aires sin el yunque que significaba la presencia de O'Gorman en los alrededores. No era que el hombre la acosara ni nada que se le pareciera, no, pero con Thomas lejos, bien lejos, su cuerpo todo se alivianaba. Podía disponer del mundo, ser libre. Así se sentía.

Para celebrar, decidió ofrecer su casa para una tertulia de malilla*, juego que solía reunir solo a caballeros. Con Thomas en el hogar esto sucedía a menudo, pero a Anita se le ocurrió que bien podía volverse mixto, aunque fuera una transgresión de las normas. Si había algo que la sublevaba eran las imposiciones. Cuando a Anita le pedían que se atuviera a las normas, sentía que algo le quemaba bien adentro y, sin pensar, iba por la contraria. Esas cosas del deber ser la ofuscaban hasta el infinito. ¿Así que las mujeres no pueden participar de esos juegos porque solo fomentan la codicia y son nocivos para el alma frágil? Pues ahí iba ella.

Apuntó las esquelas pertinentes con la invitación y Marcelina partió para hacer la repartija puerta a puerta. ¿No eran, acaso, esas reuniones una invitación a la distracción más inocente en aquellas largas noches de verano? Anita no veía por qué debía censurar sus ganas de convidar a algunas señoras, siempre listas para el boato, la fiesta y el intercambio social. Varias, como ella, gustaban de participar en los dimes y diretes de los hombres, en sus conversaciones, en sus mundos. Sin embargo, ella aprovechaba la circunstancia para algo más. Siempre había algo más con Anita Périchon.

Durante las tertulias, la joven obtenía información valiosa, averiguaba, persuadía y escuchaba atentamente. Anita cumplía

* Era un juego de naipes por parejas, en el cual el 9 era el triunfo máximo.

con el pacto convenido con su querido James. Se ofrecía solícita y encontraba siempre la retribución que buscaba. Galanteaba con picardía, como todas las que tienden a la maledicencia, y casi siempre obtenía el éxito buscado. Era la ofrenda ideal: información a cambio de placer. Su cuerpo era el campo de una batalla que se libraba entre el sexo y la política.

Comenzaba un nuevo año y Anita estaba exultante. Tenía ganas de festejar, desparramaba alborozo. El miércoles 1 de enero de 1806 era un día de sol rajante. Eso solo podía ser un buen augurio, pensaba la joven dama mientras aguardaba que su criada regresara con las respuestas de rigor a sus invitaciones. Al caer la tarde, por fin llegó Marcelina.

—¡Pero, mujer, qué son estas horas! Te andaba esperando como loca, pensé que te había pasado algo. No se te ocurra hacerme esto nunca más —disparó Anita apenas la vio entrar.

Marcelina quiso explicar pero no hubo caso, fue chistada en el acto. Entregó las misivas con un hilo de voz. «Hubo aceptación general», anunció, y apuró el paso rumbo a la cocina. Anita acomodó las notas en una pila sobre su *dressoir* y se dispuso a leer una por una. En seguida apareció la de Juan José Castelli y su señora, la de Nicolás Rodríguez Peña y la suya, la del hermano de este, Saturnino, que asistiría porque doña Gertrudis Amores guardaba cama, la de los Escalada, y así. Siguió revisando una por una hasta que apareció la que buscaba.

Cumpliré tu orden, siempre encantadora, pero tu forma de darla, aún más. Me siento feliz de ser tu esclavo. Tú me das tu palabra, yo te doy el mundo,

Allí estaré,

James

Controló una sonrisa pero el brillo de los ojos la delató. El juego entre ella y Burke le divertía y la llenaba de ganas. Ganas de estar cerca suyo, ganas de él, pero sobre todo, de confiarle todo los secretos, los de ella y aquellos que había logrado averiguar en las reuniones y en las calles de la ciudad. Con oído siempre atento y ojo avizor, había percibido los murmullos diseminados por los cafés por gente desaprensiva y desocupada. «Cuidado que el inglés amenaza», se cuchicheaba.

Y llegó la noche tan ansiada. El caserón de *madame* estaba de punta en blanco, nadie sabía recibir como ella. Sus salones eran de lo más mentado en Buenos Aires y ella era muy consciente. Las ricas alfombras traídas de Europa por su querido padre, las sillas de jacarandá, los tapizados de damasco, pero sobre todo la belleza y la gracia de la anfitriona no tenían nada que envidiar a los grandes salones de París.

A las ocho de la noche los invitados empezaron a llegar. La calle se vio invadida por coches y caballos. Cundía el bullicio, entre risotadas, taconeo y aplausos para anunciar el arribo. Los caballeros lucían sus mejores paños. Las damas llegaban de basquiña* de dos varas de ancho, de medio paso, con todo el recogido atrás, de largo al tobillo. Para que no se levantara el ruedo se le cosía una hilera de municiones. Horas antes, la criada de turno le daba duro al martillo para achatarla y ocultarla; luego se agregaban dos o tres flecos, o uno muy ancho, o una red de borlitas que acababa en picos. A pesar del peso, por lo angosto, al dar un paso, las enaguas se dejaban ver, repletas de encajes y bordados para ostentar lujo.

Anita recibió a sus invitados en la sala. Besos de un lado y del otro, pero qué buena moza, *madame*, gracias por la invi-

* Así se le decía a la falda.

tación, por favor, gracias a ustedes por venir, será una velada encantadora, tengo dispuestos los mejores vinos, ya verán, agradecidos, *madame*, como siempre, eres la reina de Buenos Aires... Anita lucía un vestido de seda amarillo que marcaba todas sus formas, como si estuviera desnuda, los brazos al aire y descote* amplio y profundo, y un abanico bordado con hilos de oro. Estaba resplandeciente.

Veloces, unos lacayos de libreas galoneadas tomaron los sombreros de los invitados, algún que otro bastón con bola de nácar y las capas que, a pesar de los calores, traían los caballeros, y desaparecieron por uno de los vestíbulos. Otros criados hicieron lo propio con los enseres de las señoras. Anita lideraba la noche, se sentía en su salsa. Luego de las salutaciones de rigor, invitó a los señores a la mesa de juego con la condición de que corrieran refulgentes onzas de oro fino para el más despierto en la malilla. «Gratis, nada, caballeros», ordenaba y tiraba chispazos relumbrosos con los ojos detrás de la batida de abanico. Los invitados se acomodaron en sus lugares. Al pasar por detrás de la silla que alojaba a James Burke, Anita le rozó la nuca con el abanico y siguió camino hacia el aposento**, donde la aguardaban las señoras María Rosa Lynch y Castelli, Casilda Igarzábal y Rodríguez Peña, Tomasa de la Quintana Aoiz y de Escalada y Marica Sánchez y Thompson. Las damas le daban al abanico a lo loco, el calor era desesperante.

—Ven con nosotras, Anita —la llamó la esposa de Nicolás Rodríguez Peña y señaló un sitio a su lado. —Quédate quieta de una buena vez, conversemos un poco.

* Escote.

** Salita que había en los patios, enfrente de la calle, para vigilar mejor la casa.

—¿Están bien atendidas, mis queridas? —Anita controló que todas tuvieran su bebida en la mano.

—Como siempre, *chérie*. Qué alegría estar aquí reunidas, pero qué lástima que no se encuentre tu marido —dijo María Rosa Lynch y movió la cabeza de un lado al otro. —Tenía ganas de conversar un poco con él acerca de nuestros ancestros comunes.

El padre de la esposa de Castelli también era irlandés, un punto de unión entre ambos. Hacía doce años que estaban casados, el criollo y la Lynch. Ella, bonita y bien dispuesta, ya le había dado varios hijos.

—Viaje de negocios, estimadas.

—Entonces vas sin corset, Anita. Sola, eres un espíritu libre —señaló Mariquita con aprobación. —Algo que a mí me gustaría ser.

—Mira que eres mentirosa, Mariquita. Si hay alguien en esta casa que me pelea la libertad eres tú —rio con ganas la anfitriona.

Hacía un año y medio, Mariquita le había enviado una carta al virrey solicitando su permiso para casarse con su primo, don Martín Thompson, tras la seguidilla de rechazos por parte de sus padres. Estos habían intentado por todos los medios que se casara con otro, de mejor posición económica y más edad. Pero su amor por Martín no era negociable. Le había reclamado a Su Excelencia justicia, protección y favor. Y había salido ganando. A las pocas semanas, los primos habían dado el sí en el altar. Mariquita se contagió de la risa de su amiga; tenía razón, no podía contradecirla.

—Pero, ¿qué tienen ustedes para contarme? Estoy aburrida de mí, necesito que me estimulen con novedades —dijo *madame* O'Gorman.

—¿Tú no tienes nada nuevo, Anita? Eso es imposible.

—En fin, ya les conté que mi marido se fue. Lo que no les dije es que antes adquirió tierras a cinco leguas de la ciudad, en zona de La Matanza*. Sin embargo, no son esos asuntos que me conmuevan demasiado —respondió.

—Qué interesante. ¿Se construirán una chacra?

—No tengo ni la más remota idea, Casilda. Es Buenos Aires la que me desvela, no el campo. Estoy cansada de tierra adentro, me gusta la ciudad.

—Tienes razón, pasan cosas en esta ciudad, ¿no es cierto, señoras? Pero no siempre buenas. Ya nada es como era, empiezo a intuir complicaciones. Ha estado todo demasiado tranquilo, pero ya se sabe que la calma anuncia tempestades. En casa no hay noche que no se converse de eso —agregó Casilda y respiró profundamente. Su residencia, la quinta situada en el perímetro de las calles De las Tunas, Santa Catalina y Santa María**, era el punto obligado para las reuniones de los incipientes sediciosos.

—¿Y de qué, si se puede saber? —preguntó Anita y se irguió un poco más.

—Del hartazgo del godo***, *chérie*, la compostura cortesana de Álzaga. Les resulta insoportable la mediocridad de Sobre Monte —contestó doña Casilda y señaló a Mariquita. —Discúlpame con tu aliado, querida.

—Faltaba más. Las personas me son útiles mientras me lo demuestran con actos, cuando no es así, a otra cosa mariposa y si te he visto no me acuerdo —repuso la señora de Thompson y sonrió con picardía.

* Actual Isidro Casanova.

** Actuales avenida Callao, Viamonte, M. T. de Alvear. Faltaría Ayacucho, pero no tuvo nombre hasta 1857.

*** Los españoles.

El resto la miró con estupor primero, para en seguida soltar una carcajada. Anita se incorporó pidiendo disculpas, debía controlar que todo estuviera bien en la sala, hacía rato que no escuchaba ni el zumbido de una mosca.

Los caballeros jugaban a la baraja, concentrados en lo suyo. Se acercó a la mesa, preguntó cómo estaba todo. Pero estaban totalmente absorbidos en el juego de la malilla y aún más en la suerte que corrían sus apuestas. Con sigilo de seda se acercó al puesto de Burke y apoyó suavemente su cadera contra el hombro de su amante sentado. Él la tomó del brazo subrepticiamente y ella le cuchicheó algunas palabras al oído.

—Nuestro destino es conquistar —susurró él.

Ella le prometió que habría más cuando todos se hubieran retirado.

* * *

Popham había llegado puntual a la cita con el primer ministro. William Pitt lo recibía en su despacho a puertas cerradas, la reunión era estrictamente secreta. Horas antes había recibido instrucciones clasificadas del Almirantazgo.

Los sucesos se habían precipitado y una semana atrás el secretario de Guerra y Colonias, Robert Stewart, lord Castlereagh, le había entregado instrucciones *top secret* al mayor general sir David Baird, para que el ejército y la marina coordinaran acciones en pos del operativo militar que emprenderían. Baird consideró que lo mejor en esa instancia sería convocar a su viejo amigo y camarada de armas, el brigadier William Carr Beresford, para que integrara la expedición. Habían resuelto intentar la conquista de la colonia mediante una operación combinada de una fuerza que saldría de Cork unida a otra, embarcada en Falmouth, en buques de la Compañía de la India Oriental. Las fuerzas ascenderían a más de seis mil seiscientos hombres, que incluirían otros mil setecientos efectivos, que deberían colaborar en la conquista del Cabo.

—Dado el estado de Europa, mi estimado Popham, y la coalición, en parte, formada y formándose contra Francia, hay una gran ansiedad por tratar, mediante negociación amistosa, de desligar a España de su conexión con esa potencia —lo anotició Pitt.

—Enhorabuena, primer ministro. Prometo una maniobra exitosa, ya verá —respondió Home Popham, sin dejar espacio a la duda.

—Hasta que sea conocido el resultado del intento, sería deseable suspender todas las operaciones hostiles en Sudamérica —Pitt entrecerró los ojos y continuó. —En caso de fracasar en ese objetivo, mi intención es volver al proyecto original.

—El Almirantazgo me ha notificado que debo comunicarme con Baird para proporcionarle todos los informes que tengo en mi poder —señaló Popham y el primer ministro asintió. —Me piden que coopere con él en la ejecución de las órdenes de Su Majestad para tomar el Cabo.

La confianza había regresado a Downing Street. El primer ministro había puesto el ojo más allá del Viejo Continente. Había llegado la hora y estaba impaciente por que la expedición saliera cuanto antes. La captura del Cabo de Buena Esperanza, al sur del África, era el primer paso y el objetivo final estaba en el Río de la Plata.

—Pasado mañana partimos, ministro. Han puesto bajo mis órdenes la escuadra formada por la nave insignia *Diadem*, la *Raisonable*, la *Belliqueux*, cada una con 64 bocas de fuego; la

Diodeme, con 50; las fragatas *Narcissus* y *Leda*, con 32; la goleta *Espoir* y el bergantín *Encounter*.

—Comodoro Popham, buena fortuna pues y que Dios os acompañe —lo despidió Pitt con un fuerte apretón de manos.

Ultimados todos los detalles, Popham partió desde Portsmouth rumbo al puerto de Cork para reunirse con su flota. Poco antes de lanzarse a las aguas, el Almirantazgo le había ordenado que mandara una fragata para hacer crucero en la costa este de Sudamérica, entre Río de Janeiro y el Río de la Plata.

Frente a Weymouth, el rey Jorge III en persona había abordado la *Diadem* para despedirlos y ofrecerles sus buenos augurios. El 31 de agosto de 1805, la *Diadem* levó anclas e izó el gallardete con los colores de sir Home Popham y, cuando todo se aprestó, zarparon de la rada del puerto de Cork con destino a la isla de Madeira, punto de reunión de la escuadra británica.

Desde las costas de Irlanda también partió William Carr Beresford. Miraba hacia adelante con fe. Mientras tanto, recapitulaba su historia: su tierna juventud en los dominios de Curraghmore House, los comienzos en su carrera militar, el destino en Canadá, donde había perdido el ojo izquierdo, la epopeya de Egipto, pero también el revés amoroso con su prima hermana Louisa Beresford. Había querido desposarla, la familia se había negado. El motivo esgrimido había sido el lazo de sangre, pero lo que no se decía era el dudoso linaje del novio, hijo ilegítimo de George de la Poer Beresford, marqués de Waterford.

Sin embargo, el embarque auspicioso colaboró para que pudiera dejar atrás los dolores del corazón. La marejada suave, los vientos briosos y la promesa de un futuro vencieron toda melancolía. Algo maravilloso prometía aquel lejano sur desconocido.

* * *

Para Ana, los meses habían pasado con lentitud y cargados de malos presentimientos, después de un comienzo de año tan promisorio. Empeñado en sus intrigas de espía, Burke había partido en medio del verano a lugares remotos, Chile, el Alto Perú, váyase a saber dónde. Cuando finalmente tuvo noticias suyas fueron las peores: volvía detenido, cargado de acusaciones que podían costarle la vida. Su exótica presencia, levantando planos y croquis en los sitios menos recomendados, de pasos cordilleranos y fortificaciones, no había pasado desapercibida y un funcionario, más suspicaz que los de la capital del Virreinato, lo había hecho detener y remitir preso a Buenos Aires, para que Su Excelencia el señor virrey, cuyas cartas de presentación ostentaba el sospechoso, juzgase qué hacer de él. Pasaron semanas sin saber qué ocurriría, mientras se instruía un sumario, al que todos evitaban asomarse o dar debida cuenta. A Anita le constaba que, citados a declarar, Castelli y los Rodríguez Peña habían negado conocer a sujeto alguno llamado James Burke, y sí a un prusiano, Florentino Borche, pero que no debía ser la misma persona. También don Martín de Álzaga negó haberlo tenido alguna vez de visitante, a pesar de ser público y notorio. Y ni que hablar de Su Excelencia, que se arrepentía de haberle firmado papel alguno para autorizar sus desplazamientos. Eso era lo que más inquietaba. ¿Por qué no deshacerse de un personaje que todos encontraban peligroso, molesto, comprometedor?

Madame Périchon había comido poco esa noche; apenas probó unos quesos, alguna que otra fruta y bebió una copa de vino. Instalada al lado del enorme ventanal de la sala que daba a la calle, controlaba todo desde allí. Pero, sobre todo, aguardaba que la ciudad se oscureciera.

Buenos Aires había prosperado bastante en los últimos tiempos. Además del renovado empedrado que permitía sortear la dificultad engorrosa del pantano en que se convertían sus calles tras los diluvios, habían agregado un nuevo sistema de iluminación. Buenos Aires cobraba vida de noche, pero Anita pensaba que la tiniebla también tenía su mérito, sobre todo para aquellos que preferían esconderse. Sin embargo, no todos estaban dispuestos al pago del alumbrado público. Anita se había enterado de que la administración del alumbrado, llevada adelante por el señor de las Cagigas, pariente del virrey, estaba prácticamente en la quiebra.

Tampoco estaban tan bien las cosas para algunos habitantes de origen extranjero. Los moradores de Buenos Aires habían empezado a mirar de reojo especialmente a los ingleses, a causa del rumor de su avance tenaz. Hacía días que Anita no sabía nada de James. Sus visitas brillaban por la ausencia y tampoco había recibido notas que revelaran su paradero o prometieran un próximo encuentro. Nadie sabía decirle nada, o tal vez preferían mantenerla desinformada...

Sonaron las campanadas de medianoche y se instaló un silencio de tumba. Anita solo escuchaba su propia respiración. Al rato, el taconeo de unas botas conocidas contra el empedrado interrumpió su letargo. Era Burke que se acercaba con paso firme. Anita apuró el paso hasta la puerta, corrió el cerrojo y lo hizo entrar en segundos. Entre las sombras de la casa dormida, lo condujo hasta la alcoba secreta y recién ahí, una vez cerrada la puerta, le dirigió la palabra.

—¿Dónde te habías metido? No me sometas a este terror

nunca más, desde hace días que estoy desesperada —exclamó con el ceño fruncido.

—No tienes que preocuparte, Anne. Estamos bien cubiertos, nadie sabe para quién trabajamos, pero a veces hace falta tomar algunas medidas precautorias. —James le tomó la mano para calmarla. —Obtenemos información antes que ellos y los nuestros están sobre aviso.

—Soy francesa, *chérie*. Los ingleses no son los míos aunque colabore con su causa. Temo quedar en el medio de ambos fuegos. ¿Alguien saldrá a defenderme si la balacera me pega cerca? —lo increpó.

—Eres la esposa de un irlandés, que no se te olvide.

—Será por eso que algunos han comenzado a mirarme torcido. Thomas se ha lanzado a la mar otra vez y viene encomendado a Buenos Aires. Te lo aviso.

—No es el único que se dirige a estas tierras, *madame*. Me temo que más temprano que tarde desembarcarán los ingleses en este puerto.

—Parece que los hombres más acaudalados de Montevideo han puesto parte de sus bienes a disposición del gobernador Pascual Ruiz Huidobro para el caso que se produzca el tan temido ataque inglés —comentó Anita y sonrió socarronamente. —¿Harán lo mismo por aquí?

—Sobre Monte ya está de regreso en la ciudad y ocupado de otros menesteres. Sus pleitos con el Cabildo lo tienen a maltraer. Parece totalmente desconcentrado de la realidad que se avecina. Algo que nos conviene, por cierto, en modo mayúsculo. Imagínate que el hombre se dedica a discutir quién será el postulante para la vacancia de la Gobernación Intendencia de Córdoba de Tucumán. Uno de los señalados es Santiago de Liniers. —Burke largó una carcajada corta.

Anita se quedó de una pieza. ¿Liniers? ¿Había escuchado bien? Se abanicó con fruición.

—¿Santiago está aquí?

—¿Lo conoces?

—Pues claro, somos franceses, James.

—¿No será hombre de Bonaparte?

—¡Pero qué dices! Liniers es un buen hombre, perseguido por las deudas y empeños, y con una suerte nefasta. Ha perdido dos esposas, que lo han dejado con un batallón de hijos.

—Notable que te dejes conmover por asuntos domésticos. ¿Tu esposo está al tanto de que debe viajar en barco neutral? —A Burke le gustaba fustigarla, a veces detestaba que ella tuviera todo bajo control.

—¿De qué hablas, James? —A Anita le enfurecía que la subestimara.

—Ay, *madame*, debo estar en todo. ¿No te enteraste de que el dominio de los mares es nuestro luego de la victoria en Trafalgar? Las comunicaciones de este país con España serán más difíciles que nunca. Está bien que O'Gorman es irlandés pero viaja en barco de alguno de los mercaderes de por aquí. No vaya a ser que sea visitado por algún enemigo durante su travesía... —James le acarició el vestido con indolencia. —El recurso que se está usando en estos días consiste en disfrazar las embarcaciones de neutrales, con la conveniente autorización del virrey y de la Comandancia de Marina.

—El comercio se sigue llevando adelante, mi estimado. Parece que se te olvida que mi marido tiene socios muy poderosos en esta ciudad. —Anita pensaba en don Ventura Marcó del Pont, que además de ser uno de los inversores más fuertes de Thomas, le pagaba a ella una pensión mensual de doscientos cuarenta pesos.

—No se enoje, *madame*, cuanto más iracunda, más bonita se pone.

Anita se levantó de la *chaise longue* y se alejó un poco. Sentía un repentino fastidio y quería calmarse. Le hubiera dado vuelta la cara de un sopapo al irlandés. Que no se atreviera a hablar así de su marido, la única que podía hacerlo era ella. Y bien enterada estaba de que el virrey, velando por el desarrollo del comercio y el bienestar, había multiplicado los permisos de falsa bandera, también usados por la misma Corte.

—Ven, Anne, vuelve a sentarte a mi lado y regresemos a lo nuestro. Tengo algo que te gustará saber. El marqués de Sobre Monte ha autorizado a White a permanecer en Buenos Aires luego de las trifulcas que ha protagonizado. Debe agradecer el salvoconducto, pero te recomiendo que no te dejes ver con él —señaló.

Anita regresó a su sitio.

—Gracias por la advertencia, James —dijo, y le sonrió.

William P. White, hombre de tratos y tretas por excelencia, estaba en el medio de un litigio con don Manuel de Jado sobre la propiedad de la fragata *Príncipe* y su carga. Sobre Monte le había permitido permanecer en la ciudad, a pesar de la disposición de expulsar a los extranjeros. La tolerancia de las autoridades hacia las personas de extramuros suscitaba muchas críticas internas. Para algunos, como don Martín de Álzaga, ya fuera francés o inglés, un extranjero era el mismísimo demonio. Burke dejó que su mirada se perdiera, consumido por los pensamientos. Debía decirle la verdad a la francesa. Debía protegerla, pero sobre todo debía custodiar la información que había enviado a sus jefes y, si no la ponía en autos, todo podía desbaratarse.

—Tengo algo que decirte —murmuró.

—Qué seriedad, me asustas.

—Bueno, no es para tanto, Anne. He faltado a las citas porque me habían apresado. Parece que supieron algo, recibieron información, no lo sé porque no dijeron mucho. —La dama ahogó un grito y Burke se apuró en tranquilizarla. —Pero no corres peligro, querida, el marqués es mi atajo en las sombras. Me ha permitido abandonar el Río de la Plata en unas horas, y es eso lo que venía a decirte.

La mente de Anita trabajaba a toda velocidad mientras abría y cerraba el abanico.

—Si te vas, despidámonos entonces. Ven, James, ven...

* * *

Junto a las fuerzas veteranas, el virrey había cruzado el río con destino a Montevideo, la plaza a la que le había echado el ojo. Allí lo aguardaría su hombre de confianza en aquella orilla, don Santiago de Liniers. Las noticias llegadas desde Río de Janeiro sobre la trifulca con los corsarios ingleses lo habían puesto sobre alerta y la intranquilidad lo había obligado a embarcar. Esa vez, don Rafael de Sobre Monte había sumado a su futuro yerno al barco. María del Carmen, su Mariquita, noviaba con Juan Manuel Josef Marín y de la Quintana, su tío segundo. Algunos meses atrás, el virrey había solicitado al marqués José Antonio Caballero, ministro de Gracia y Justicia en Madrid, que aceleraran el ascenso a capitán de su futuro yerno. Las confirmaciones se demoraban pero Sobre Monte había convidado igual a Juan Manuel para ir adentrándolo en las cuestiones.

El 25 de diciembre, luego de la celebración de las Navidades, la plana mayor había cruzado el río y arribado sin inconvenientes a la vista a Montevideo. En el puerto los aguardaba la escolta del gobernador, don Pascual Ruiz Huidobro, que los acompañó hasta el Cabildo. No había tiempo que perder, el diálogo urgía.

—Buenas tardes, Excelencia, gracias por llegarse hasta aquí —el gobernador le dio la bienvenida con una reverencia breve y un golpe de tacos.

—Vamos al grano, Huidobro, que la cosa no está para prolegómenos. ¿Dónde está mi hombre? Le exigí que estuviera Liniers en esta reunión y no lo veo —dijo Sobre Monte, fastidiado antes de empezar.

—Lo estamos esperando, Excelencia. ¡González, a ver qué está pasando allí afuera!

Ruiz Huidobro preguntó por la familia, por su querida esposa, por los hijos, el noviazgo de Mariquita y unas cuantas cosas más. Hacía tiempo desesperadamente, ya no sabía de qué hablar para llenar el vacío tenso del incumplimiento. Ofrecía algo para comer, se peinaba la melena entrecana con la mano, pero Sobre Monte no cambiaba su expresión contrariada. Tras unos minutos que parecieron horas, la puerta se abrió y detrás del oficial González apareció Liniers. Con la mirada transparente y azul, el apolíneo caballero francés entró al inmenso despacho del gobernador.

—Le pido disculpas, Excelencia —se adelantó Santiago y saludó al virrey. —Espero que haya tenido un buen viaje.

—Por fin, capitán. Estábamos esperando, ojalá no sea demasiado tarde ya —respondió Sobre Monte, todavía fastidiado.

—Nunca es tarde, Excelencia. Estamos sobre aviso. La Armada inglesa avanza, sin prisa pero sin pausa. Desde que me ha habilitado en este puesto, he cumplido en mandarle puntuales informes. Mi señor, le advierto que debemos defender las murallas costeras de las fauces del enemigo. Vestidos de corsarios o flameando sus colores reales, los ingleses nos atacarán.

Sobre Monte mascullo palabras ininteligibles. Su cabeza era un hervidero. El peligro acechaba. Todo parecía confirmar, como afirmaba el francés envalentonado, que Inglaterra posaba su ojo de águila en la tierra de Sudamérica. Ya había hecho una lista interminable de reclamos a España pero solo recibía a cambio un mutismo constante. Nadie respondía pero, eso sí, enviaban reclamos de pago y regalías. Pero de refuerzos de naves y hombres para la defensa, nada de nada. Sus palabras caían en saco roto y la Corona española bailaba con él el minué de las evasivas.

—De los papeles requisados al tal Borche o Burke, o como diablos se llame, nada indica que estén en condiciones de atacar frontalmente Buenos Aires. Mi olfato me invita a creer que esta orilla será el punto donde intentarán algo los ingleses. Reforcemos con tropas y naves esta banda, señores. ¿Están de acuerdo?

Pese a la pregunta, los presentes sabían que no había modo de contradecir la posición del virrey. A palabra dicha del gobernante, orden impuesta sin posibilidad de negociación. El conciliábulo se terminó y, acto seguido, el gobernador ofreció una recepción al mandatario. Sobre Monte accedió con la condición de que no desbordara de invitados. La fecha no le parecía pertinente, era un día de guardar. Ruiz Huidobro accedió y armó una mesa de pocos comensales. El marqués de Sobre Monte, como siempre, fue la atracción de la velada. Habló como cotorra, desplegó una infinidad de anécdotas sobre sus años mozos, encandiló a los pocos invitados. Hizo llamar a la autora de las delicias gastronómicas y la felicitó delante de todos. La cocinera, morada como pulpa de granada, agradeció en un hilito de voz. Entrada la noche, la comitiva se retiró a sus aposentos.

Al día siguiente, a poco del mediodía, Marín se había sentado a escribirle a su prometida con esmero y cuidada caligrafía, hasta que se vio interrumpido por el llamado a la cena.

26 de diciembre de 1805, Montevideo

Amabilísima Mariquita mía,

Acaba de fondear en este puerto una fragata americana, y Altolaguirre ha recogido a bordo tres envoltorios que lleva a Michelena para entregar a nuestra madre; y también me ha dicho que trae un famoso forte piano para ti, el cual ha quedado en recogerlo y remitirlo con encargos para tu madre, y el piano para ti; el cual, aunque tú no lo toques, servirá para adorno de la primera Mariquita que tengamos, como espero. Me llaman a comer y dejo la pluma con un suspiro tierno que con el corazón te ofrece tu más fino hasta la muerte,

Juan Manuel

—Vamos, m'hijo, que la comida se enfría —ordenó Sobre Monte.

—Terminaba una esquela para Mariquita, marqués —le informó su yerno. —En unas horas sale el despacho.

—Pues dame la pluma que le agrego unas palabras.

El virrey mojó la pluma en el tintero y apuntó:

Amada Juana e hija,

De dos horas a esta parte que salió el extraordinario[*]*, con ganas de escribir. No hay novedad mayor, y si la hubiere, tomar los coches y mudarse más lejos, que Cagigas recogerá lo nuestro.*

Tuyo, Sobre Monte

El marqués hacía referencia a don Antonio Cagigas, esposo de doña Martina de Aguirre Lajarrota y de la Quintana, sobrina de su querida Juana. Mejor prevenir ante cualquier contingencia. Siempre había que estar preparado para el escape, presto a la fuga ante cualquier cambio de suerte.

* * *

Transcurrido un mes de navegación, hacia fines de septiembre de 1805, la *Diadem* ancló en la bahía de Funchal, en la isla de Madeira, donde la escuadra inglesa ya estaba concentrada. Al mando de sir David Baird, cerca de siete mil hombres esperaban embarcados en transportes la orden de partida. Navegarían escoltados por los buques al mando de Popham: en total, más de sesenta navíos. La flota se concentró en Madeira durante cuatro días para coordinar el operativo naval tras las órdenes clasificadas entregadas oportunamente por el Almirantazgo. El 3 de octubre levaron anclas y partieron liderados por la *Narcissus*, que seguía la orden de adelantarse hacia el Cabo de Buena Esperanza para procurar novedades sobre el estado defensivo de la colonia.

[*] El correo extraordinario.

Aunque tenían permiso para bajar hasta Santa Helena, casi en medio del océano y en manos de la Compañía de las Indias, Popham y Baird decidieron cruzar hasta el nordeste de Brasil. La idea era evitar el uso de la ruta comercial más habitual hacia el África del Sur, desorientando así sobre el destino real de la expedición. Por otra parte, la navegación por Santa Helena no aseguraba un adecuado aprovisionamiento de leña, agua fresca y otros abastos indispensables en caso de toparse con mal tiempo. Y aunque Popham jamás lo admitiría, lo acercaba lo suficiente para tener noticias más frescas de su sueño dorado, el Río de la Plata, al que no había renunciado, a pesar de las órdenes recibidas en Londres.

Sin embargo, los ingleses habían puesto sus intereses principales en grescas de mayor envergadura. El 21 de octubre se libró la batalla naval de Trafalgar, contra las flotas combinadas de franceses y españoles, en un enfrentamiento definitorio. La Armada británica, al mando del vicealmirante Nelson, obtuvo la victoria tras dos horas de combate, aniquilando a la flota franco-española en todos los sentidos. Con esta derrota, Napoleón quedaba fuera del dominio marítimo.

Entretanto, el 11 de noviembre y tras un temporal feroz que ocasionó el naufragio del *King George* y el *Britannia* y la pérdida de dos hombres, la escuadra liderada por Popham hizo escala en Bahía. Una vez aprovisionada y tras la orden de Popham de enviar una nave para que sondeara el Río de la Plata, la flota emprendió la retirada sin novedad, hasta que emprendió el cruce del Atlántico. Fueron dos meses de navegación sin mayores novedades, hasta que, al alba del 4 de enero de 1806, divisaron las costas de la Ciudad del Cabo.

Un mes antes y a miles de leguas de allí, se había enfrentado el ejército francés, comandado por su emperador

Napoleón I, contra las fuerzas combinadas ruso-austríacas en la batalla de Austerlitz. Tras nueve horas de difícil combate en Moravia, el Primer Imperio Francés aplastó definitivamente a la Tercera Coalición. Francia se transformaba así en dueña del continente, mientras que Inglaterra lo era de los mares.

El 8 de enero, luego de algunas tempestades que demoraron el desembarco, la división inglesa atacó a la fuerza holandesa en las proximidades de Ciudad del Cabo. El gobernador de la colonia, teniente general Janssens, presentó batalla a los invasores. Después de una enérgica resistencia, reconoció la superioridad de las fuerzas atacantes y pidió capitular. El brigadier Beresford, valiente y arrogante, al frente del Regimiento 71 Highlanders, suscribió el acta de rendición y la colonia, con todas sus dependencias, pasó a ser un dominio más de Su Majestad británica. David Baird asumió como nuevo gobernador.

Popham, mientras tanto, se refregaba las manos ante la idea de la proliferación de negocios que la Corona inglesa tendría por delante. A bordo de la *Diadem,* empezó a prestar atención a los rumores que rodaban por allí. Dos de sus marineros habían residido en el Río de la Plata y comentaban el estado de indefensión en que se encontraba Buenos Aires, desprovista de armas y de tropas en cantidad y calidad. Enterado de que uno de los buques anclados en Table Bay era el negrero *Elizabeth* —cuyo dueño y capitán era el norteamericano Thomas Wayne, visitante recurrente de los puertos platenses—, Popham reclamó su presencia a bordo. Necesitaba más información. Sin demorarse, Wayne acudió a la *Diadem* y ofreció sus servicios.

—Buenas tardes. Vengo cargado de información, además de noticias de su amigo White —lo saludó Wayne y le entregó la esquela que traía desde el Río de la Plata.

Popham la leyó y levantó la vista hacia Wayne. Eran novedades alentadoras, pero necesitaba más antes de tomar cualquier determinación.

—Muchas gracias, mi amigo. Usted conoce nuestras intenciones, sabe que tenemos el ojo puesto en Buenos Aires y en Montevideo. ¿Algo más para agregar, algún dato relevante? —preguntó, ansioso.

—Puedo asegurarle que la escuadra de Su Majestad bajo vuestras órdenes, con un pequeño auxilio de tropas de tierra, tomarían muy fácilmente posesión de esas dos plazas —respondió Wayne y agregó, exultante—: Si se abre el libre comercio, todos los habitantes mostrarían muy buena voluntad, y ustedes podrían apoderarse y mantener la plaza.

Popham mantuvo la cara de piedra pero los detalles vertidos por Wayne lo excitaron sobremanera. Ya veía ciudades desbordantes de arcas doradas de doblones.

—Por favor, sir Popham, no haga inoportuna mención de mi nombre, porque esto me perjudicaría grandemente —requirió Wayne. —Yo mismo, con mi buque *Elizabeth*, estoy a su servicio si decide tomar posesión de Buenos Aires.

«No hay nada más que hablar», pensó Popham. Tendría una pronta reunión con Baird para ajustar derivaciones, y otra con Beresford. Luego iría tras el oro, nuevamente.

CAPÍTULO
V

El plan se ponía en marcha. Buenos Aires sería suya y de Su Majestad, el rey Jorge III. Aquello era inexorable.

Popham veía un futuro brillante y bastante cercano. Veloz de reflejos, envió un informe al secretario del Almirantazgo, William Marsden, dándole la noticia del probable merodeo de una escuadra francesa en las costas del Río de la Plata, de Brasil o en las cercanías —qué más daban las precisiones— con ansias conquistadoras. Fogoneó un estado de alerta y propuso llevar la escuadra hacia esas costas, por un tiempo, en previsión, lo que traería ventajas, en vez de permanecer ociosa. Esperaba que Su Señoría aprobase la medida.

Para asegurarse, también picoteó la cabeza de Baird. Le aseguró que era una oportunidad única para destinar algunas tropas, aunque por poco tiempo. Y le garantizó que sus investigaciones de años, así como los contactos y las presentaciones al gobierno de Su Majestad, y el envío de los mejores con información para una operación combinada, darían el mejor de los resultados. Por último, enfatizó en los descomunales beneficios económicos y políticos que le reportaría a la Corona una empresa como la que se proponía llevar adelante.

Baird apoyó la moción y aportó fuerzas a la empresa de Popham: un batallón del Regimiento 71 de Infantería, los Highlanders, a las órdenes del teniente coronel Denis Pack; un cuerpo del Regimiento 20 de Dragones Ligeros, bajo el mando del capitán Robert Arbuthnot; un destacamento del

Real de Artillería a la orden del capitán James Frederick Ogilvie, además de personal civil. Designó al ahora general Beresford comandante de las fuerzas expedicionarias y, en caso de éxito, asumiría el cargo de teniente gobernador. Sin embargo, Beresford no recibió instrucciones específicas de parte de Baird, quien adujo que le resultaba imposible dárselas. «Estoy completamente persuadido de que el honor y el crédito de las armas de Su Majestad y el bien general del servicio serán las reglas principales de su conducta en todas las situaciones», expresó, y dio por terminado el tema.

Baird era consciente de la inmensa responsabilidad que él y Popham habían asumido. Encaraban una operación sin las expresas órdenes del rey, pero la importancia del objetivo era mayúscula. La información de buena fuente acerca del estado de indefensión de las colonias españolas en el Río de la Plata ofrecía una oportunidad única, la tentación era demasiado grande.

El 13 de abril, la tropa que Baird puso a las órdenes de Beresford se embarcó en los transportes *Walker*, *Triton*, *Melanthon*, *Ocean* y *Wellington*. Al día siguiente partirían escoltados por la escuadra formada por la *Diadem*, *Diodeme* y *Raisonable*, la fragata *Narcissus* y el bergantín *Encounter*, mientras que la fragata *Leda* ya merodeaba las aguas del Río de la Plata para un sondeo previo.

Sin embargo, Popham no estaba al tanto de un dato que lo hubiera preocupado al infinito. El primer ministro inglés William Pitt había muerto. Martirizado por la enfermedad de la gota y debilitado por una dieta inadecuada, en exceso regada de vino Oporto, había dejado de respirar el 22 de enero de 1806. Lo sucedió su primo lord Grenville, pero el nuevo gabinete whig, contrario al anterior, más cercano a Popham, lo dejaba en el más completo desamparo. Dejaba de tener el respaldo previo y ya no disponía de la orden de ejecución formal. Pero Popham no lo sabía.

La expedición comenzaba con augurios dudosos. El gobierno británico no daba el visto bueno y los ejecutores de la campaña no contaban con el respaldo del gabinete de Saint James. No obstante, Popham y Baird confiaron en que los hados estaban de su lado y pusieron proa hacia el Río de la Plata.

* * *

White había cumplido la promesa que le había hecho a *madame* Périchon. A pesar de estar casada con O'Gorman, para él seguía siendo Périchon, la hija de su amigo Armand. Había salido antes de que finalizara una reunión y se había presentado puntual en su casa. Anita lo pedía, Anita lo tenía.

Marcelina le regaló una reverencia en el vestíbulo y sin mediar palabra se dio media vuelta para que la siguiera. Raro, pensó White, mientras se alejaban de la sala donde creyó que iba a ser recibido para seguir el paso corto de la criada a través del pasillo. La moza lo instó con un gesto mudo a que franqueara el umbral del despacho.

—Anita querida, aquí me tienes. Aunque un poco perplejo de que me recibas en las habitaciones de O'Gorman —dijo mientras le besaba la mano.

—Que mi marido haga uso del escritorio que fuera de mi padre no significa que le pertenezca, mi querido William. Hazme el favor, siéntate —le señaló el sofá y con una sonrisa se acomodó en la gran silla con respaldo, que parecía un trono. —¿Cómo está todo allí afuera?

—Supongo que sabes bien lo que pasa en Buenos Aires, la ingenuidad nunca fue lo tuyo, Anita.

—Salgo poco y ya no lo tengo a James para que me cuente —le respondió, impertérrita. —Thomas ha regresado pero, como bien sabes, lo veo de tanto en tanto. Sus negocios, sus cosas…

—Pero, mujer, estás bien guarecida en tu casa. ¿Para qué quieres enterarte de más? No te hace falta.

—Estás equivocado, William. De tonta no tengo un pelo, sé que acechan los ingleses, estoy bien al tanto. No me subestimes, a mi padre no le hubiera gustado —dijo Anita sonriendo, y siguió—: Cuéntame en qué negocios andas.

—Se acercan los ingleses, *dear*, tú lo has dicho. No tendrás nada de qué preocuparte cuando desembarquen, estarás perfectamente a salvo. —White había recibido la confirmación del arribo inminente; no era el único, buena parte de los vecinos de Buenos Aires estaban al tanto de la pronta llegada.

—Pues eso lo sabía, *chéri*. No hablo de esos negocios, sino de los otros. El dinero, Will, el oro, los bienes.

White se puso pálido. ¿Sabría Anita lo que estaba esperando, además de la llegada de la escuadra inglesa? ¿Estaría al tanto de la embarcación repleta de oro y plata que estaba por arribar al puerto y que él había puesto como señuelo para que Popham arremetiera de una buena vez? Era un gran botín, uno más de la infinidad de tesoros que traficaba. ¿Qué quería en verdad *madame* Périchon?

—Tú sabes bien, igual que yo, que en el puerto todo tiene su precio —dijo William y pensó que la información era la mercadería más valiosa en esos tiempos inciertos. —Yo compro, vendo, administro lo que tengo con mucho esmero.

—Y yo te ruego que no olvides de quién soy hija. Todo lo que sé lo he aprendido de mi padre. Quiero entrar en el negocio, William —Anita hablaba con una tranquilidad aterradora.

—No te entiendo, querida. Los negocios los maneja tu marido, O'Gorman se encarga de esas cuestiones...

—Puede ser que se ocupe de sus cosas, pero yo quiero las mías. Además, Thomas viaja. Sí, lo sé, está en Buenos Aires ahora, pero mañana nunca se sabe. Le creo poco. Solo confío en mí, William. Tengo mis contactos, puedo conseguir mejores negocios pero, claro, también quiero mis comisiones.

White traficaba esclavos, armas, plata y oro, todo lo que le dejara mayores márgenes de ganancia. Había encontrado buenos proveedores y excelentes socios. Nunca había tratado con mujeres para esas cuestiones. Era la primera vez que una señora se le plantaba a ofrecerle algo que, más que una oferta, parecía una imposición.

—Abandona los pensamientos, mi querido. No pierdas el tiempo, no hay vuelta atrás. El patrimonio que dejó mi padre está ahora en mis manos. Ni se te ocurra tratar de aventajarme, no tienes idea de a quién tienes enfrente. Y todo esto que te digo es solo un grano de arena frente a la inmensidad de lo que callo, William querido.

Desplegó el abanico y lo agitó unas cuantas veces. White lanzó una carcajada. «Digna hija de su padre y esposa de O'Gorman», pensó. La dama había aprendido rápido y se había adaptado a esa ciudad de comerciantes repletos de codicia, siempre dispuestos a acomodarse a los vaivenes de los tiempos y a romper compromisos si hacía falta. Las leyes estaban ahí para romperlas.

—Entendido, *chérie.* Debo retirarme, tengo reunión de caballeros —dijo William.

—¿Con quiénes y dónde, si se puede saber? —Anita suavizó la voz, no quería espantarlo.

—En los Tres Reyes, como siempre. Estarán Saturnino,

Castelli, Miguel de Azcuénaga, Francisco Cabello y Mesa, Arroyo y Pinedo, y tal vez se arrime Liniers, pero no es seguro.

El nombre del francés le hizo dar un respingo a Anita.

—Tráemelo a casa la próxima vez. Hace rato que no sé de él, lástima su viudez, ¿no es cierto? Me gustaría mucho verlo —señaló.

White asintió con ampulosidad, la besó y se retiró. Los hombres lo esperaban, sobre todo el mayor de los Rodríguez Peña, Juan José Castelli y Cabello y Mesa, con quienes compartía confidencias y planes.

* * *

Comenzaban las celebraciones por el cumpleaños del yerno del virrey. Serían dos días de festejo, como correspondía a su rango, así lo había ordenado el marqués. A sus colaboradores les pedía que dejaran de importunarlo con las entradas y salidas del Fuerte, ya estaba harto de ese asunto, debía rendirle honores a su querida Mariquita, bien casada en marzo con el joven Juan Manuel Marín. Que ya no molestaran con el oprobio al que habían intentado someterlo con aquello del enriquecimiento y la suntuosa casa que se construía frente a lo de su señora madre, doña Rosa de la Quintana Riglos, con el trabajo gratuito de los presidiarios sentenciados a obras públicas y de parte de las tropas. Acabáramos de una buena vez.

Había sido una jornada agitadísima. Los chasques habían ido y venido en su despacho con la novedad de que barcos ingleses se acercaban. Por la tarde recibió noticias del francés Liniers, que le informaba que se divisaban naves extranjeras, que por los detalles de su construcción y el porte de las velas no le parecían inglesas. Y agregó don Santiago que las embarcaciones podían ser de la Compañía Holandesa tomadas en el Cabo de Buena Esperanza. Pero el virrey se negaba a levantar el festejo familiar. Ni siquiera con la noticia que le había llegado desde los Quilmes, en la que le aseguraban la presencia de naves extranjeras cerca de la playa.

Hacia el Coliseo Provisional* se dirigió el carruaje que llevaba a Su Excelencia don Fernando Rafael de Sobre Monte y Núñez, marqués de Sobre Monte, virrey y capitán general del Río de la Plata por la gracia de Su Majestad don Carlos IV, su dignísima esposa la virreina, doña Juana María de Larrazábal Avellaneda y de la Quintana Riglos, la grácil Mariquita y el joven Marín, todos vestidos con sus mejores galas. El marqués lucía su peluca y la levita tachonada de condecoraciones. La virreina vestía de basquiña española carmesí, con la rigurosa mantilla de encaje blanco, peinetón de carey y alhajas en sus manos y cuello. Los flamantes esposos resplandecían en su juventud. Hacían oídos sordos al cuchicheo envidioso de quienes contemplaban tal ostentación. Como se celebraba San Juan Bautista, algunos habían encendido las fogatas de rigor. Entre los curiosos, un hombre embozado apuró el paso, mascullando para sí: «Aprovechen, monigotes, que ya arderán en las fogatas, si no de este, de algún próximo San Juan...».

La familia virreinal en pleno descendió del coche en la noche fría del 24 de junio de 1806. Dos filas de soldados bien cuadrados los escoltaron hacia la entrada. Ocho mulatos batían el parche marcial para el anuncio del avance del marqués y los suyos. Un saludo por allí, una reverencia por allá. A paso demorado fueron llegando hasta el palco principal,

* Inaugurado en 1804 sobre la calle Reconquista, entre Perón y Bartolomé Mitre.

que había sido decorado a todo lujo para la festividad. La sala estaba colmada cuando Sobre Monte corrió la cortina de seda azul y se dejó ver en el estrado imperial. A su lado se acomodó la virreina y en las sillas de atrás, su hija Marica y su marido.

—Veremos la obra del señor Moratín, *El sí de las niñas* —anunció el virrey. —Se estrenó en enero en España, mis queridos, espero que la disfruten.

—Qué emocionante, papá. Estoy ansiosa por que empiece la función —dijo la hija y le apretó el hombro desde atrás.

El virrey observaba todo con detenimiento. La bulla en la sala era insoportable. El público esperaba impaciente a que la obra diera comienzo. El patio* estaba repleto, cada luneta** numerada había sido reservada con anticipación, como se hacía en las funciones más convocantes. La cazuela también desbordaba de señoras ansiosas por ver a los actores sobre el escenario. Las funciones se realizaban con gran lujo los domingos y los jueves, aunque los martes podía haber presentaciones especiales. Esta era una de ellas.

Sobre Monte dejó vagar la mirada en la leyenda plantada sobre el escenario del Coliseo: «La comedia es el espejo de la vida». *Seguro que así será, si hasta cuentan que esta pieza de Moratín parece inspirada en estos casamientos que yo mismo he aprobado, el de la Mariquita Sánchez de Velazco con su primo Thompson y el de la Marica Antonina de Echeverría con su primo don Vicente Anastasio… ¡Pero y qué manía, estas muchachas porteñas, de casarse con sus primos, contra lo decidido por sus padres! Pero, hala, que son nuevos tiempos… Y mejor la comedia y los finales con bodas felices, que pensar en tragedias y dramas de sangre,* mascullaba el

* Así se llamaba la platea.

** Los almohadones que oficiaban de asiento sobre los bancos de madera que conformaban la platea.

marqués. Pero no podía evitar la catarata de pensamientos: que las noticias de la otra banda y el merodeo de naves por la costa y la orden al comandante de la Ensenada de estar atento ante alguna incursión de esas naves y que, en caso de que las descubrieran en la Atalaya navegando hacia la ciudad, procediera a hacer la señal convenida con el cañón y despachara chasque de inmediato. Pero estaba convencido de que las naves que le describían no serían para tanto y que se trataba de una simple incursión por estas costas. En eso estaba cuando la orquesta anunció el comienzo de la función.

Mientras tanto, madre e hija cuchicheaban sobre los conocidos que divisaban entre el público presente, sobre sus vestimentas y sus compañías. Hasta que hubo que callar para dedicar la atención a los actores. La escena colmaba las expectativas de todos. Doña Mariquita Sánchez ocupaba un sitio de privilegio. Cerca pero no tanto, *madame* Périchon lucía sus galas y la belleza de su porte. Los maridos de ambas brillaban por su ausencia; tenían otros menesteres que atender.

Ya entrada la puesta en escena y con toda la sala atenta a la obra de Moratín, la cortina azul del palco virreinal se corrió y un caballero se arrimó a la silla del virrey. Era el capitán del puerto, don Martín Thompson.

—Su Excelencia, no quiero importunarlo pero me temo que ya es imposible de detener —le susurró al oído. Había sido él quien lo pusiera sobre aviso acerca del avistaje de velas en la costa de los Quilmes.

—Habíamos convenido en que eran contrabandistas, capitán —respondió Sobre Monte, malhumorado.

—Son buques de guerra, Excelencia. Y muchos.

La familia del virrey ahogó un jadeo de pavor. No daban crédito a las palabras de Thompson. Por su cabeza y por la de nadie más podía pasar que había una guerra en ciernes en

Buenos Aires. Jamás se imaginaron que eso podría hacerse realidad.

—Está bien, pero no diga nada, capitán, no causemos alboroto en el teatro —ordenó Sobre Monte. A pesar de eso, desde el patio y las cazuelas todas las miradas recaían sobre él.

El virrey se paró y salió del palco detrás de Thompson. La familia permaneció en sus sitios simulando que todo estaba bien. Terminada la función, cada cual marchó a su casa, aunque algunos se demoraron en la calle a la espera de novedades. El desembarco era un secreto a voces. Cuando la noche fría los obligó a marchar, Marica Sánchez subió a su coche y Annette al suyo. Las dos estaban bien enteradas de lo que sucedía a leguas de allí.

A pesar de todo, Sobre Monte no dejó que los acontecimientos alteraran sus planes. Al día siguiente presidió un banquete en el Fuerte en honor a su hija. Fue una auténtica bacanal que duró horas, con manjares exquisitos, y bien regada por los mejores licores. Cada comensal contaba con su cartilla en papel de arroz, donde se anunciaba el menú:

Entremeses: Rodajas de pan remojadas en caldo de buey y recubiertas con cebollas y ajos dorados en carne vacuna.
Primer Plato: Costillas de vaca asadas y chorizo ahumado.
Segundo Plato: Perdices en escabeche.
Tercer Plato: Gallina cocida con legumbres y papas.
Cuarto Plato: Cocido de cordero.
Quinto Plato: Olla podrida[*]*. Carnes de vaca de cordero, carne porcina, repollos blancos, raíces de perejil, cebollas, menta crespa, melisa, papas, mandiocas y garbanzos.*
Sexto Plato: Caldo flaco de vaca.

[*] Un puchero muy espeso.

Postres: Pastelería. Picarones, Amores Secos, Empanaditas, Tortas de Nueces, Camotillos. Alfeñiques, Tortas de Durazno y Tortas de Higo.

Entre plato y plato, Sobre Monte dirigía la conversación. Las risotadas y los brindis dominaban su mesa. De tanto en tanto, un edecán se le acercaba y le susurraba los acontecimientos allá afuera. Impertérrito, el virrey aparentaba que no pasaba nada, pero por dentro maquinaba sin cesar.

Todos los ojos iban detrás del virrey, tratando de adivinar qué decisiones tomaría. No hizo mucho a pesar del desconcierto imperante. Con un optimismo perturbador, impartió la orden de que las milicias —había informado a la metrópoli de su organización y adiestramiento— almorzaran en sus casas en paz, citándolas para las dos de la tarde. Sin embargo, la conmoción había comenzado al amanecer.

* * *

Con la primera bruma del alba, once velas despuntaron en el horizonte con dirección hacia el sur. Desde la costa, los vecinos madrugadores distinguieron, en el canal del amarradero, a dos leguas y media de distancia, siete fragatas, una corbeta, un bergantín y una balandra. Ante la noticia, el virrey Sobre Monte hizo tocar la generala* e izar la bandera española en el mástil del Fuerte. Entre las once y el mediodía, los barcos ingleses anclaron frente a los Quilmes y, sin la menor oposición, comenzaron el desembarco. A las dos de la tarde enarbolaron el pabellón inglés.

Días antes, Beresford y Popham habían convocado a un

* Toque de queda con el disparo de tres cañonazos.

consejo de guerra para resolver si convenía atacar primero la ciudad de San Felipe de Montevideo o Buenos Aires. Beresford habría preferido la primera pero el plan de Popham era otro. Adujo que la flota carecía de todo. La tropa había quedado sin pan y existía poco y nada en los buques de guerra. La escasez fue entonces la que inclinó la balanza por Buenos Aires. También contribuyeron las afirmaciones del escocés Oliver Russel, quien les confió que una gran suma de dinero había llegado a Buenos Aires desde el interior del país para ser embarcada con rumbo a España en la primera oportunidad. Les aseguró que la ciudad estaba protegida por poca tropa de línea, cinco compañías de indisciplinados blandengues y la canalla popular, y que la fiesta próxima de Corpus Christi atraería la atención de todos. La fiesta terminaría sin duda en una borrachera general, lo que ofrecía una oportunidad perfecta para el ataque a la ciudad. Popham agregó otro argumento para sustentar su elección frente a Beresford: obtendrían un triunfo fácil y rápido, que aportaría ventajas económicas y tendría una repercusión favorable en la Corte de Saint James.

Las tropas británicas comenzaron a desembarcar usando las chalupas* que les dejaron en la orilla. Mientras tanto, en la playa los aguardaban varios jinetes enviados por White, quien había seguido paso a paso el desembarco inglés. Traían información para Beresford desde Buenos Aires, oficiarían como sus guías e intérpretes. Las maniobras de desembarco continuaron durante el resto del día sin que los ingleses encontraran la menor resistencia de nadie. Poco antes del atardecer y con el operativo casi concluido, llegaron las deshilachadas tropas enviadas por el virrey al mando del coro-

* Pequeñas embarcaciones.

nel Pedro Arze, que se apostaron a observar desde un punto elevado de los Quilmes.

Sobre Monte había subestimado el devenir de los acontecimientos. Solo había atinado al toque de generala con tambores de guerra y los tres cañonazos. Los vecinos, exaltados ante el peligro, se habían amontonado en el patio del Fuerte para defender la ciudad.

—¡Viva el rey!

El pueblo gritaba enardecido. El marqués y sus colaboradores se miraban desconcertados. El estruendo general los superaba. Hasta que ya no le quedó otra alternativa, y entonces Sobre Monte salió al balcón para dirigirse a la multitud.

—Ciudadanos, no tengan temor, los ingleses saldrán bien escarmentados de este atropello. Mi corazón rebosa de contento al ver la decisión y el entusiasmo con que todo el vecindario ha corrido a tomar las armas en defensa del rey y de la Patria —pronunció con tono vibrante.

Todo el mundo había salido de sus casas y se pertrechaban de piedras, fusiles, cartucheras, caballos y cualquier otra cosa que pudiera servir para la defensa. En medio del escándalo, se dio a conocer un bando convocando a las armas a todos los individuos no alistados para dentro de tres días. La cosa parecía seria y la demora en las decisiones solo agregaba preocupación entre el pueblo.

Hacia las tres o cuatro de la tarde, el virrey salió del fuerte secundado por el subinspector general don Pedro de Arze, ante los ojos ansiosos de los vecinos reunidos allí. Al llegar al Puente de Gálvez*, con gesto duro impartió órdenes de que defendieran su posición y destruyeran todo a su paso, en caso

* Cruzaba el Riachuelo, al final de la calle Larga de Barracas, actual avenida Montes de Oca, cerca del actual Puente Pueyrredón.

de que las tropas de Arze fueran superadas por el enemigo. ¡Y que viva el rey! Acto seguido, el marqués entregó el mando y regresó a la ciudad. Para esas horas, ya le había escrito al gobernador de Córdoba solicitándole que reuniera fuerzas para marchar sobre la capital. También le indicó que alertara a las milicias de las demás ciudades, y además le comunicó que había ordenado despachar los caudales hacia la ciudad de Córdoba. Pronto los seguirían él y su familia, si las circunstancias lo hacían necesario.

Cuando las campanas convocaron a la oración, Sobre Monte ya se encontraba en el Fuerte, ocupado en sus urgencias: evitar que los caudales de la Real Hacienda, del Consulado, de Correos y Tabacos, y de la Real Compañía de Filipinas cayeran en manos del invasor. Pasada la medianoche, una caravana de carretas salió llevando los caudales, además de nueve mil onzas de oro, propiedad del virrey.

Mientras tanto, el general Beresford terminaba de desembarcar en las playas, donde acamparon hasta la mañana siguiente bajo una lluvia torrencial. Y así comenzó el avance hacia Buenos Aires.

CAPÍTULO VI

Anita había salido de su casa custodiada por su marido y Edmund, su sobrino. Bajaron por la Merced cubiertos por sus capotes. La lluvia insistía desde temprano y parecía que había llegado para quedarse todo la jornada.

No eran los únicos que habían tomado la calle. A medida que avanzaban hacia la plaza del Fuerte, grupos de hombres y mujeres se sumaban a la fila que apuraba el paso. Los habitantes sabían que los ingleses habían tomado la ciudad y que todo intento por defenderla de parte de las autoridades había sido infructuoso. Pero los O'Gorman sabían mucho más. Tenían informantes de adentro, desde el mismo centro de operaciones. White les había enviado a uno de sus emisarios con las últimas novedades: la defensa ordenada por Sobre Monte nunca había llegado o la habían retirado antes de tiempo. El hombre se había largado y había entregado el mando a su cuñado, el brigadier don José Ignacio de la Quintana. Beresford, enterado de la nula resistencia, había enviado al alférez Gordon con la bandera del Parlamento —y a White para que oficiara de intérprete— a entablar contacto con las autoridades para que entregaran la ciudad y el Fuerte.

El trío llegó a una plaza colmada de curiosos, así como de intrigantes agazapados, espías, dobles agentes y toda clase de conspiradores disimulados en la multitud. *Madame* Périchon intentaba cubrirse la cara de la lluvia.

—Guarezcámonos en la Recova[*], no soporto más este pantano —se quejó Anita y obligó a los caballeros a que la siguieran.

—Deben estar al caer. —Thomas se quitó el sombrero y le sacudió el agua, mientras observaba a su alrededor en busca de caras conocidas.

A unos pasos de allí, unos muchachos vociferaban cánticos contra el huidizo marqués, zapateando con fuerza sobre los charcos de agua:

Al primer cañonazo de los valientes
disparó Sobre Monte con sus parientes.

Los O'Gorman largaron carcajadas. Con la velocidad del rayo, el ingenio popular se hacía cargo de la situación. Por otro lado, retrucaban:

¿Ven aquel bulto lejano
que se pierde de atrás del monte?
Es la carroza del miedo
con el virrey Sobre Monte.
La invasión de los ingleses
le dio un susto tan cabal
que buscó guarida lejos
para él y su capital.

—¿Qué pasó con el marqués? Necesito detalles, mis queridos —dijo Anita con ansiedad.

—Pasó que es un cobarde, *chérie.* O un ladrón, que es

[*] Construida en 1803, fue sede del mercado hasta su demolición en 1884. Actual Pirámide de Mayo.

casi lo mismo —manifestó Thomas y metió las manos en los bolsillos.

—Anoche se retiró de Barracas llevándose toda la caballería, el dinero, el oro y mucho más. El españolísimo se fugó —agregó Edmund, quien no por joven pecaba de inexperto. El joven O'Gorman se había liado con White y sus hombres.

A la madrugada, don Rafael de Sobre Monte, junto a su esposa y sus hijos, había tomado la Calle Larga de Barracas[*] y al llegar a la Calle de las Torres[**] había girado hacia el oeste abandonando la ciudad por los Corrales de Miserere[***]. Al mediodía y tras una marcha precipitada, habían hecho un alto en la quinta de Liniers[****] para almorzar y luego siguieron camino hasta Monte de Castro[*****].

De repente, una tromba ensordecedora interrumpió el murmullo constante de la Plaza. De lejos llegaba una melodía y unas voces que acompañaban. Anita pegó un salto y, dejando atrás a sus acompañantes, caminó tres cuadras. Llegó a la esquina de la calle de la Residencia[******] y la vio venir. Erguida, espléndida, en espaciada formación de columna, avanzaba la tropa inglesa de los Highlanders. Al son de las *bagpipes*[*******] y sin demostrar el agotamiento que traían, los soldados británicos marchaban con pisada fuerte en medio del aguacero y por

[*] Actual avenida Montes de Oca.

[**] Avenida Rivadavia en la actualidad.

[***] Actual plaza Once de Septiembre.

[****] Predio en el barrio de Boedo, abarcaba buena parte de las cuatro manzanas delimitadas por las actuales Virrey Liniers, Moreno, Boedo y Venezuela.

[*****] Barrio de Floresta.

[******] Defensa hoy.

[*******] Gaitas en inglés.

una subida muy resbalosa. A pesar de las inclemencias del tiempo, torcieron la mirada hacia los lados y agradecieron en silencio a los balcones de las casas, poblados por señoras que les daban la bienvenida con sonrisas y no parecían disgustadas con el cambio de bandera.

Mariquita Sánchez los siguió desde la vereda, agolpada entre la multitud que los miraba con la boca abierta. «Cuánta belleza, Dios de dioses, las más lindas tropas que he podido ver, el uniforme más poético, y esos botines de cintas punzó cruzadas —pensaba Mariquita en silencio, mientras respiraba el aire húmedo de la ciudad—. Y esa parte de pierna desnuda con pollerita corta, y la belleza de la juventud en sus caras de nieve…». También *madame* Périchon, impactada por esas imágenes, urdía planes imposibles para hacerse de esos botines, «quitárselo a alguno y probármelos… que tan bien me quedarían a mí», fantaseaba.

Pronto regresó adonde estaban apostados su marido y el sobrino, a la espera de sus compatriotas.

—¿Pero dónde estabas, mujer? —le preguntó Thomas a gritos, intentando hacerse oír.

—Menos crispación, Tom. Bien sabes que siempre vuelvo.

—No estoy tan seguro —respondió y frunció el ceño.

La tomó del brazo y se la acercó. Anita rio con ganas, sin quitar la vista de los soldados y sus comandantes, que empezaron a tomar la plaza y a dirigirse hacia el Fuerte. Edmund se mantuvo atento a los movimientos. Había divisado a William P. White acompañando de cerca al jefe de la división, William Carr Beresford. Las miradas se cruzaron.

El general, acompañado por sus oficiales y su colaborador más cercano, se presentó frente al brigadier José Ignacio de la Quintana, quien le entregó la rendición formal de Buenos Aires, capital del Virreinato del Río de la Plata. De inmediato, el enemigo ocupó la Fortaleza y la Ranchería, y colocó guardias reforzadas en las esquinas, alrededor de la plaza.

Entre los allí reunidos, varios lloraban de impotencia ante esa situación que los pasaba por encima. Mariano Moreno y Manuel Belgrano estaban entre los que observaban el panorama con lágrimas en los ojos.

—No puedo entender lo que ha sucedido. No quiero creer que estos mil quinientos hombres se han apoderado con tanta facilidad de mi patria y del Fuerte, así como de los demás cuarteles de esta ciudad. No es posible —se lamentó Moreno, empapado de lluvia y llanto.

—¡Es increíble que hayan entrado las tropas enemigas, siendo de una cantidad tan despreciable para una población como la de Buenos Aires —deploró Belgrano.

En cambio, muchas porteñas se deleitaban con el espectáculo de los escoceses y sus piernas al aire, como las señoras de Escalada y tantas más. Muchos sufrían frente a la humillante conquista, pero otros sonreían ante la posibilidad de una ganancia. En ese grupo se encontraban los O'Gorman y *madame* Périchon. Ansiosos por el devenir de los acontecimientos, la alegría se les notaba en la cara.

—Han de estar concluyendo con las disposiciones de rigor. Todo está saliendo como imaginábamos —murmuró Edmund sin dejar de moverse.

—Estate quieto, hombre, que me pones nervioso —le dijo Thomas e intentó atajarlo.

—Déjalo tranquilo, estamos contentos y tenemos derecho a demostrarlo, ¿por qué no? —Anita probó unos pasos de minué a la vista de todos.

Algunos vecinos que iban y venían la miraron con desprecio. Sin decir una palabra, Thomas le señaló la reprobación de la gente.

—¿Y ahora qué les pasa a todos? Yo hago lo que me viene en gana y si a alguien le molesta, que no mire, que se evite el disgusto. Soy libre de hacer lo que quiero —sentenció en voz bien alta. —Se nace o no se nace con la libertad dentro de una. ¡Miren la mía!

Anita persistía con la provocación. Estaba exultante, tenía ganas de gritar. Los soldados, la conquista, el poder nuevo: toda la situación la exaltaba como hacía mucho no le pasaba.

* * *

Beresford y sus oficiales, con White como intérprete y asesor, mantuvieron toda la tarde y hasta entrada la noche una reunión decisiva con Quintana. Debían acordar los términos definitivos de la capitulación, que el general inglés demoraba y demoraba, aduciendo la ausencia del comodoro Popham, quien aún permanecía a bordo y sin dar noticias de desembarco.

Mientras tanto, a algunos oficiales británicos que habían permanecido fuera del Fuerte tras asegurar sus armas se les permitió una recorrida por las calles de la ciudad. Algunos curiosos se ofrecieron como guías. Caminaron un buen trecho hasta que se toparon con la calle de Santo Cristo y su concurrida fonda Los Tres Reyes.

El capitán Alexander Gillespie comandaba el grupo. Rápidamente ordenó que entraran. Había una mesa libre y los ingleses la ocuparon de inmediato. Ulpiano Barreda, que había residido durante algunos años en Inglaterra, los acompañaba como intérprete y los ayudó a instalarse luego de la bienvenida helada del dueño, don Juan Bonfillo. Un grupo de oficiales españoles ocupaban otra de las mesas.

—Estimados, lo único que les pueden ofrecer es tocino con huevos —tradujo Barreda. —Cada familia consume sus compras de la mañana en la misma tarde y los mercados cierran muy temprano.

Los ingleses asintieron encantados, estaban famélicos. Los españoles también aceptaron la comida. Una hermosa joven, mandada por Bonfillo, comenzó a servir los platos a los dos grupos, con displicencia y un hondo ceño. El ambiente era tenso, pese a los intentos de algunos parroquianos por disimularlo. En una de las mesas del fondo y a la espera del arribo de noticias, estaban los O'Gorman. La moza continuaba con lo suyo sin dirigirles la mirada, pero con una evidente furia contenida. Gillespie, preocupado y ansioso por disipar todo prejuicio desfavorable, se valió de Barreda para averiguar el motivo de su disgusto.

—Quiero agradecer la deferencia de preguntar, señores —dijo la joven, y se volvió hacia sus compatriotas que estaban en la otra mesa. Elevando la voz, les dijo—: Desearía, caballeros, que nos hubiesen informado más pronto de sus cobardes intenciones de rendir Buenos Aires, pues apostaría mi vida a que, de haberlo sabido, las mujeres nos habríamos levantado y rechazado a los ingleses a pedradas, como corresponde.

El recinto se sumió en un silencio de muerte. Luego del pronunciamiento, la joven retornó a su tarea. Thomas llamó a Bonfillo, el hombre apuró el paso hasta la mesa y recibió la paga. La clientela intentaba volver a la normalidad. Los O'Gorman, con Anita a la cabeza, se levantaron y cruzaron la sala para salir. Al aproximarse a la mesa de los ingleses, demoraron el paso. Thomas y Edmund saludaron con una leve inclinación de cabeza. *Madame* Périchon evitó las miradas y salió primera.

—Vamos a casa. En cuanto pueda, William se hará presente —murmuró Thomas. Ajustó el capote y lideró el regreso.

* * *

En la residencia O'Gorman se ofrecía una tertulia con lo más granado de Buenos Aires. Muchos querían dar una cordial bienvenida a los ingleses, que ya habían izado el pabellón británico en el Fuerte. A pesar de la inquietud que podía perturbar a algunos, una buena mayoría de la población saludaba con algarabía a Popham, Beresford y sus hombres.

Los jefes británicos eran los invitados de honor y se llegaron a la Calle de la Merced con sus escoltas. *Madame* Périchon los recibió como si fueran amigos de toda la vida y al modo de los ingleses, y contra la costumbre criolla, según la cual solo las damas más destacadas se sentaban durante un sarao, los sentó en el sitio preferencial de la inmensa sala. Los hombres de la casa, así como una larga lista de amigos, bregaban por acodarse junto a las nuevas autoridades, pero de inmediato Anita ocupó el centro de atención entre Beresford, Popham y Pack, que se vieron seducidos por la beldad francesa.

El resto de la oficialidad aprovechó para mezclarse entre las jóvenes desperdigadas por aquí y allá en el salón. Envueltas en sus largos mantos, las que no estaban comprometidas se apretaron en el largo sofá, cerca del brasero que les calentaba los pies aunque también provocaba jaquecas a causa de los vapores del carbón. Los ingleses se acercaron a las bellezas locales, intentado alguna forma de comunicación. De fondo sonaban unos valses en boga tocados en un piano forte acompañado por una guitarra. La música invitaba a bailar.

En la casa de *madame* Périchon no hacía falta que las damas impostaran una reserva pudorosa. Todos actuaban con naturalidad, sin rigideces impuestas, y los ingleses eran los primeros en alegrarse ante la buena predisposición de los presentes, en especial de las representantes femeninas.

Mientras Anita departía alegremente con el teniente coronel Denis Pack —flamante comandante de la guarnición, nombrado por Beresford—, Thomas y Edmund O'Gorman habían acaparado a los jerarcas y los fueron conduciendo a un sitio menos ruidoso donde poder conversar. Eran de la partida, además del inefable White, que no se perdía conciliábulo, varios de los invitados especiales: Juan José Castelli, los hermanos Rodríguez Peña, el periodista Francisco Antonio Cabello y Mesa, el rico comerciante don Pedro Menéndez Argüelles, Francisco González, antiguo alcalde de la Santa Hermandad, Juan Gallardo, Isidro Naranjo, Manuel Collantes y Vicente Capello, que había llegado con el aval de Beresford.

—¿Cómo han encontrado todo, señor gobernador? —dijo Thomas.

—*Chief Commander, my friend* —le respondió Beresford.

—¿Algún contratiempo? No tiene más que decírnoslo y haremos lo posible por cooperar —asintió O'Gorman.

Beresford le había confiado la capitanía del puerto a Martín Thompson y había convocado a los integrantes de la Real Audiencia, del Cabildo, del Consulado y de la Iglesia para anunciarles que continuaban prestando sus funciones de acuerdo a las leyes españolas, con la salvedad de que debían someterlas a consideración de las nuevas autoridades. También había conseguido alojamiento para los jefes. El Fuerte, a pesar de los arreglos iniciados hacía un tiempo, era helado e inhóspito. Don Antonio de Escalada había ofrecido su casa al jefe supremo y allí se hospedaba. El comerciante era un gran anfitrión y le dedicaba numerosas atenciones a su nueva amistad.

—Alguna gente del clero ha aceptado nuestras condiciones, pero otros manifestaron resistencia —señaló Beresford.

—Un tal fray Nicolás de San Miguel, me cuentan, de la orden de los Bethlemitas, se ha negado a obedecer —destacó Popham con gesto de pocos amigos. —Sin embargo, quedémonos con quienes se adaptan a la nueva realidad, que afortunadamente son la mayoría.

—Sí, pero los opositores exasperan mi tolerancia —Beresford caldeó los ánimos de los presentes. —Hace tres días que mis hombres no tienen alimento caliente y en abundancia. Los cabildantes se quejan de los excesos cometidos por nuestras tropas, pero mal puedo contenerlos si el Cabildo no pone de su parte lo indispensable, que es lo que he solicitado. No me quejo por mí, ya que recibo tratamiento de príncipe en casa de Escalada.

Castelli lo interrumpió y se ofreció a paliar las necesidades de la tropa inglesa. Los Rodríguez Peña también quisieron colaborar, y siguieron sumándose hombres. Los integrantes del partido de la Independencia veían con buenos ojos el desembarco inglés, que consideraban ayudaría a su objetivo de librarse de los españoles.

—Ahora, mi pregunta es, los caudales del tesoro real, ¿dónde están? Todos se hacen los distraídos con la respuesta —dijo Beresford alzando la voz.

Los presentes le informaron que los caudales habían salido de la capital por orden del virrey. El muy astuto había evitado que quedaran comprendidos en las capitulaciones, ese hombre era más vivo que el hambre. En el medio de la conversación, Castelli se acercó a Beresford y, en un aparte, le preguntó si las promesas que les había hecho Burke seguían en pie y si, efectivamente, el gobierno de Londres apoyaría la causa de la independencia. El comandante inglés lo miró y respondió con evasivas. Dijo que no tenía instrucciones al respecto, que el triste deceso de William Pitt había significado el ascenso de los liberales al poder, y ahora había que esperar las nuevas órdenes. Beresford necesitaba ganar tiempo. No podía comprometerse en una causa de la que conocía poco y nada con los escasos recursos de que disponía. Era necesario esperar y bregar por la llegada de refuerzos.

Se arrimaron al grupo *madame* Périchon y Pack. Este se unió a los caballeros, mientras Anita sacaba a Castelli del medio para sentarse al lado de Beresford.

—Qué grata noticia ha sido su desembarco para nuestra ciudad, comandante. Mi casa es suya, disponga de ella como le plazca —le dijo Anita con su sonrisa más seductora. —Como seguramente sabe, soy francesa por nacimiento pero británica por amor.

Todos rieron y ella ordenó a los sirvientes que llenaran los vasos de sus invitados. Beresford también cayó en el embrujo de *madame* y asentía a cuanta frase saliera de su boca. Mientras coqueteaba con su invitado de honor, Anita controlaba a su marido y a White, que conversaban en voz baja.

—Señor —dijo de pronto White—, no debe preocuparse por los caudales que se llevó el virrey. Yo me encargo de proveer la caballada para que mañana mismo partan unos hombres hacia Luján, donde se encuentra el español, y recuperen el tesoro.

—Ah, pero qué bien, *mister* White. Mañana mismo firmo un despacho con su nombramiento como comisario de presas —afirmó Beresford, exultante, y se dirigió al dueño de casa. —También firmaré el suyo, O'Gorman, como comisario de víveres.

Thomas y White agradecieron con un leve cabeceo disimulando la alegría. La voluptuosidad del poder era irresistible.

—Pero qué gran elección, comandante. Por favor, brindemos por los nuevos comisarios —pidió Anita y levantó la copa.

Todos brindaron e intercambiaron felicitaciones. Luego siguieron la charla con propuestas y recomendaciones. Edmund, en tanto, le habló al oído a White: había que lograr un permiso para que Liniers dejara Ensenada y regresara a la ciudad.

—¿Qué murmuran ustedes? —preguntó Anita, ansiosa por saber.

—Nada demasiado interesante, *madame* —respondió White y volvió a levantar la copa. Se acercó al joven O'Gorman y en susurros le dijo que Liniers enviara cuanto antes la rendición de su guarnición con el pedido de entrada a la capital. Ya frente a Beresford, debía establecer su intención de abandonar la carrera militar para dedicarse al comercio, y sobre todo, debía manifestar su disgusto con los españoles.

No contenta con la respuesta que le había dado White, Anita se levantó del sillón y encaró a su pariente. Lo tomó del brazo y se lo llevó a la otra punta del salón, con la excusa de que las damas preguntaban por él. En pocos segundos lo conminó a que le contara todo.

—Estamos organizando el regreso de don Santiago de Liniers —confesó.

—¡Oh, vuelve mi compatriota! —Anita ahogó un grito de alegría.

CAPÍTULO VII

Un gran agasajo a los ingleses se ofrecía en casa de don Martín Simón de Sarratea. Su familia tenía buenos motivos para celebrar. En venganza por la fuga de los capitales, el gobierno británico había confiscado ciento ochenta embarcaciones de ricos comerciantes de la ciudad hasta que las cosas se solucionaran. Cuando el capitán Arbuthnot regresó con las arcas y Beresford y Popham las aseguraron bajo llave, las naves con sus respectivas cargas fueron devueltas a sus propietarios.

Entonces Sarratea decidió abrir las puertas de su residencia, situada frente a Santo Domingo, y recibió al gobernador Beresford, quien llegó acompañado por el teniente Pack y algunos oficiales británicos. Completaban la escolta, además, sus dos flamantes comisarios, White y O'Gorman, y la siempre dispuesta *madame* Périchon. El cuñado del dueño de casa, el comandante de los Resguardos don León de Altolaguirre, también participaba del agasajo, así como los yernos de Sarratea, don Lázaro de Ribera y don Santiago de Liniers. Este último se había instalado en la casa apenas llegado a Buenos Aires.

Todos participaban de la fiesta con espíritu alegre. Sin embargo, la velada había escandalizado a una buena parte de los vecinos de la ciudad. Algunos habían devuelto la invitación negándose a participar, entre ellos los oficiales de la Compañía de Filipinas, Miguel Villodas y Joaquín Sagasti, que habían llegado al Río de la Plata al mando de los navíos

Princesa de Asturias y *Santo Domingo.* Tanto intercambio con los invasores era, para algunos, una verdadera afrenta. Pero no lo era para todos, evidentemente. Una vez más los ingleses deslumbraron a las mujeres con la cortesía que los caracterizaba. Pero qué bien vestidos, de colorados y de oros, tan finos, educados y galantes, comentaban entre ellas sin pudor. Uno de los invitados ingleses, el capitán George William Kenneth, prodigó atenciones especiales a la joven Marianita Sánchez Barreda.

—Señora, sus divinas hijas están enseñando a mis oficiales a habitar el cielo —le advirtió Beresford a la madre de la moza.

Todas se entregaban al cortejo inglés. Para algunas lenguas viperinas, eso era un escándalo: que se pasean del bracete por las calles, que andan persiguiendo a los Highlanders hasta la Alameda, como si no hubiera en estas latitudes hombres de bien…

En cuanto Anita vio a Santiago de Liniers no dudó y se dirigió hacia donde estaba. Sarratea y él conversaban con Beresford y Pack. Parecía un intercambio solemne, propio de caballeros, pero eso no la detuvo.

—¡Querido Santiago! Qué alegría verlo al fin en Buenos Aires. Dichosos mis ojos —dijo, y le extendió la mano para que se la besara. —Discúlpenme los demás, pero somos buenos amigos de los tiempos de las Misiones, ¿no es cierto, Santiago?

—*Madame* O'Gorman, es una grata sorpresa vuestra visita a nuestra casa. Así es, habían construido una linda amistad con Martina allá en Misiones —le comentó Liniers a su suegro.

Beresford se metió en la conversación y le hizo una broma de celos ante la atención que Anita había puesto en el francés. Anita desplegó su abanico y persistió con el juego.

—Gobernador, usted es un zalamero. Me entero de que anduvo rompiendo corazones y no ha sido precisamente el mío —dijo, y con naturalidad apoyó su mano en el brazo de Liniers.

Una carcajada estrepitosa inundó la sala y Beresford se dispuso a relatar la situación vivida con la familia Rubio, más precisamente con la pequeña Rosarito. El comandante y varios de sus hombres visitaban a menudo la casa de la calle San Carlos*. El padre encomendaba a su hija que tomara el sombrero, la espada y la capa del general, para luego acercarle un mate. Rosario aprovechaba para desplegar sus gracias, para fascinación del inglés. Una tarde, luego de un paseo por la huerta de la casa, Beresford había sorprendido a la niña con la capa puesta y espada en mano, dando órdenes estentóreas a los negros de la casa. El padre se había visto obligado a castigar a la traviesa, a lo que siguió un desborde de llanto de la pequeña. Beresford, conmovido, la había alzado en brazos con la promesa de un regalo.

—Ahora la celosa soy yo —bromeó Anita.

—La niña se merecía todo y más. Le llevé un bastón de mando y un tambor, y la nombré mariscala del ejército —remató Beresford entre risas.

Y continuó contando que Rosarito le había pedido permiso para visitar los cuarteles. La menor de las Rubio visitaba los cuarteles del 71 acompañada de un negrito que llevaba el tambor, mientras revoleaba el bastón de mando dando órdenes a diestra y siniestra, mientras que los soldados fingían obediencia, provocando risotadas entre la tropa.

—¿Puedo visitar yo también los cuarteles, Excelencia? —preguntó *madame* Périchon con ojos juguetones.

* Actual Adolfo Alsina.

Las risas volvieron a dominar la fiesta. El salón estaba muy animado. Los oficiales ingleses se sentían como en casa, incluso algunos confesaban que se sentían en el mejor país del mundo y que la buena disposición de sus habitantes remediaba cualquier nostalgia que pudieran sentir por su tierra lejana.

—Si tiene algún alazán que esté a la altura de mi *pur sang*[*], la invito a que me acompañe a cabalgar alguna tarde por las afueras de la ciudad —dijo Beresford y luego dirigió la mirada a Thomas, quien se acercaba con un vaso lleno en la mano. —Siempre que su esposo me lo permita.

—El permiso me lo doy yo, señor. Mi marido es un hombre inteligente. Seguimos las normas de mi país, de mi Francia —Anita detuvo la mirada en los ojos de Liniers.

Santiago quedó perturbado ante el despliegue femenino. Hacía rato que no había lugar en sus pensamientos para ninguna mujer. Había transcurrido más de un año de la muerte de su esposa y el vacío no había sido ocupado por nadie. Tampoco lo había querido. Sus hijos, su familia política, los negocios, la falta de dinero y ahora la invasión ocupaban toda su mente y cerraban cualquier resquicio en sus sentimientos. Sobre todo si se trataba de una mujer casada.

* * *

Mientras algunos agasajaban a los conquistadores, el pueblo empezaba a llenarse de rencor. No solo los ingleses eran el receptáculo de la inquina, sino también aquellos que eran señalados como sus obsecuentes colaboradores, que los recibían e intentaban, si podían, extraer su tajada.

[*] Pura sangre.

A puertas cerradas, el Cabildo había escrito un acta dirigida al apoderado ante la Corte, denunciando la vergonzosa entrega de la ciudad y señalando al virrey como un cobarde, incapaz y horrendo servidor del rey. La tolerancia inicial con el invasor había durado poco y ya se desplegaba, en secreto pero con firmeza, un fuerte sentimiento de rechazo.

Algunos caballeros empezaron a movilizarse para lograr la complicidad de otros y armar la resistencia. El catalán don Gerardo Esteve y Llach había encontrado adhesión en otros compatriotas. El francés Gicquel y varios más habían firmado una carta dirigida al gobernador de Montevideo para hacerle saber la escasez de hombres dentro de las filas invasoras. Le aseguraban una multitud dispuesta a luchar, siempre y cuando les prometieran ayuda desde el otro lado del río.

El grupo de los catalanes parecía ser el más organizado de todos. Esteve y Felipe de Sentenach habían concebido un plan maestro para liberar a la ciudad. El plan consistía en minar el Fuerte y la Ranchería, acampar en las inmediaciones de Buenos Aires y acudir en el preciso instante de la voladura de los ingleses. José Fornaguera y el francés Gicquel proponían atacar por sorpresa los cuarteles en los que se alojaba el enemigo y degollarlos de un saque. Al grupo confabulado se sumaban Pedro Miguel de Anzoátegui, Juan Pedro Varangot, el librero don Tomás Valencia y Juan de Dios Dozo, dependiente de don Martín de Álzaga. En la casa de Álzaga y cuando caía la noche, se llevaban adelante las reuniones. El vasco, uno de los comerciantes más ricos de Buenos Aires, estaba hasta la coronilla de los ingleses, harto de que se atrevieran a quitarle los negocios que con tanto ahínco había establecido. El puerto era suyo y de sus aliados, los inglesitos podían volver a sus aguas y dejar en paz sus bienes. Eran de su propiedad y ningún mequetrefe con ínfulas lograría quitarle el cetro español del Virreinato del Río de la Plata. ¡Que viva España y muerte al rey inglés!

Había tres movimientos en ciernes al mismo tiempo con la misma premisa: echar a Beresford y a sus hombres del Río de la Plata. Uno de ellos estaba formado por los conspiradores de la ciudad, reunidos bajo el ala de Martín de Álzaga. Por su parte, el marqués de Sobre Monte organizaba desde Córdoba su regreso triunfal. Por último, una expedición se preparaba en Montevideo, impulsada por el gobernador Ruiz Huidobro, que aspiraba a acomodarse en la silla vacante del virrey.

Mientras tanto, los invasores gozaban de la habilitación ofrecida por aquellos que les abrían las puertas de sus hogares, pero sobre todo de la ayuda de colaboradores, soplones y traidores, que entregaban información fundamental. Los que se destacaban en aquella misión eran los comisarios White y O'Gorman. Gracias a la delación de don Vicente Capelo y Menéndez Argüelles, habían localizado los depósitos reales donde se guardaba azogue, quina, lana de vicuña y un gran muestrario de frutos de la tierra. Los socios y cómplices habían señalado, también, unos bañados de Palermo, donde reposaba una manada de alpacas y vicuñas traídas de Lima, para ser enviadas como obsequio a la emperatriz Josefina de Francia. Como trombas, White y O'Gorman habían recorrido todas las oficinas reales en busca de deudas y, sobre todo, del paradero de los dineros, una obsesión para todos. El irlandés, encargado especialmente del cobro del ramo de Tabacos y Filipinas, había puesto su mirada en los activos de Martín de Sarratea, representante en Buenos Aires de la Compañía.

* * *

Madame Périchon había cursado una invitación a don Santiago de Liniers. Y la respuesta de este había sido afirmativa. Desde el instante en que lo había vuelto a ver, no cesaba de pensar cómo haría para poder encontrarlo a solas. Tal vez en una caminata casual por la calle de su casa, o un encuentro falsamente casual, o una visita de cortesía a lo de Sarratea... Finalmente, la esquela con la invitación le había parecido la mejor opción.

Liniers llegó puntual. El criado que lo recibió le indicó que la señora lo aguardaba en la sala y estiró sus brazos para recibir la capa y el sombrero. Hacia la sala se dirigió Santiago, con su caminar firme y el cuerpo erguido.

—Buenas tardes, *madame* O'Gorman —la saludó Santiago.

—Pero, mi estimado, abandonemos los protocolos y tratémonos como corresponde a unos amigos de años, ¿no le parece? Dos franceses de ley —Anita le sonrió y se sentó.

Santiago le devolvió la sonrisa y se acomodó en el sillón frente a ella. Ignoraba el motivo de la invitación y le parecía raro que no estuviera Thomas O'Gorman presente. Una cierta intranquilidad rondaba su mente.

—¿Falta que venga alguien? —preguntó mirando hacia la puerta.

—No, estamos solos —respondió Anita mientras jugaba con el abanico. —¿Algo para beber?

—Lo mismo que usted —señaló Liniers.

Anita tomó la tetera de porcelana inglesa y vertió el té. Se incorporó, caminó con la taza en la mano y se la entregó a su invitado.

—*Merci bien.*

—Ah, qué placer escuchar nuestra lengua, Santiago. Qué alegría. Me ha hecho recordar a *papan.*

—Supe de su fallecimiento, lo siento mucho. Era un gran hombre.

—Gracias, pienso en él todos los días y a veces lo extraño demasiado. En especial en estos últimos tiempos me hace mucha falta, necesito su apoyo.

—¿Qué le pasa, Anita? ¿Qué mal le aqueja?

—Nada demasiado grave, supongo. Agotamiento. Debo hacer todo en la más completa soledad: tomar decisiones, ocuparme de mi fortuna, intentar que no me esquilmen. Discúlpeme que le arroje todo esto, que no tiene nada que ver.

—Pero, no entiendo. ¿Y su esposo?

—Ay Santiago, mi relación con Thomas es inexistente, está acabada. Hemos estado más tiempo separados que juntos.

—Siento escuchar eso.

—La que siente aquí soy yo y lo que siento es que estoy cansada. Necesito confiar en un hombre, poder apoyarme en alguien. Gracias por venir, Santiago. Te has convertido en mi confidente. Ahora me ofrezco a ser la tuya —deslizó con suavidad y bebió un sorbo de su té.

Liniers captó el gesto de la dama y, por ocupar las manos, tomó su taza. Las palabras de Anita resonaban en su cabeza. Su presencia era magnética, inquietante. Era muy complicado no dejarse conmover por su belleza y su despliegue de seducción. Era demasiado, una mezcla de ángel y demonio, una leona y a la vez una hojita al viento, todo al mismo tiempo. Sus pensamientos le dieron terror y sintió que le faltaba el aire.

—Tarea difícil, esa. Jamás te pondría en ese brete, sería injusto —intentó, sumándose al tuteo.

—No me subestimes, Santiago. Si hay algo que sé hacer es escuchar, amigo mío. Y entender todo. ¿Te preocupa la situación política? ¿Temes que los ingleses se queden con todo el dinero de tu familia? ¿Qué murmura tu cabeza, Santiago? —Anita lanzaba una pregunta detrás de otra.

Liniers se puso tenso, en alerta. No sabía si podía confiar en esa mujer, las dudas lo frenaban. *Madame* Périchon había tejido lazos con los ingleses y los había expuesto sin pudores. Además, estaba casada con un hombre del ala de Beresford. Lo cierto es que Liniers ya empezaba a idear la organización de una estrategia de rechazo del invasor. Había escuchado el descontento de muchos vecinos, su deseo de deshacerse de esa presencia extranjera que detestaban y a la cual se habían visto sometidos por sorpresa. Pero sin la ayuda de Montevideo, él no podía prometer nada...

Anita volvió a pararse y en pocos pasos llegó hasta el sillón donde estaba su invitado. Sin pedir permiso, se sentó a su lado. Lo miró directo a los ojos, como si le estuviera leyendo el pensamiento.

—Puedes confiar en mí —dijo en voz baja.

Santiago se puso en guardia. ¿Qué poderes poseía esa mujer? Su cercanía era cada vez más perturbadora.

—Cosas de hombres, Anita. Además, estos son tiempos complicados, no quiero involucrarte en más problemas de los que ya tienes.

—¿Quién te dijo que no estoy involucrada ya, Santiago?

—Precisamente, eres socia de los ingleses.

—Yo trabajo para mí, Santiago. Mis alianzas son siempre en mi beneficio, y lo único que voy a jurarte, por ahora, es mi colaboración y mi discreción. Te ayudaré en todo lo que precises.

—Eres la esposa de un comerciante irlandés que trabaja para Beresford. ¿Te das cuenta de lo que digo? —respondió, alterado.

—Es el hombre que te ayudó a regresar a esta ciudad, no

lo olvides. Nos salvamos juntos o nos hundimos en el averno, Santiago —Anita le tomó la mano y se la apretó con suavidad.

—Parto a Montevideo en breve. Estamos preparando la reconquista, Anita. No quiero que quedes en el medio del fuego.

—Es ahí donde mejor he sabido caminar siempre, en el ardor. No te preocupes, le pediré a Thomas que no se meta con nada que tenga que ver con tu suegro. Hará lo que yo le diga. Cuídate mucho, que yo aquí sabré tomar todos los recaudos.

Anita le acercó su cuerpo y lo abrazó. Lo sostuvo un momento entre sus brazos, apretó su pecho contra el del caballero y sintió el latido agitado de su corazón. Intuyó su turbación, movió su cara de a poco y le acercó la boca. Como si obedeciera a una fuerza irresistible, Santiago la besó. En ese momento no le importaba nada, ni los peligros que acechaban, ni la cercanía del marido, ni las sombras que intuía en Anita, el lado oscuro de la atractiva francesa.

CAPÍTULO
VIII

Liniers y su columna avanzaban por la Calle de la Merced. El frío helado de aquel mediodía del 12 de agosto de 1806 no mermaba, pero a ellos les importaba poco. Un único objetivo los desvelaba: librarse de una buena vez del dominio inglés. El movimiento había comenzado hacía un mes, cuando el capitán don Santiago de Liniers partió a Colonia del Sacramento por la vía de las Conchas, para reunirse en Montevideo con el gobernador Ruiz Huidobro.

Mientras en Buenos Aires se preparaba el terreno, Liniers, Juan Martín de Pueyrredón, su amigo y socio Manuel Andrés Arroyo y Pinedo, y Diego Herrera habían emigrado a la Banda Oriental. Pueyrredón había recibido el encargo de volver primero a Buenos Aires para organizar fuerzas voluntarias de apoyo y juntar caballadas y víveres para la fuerza principal, que partiría desde Montevideo a cargo de Liniers. La conjura contra los ingleses había empezado.

Muchos habían abonado a la idea de la defensa del rey de España; sin embargo, otros conspiraban a lo loco. Juan José Castelli y Francisco Antonio Cabello, entre otra buena cantidad de criollos, no habían ocultado su guiño favorable hacia los ingleses. Habían permanecido a la expectativa de una respuesta afirmativa de Beresford, pero este la había demorado y cambiado de tema. Sin embargo, Castelli, Cabello, Cornelio Saavedra, los hermanos Rodríguez Peña, Antonio Luis Beruti, Hipólito Vieytes, Juan Larrea y otros cincuenta caballeros habían acudido a una oficina a cargo del capitán Alexander Gillespie, para estampar su firma y prestar juramento de lealtad y obediencia a Su Majestad británica. El libro se guardó bajo miles de llaves, a la espera de varias firmas más que prometían una presencia que luego no se había materializado.

En tanto, los españoles habían reunido hombres, dinero y armas, que se guardaban en casas, barracas y almacenes. Una de las casas convertida en arsenal era la inmediata al Convento de Santa Clara, en la calle que iba a la Iglesia de San Juan, lindera con la vivienda de don Francisco de Lezica. Un miembro del Cabildo, don José Santos Inchaurregui, la había alquilado y allí mantenía a varios hombres al cuidado de pistolas, trabucos y fusiles. Por su parte, don Juan Trigo, luego de muchas gestiones, había alquilado la quinta de Perdriel, perteneciente al finado Domingo Belgrano Peri, para que oficiara de guarnición. Habían elegido esa finca porque estaba ubicada a dos leguas y media de los Olivos, tenía una laguna inmensa hacia el norte, hacia el oeste una cañada y al sur unos tapiales de tierra en los cuales, llegado el momento, se podría instalar una batería.

Martín de Álzaga había ofrecido buena parte de su fortuna para que no faltara nada a la hora de repeler al enemigo. Mientras que el grupo de los catalanes espiaba, recopilaba y preparaba el territorio —Sentenach había entrado disfrazado al cuartel de la Ranchería para estudiar al dedillo la disposición de las habitaciones de los ingleses—, Beresford había enviado los caudales capturados a Londres y discutía incansablemente con los comisionados del Real Consulado los aranceles que regirían el nuevo sistema de comercio.

En el campamento de Perdriel los preparativos para el avance estaban en plena ebullición. Sin embargo, la ansiedad de algunos había hecho que lo que debía ser guardado en secreto tomara ribetes de escándalo, que incluía juergas con mujeres, vino y guitarras. La situación se había descontrolado, al punto que don Juan Trigo hirió de un balazo a un hombre conocido en el barrio de San Miguel en una confusa gresca. Tanto ruido había terminado por despabilar a los ingleses, que decidieron enviar una ronda de reconocimiento al lugar.

A fines de julio, la flotilla comandada por Juan Gutiérrez de la Concha y las tropas al mando de Santiago de Liniers estaban listas para avanzar sobre Buenos Aires. Al desembarcar en las playas porteñas, debían aguardar allí la incorporación de tropas a la lucha. Sin embargo, la Junta de los Catalanes había hecho oídos sordos al plan de aunar fuerzas. Las grietas en la avanzada por la reconquista empezaban a hacerse evidentes.

El primer día de agosto, al alba, Beresford y una columna de quinientos hombres partieron desde el Fuerte rumbo al campamento de Perdriel. Como parte de una estrategia de simulación, el general inglés había asistido la noche previa a una función en la Comedia a la vista de todos. Dedicó un saludo por aquí, un abrazo por allá, y a la salida, ya sin testigos, preparó a sus hombres para la avanzada. El combate acabó pronto, los criollos fueron dispersados.

A pesar de la oposición constante de la Junta de los Catalanes y de varios capitostes del Cabildo —con don Martín de Álzaga al frente— que desde Buenos Aires insistían en que no fuera, Liniers continuó la marcha hacia Buenos Aires, haciendo un alto en el pueblo de San Isidro por las inclemencias del tiempo. Hasta allí se llegaron emisarios de los catalanes para persuadirlo de suspender el ataque.

Liniers no hizo caso. Esperó a que amainara la tormenta

e inició el avance desde Chacarita de los Colegiales hasta los Corrales de Miserere, donde formó a sus hombres a la espera de los batallones ingleses. Estos, sin embargo, no se movieron de la plaza del Fuerte. Ante esta situación, Liniers envió a su ayudante, Hilarión de la Quintana, al Fuerte para intimarlos a la rendición. La respuesta de Beresford no se hizo esperar: lucharía hasta donde le indicara la prudencia. En cuanto recibieron la respuesta, las tropas de Liniers reanudaron la marcha entre quintas y pantanos, hacia la Recoleta.

Cuando la columna llegó al Pilar, se resolvió el ataque al Retiro. En cuanto vieron que el enemigo avanzaba por la calle del Correo*, Liniers y su tropa abrieron fuego con dos obuses que dieron en las primeras filas del enemigo, sembrando de muerte y sangre las calles de la ciudad. De inmediato y escondidos en las sombras del atardecer, aquellos que habían quedado vivos se replegaron hacia sus posiciones en la plaza.

Los tiroteos ensordecieron la ciudad. En las calles, desde las casas, los vecinos defendieron a Buenos Aires con una ferocidad inusitada. Los ingleses, desorientados, intentaban escapar del fuego enemigo y de una derrota segura por la disparidad de fuerzas. Tal era el apuro que algunos oficiales ingleses se apuraron a retirar sus equipajes de las casas que los habían alojado y los llevaron al Fuerte, que parecía prometerles mejores garantías de fuga y protección.

Liniers les había hecho frente a los ingleses con valor. Pero no lo había hecho solo. También el pueblo los había desafiado y les habían perdido el miedo por completo. La ciudad entera había sido recuperada de manos enemigas y la población estaba exultante, admirada del arrojo de Liniers. Sin embargo, no todos aplaudían al francés. Algunos inte-

* Florida en la actualidad.

grantes de la Junta de los Catalanes estaban furiosos con el francés que, temían, había llegado para frustrar todas sus ansias.

Santiago, agotado pero feliz, cabalgaba rumbo a la plazuela de la Merced, donde había instalado su cuartel. Lideraba la columna y sus hombres iban detrás con la frente en alto. Los cascos de los caballos repiqueteaban contra el suelo con ritmo marcial. Los curiosos espiaban a su paso a los soldados que habían combatido contra el enemigo. La puerta de la casa de *madame* Périchon ostentaba la bandera francesa, como un modo de evitar cualquier represalia. En el instante en que Liniers pasó por allí, Anita abrió la ventana de par en par, asomó su cuerpo grácil y, con puntería estudiada, arrojó un pañuelo a los pies de su héroe. En un movimiento, la espada de Santiago arrancó el trofeo del barro sucio, lo desenganchó del filo de la punta con delicadeza y lo acercó a su cara, para luego meterlo entre la casaca y su cuerpo. Todo el mundo fue testigo de ese movimiento. A esa altura, guardar las formas era lo que menos importaba.

* * *

Durante la tarde del domingo y todo el lunes 11 de agosto se combatió intensamente en las calles de Buenos Aires. Los aullidos de los perros no habían cesado, así como tampoco el silbido constante de las balas. Las bajas de ambos bandos eran numerosas y los cadáveres permanecían tirados en las esquinas durante horas.

Al caer la noche helada, Beresford decidió que jugaría su última carta. Había convocado a White para que se encargara de enviar una nota crucial. Días atrás, el escurridizo William había tomado como botín el barco *Santo Cristo del Grao,* llegado de Cádiz con mercadería de Juan Martín de Pueyrredón. Durante las semanas de dominio inglés había participado en asuntos de todo tipo y, gracias a sus funciones como comisario de presas, se había hecho del cargamento del navío *Concepción* a precio vil, revendiéndolo a una fortuna.

El mensaje, en inglés, llegó al Retiro de manos de un emisario de White, dirigido a Pueyrredón. Para evitar suspicacias, don Juan Martín decidió abrirlo en presencia de Liniers. La misiva decía que tenía algo importante que comunicarle, que asistiría adonde le dijeran y que confiaba en las garantías para mantener la seguridad sobre su persona. La inquietante nota tuvo respuesta aquella misma noche. A las nueve de la mañana del día siguiente lo recogería un amigo en común, Hipólito Mordeille, en la plazuela de las Catalinas, junto con cuatro hombres y el propio Pueyrredón.

Los caballeros acudieron a la cita a la hora convenida en el atrio de la iglesia del Convento de las Catalinas*. Pero White nunca llegó. Liniers y Pueyrredón enviaron otra nota secreta con una nueva propuesta, que tampoco pudo concretarse. Los ingleses habían elegido a Pueyrredón como interlocutor, desconfiando de Liniers. No había sido el caso de White, quien había preferido jugar a dos puntas. Alguna información había filtrado para que Liniers estuviera al tanto de los movimientos de los ingleses, sin dejar de lado el asesoramiento constante que prestaba a Beresford.

Popham, horas antes del desenlace, había bajado a tierra para encontrarse con Beresford. Su permanencia fue muy breve, apenas tuvieron tiempo de convenir una señal que les permitiera saber el momento en que abandonarían el Fuerte para marchar a la Ensenada. A las pocas horas se encontraba

* Ubicado en las actuales calles San Martín y Viamonte.

a bordo de la fragata *Leda*, asistiendo impávido a la derrota de sus compatriotas. Rápido como pocos, se apresuró a escribir unas líneas al secretario del Almirantazgo, William Marsden, minimizando el fracaso y estimando los beneficios de lo sucedido, a pesar de todo. Con trazos rápidos, se refirió al chasco que se habían llevado en la expedición y enalteció los talentos del general Beresford.

La vida de los ingleses corría peligro en Buenos Aires. Los habitantes de la ciudad, envalentonados con el flamante triunfo, buscaban a cualquiera que llevara los colores enemigos para hacer justicia. Thomas O'Gorman, escondido en su casa, había instado a su esposa a que no quitara los colores de Francia de la fachada. Annette también temía por su vida. Estar cerca de su marido en ese momento la exponía por demás.

—¿Qué hacemos, Tom? —lo interrogó.

—Yo me largo, mujer.

—Te matarán si te descubren —susurró con temor de que las paredes escucharan.

—Me vestiré con las ropas de algún criado. Cuanto más rotosas, mejor.

—Busca la noche, persigue las sombras. Así estarás a cubierto —le sugirió ella.

—En cuanto a ti, me quedo tranquilo, sé que sabrás cuidarte y encontrarás la protección que mereces. Cuida mucho a los niños, y cuando todo esto pase…

—Cállate, O'Gorman —y apoyó sus dedos sobre la boca de su marido. —No prometas lo que jamás has cumplido ni cumplirás. Prefiero la incertidumbre a imaginar en vano que algo mejor me espera.

Thomas fue hacia los cuartos de servicio, para regresar disfrazado con las ropas de uno de los criados de la casa, aunque el color de su pelo lo delataba. Anita se apresuró a cubrirle la cabeza con un sombrero y le cerró la chaqueta hasta el cuello con gesto maternal.

—Me espera Popham a bordo de su barco.

Anita negó con la cabeza y se tapó los oídos. No quería escuchar, no quería saber. Prefería la ignorancia. El corazón galopaba en su pecho. Estaba aterrada por los sucesos afuera y expectante de lo que vendría. Thomas la tomó entre sus brazos y la besó largamente. Se besaron, quizás por primera vez, con ternura. Cuando él se separó y la miró, a ella se le llenaron los ojos de lágrimas. Nadie dijo una palabra, tampoco hacía falta.

Thomas O'Gorman salió de la casa sin mirar atrás. Adentro quedó Anita Périchon, con los brazos inertes, desesperada y sola. Su única ilusión en medio de la incertidumbre era el reencuentro con Santiago de Liniers.

* * *

A pocas horas de rendirse y entregar el poder a Liniers frente al Cabildo, el derrotado Beresford se había agenciado un nuevo alojamiento. El vencedor había solicitado al ministro de la Real Hacienda, don Félix de Casamayor, que hospedara en su casa al general inglés y este había accedido en el acto. Con suma precaución e intentando no exponer a sus anteriores anfitriones, Beresford había pasado a retirar, junto con sus edecanes, sus pertenencias de la antigua residencia. Don Antonio de Escalada abrazó a su amigo y lo despidió con honores. Sus hijos presenciaron todo con gesto circunspecto. Incluso Remeditos, la pequeña, se arrojó a los brazos del inglés y le prometió que lo visitaría uno de esos días.

Don Félix recibió de buena gana a sus nuevos huéspedes. Casamayor había estrechado una amistad con Beresford desde el primer momento en que había pisado suelo porteño. Su salón había recibido varias veces al multifacético Burke durante sus días de gloria, y allí se habían cocido todo tipo de argucias y conspiraciones. Sin el espía inglés en Buenos Aires, las componendas habían continuado en manos de otros agentes.

A las siete ya era de noche. Anita había elegido ese horario para salir a la calle sin dar la nota. Habían pasado varios días ya de la reconquista de Buenos Aires pero el caos parecía haberse apoderado de la ciudad. Saqueos y depredaciones constantes, incendios y asambleas en las esquinas, instaban a los habitantes a resguardarse dentro de sus casas. Con la cabeza cubierta por una mantilla y el cuerpo envuelto en una capa de terciopelo negro, Anita caminó con la mirada baja, buscando perderse entre la oscuridad. La residencia de Casamayor quedaba cerca de su casa pero las cosas no estaban como para salir a caminar con tranquilidad, mucho menos si la veían franquear la puerta que alojaba a los ingleses vencidos. Golpeó sin mirar a los costados y en segundos cruzó el umbral. Don Félix la estaba esperando.

—Estimada Anita, pasa por favor. En el salón de adelante estamos ofreciendo una comida para los edecanes de Beresford y algunas damas. No participaremos de esa fiesta, sino que seguiremos hasta mi despacho.

—Perfecto, mi estimado.

Sentado en uno de los sillones y con una copa en la mano, aguardaba William Carr Beresford. *Madame* Périchon se quitó el abrigo pues un brasero calentaba la habitación, y luego se fundió en un abrazo con su amigo.

—Querido, qué alegría verte. Estos días no han sido auspiciosos para mí —dijo mientras ocupaba su sitio. —Pero te veo bien y es una suerte inmensa.

—Aquí está a resguardo, Anita, no tienes que preocuparte —destacó el dueño de casa y le ofreció algo de beber.

—Pues a nosotros se nos ha complicado, Félix. Las otras noches nos tiraron la puerta abajo y unos hombres entraron a la casa. —Los ojos de *madame* parecían dos monedas. —Saquearon y rompieron todo. Un horror, queridos, los niños lloraban a moco tendido, *maman* imploraba clemencia, los criados gritaban. Mis hermanos y yo intentamos calmarlos pero era muy difícil, créanme.

—¡Qué barbaridad, Anita! ¿Pero quiénes han sido los autores de semejante barbarie? —Beresford cambió de posición en su asiento.

—Un grupo de Miñones*, armaron un escándalo en casa, gritaban que traían una lista de Montevideo de los que corrían con negociaciones inglesas. Juré por todos los dioses y santos que nada teníamos que ver con eso, que soy francesa y le rindo honores a mi bandera, pero no hacían caso.

La casa de *madame* Périchon no había sido la única arrasada por los exaltados que buscaban ir contra posibles aliados de los británicos. La de Marcó, la de Vivar y la de Romero también habían sido vejadas, incluso en esta última habían puesto guardia para custodiar los bienes.

—Una verdadera desgracia, Anita. Debes cuidarte más que nunca, estamos todos a la buena de Dios —se quejó Casamayor, inquieto. —Se han reunido hace unos días los hombres de la Iglesia, las jerarquías militares y las personalidades

* Dentro de las milicias catalanas había dos grupos: los Miñones y los Patriotas de la Unión.

de esta bendita ciudad para repeler una posible nueva intentona inglesa. Auguro tiempos funestos, mis amigos.

—Demoraron la firma de las condiciones de nuestra rendición y ahora apareció una enmienda inaceptable. Empiezo a cansarme, estoy bastante desmoralizado.

Beresford se perdió en sus cavilaciones. El mismo día de la rendición, Liniers había aceptado las cláusulas de que las tropas inglesas, previa entrega de todo el armamento, embarcaran en la Ensenada del Barragán con rumbo a Europa. Habían convenido que la firma se llevaría a cabo al día siguiente. Tras la reunión en el Fuerte, se habían escrito borradores en inglés y en francés, quedándose Liniers con la última copia. Recién el 17 de agosto, Liniers había llegado hasta la casa de Félix Casamayor para llevar adelante una nueva reunión a puertas cerradas. Le reclamó a Beresford que hiciera algunas modificaciones en el convenio original, a las que este se rehusó. Entre idas y vueltas, el inglés depuesto había descubierto, al lado de la firma de Liniers, un llamativo «Aceptado en cuanto pueda», que confirmaba que el embarque de sus tropas quedaba expuesto a posibles postergaciones.

—Déjamelo a mí, William. Me encargo de que Santiago apure las diligencias y puedan retirarse cuanto antes. Debe sentirse presionado. Averiguaré quiénes son los infames que lo apremian —intervino *madame* Périchon con la firmeza de un general.

—La severidad de las leyes inglesas es tal que temo cortada mi carrera para siempre. Y como la paz con España se firmará tarde o temprano, tendré que responder en un consejo de guerra por haberme rendido a discreción, sin pacto alguno que salvase, siquiera, las apariencias. Ningún soldado inglés ha salido con vida y sin infamia de una situación como esta. Pensé que todo iba a ser más fácil, el francés parecía menos resbaladizo, más de fiar. Pero es un rufián en quien no se puede confiar —sentenció Beresford con un brillo de furia en los ojos.

Anita se incorporó lentamente, pasó sus manos por la falda una y otra vez. Levantó la vista y miró a Casamayor, sin decir una palabra. Don Félix se excusó, dijo que lo requerían en la sala y abandonó el despacho. La señora caminó hasta el asiento que ocupaba el inglés, se hincó a sus pies y apoyó sus manos sobre las piernas del hombre.

—William, deposita tu confianza en mí. Como lo han hecho otros, como seguirán haciéndolo en Londres. Santiago está en mis manos, lo único que quiere es que yo esté a salvo. Incluso a costa de él mismo. Antes que ninguna otra cosa, él es un caballero. Y yo soy una dama. Pienso en francés, siento en inglés, vivo en español pero soy una mujer de palabra, señor.

—Cuidado, bella Annette. A veces es mejor dudar de los talentos propios. —La miró desde arriba y se detuvo en los pies pequeños de la mujer. —Pero no te desesperes, esa angustia que te invade acentúa tu belleza.

—No me subestime, general. Liniers está hecho para el amor. Sabe sentir apasionadamente. La felicidad que Santiago supone encontrar al ser amado por mí me ata a él.

Lo retó con la mirada, sin sacar las manos de los muslos firmes del hombre. Beresford la tomó por la cintura y con fuerza se la sentó a horcajadas.

* * *

A la velocidad del rayo, empezaron a circular copias de la capitulación fallida. La indignación inundaba las calles pero la furia se instaló de lleno en el Cabildo, el verdadero centro de poder. Pidieron una reunión inmediata con la presencia de Liniers, azuzada por el alcalde de primer voto, don Martín de Álzaga.

Poco después de la conquista de Buenos Aires por las fuerzas británicas, habían comenzado a perfilarse dos núcleos disidentes: el de los americanos —bastante cercanos a Beresford y sus hombres—, integrado por Juan José Castelli, Manuel Belgrano, Hipólito Vieytes, los hermanos Rodríguez Peña y varios más; y el otro formado íntegramente por españoles europeos —y el ala más dura, la de los catalanes—, que se habían congregado alrededor de Álzaga y el Cabildo. Ambos tenían un mismo fin: la toma del poder. Pero la rivalidad entre ellos se había convertido en una guerra sorda. Los criollos y los peninsulares disputaban desde dos ámbitos bien diferentes, con recursos también diferentes. Los privilegios de unos determinaban la inferioridad de los otros. Martín de Álzaga solía decir a quien quisiera oírlo:

—Son los verdaderos españoles los que con esplendor han hecho y están haciendo progresar estos vastos dominios.

Desde el otro bando, Belgrano despotricaba a viva voz:

—No hay un español que no se crea señor de América.

Cuando un peninsular buscaba injuriar a un contrincante, con cara de asco lo llamaba «criollo». Y estos veían en los peninsulares al verdadero enemigo que coartaba la concreción de sus aspiraciones: ocupar los cargos directivos en el gobierno, no quedar relegados de las decisiones. Pero todos sabían bien que don Álzaga detestaba a los criollos casi tanto como a los ingleses. Conocían su soberbia, su temperamento, su influencia entre los españoles europeos y su impopularidad entre los criollos.

Los cabildantes aguardaban el arribo de don Santiago de Liniers. Con cara de pocos amigos, preparaban la emboscada a la que lo someterían. El más airado de todos era Álzaga. Con un silencio sepulcral recibieron al reconquistador, que entró con la frente bien alta. La embestida no se hizo esperar y el alcalde de primer voto, don Martín de Álzaga, tomó la palabra. Dijo que los rumores de un nuevo ataque inglés eran cada vez más fuertes y que sabían que el comodoro Popham continuaba firme con su escuadra en las aguas del río, ejerciendo el control de todo el estuario. Algo olía pésimo en el Río de la Plata, y Álzaga no estaba dispuesto a soportarlo. Y que Liniers se llevara toda la gloria era inadmisible, como también que los ingleses tuvieran la fortuna de subir a sus barcos y partir sin más.

—A ver si nos ponemos de acuerdo de una buena vez. Estamos cansados de las vejaciones, cansados de los oídos sordos, de la falta de resolución —Álzaga le echó una mirada negra a Liniers. —Ni que hablar del regreso de las tropas y las zozobras que padece el vecindario al no haberse remitido al interior del Virreinato a los prisioneros ingleses.

Los ánimos se caldeaban, los hombres del Cabildo asentían con firmeza, mientras Liniers guardaba silencio.

—Y ha causado gran sorpresa en el pueblo un papel de capitulaciones hechas con fecha del 12 de agosto, firmadas por los dos generales, siendo público y notorio que el enemigo se rindió a discreción —continuó Álzaga y se dirigió a Liniers. —Quisiera que el señor comandante de armas me informe la realidad del caso.

—Es cierta la existencia de ese papel. Lo firmé después de la reconquista por consolar la suerte de un general en desgracia, quien, con lágrimas en los ojos, me suplicó se lo diese como resguardo para su Corte —respondió Liniers.

Siguió con las explicaciones, asegurando que el papel era nulo y que no tenía ningún valor y que estaban armando un manifiesto para que el pueblo tomara conocimiento de los hechos.

Al día siguiente apareció el manifiesto pero el Cabildo, el gobernador de Montevideo y los principales vecinos de la ciudad decidieron que las tropas británicas no regresarían a Europa. Se los mantendría presos en el país, a excepción de los jefes y oficiales, quienes a instancias de Sobre Monte serían enviados a España, previo juramento de no volver a tomar las armas contra ella ni sus aliados.

Álzaga, mientras tanto, defensor de las formas y las buenas costumbres, juzgaba duramente las nuevas costumbres de Santiago de Liniers. El hombre se había mudado a la casa de *madame* Périchon y corría el chisme de que estaba dominado por la francesa. A esa altura, el pueblo la señalaba como la Perichona o Madama, siempre pródiga en favores sexuales a cambio de posiciones ventajosas. Esa mujer era peligrosa, mejor tenerla lejos. Para Álzaga, Liniers era un pusilánime, que se había dejado tomar por ella sin ofrecer ninguna resistencia.

CAPÍTULO IX

Liniers amaneció bastante enfermo. Había intentado incorporarse del lecho compartido pero la energía parecía haberlo abandonado. Las cobijas estaban todas revueltas y la cama parecía una zona de combate. Entreabrió los ojos y observó a su lado la desnudez de ninfa de Anita, a pesar de sus treinta años. Era menuda y suave pero estaba siempre en pie de guerra. Acercó la mano para quitarle los rulos que cubrían su cara cuando, antes de lograrlo, ella abrió los ojos.

—Buen día, *mon chéri* —murmuró y se estiró con languidez.

—Mi adorada Petaquita, eres lo mejor que me ha pasado —dijo Santiago. La atrajo hacia sí y enroscó sus piernas en las de ella.

—Ardes, querido, me quemas, ¿te encuentras mal? —dijo ella y lo escrutó.

—No me siento bien, pero ya se me pasará. —Liniers se secó el sudor de la cara.

Las noches de fiesta y los opíparos banquetes a los que acudía a menudo, además de la infinidad de disgustos a los que se sometía constantemente, las envidias y las conspiraciones que lo rodeaban, tenían un costo para su salud.

—Tienes que guardar cama, ni se te ocurra moverte de aquí. Ahora mismo me encargo de traerte algo para que te mejores, ya verás —Anita se levantó y se cubrió con una bata de seda. —La fiel Marcelina te traerá su tisana mágica. Cura todo, te lo aseguro.

Le tiró un beso desde la puerta y fue hasta la cocina, donde la faena había comenzado hacía rato. Le pidió a su criada que preparara la bebida curativa y que, cuando estuviera lista, llevara todo a la recámara. Marcelina secó sus manos en el delantal y se dirigió al jardín a buscar los yuyos apropiados. Anita dio media vuelta y regresó a la alcoba. La casa estaba en silencio, el resto de la familia dormía.

—Ya viene la salvación, querido. Ten un poco de paciencia —Liniers seguía en cama con los ojos cerrados, tal como lo había dejado.

—Necesito recuperarme ya, no puedo darme el lujo de hacer reposo.

Anita acercó una silla a la cama y se sentó a su lado. Le acarició el pelo húmedo con una sonrisa.

—Tal vez no debería haberme excedido tanto anoche —insistió Liniers. —La noche, dicen, no es buena consejera.

—Me haces reír, Santiago. No quieras hacerme creer ahora que eres un hombre débil. ¿No te han nombrado regidor perpetuo, acaso?

Un golpe suave en la puerta anunció la llegada de Marcelina. Anita le dio el permiso y la moza entró con las vituallas. Sin levantar la vista, se arrimó hasta donde reposaba el señor y le entregó el tazón con la tisana, para retirarse inmediatamente después. Liniers bebió el brebaje de a poco. Tenía que recomponerse y salir. Debía regresar a la Fortaleza, que se había transformado en su vivienda —cuando no estaba con Anita— tras los saqueos luego de la Reconquista.

Los hechos se habían sucedido de un modo vertiginoso. Santiago le había escrito un extenso oficio a Bonaparte, poniéndolo al tanto de todo lo sucedido en el Río de la Plata con los ingleses. La carta, bien guarecida, había partido rumbo a Europa en el saco del francés Pierre Gérôme Gicquel. Pero los reclamos eran infinitos. Había hecho todo lo posible por proteger a Edmund, el sobrino de O'Gorman, por pedido de su Petaquita. Thomas aguardaba junto con Popham, pero Edmund había sido víctima de apremios que había logrado sortear solo gracias a la tolerancia de Liniers.

La ciudad se había transformado en un gran campamento. A pedido de Liniers, gran parte de sus habitantes habían comenzado a alistarse. Los americanos habían nombrado a Cornelio Saavedra como su comandante. Pueyrredón había formado tres compañías de Húsares muy bien preparados. Los catalanes también habían hecho sus preparativos, al igual que los cántabros, los gallegos y los andaluces. El Cabildo había alertado, además, del arribo de refuerzos ingleses a las aguas del Río de la Plata.

Anita se quitó la bata y, desnuda, se sentó frente al *dressoir* para dedicarle tiempo a la maraña de sus rulos. Santiago bebía y la miraba. Esa visión o bien la tisana empezaban a hacer efecto, ya se sentía mejor.

—Marcelina es milagrosa, Petaquita.

—Así es, Santiago. Guardarás cama todo el día, ¿no? ¿Me lo prometes? —preguntó mientras pensaba qué se pondría. Hacía rato que había sustituido la coquetería por la ternura; entendía que no debía permitirse excesos más que con las personas que no le importaba perder, y Liniers no era el caso.

—Debo responder a mis obligaciones, adorada. Me están buscando y mandé decir que estoy de caza, pero tú sabes dónde he estado —dijo cómplice.

—Conmigo de cacería, me gusta. ¿Quién es la presa y quién el cazador, regidor? —lo provocó y colocó carmín en sus labios.

Luego se calzó un vestido azul y sus botas altas de montar.

—¿Sales, Petaquita?

—Tengo muchas cosas que hacer, *chéri*—respondió. —Me acompaña Juan Bautista, no te preocupes que no salgo sola. Debo hacerme de unos dineros que me adeudan, y mi hermano será mi escolta.

A pesar del calor, se puso la casaca de húsar que tanto le gustaba usar cuando cabalgaba por la ciudad. La Perichona se había ganado el mote de «coronela» y quien buscara un ascenso o traslado ventajoso, hacía bien en recurrir a ella. A ella no le inquietaban las habladurías, más bien al contrario. Partía rumbo a la Villa de Luján, donde se alojaban Beresford y sus compañeros de cautiverio. La vida de los oficiales ingleses transcurría en un ambiente de bucólica tranquilidad. Recibían visitas, organizaban cabalgatas o cacerías en los alrededores, con el compromiso de regresar a sus alojamientos al atardecer, y también participaban de tertulias bien concurridas. Entre todas las libertades que les concedían estaba la de recibir y despachar su propia correspondencia.

Entre los prisioneros ingleses y las damas porteñas proliferaban los amoríos. *Madame* Périchon y Beresford también formaban parte del intercambio epistolar pero el contenido era otro: la información entre ellos estaba valuada en oro. Y ahora Anita necesitaba recoger su paga. Habían convenido el encuentro lejos del Cabildo de la Villa, en un descampado en las afueras, donde recibiría una vez más la bolsa con monedas. A pesar de que toda la operación estaba muy bien montada y la figura de Liniers la protegía aun a la distancia, salir a los caminos, sola o acompañada por su hermano, era un factor de nerviosismo para ella. Exponerse al peligro, a una emboscada o incluso a la muerte era aterrador, pero la hacía sentir más viva que nunca.

* * *

En los primeros días de 1807 llegó la información a Londres, por medio de lord Strangford, ministro destacado en Lisboa, de que Buenos Aires había sido reconquistada. La novedad sorprendió al pueblo inglés, mientras que para el sector comercial era una verdadera catástrofe, dando motivo a las más encendidas discusiones en el Parlamento. El problema ya no era la conquista de la Sudamérica, sino más bien una urgente reivindicación del honor de Gran Bretaña tras la derrota sufrida en Buenos Aires.

El gobierno había armado una expedición del Regimiento 89 de Infantería, un destacamento de artillería y un batallón de reclutas al mando del teniente general John Whitelocke para que llevara adelante la nueva invasión. Whitelocke partió el 9 de marzo rumbo al Río de la Plata con la responsabilidad de someter la región a la autoridad de Su Majestad. Sus instrucciones eran:

1. Tratar de liberar al ejército prisionero de Beresford o ver que se lo trate con justicia.
2. Deportar a los promotores del levantamiento contra Beresford.
3. Permitir la continuidad del gobierno local y, si fuera necesario, cambiar los miembros peninsulares por criollos.
4. Ganar el favor de los habitantes, rebajando los derechos comerciales y tratando de convencerlos de las ventajas del gobierno inglés respecto del español.

A todo esto, en Buenos Aires, Beresford había insistido con el reclamo a Liniers de las asignaciones que le correspondían como prisionero. Los fondos requeridos fueron enviados de la mano del capitán Saturnino Rodríguez Peña, asiduo visitante del inglés. El prisionero, cada vez que podía, intentaba persuadir a este de los indiscutibles beneficios independentistas que lograrían bajo la protección británica. En una de las tantas conversaciones, Saturnino le comunicó que Montevideo había caído en manos de los ingleses y que era el momento oportuno para una posible entrega de Buenos Aires, aprovechando el pánico reinante.

El intrépido Rodríguez Peña también oficiaba de correo del inglés. Con suma precaución, le acercó al brigadier Auchmuty, conquistador inglés en Montevideo, un enigmático mensaje que decía que cierto personaje grande parecía estar deseoso de ponerse al lado derecho de la cuestión, y que no se trataba de Liniers. Beresford sabía que los ingleses nunca podrían conquistar militarmente las colonias del Río del Plata a menos que lo hicieran por convenio.

El Cabildo, enterado de los corrillos, y en medio del cruce de información de ambos bandos, ordenó que se formara una comisión para que fuera de inmediato a la Villa del Luján y retirara todos los papeles de Beresford. Los rumores iban y venían y las traiciones estaban a la vuelta de la esquina. Saturnino Rodríguez Peña intentó por todos los medios de tener una entrevista con el alcalde Álzaga para tentarlo con el proyecto de poner a la capital en una independencia formal con la ayuda del ejército inglés.

Poco después de la hora de las oraciones, don Martín de Álzaga recibió en su casa a Rodríguez Peña. Este inició el diálogo hablando del amor a la Patria y de salvar las propiedades, además de asegurarle que sin él no podrían hacer nada. A medianoche, Rodríguez Peña abandonó la casa sin una respuesta definitiva.

Con las últimas luces del 10 de febrero, una caravana compuesta por ocho carretas partió de Luján rumbo a su nuevo destino. El general Beresford y el teniente coronel Pack, junto a seis oficiales, cerraron la marcha montados en sus caballos, custodiados por el capitán de Blandengues Manuel Martínez Fontes, concuñado de Rodríguez Peña. A los tres días acamparon en la Estancia Grande de los padres Bethlemitas por pedido de Beresford. Pero este no se sentía bien. La situación se prolongó más de lo esperado, hasta que Martínez Fontes ordenó que retomaran la marcha. En ese momento, se presentaron Saturnino Rodríguez Peña y Manuel Aniceto Padilla con una carta para Beresford y la orden de Liniers y el Cabildo de que les entregasen al jefe británico. La carta ofrecía llevarlo hasta la sede del ejército británico en Montevideo. La conjura rodaba desde el secreto más absoluto. Álzaga colaboraba, mientras Liniers miraba para otro lado. Beresford y Pack, disfrazados de paisanos, fueron conducidos por caminos solitarios hasta Buenos Aires. Allí, Padilla les consiguió refugio en casa de Francisco González, donde permanecieron ocultos durante tres días, mientras los complotados buscaban el momento oportuno para trasladarlos a la Banda Oriental.

Era noche cerrada cuando los ingleses abandonaron su escondite atravesando la Plaza Mayor. Se dirigieron por detrás de la Iglesia de San Francisco hacia la playa y gracias a la ayuda de Rodríguez Peña y Padilla lograron evitar algunas patrullas. Llegaron a la orilla y a una buena distancia de la costa vieron una embarcación. Se internaron en el río, avanzaron con el agua al cuello durante media hora hasta que alcanzaron el barco. El propietario, desprendido, les facilitó un bote. Remaron durante quince horas en medio de una violenta sudestada, hasta que avistaron al bergantín inglés

Charwell. Lo abordaron a la madrugada del 22 de febrero. Estaban a salvo. Tres días después, los ingleses y sus dos salvadores llegaban a Montevideo.

* * *

La inminencia del ataque inglés estaba en la mente de todos. Por las noches, las tropas guarnecían la costa desde los Quilmes hasta San Isidro, no fuera a ser que comenzara el desembarco amparándose en la oscuridad. Pero no solo se temía a los invasores. También se recelaba de los espías y confidentes que circulaban por las calles de la ciudad, muchos de ellos conocidos por todos.

La Real Audiencia había lanzado un bando con el reclamo hacia los habitantes de que tuvieran coches, mulas y cocheros, fueran esclavos o conchabados, para destinarlos al uso de la artillería o a cualquier otra diligencia en servicio del rey de España y para defensa de la Plaza Mayor. Durante el día, las restricciones y el patrullaje no cambiaban demasiado. En casa de los Périchon, la tensión dominaba el ambiente.

—¡Ah, por piedad, *maman*! Cambia esa cara de pollo mojado, hazme el favor —imploró Anita, mientras corría el cortinado del ventanal de la sala. —Pareciera que llamas a la desgracia.

Madame Madeleine no podía disimular el terror que sentía. Ella, como casi todos los habitantes de Buenos Aires, estaba atenta a los corrillos que circulaban y, aunque cada vez que surgía el nombre de su hija intentaba hacerse la sorda, era casi imposible quedar fuera de los chismes.

—Por favor, hija, métete para adentro, guárdate, que no te vean. Cumple lo que te digo, te lo ruego —*madame* se restregó las manos, transpiradas a causa de los nervios.

—*Maman*, el toque de alarma general es para el resto, no para nosotras. No exageres.

Los bandos reclamaban la prohibición de salida de las casas, así como las reuniones callejeras, para no ocasionar turbación ni desorden. Las calles eran un páramo.

—Debemos entregar la diligencia, hija. Si no, vendrán a confiscarla.

—Pero, *maman*, ¿puedes por favor tratar de calmarte? ¿No ves lo que sucede allá afuera? ¿No ves que aún flamea la bandera francesa en casa? Santiago me dijo que no la quitara y le he hecho caso —respondió con ojos de furia, exponiendo así la inquietud que la ganaba muy a su pesar.

Su relación con Liniers le daba la tranquilidad que necesitaba para seguir adelante, pero la fuga de sus socios, la cárcel de White y la ciudad nuevamente en armas perturbaban su entereza. Quedaban cada vez menos con quienes hablar y Anita desconfiaba hasta de su sombra. La incertidumbre en la que había empezado a vivir era un tormento cruel para ella.

—¿Estamos a salvo, hija?

Anita abandonó la ventana y miró a su madre. Tampoco le gustaba verla así, pequeña, sumida en el miedo, desprotegida y sin un hombre a quien recurrir. Fue hasta donde estaba sentada, se hincó a su lado y le tomó una mano.

—*Ma chère maman*, estoy aquí para cuidarte, como siempre. No debes temer.

—¿Y a ti quién te cuida, hija mía? ¿Santiago? ¿Podemos confiar en él?

—Me cuido sola, lo sabes mejor que nadie. Y sí, él también nos protege. No nos pasará nada. ¿Acaso no ves cómo entran y salen los extranjeros de Buenos Aires, como si tal cosa? Algunos exageran, no te dejes asustar. ¿Quién te mete esas ideas en la cabeza? —le preguntó y se incorporó sin aguardar la respuesta. Caminó hasta la mesa de arrimo, repleta de botellones y copas. Sirvió una copita de licor para cada una y le entregó la suya a su madre. —Bebe un poco, *maman*. Esto te calmará.

A pesar de que su más alto confidente, William Carr Beresford, ya no estaba cerca, Anita encontraba cómo enterarse de las novedades sobre el nuevo avance inglés. Pero su fuente de información no era Santiago. Con él trataba de no hablar de esas cuestiones, se dedicaban a consumar su pasión. Prefería volverlo loco de amor, escuchar de su boca que no lo abandonara en el delirio en que lo había abismado, que le prestara su cordura ya que le había robado la suya. Se había enterado de que las tripulaciones de los barcos ingleses que fondeaban por allí ya saltaban a tierra para pasear o frecuentar alguna que otra pulpería de las cercanías. Quien alertaba sobre estas cuestiones era Martín de Álzaga, ese hombre de hiel que la martirizaba en cuanto podía. Ya llegaría el momento de la venganza.

—No sabemos nada de tu hermano, empiezo a inquietarme —reclamó Madeleine.

Juan Bautista había viajado a Córdoba despachado por Liniers, para que se hiciera cargo del libro de juramentos de fidelidad a Su Majestad británica que guardaba el capitán Gillespie en el Valle de Calamuchita. A Liniers le urgía tener aquel libro en su poder. Allí figuraban las adhesiones espontáneas de vecinos al rey de Inglaterra.

—Volverá en cuanto pueda —sentenció Anita dando por hecho que el libro no aparecería. Ella sabía bien quiénes eran los adherentes, aquella información ardía y no la obtendrían así nomás.

Mientras tanto, el Ilustre Cabildo había enviado dos oficios a su apoderado en la Corte. En el primero le confiaba el evidente complot que tramaba la Audiencia junto con el virrey Sobre Monte; además, le alertaba sobre lo que consideraba un complot para desprestigiar al Ayuntamiento y sembrar dudas sobre su lealtad, tramado por la Audiencia junto con Sobre Monte, el secretario y el asesor del Virreinato, y le reclamaba el envío de una escuadra al Río de la Plata porque se hacía más que necesario arrojar de Montevideo al enemigo. En el otro oficio le pedía que se opusiera a toda candidatura de Liniers al cargo de virrey del Río de la Plata, aduciendo que era hombre que no servía para mandar, que no tenía firmeza alguna. Los regidores estimaban que, si él llegaba a tomar el mando, las consecuencias serían catastróficas.

—¿Sabes, *maman*, que mañana tenemos el bautizo de la pequeña de los irlandeses William Talbert y Helen Wilcher? Santiago y yo la apadrinamos. La vida sigue su curso, ¿no ves? —dijo Anita con una sonrisa plena.

* * *

Ya no cabían dudas de que el enemigo avanzaba sobre la ciudad. Por la tarde sonó la generala y las tropas se formaron desde el Retiro hacia el sur por la calle que hacía frente a las Catalinas, el Cabildo y el Colegio, hasta el Alto. Allí se colocaron los coroneles don César Balbiani, don Bernardo Velazco y don Javier de Elío. Desde la Ensenada llegó la noticia de que se avistaban velas enemigas.

La ciudad estaba alborotada. Pasadas las siete de la noche y tras lo convenido entre Álzaga y Liniers, el cañón tronó tres veces desde la Fortaleza, lanzando una alarma general. Todo el mundo estaba ansioso por luchar y por ver a las tropas interceptando al invasor. Liniers, en tanto, había enviado a publicar una proclama dirigida al pueblo denostando al comodoro Popham, señalándolo como pirata y mentiroso.

Ante el avance del invasor, el Cuerpo del Centro, comandado por Elío marchó hacia Barracas y, detrás de él, el pueblo gritaba sus consignas: «¡Viva el rey, viva la Patria, viva la religión!». La Plaza Mayor se colmó de mirones y voluntarios impacientes por darles un escarmiento a los ingleses. Las calles, bien iluminadas, eran transitadas en un ir y venir constante de hombres que abrían trincheras y zanjas, levantaban parapetos y emplazaban cañones en las bocacalles que tenían acceso a la plaza. Fusileros y granaderos comenzaron a ocupar las azoteas de las casas preparándose para lo peor, y las plantas bajas se convirtieron en polvorines y almacenes de ramos generales.

Los ingleses salieron de la Reducción de los Quilmes y comenzaron la marcha hacia la capital. Liniers y sus hombres contramarcharon por el Puente de Gálvez hasta los Corrales de Miserere. Cuando los ingleses estuvieron cerca, abrieron fuego. En cuanto el enemigo sintió la balacera se lanzó al ataque, logrando rodear a los españoles.

La noticia del inesperado revés llegó pronto a la ciudad y con el arribo de cada hombre en fuga aumentaron los llantos y la desesperanza. Sin embargo, el Cabildo se mantuvo firme y ordenó que se resistiera. Las azoteas se poblaron de hombres provistos de frascos de fuego y granadas de mano y, aprovechando las piedras del empedrado, se hicieron de una buena provisión de proyectiles. Las cocinas no daban abasto para la atención de tantos huéspedes, a veces bulliciosos y exigentes, otros atrevidos o insolentes.

El domingo 5 de julio a las seis de la mañana, cuando aún brillaban las velas de los faroles, los ingleses abrieron el fuego de cañón desde las quintas del oeste hacia el centro de la ciudad. Un balazo dio en una ventana del Cabildo, destrozándola. Los ingleses desfilaron con el fusil al brazo y la bayoneta calada, pero cuando llegaron a la calle de Monserrat* se encontraron con la población dispuesta para la lucha. Los veteranos, las milicias, los inválidos, las mujeres y hasta los niños arrojaron piedras, granadas y lo que encontraran a mano al paso del enemigo.

Una vecina de San Telmo, doña Martina Céspedes, se encontraba en su casa bien parapetada junto a sus tres hijas. En medio de la balacera, un estruendo casi tira la puerta abajo. Abrió y un grupo de soldados ingleses la amenazó para que los dejara entrar. La mujer hizo caso y los mandó a esperar en una de las salas. Junto con sus hijas les sirvieron licor casero, una vez y otra y otra más, hasta que los hombres quedaron en un estado lamentable. De a una, las mujeres salieron de la casa, cerraron con llave y se dirigieron hasta donde estaban los jefes del combate. Les anunciaron que habían tomado prisioneros a una junta de ingleses, que los fueran a retirar. Al enterarse Liniers, asombrado ante el valor de la mujer, la nombró sargento mayor y ordenó a su edecán, Juan Bautista Périchon, que se ocupara luego de darle sueldo y uniforme.

Tronaban los cañones. El olor a pólvora inundaba las calles y el combate no cesaba, pero era evidente que la fuerza poderosa de los habitantes de la ciudad no se daba por vencida frente al enemigo. Los ingleses no encontraban el modo de resistir. El mayor Ring y el teniente coronel Davie habían sido reclamados por su jefe, el general Lumley, a modo de apoyo. Marcharon hacia allí y el último logró reunirse con el general. Ring, en cambio, fue rechazado varias veces y, malherido, llegó a una casa cuya entrada consiguió forzar. La

* Era el eje de las actuales Cerrito y Lima.

banderola francesa, algo sucia de polvo, flameaba desde el alero. Anita Périchon gritó aterrorizada. Su hija lloraba y los hijos varones miraban todo con ojos de susto, conteniendo las lágrimas.

—¡Traigan a Santiago! ¡Ahora mismo! —aulló Anita mirando el cuerpo del soldado ensangrentado tendido en la entrada de su casa.

Tras unos minutos que parecieron horas, Liniers y una escolta arribaron a la residencia. Con gesto adusto, Santiago intentó calmar la desesperación de su amada mientras sus hombres miraban serios. Ordenó que sacaran el cuerpo ya muerto del inglés y que lo sepultaran en el cuartel de Patricios.

—Debo volver, no salgan de la casa, por favor. Dejaré unos hombres apostados para vigilarlos —dijo Liniers. Se cuadró frente a sus subordinados y se retiró de inmediato.

CUARTA PARTE

El principio del fin

CAPÍTULO
I

Tras una larga espera, el rey de España confirmó el nombramiento del nuevo cargo de Liniers. Luego del éxito rutilante, con la rendición de los ingleses y la devolución de Montevideo —forzada por Álzaga—, una proclama pública anunció que era el nuevo virrey.

Aquella noche, como todas las noches, Santiago pasaba unas horas junto a Anita. Allí encontraba todo lo que en otros sitios no hallaba. Podía dar rienda suelta a sus sentimientos, explayarse en sus conocimientos literarios —a Anita le gustaba escuchar los largos parlamentos que le ofrecía Liniers acerca de sus últimas lecturas—, y sobre todo, encontrar el deseo que había creído perdido luego de la muerte de su esposa. Con su Petaquita lo tenía todo, era la felicidad de su vida.

—Te noto lejos, *chéri* —le dijo Anita mientras sorbía de a poco su licor.

Liniers también bebía el suyo. Había comido las delicias que le habían ofrecido pero su mente parecía en otro lado.

—¿No te alegras con el pedido de mano de tu hija por parte de mi hermano? Yo creo que es el candidato ideal para Carmencita. Deberías estar feliz.

—Pues claro que me alegra que Juan Bautista se case con mi hija. Pero María del Carmen tendrá que esperar a que regrese de su viaje.

El mayor de los Périchon había hecho buenas migas con

Liniers. Además de cumplir con las funciones de edecán, Juan Bautista había partido rumbo a Francia con una carta para la hermana de Liniers y, sobre todo, con un importante oficio dirigido a Napoleón Bonaparte.

—Es el hombre más guapo de Buenos Aires, y el más bueno. Tu hija se lleva un premio.

Santiago ensayó una sonrisa, que no disimuló su halo de tristeza. No quería revelarle a Anita lo que lo preocupaba pero era imposible no hacerlo. Su relación con ella empezaba a traerle problemas familiares.

—Mis cuñados quieren quitarme a mis hijos a causa de nuestra relación —le confesó al fin.

Anita abrió los ojos, estupefacta.

—¿Pero cómo se atreven a semejante dislate? —preguntó, iracunda.

—Panchita, la hermana de Martina, y su esposo Lázaro. Me resulta increíble, con lo generosos que han sido siempre conmigo...

—No pueden hacerte eso, Santiago. ¡No lo permitas!

—También quieren quitarme objetos, recuerdos que tengo de ella, muy queridos para mí. Es la madre de mis hijos y les pertenecen a ellos. Es todo muy injusto, Anita.

Ella se acercó hasta la *chaise longue* donde descansaba Santiago, se sentó a su lado y lo acarició con suavidad. Dejó la mano quieta sobre el pecho de su amante como una forma de transmitirle calor.

—Todo es por mi culpa, querido. Soy la causante de tus males. Si te parece, desaparezco de tu vida, lo último que querría es verte sufrir. Elijo mi dolor antes que el tuyo —sentenció Anita.

—De ninguna manera. No digas eso nunca más. Mi fiel Letamendi ha intervenido y por ahora todo se detuvo. Sin ti yo me muero, Petaquita. El inconcebible poder que ejerces sobre mí te hace la dueña absoluta de mis sentimientos. Jamás podrán destruir mi amor por ti —declaró Liniers. Acto seguido, le quitó la mano de su pecho, le levantó la falda y se la sentó encima. Annette se quedó durante unos segundos pero luego se incorporó.

—Es tarde, *chéri.* Debes partir —dijo y se acomodó el vestido.

Santiago se resistió un poco pero entendió que debía irse. Besó a su amada, se calzó la casaca y salió de la casa. Caminó unos pocos pasos cuando, de repente y de la nada, apareció un hombre entre las sombras, se detuvo frente a él, tironeó con fuerza de su peluca y lo arrojó al suelo.

—¡Incapaz, indigno! Eres un desvergonzado, Liniers —gritó el sujeto, detrás del manto de la noche. —¡La ciudad se pierde a cada paso que das!

El hombre remataba cada palabra con una patada al cuerpo caído de Liniers. A poco apareció un ordenanza, que logró neutralizar al violento. En seguida llegó una patrulla. Lo prendieron entre varios, mientras otros ayudaban a Liniers. El sujeto, que vestía el uniforme del Cuerpo de Andaluces, mostró su cara a la luz, desafiando a la ley. La patrulla quiso llevarlo al destacamento, pero el virrey se empeñó en que lo soltaran y no divulgaran lo que había sucedido. Prefería callar y que no se propagaran los hechos porque presentía que la vida de Anita podía correr riesgo. Hacía tiempo que muchos andaban con el cuento de que ella era su perdición, que estaba completamente abandonado en ella y no se cuidaba de nada.

Todos partieron, cada cual a su destino, como si no hubiera sucedido nada. Pero los gritos y desmanes habían despabilado a más de uno. *Madame* Périchon, alerta, había espiado desde adentro de su casa. Había escuchado todo y confirmaba lo que intuía.

* * *

El Cabildo había adquirido mucho poder y todo el control lo llevaba don Martín de Álzaga. Se había constituido en el árbitro de los destinos de la institución. Apenas percibió que el nuevo hombre fuerte de la ciudad de Buenos Aires intervenía en su territorio, juró que lo quitaría de en medio. De a poco fue minando la figura de Santiago de Liniers, el flamante virrey. Desparramó por todos los ámbitos que su gobierno era desordenado y que la única salvación era el Cabildo. Para llevar a cabo su propósito, Álzaga maniobró para conseguir su hegemonía y constituir, desde ahí, la base de su facción.

La ambición de Álzaga no encontraba límite. En busca de alianzas que lograran desenmascarar y hundir a su enemigo político, envió abundante correspondencia a la Corte de España. Entre numerosos informes que pretendían destruir la imagen de Liniers, también halló tiempo para denostar a *madame* Périchon. Despotricaba contra esa mujer con quien el virrey mantenía una amistad que era el escándalo del pueblo. Mencionaba que no salía sin escolta, que tenía guardia en su casa, que empleaba tropas del servicio en las labores de su hacienda de campo, que las caballadas y atalajes del tren volante, costeados a expensas del erario real, se mantenían en la ciudad con el único fin de usarlos para las caravanas y los paseos en aquella casa frecuentada por el virrey. Cuando la dama subía al carruaje y recorría las calles de Buenos Aires, la gente gritaba: «¡Ahí va la virreina!». La señora despertaba pasiones de todo tipo. Muchos aspiraban a tenerla cerca, pero muchos otros la detestaban y la consideraban una mujerzuela cualquiera.

Los acontecimientos a leguas de allí empezaban a condicionar, otra vez, los destinos de América. La gigantesca sombra de Bonaparte avanzaba. El todopoderoso Napoleón se había apoderado de Portugal y desde comienzos de 1808 había puesto su mira en dominar también a su antigua aliada, España. El pueblo español intentaba hacer frente al avance francés, organizaba juntas de gobierno para resistir. A los pocos meses, la Junta Central de Sevilla se atribuyó la autoridad suprema sobre España y sus colonias. Fue así que la insana reina María, su hijo Juan, príncipe regente de Portugal, y su esposa Carlota Joaquina, hija de Carlos IV de España, abandonaron su país rumbo a Brasil, colonia portuguesa. El 22 de enero de 1808, la familia real, sus nueve hijos y más de mil cortesanos y criados se instalaban en Río de Janeiro.

Los rumores arreciaban. Se decía que Napoleón posaba su interés en Sudamérica, que pretendía sumar territorios y poder, que había que cuidarse porque era un experto en comprar voluntades.

España desconfiaba de Francia, pero también lo hacían Portugal e Inglaterra. Miraban con recelo a Bonaparte y todo lo que oliera a francés. En las colonias de Sudamérica comenzaba a suceder algo parecido. En Río de Janeiro, el príncipe construía poder mientras que su Carlota conspiraba en beneficio propio. En Buenos Aires, algunos insistían con que el nombramiento de Liniers había tenido que ver con los beneficios y retribuciones de Napoleón Bonaparte. El mapa volvía a cambiar.

* * *

Anita tramaba sin descanso. Su cabeza no paraba de urdir planes e intrigas, sentía el apremio demasiado cerca y el único modo de salvarse era ganándoles de mano a todos. ¿Los mercaderes ricachos la miraban con asco? Pues ella vomitaría tempestades. Dueña de una inteligencia superior, nadie le ganaba en ardides.

Con el desembarco de la Casa de Braganza en Río de Janeiro, las decisiones habían apurado a más de uno. También a *madame* Périchon. Apenas establecidos, el ministro Souza Coutinho, hombre de confianza del príncipe Juan, había enviado una nota al Cabildo de Buenos Aires, que los intimaba a que entregaran estas tierras a su augusto amo, ya que era «cosa fuera de duda la completa sujeción de la monarquía española a la Francia», y sobre todo, por contar Su Alteza Real «con los inmensos recursos de su poderoso aliado, Gran Bretaña». Liniers había puesto el grito en el cielo pero fue el Cabildo el que dio la respuesta: que el pueblo estaba acostumbrado a arrostrar todos los peligros, dispuesto a toda clase de sacrificios en defensa de los sagrados derechos del monarca español, y que había dado pruebas inequívocas de lo que puede hacer el valor exaltado por la lealtad. Sin embargo, la validación del título virreinal llegada desde Madrid había colocado a Liniers en otro sitio.

—Hay que desconocer las jerarquías, Santiago. Si serán atrevidos esos burgueses con aires —lo instigaba Anita con mirada suave pero voz firme. —Aquí, el único que carga con títulos eres tú, el único noble en esta bendita ciudad. Que los mequetrefes esos del Cabildo, con Álzaga a la cabeza, intenten denostarte de ese modo, no lo deberías permitir.

—Pues no lo hago, Petaquita —respondió Liniers, cansado de pelear. —Voy a enviar un embajador a la Corte de Brasil para concluir unas negociaciones pendientes.

Su hermano, el conde de Liniers, le había enviado desde Río de Janeiro una propuesta comercial, que coincidía con un borrador de tratado de comercio traído por el brigadier portugués Curado, encaminada a favorecer la libre introducción de productos ingleses a través de Brasil. Liniers la había mirado con buenos ojos.

—¿Y de qué tratan?

—Son negocios de mi hermano, pero interesantes.

Anita caviló en silencio.

—¿Has elegido al hombre indicado? —y sin aguardar respuesta, dijo—: Deberías enviar a tu concuñado, a Lázaro de Ribera.

Liniers la miró asombrado. ¿Cómo se le había ocurrido ese nombre? Anita siempre lograba sorprenderlo.

—Querido, en vez de enfrentarlo hazle creer que confías en él, que es un hombre de tu confianza. Lo confundirás y no le quedará otra que ponerse de tu lado. Siempre es mejor hacer lo inesperado e ir un paso adelante de nuestros enemigos. Hazme caso.

Liniers no salía de su asombro. ¿El hombre que, junto con la hermana de su esposa, había querido quitarle a sus hijos y sus bienes, transformado en un socio? Tal vez Anita tenía razón y, poniéndolo de su lado, lograría defender al mismo tiempo los intereses de la patria y los suyos propios.

Liniers envió la instrucción pero no tuvo la respuesta que esperaba. El Cabildo elevó una protesta y desechó de cuajo la iniciativa del virrey. En primera medida, las relaciones entre Portugal y la metrópoli desaconsejaban esa estrategia, y aún peores podrían ser las consecuencias de dar libre expendio en estos dominios a las manufacturas inglesas. Santiago respondió pero su propuesta no prosperó. Indignado y a los gritos, el virrey se enfrentó a Martín de Álzaga. La discusión terminó con un «¡zapatero a tus zapatos!» y Liniers dio el portazo.

Era el principio del fin.

* * *

Los de afuera, y más que nunca, volvieron su avidez por la inquietante Buenos Aires. Como si se hubiera convertido en la presa más deseada, allí estaban Francia e Inglaterra y España urdiendo planes para ver de qué modo se hacían de la prometedora entrada al Atlántico Sur.

Con la llegada de los Braganza a Río de Janeiro, a instancias del ministro inglés en Lisboa, lord Strangford, pronto las disputas entre el príncipe y su esposa se convirtieron en la comidilla de todos. Él gobernaba, ella conspiraba. No solo la política internacional metía la cola en el vínculo, la relación entre los consortes avanzaba hacia el averno.

El príncipe había puesto el ojo sobre Montevideo para ampliar su poder, pero lord Strangford intervino y detuvo la acción. El ministro custodiaba los intereses británicos dentro del gobierno luso, y no veía oportuno que se afectaran los beneficios territoriales de Madrid en la región. La Corte de Saint James acababa de aliarse con España contra el enemigo mutuo, Francia, y mientras la coalición durase había que sostener el orden establecido en las colonias americanas.

La enemiga más notoria de Strangford era doña Carlota Joaquina, que perseguía, como perro loco, una opción diametralmente opuesta. La infanta, hija del rey español caído, estaba dispuesta a combatir con uñas y dientes para concretar la fantasía de establecerse como la representante legítima de la monarquía de su padre hasta que el monstruo de Napoleón cayera en desgracia. Y si esto último no ocurriese, pues de reinar en Indias como heredera de Carlos IV.

Instalado en Bayona, Bonaparte reclamó que el marqués de Sassenay compareciera de inmediato. El hombre fuerte de Francia, y a esta altura de Europa, acomodaba las piezas como un ajedrecista consumado. Carlos IV había renunciado a sus derechos a la Corona de España en su favor, y Napoleón había nombrado a su hermano José como rey de España. América estaba en la mira, sobre todo la región del sur. Había recibido la correspondencia de su compatriota en Buenos Aires, don Santiago de Liniers, y había llegado a la conclusión de que, llegado el caso, la entrada a ese puerto sería como un juego de niños. Con un francés en el poder, todo se allanaba. Y Sassenay, hombre viajado que ya había recorrido esa región, era el indicado para hacerlo. El marqués, quien creía que ya podría dedicarse a descansar junto a su mujer e hijos en un retiro bien ganado, tendría que acomodarse la peluca y emprender el viaje.

—Le doy una misión cerca del virrey de Buenos Aires. Deberá partir mañana mismo. Tiene veinticuatro horas para prepararse. Haga su testamento, mi secretario de Estado Maret se encargará de despacharlo a su familia. Vea al ministro Champagny, que le dará instrucciones —ordenó Napoleón, y Sassenay partió sin hacer preguntas.

Hacía meses que Bonaparte ideaba alternativas para ganarle a Inglaterra en poderío y territorio. El 30 de mayo de 1808, Sassenay embarcó en el bergantín *Le Consolateur* rumbo al Río de la Plata. Napoleón había dado poca información sobre la misión. En principio, se trataba solo de una operación comercial, aunque escondía la intención de ser un ensayo de invasión al menor costo posible. Bonaparte había alentado a su emisario a que hiciera negocios pero que no olvidara los intereses superiores de Francia.

Sassenay partió con instrucciones claras. Llevaba impresos, de España y Francia, oficios sellados de la Junta de Madrid y los ministros para las autoridades de Buenos Aires, y una carta lacrada que solo debía abrir en altamar. Al hacerlo, el marqués se enteró de las instrucciones secretas: la orden de anunciarle a Liniers una próxima expedición armada con el designio de conquista, y de exigir el reconocimiento de José Bonaparte, contando con la aprobación del virrey. Como le había sido indicado, el marqués rompió la carta y tiró los pedazos por la borda.

Otro que emprendía viaje rumbo a Buenos Aires una vez más era James Florence Burke. La cambiante relación entre España e Inglaterra y la cancelación de los planes de Londres de enviar otra expedición a Sudamérica habían hecho que el secretario de Estado de Guerra y Colonias, vizconde de Castlereagh, le ordenara al coronel Burke regresar a Buenos Aires. Las instrucciones eran que reportara sobre el humor de sus habitantes, y sobre las actividades de los emisarios y agentes franceses en la lejana colonia. Además, debía informarles a los habitantes de Buenos Aires acerca de las novedades políticas de España, y ponerlos al tanto de la alianza anglo-española y el despacho de la expedición del general Arthur Wellesley* a la península. El coronel irlandés debía insistir, sobre todo, en que el Reino Unido no perseguía objetivos territoriales en Sudamérica y solo buscaba prevenir que España y sus colonias cayeran en las garras de Napoleón.

La pantalla de Burke consistía en hacerse pasar por enviado del almirante William Sidney Smith en Río de Janeiro, para organizar la coordinación entre los ingleses y los espa-

* El futuro duque de Wellington, vencedor de Napoleón en Waterloo.

ñoles para la defensa frente a un eventual ataque francés. Castlereagh escribió a Smith advirtiéndole de la pronta llegada de Burke, en ruta a Buenos Aires, y le ordenó que asistiera al oficial en todas las formas posibles. También le confió que protegiera la clandestinidad en relación a los verdaderos motivos de la misión de Burke en el Río de la Plata.

En octubre, el oficial irlandés, que viajaba con el nombre de James, desembarcó en Río de Janeiro. Allí se vio forzado a permanecer algunos meses, por consejo del almirante, quien alegó los disturbios políticos en Buenos Aires para la demora. En verdad, Smith, amante y socio de intrigas de Carlota, quería ganar tiempo para sus propias confabulaciones. Haya creído o no en las recomendaciones del marino, el coronel Burke aprovechó su estada en Río en beneficio propio.

CAPÍTULO
II

Anita había acudido a casa de los Moreno. Su amiga Lupe, esposa de Mariano, la había invitado a tomar el té. Durante el último tiempo sus amistades habían empezado a ralear. Algunas encontraban excusas para evadir los encuentros, otras sencillamente dejaban de responder a sus misivas. Pero Guadalupe Cuenca parecía mantener intacta la alegría de verla. En la salita de atrás la esperaban ella y su suegra, doña Ana María Valle, quien aún guardaba luto tras la muerte de su esposo, don Manuel Moreno, hacía casi tres años.

—Anita, qué alegría que ya estás aquí. Ven, siéntate a mi lado —Lupe le dio la bienvenida con un abrazo.

Madame Périchon entregó el abrigo a la criada y se dirigió adonde estaban las señoras. Besó a una, a la otra y se sentó.

—Doña Ana María, qué bien se la ve —dijo a la suegra de su amiga, que había soltado el bordado por unos instantes.

—Gracias, Anita, aunque nunca tan bien como tú —retribuyó con elegancia. En público hubiera sido diferente. Las habladurías alrededor de *madame* Périchon eran muchas y la relación de su nuera los exponía demasiado.

Lupe le ofreció a su amiga unos panecillos de jengibre que Anita aceptó gustosa, así como el té servido en una taza de porcelana inglesa.

—Gracias, querida. Me vendrá bien algo caliente, la calle está helada, hace un frío mortal allá afuera.

Cuando entraron en calor empezó entre las amigas una

charla trivial, con pormenores sobre relaciones sociales en común y otras cuestiones de la vida de todos los días. Compartieron recuerdos de aquellos días de invierno en los que se reunían a remendar las casacas agujereadas de los defensores de la ciudad por las balas enemigas.

—¿Cómo se encuentra tu esposo? —preguntó Anita cuando le pareció pertinente.

—Muy bien, gracias. Apenas lo veo, está siempre ocupado. Ya sabes, mañana, tarde y noche en el Cabildo —respondió Lupe.

El Cabildo le había encomendado a Moreno, en su calidad de asesor, que le solicitara al rey un refuerzo de autoridad por sobre la del virrey. En un tris, el hombre había escrito y enviado el oficio a la metrópoli expresando la queja contra los gobernadores y subdelegados que humillaban y despreciaban a los cabildos y declarándolo inadmisible.

—Tienes más tiempo para ti, entonces. Cuando haga menos frío podemos ir a pasear a la Alameda, ¿qué te parece?

Doña Ana María levantó la vista del bordado y miró a su nuera. Una cosa era recibir en la casa a *madame* Périchon, otra bien diferente era mostrarse con ella ante los ojos de todos.

—Parece que será un invierno riguroso —señaló Lupe con candor y continuó. —Además, pareciera que la ciudad está conmocionada. Por lo menos eso me han contado, yo salgo cada vez menos. Se dice que ha llegado una comitiva extranjera y andan todos enloquecidos, las calles desbordantes de oficiales que van y vienen. Otra razón para que Mariano siga en comisión hasta altas horas de la noche.

Anita asintió y guardó silencio. Sabía bien lo que ocurría en la ciudad. El marqués de Sassenay había llegado desde Montevideo, donde había hecho un alto antes de desembarcar en Buenos Aires. También estaba al tanto de que al día siguiente Santiago lo recibiría en su casa para tener una reunión privada.

Enterado del arribo del enviado francés, Liniers lo había recibido en el Fuerte con la presencia de la Real Audiencia y el Cabildo. El marqués le había presentado los despachos de Napoleón, y sin recibir ningún trato deferencial había sido despedido con frialdad. Pero antes y sin que nadie lo notara, le había entregado a Liniers una nota con la dirección, el día y la hora de una cita a puertas cerradas. Liniers leyó la correspondencia del emperador en la que se anunciaba la abdicación de Fernando VII y se ordenaba la suspensión de los festejos programados por su ascenso al trono. Lo hizo en voz alta, adelante de todos. Los presentes se indignaron: que debían echar al francés, que quiénes se creían, que se imponía la expulsión inmediata en un buque neutral. El virrey no dijo palabra y se retiró de las instalaciones.

Debo mantenerme en alerta, alguien ha pretendido perjudicarme ante mis propios ojos... ¿Será Lupe? ¿O su marido, que anda confabulando con el esperpento de Álzaga...? ¿Quiénes son esos oficiosos enemigos? Hipócritas, que en vez de mirar su alma, otean la ajena, aunque de seguro tendrán mucho que esconder. Voy con la frente en alto, demostrando que a nada le temo. Pero esas personas severas, de rígida virtud, que ocultan sus procederes, viles calumniadores, no son producto de mi imaginación. ¿Me miran mal, me piensan peor? Sin embargo, nada han encontrado para incriminarme. Hasta hoy... Vivo mi vida con quien quiero y como quiero. ¿Será que envidian mi arrojo, resienten mi valor?

Los pensamientos asediaban la cabeza de Anita mientras tomaba su té. De repente la voz de Lupe la sacó de su ensimismamiento. Ensayó una sonrisa mecánica tratando de dar calidez a su mirada. Contó los minutos y cuando sintió que ya era suficiente, soltó una excusa para volver a su casa: que los niños la necesitaban, que su madre no podía sola con todo, que debía encargarse de organizar la comida. Lupe la entendió y las amigas se despidieron. Cuando la puerta se cerró, doña Ana María suspiró con alivio.

Anita no había encontrado lo que había ido a buscar. Alguna información que desconociera, algún desliz de Moreno, algo que la ayudara a entender qué estaba pasando. Con la sensación de un millar de ojos puestos sobre su cuerpo, caminó de regreso a su casa.

* * *

La princesa había pedido audiencia con el príncipe regente y al fin este se la había otorgado. Con todo el oropel y la fanfarria, la diminuta, renga y contrahecha Carlota Joaquina entró a los aposentos de don Juan de Braganza.

—Vengo a implorarte auxilio, esposo mío.

Juan, junto a una infinidad de edecanes y oficiales, pero sobre todo al omnipresente lord Strangford, pusieron atención en la española y esperaron a que continuara.

—Solicité esta audiencia para que tu poder y respetos nos ponga como los más inmediatos deudos del rey de las Españas, de modo de conservar sus derechos y, con ellos, asegurar los nuestros, combinando las fuerzas portuguesas, españolas e inglesas para impedir que los franceses con sus ejércitos practiquen en América las mismas violencias y subversiones que ya cometieron en casi toda la extensión de Europa. —Carlota soltó el parlamento como si lo hubiera ensayado. En efecto, lo había escrito y dictado a su secretario privado y su sombra, el catalán José Presas y Marull, y repetido desde la noche anterior en ensayo constante.

El gentío que ocupaba los aposentos decorados en oro y brocato hizo silencio. Don Juan iba a responder. Acostumbrado a los arrebatos de su madre, la reina loca, se había dado por vencido con su consorte. No era el amor lo que los unía, sino la ambición, el afán de poder. Carlota sabía imponerse y no precisamente por sus cualidades físicas. Tenía una vivacidad natural, hablaba con gracejo y picardía, escribía con soltura y su ingenio solía ser temido por todos. En la Corte lusitana, la princesa gozaba una fama de disoluta. La maledicencia decía que uno de sus hijos era parecido a un conocido médico de Lisboa, pero esto al príncipe parecía importarle poco.

—Haré cuanto esté de mi parte para realizar esta saludable combinación y alianza que Su Alteza Real me acaba de proponer —dijo don Juan y abandonó la mirada lejos de la nariz rojiza de su esposa. Daba por concluida la audiencia.

Carlota revoleó los ojos, dio la vuelta y se fue, escoltada por su fiel Presas. Ya en su alcoba, no lograba recuperar la calma. Sus ambiciones eran muchas y sentía que no tenía tiempo para perder. El único camino que conocía, y muy bien, era el de la intriga. Hizo llamar de inmediato a su caballero andante, el almirante Smith, quien se había mostrado desde el primer momento como alguien de confianza.

—Señor, necesito que mis ideas lleguen a Buenos Aires. No creo que haga falta demasiada explicación, pero hágame el favor de armar un manifiesto que anuncie que, como hija de Carlos IV, desposeído de sus derechos y privado de su libertad por el infame Napoleón, los reivindico para mí a título de depositaria, reclamando la facultad de ejercerlos en mi nombre.

—No se diga más, así lo haré —respondió el almirante.

Armaron la proclama con carta firmada por la propia infanta. El comerciante y siempre atento al espionaje de turno Carlos Guezzi fue el encargado de hacérsela llegar al virrey, al alcalde de primer voto Álzaga, al comandante del Regimiento de Patricios Saavedra, al secretario del Real Consulado de Comercio Belgrano y algunos más. Liniers la leyó una y otra vez con honda sorpresa. Unas semanas antes, Napoleón le había reclamado fidelidad. Respondió que tenía el honor de contestarle, pero que no iban a innovar. Todos respondieron lo mismo, salvo Manuel Belgrano.

El correveidile de Guezzi volvió con las respuestas y la infanta se enfureció. Una sarta de insultos tronó en palacio. No quedaría así, ya verían esos súbditos de pacotilla y demás improperios. Pero el comerciante, diligente, se dirigió a la Rua do Ouvidor, donde lo recibió Saturnino Rodríguez Peña, instalado allí junto con Manuel Aniceto Padilla luego de la fuga con Beresford. El plan carlotista sedujo a Rodríguez Peña, se imaginó a la princesa convertida en reina de la monarquía independiente del Plata. De inmediato escribió a su hermano Nicolás y a Paso, Manuel Belgrano, don Hipólito Vieytes, Alberti, Beruti y Castelli, bajo la atenta guía de Smith.

«Esta mujer singular y tanto que la creo única en su clase, me parece dispuesta a sacrificarlo todo por alcanzar la noble satisfacción de servir de instrumento a la felicidad de sus semejantes... Es imposible oír hablar a esta princesa sin amarla; no posee una sola idea que no sea generosa... No dudo ni vosotros deben dudar que esta sea la heroína que necesitamos», apuntaba Rodríguez Peña. Y así dio inicio a la correspondencia entre Carlota y algunos hombres fuertes de la política en Buenos Aires.

* * *

La correspondencia entre la infanta y el virrey no terminó con la propuesta de la señora y la negativa del caballero, ni mucho menos.

Desconfiada de los conspiradores que suponía amigos, Carlota no daba el brazo a torcer y desconfiaba de las promesas que le hacían, desde el Janeiro y Buenos Aires, los prófugos y sus adláteres platenses. Ya había dado la orden de interceptar una fragata, la *María*, que llevaba al médico inglés Paroissien, portador de instrucciones y correspondencia secreta de Rodríguez Peña, y había dado en el clavo. Los quería fuera de su vida.

Al que no quería lejos era al virrey Liniers. Como si no hubiera recibido un no como respuesta, la princesa afinó la pluma y felicitó a su nuevo amigo por el coraje y el desprecio con que había recibido e ignorado la misiva del emperador de los franceses y de sus agentes, y a su mismísimo enviado, el marqués de Sassenay. Santiago le respondió con cordialidad. Ante todo era un caballero y la trató como a una dama, respondiendo con premura y cortesía.

Doña Carlota gimió de alegría. Avanzaba la relación con su francés desconocido. Continuó por la senda que había iniciado y se desligó tajantemente de la extraña propuesta que había hecho su esposo apenas instalados en el nuevo territorio. Con gran despliegue, afirmó la repulsión que le provocaba la turbia política de Souza Coutinho, hombre que le merecía el mayor desprecio. La infanta creía a rajatabla todo lo que le decían Smith y Presas, confiaba en que operaba por su propia cuenta y que nadie la usaba con pretensiones oscuras. Estaba dispuesta a sacrificarse por completo y ponerse al frente del Virreinato.

Sir Sidney se había entregado en cuerpo y alma a los planes de Carlota, y hasta se había ofrecido para trasladarla en el barco insignia de la flota británica rumbo al puerto de Buenos Aires. Rápida, la infanta le había escrito a su marido anunciándole el plan y reclamando su real consentimiento. Tres días después, don Juan prestó su anuencia. Pero el asunto, como era de prever, llegó a oídos de lord Strangford, de él al conde de Linhares, y de ahí a toda la Corte. La diplomacia en palacio brilló por su ausencia. Strangford puso en autos al rey de Inglaterra a la velocidad de las centellas. El príncipe regente parecía querer romper con las colonias españolas, no con el propósito de impedir por la fuerza que llegaran a manos de Francia, sino con el fin de extender sus propios dominios. La avanzada en cuerpo presente de Carlota Joaquina fue abortada, pero el coqueteo con el francés del Río de la Plata recién había empezado.

Mientras tanto, Burke había desembarcado en el Janeiro. Traía consigo cartas de la reina de España para su hija. Carlota lo recibió de inmediato en palacio y pronto se entendieron a las mil maravillas. El reciclado James comenzó a formar parte del círculo selecto de la princesa e incitó, como nadie, sus aspiraciones por verse coronada.

* * *

Madame Périchon y el virrey observaban, emocionados, a los novios. Santiago miraba a su querida María del Carmen como haría todo padre y Anita a su hermano Juan Bautista, con el orgullo y la tranquilidad que le daba integrar, tras la boda, la familia Liniers. Los novios se habían casado en la Merced y para celebrarlo se habían dirigido a la residencia de los Périchon. Anita quería festejar, estaba ansiosa por ofrecerles todos los honores a su hermano y a la hija de su amado.

La casa estaba de punta en blanco, la servidumbre con uniformes almidonados, la mesa repleta de delicias españolas y francesas. *Madame* Madeleine había estado atenta a las ollas, vigilando los ingredientes y sus cocciones para que dieran en la tecla de la renombrada *cuisine française*. Anita, por su parte, había contratado dos guitarras y un mozo que ejecutaría el piano forte, para amenizar con música la fiesta. En una ciudad que no se había repuesto aún de los festejos de Navidad, el virrey y *madame* Périchon estaban dispuestos a elevar la apuesta, lanzados a todo trapo a celebrar estas bodas.

La felicidad era desbordante. Todo era risa, baile y disfrute en el salón de *madame* Périchon. Ella también desplegaba su alegría. Parecía la anfitriona perfecta, aunque detrás de esa fachada su corazón se agitaba de inquietud y furia. Sabía que, cada vez más, hablaban mal de ella y necesitaba descubrir con urgencia quiénes eran los que se encargaban de perjudicarla frente a los ojos de todo Buenos Aires. Las identidades de algunos las conocía bien, pero necesitaba la lista completa.

Por lo pronto, los Sarratea no habían concurrido a la boda. Habían dado una excusa que parecía una chanza. Santiago había hecho como si nada, aunque ella hubiera querido que se pusiera firme y exigiera su presencia. Era evidente que su amante no quería complicaciones con su familia política pero ella lo había percibido como un revés inadmisible. Anita sabía bien que los Sarratea los miraban mal, como si ella y Santiago fueran unos corruptores del buen nombre familiar. Sumida en sus pensamientos, Anita agitó su abanico como para disiparlos y se dirigió hacia donde estaban los flamantes suegro y yerno. Su llegada no interfirió en el diálogo. Los hombres departían acerca de la infanta y sus deseos levantiscos.

—Cuidado con esa mujer, *chéri* —dijo Anita y lo tomó del brazo. —Que todo lo que tiene de fea, lo tiene también de astuta.

—Pero, Petaquita, ¿tienes celos? —preguntó Liniers con una sonrisa.

—¿Celos yo? No conozco esa palabra, mucho menos el sentimiento. Te lo digo para protegerte, eres muy ingenuo, Santiago.

—Te veo extraviada en tu enojo, sin embargo.

—Pero, ¿de qué hablas, hombre? Te quieren quitar de en medio, ¿o todavía no te has dado cuenta? Ese demonio con faldas quiere tu sitio, y si continúas con el devaneo, en menos de un suspiro caerá tu cabeza —afirmó Anita con brillo en las pupilas.

Acarició la mejilla del virrey con su abanico y se retiró de su lado con paso estudiado. Se dirigió hacia donde estaba la novia, la tomó de las manos y se las besó. María del Carmen la rodeó con sus brazos. La jovencita estaba exultante, llena de gratitud. Anita respondió al abrazo, mientras dedicaba una mirada furtiva al padre de la joven recién casada.

Todos celebraban la boda con gran entusiasmo. En casa de los Périchon se festejaba como si fuera la última vez. Sin embargo, en las calles los comentarios eran otros. Las malas lenguas afirmaban que Liniers era bonapartista y se vendía al francés, que la proclama que había publicado tras la partida del emisario Sassenay bien lo definía, que por más acto que hubiera presidido en la Catedral vestido de media gala, con la negra cruz de Malta prendida a la solapa, su rostro delataba al traidor.

Cuatro días después de la boda, el Cabildo envió otra carta a España en la que acusaban a Liniers de desobedecer las órdenes del rey. El grupo del poder español entendía que el virrey estaba tan ciego de pasión por la Perichona que había llegado al extremo de sacrificar a su propia hija para que contrajera nupcias con un *parvenu* francés notoriamente sospechado.

El 1 de enero de 1809, aprovechando la renovación del Cabildo, los adversarios de Liniers, con Martín de Álzaga a la cabeza, le exigieron la renuncia y la formación de una junta a semejanza de las que se habían constituido en España. El virrey accedió a dejar el mando pero rechazó la creación de la junta. Cuando la discusión cambió de tono, Cornelio Saavedra se puso al frente de los Patricios y todos los regimientos aliados salieron de sus cuarteles y se aprestaron al combate. Chiclana rompió la renuncia del virrey y cuando este se dirigió a la Fortaleza, lo recibieron al grito de ¡Viva Liniers! La revolución había fracasado.

* * *

Burke desembarcó en el puerto de Buenos Aires con la doble consigna de seguir las órdenes de Smith, de colaborar en la agitación de la colonia y cumplir la promesa hecha a la infanta de separar a Liniers de su amante, que no era otra que su bien recordada *madame* Périchon.

El virrey y las principales autoridades aceptaron recibirlo en el Fuerte. El irlandés traía consigo una carta del almirante Smith en la que reclamaba, entre otras cosas, que trataran a su distinguido oficial con hospitalidad y amabilidad. Burke debía coordinar el papel defensivo de la escuadra británica instalada en el Janeiro con las autoridades políticas y militares de la colonia, para frustrar cualquier ataque enemigo en el Río de la Plata.

Liniers leyó el despacho con cuidado, no quería perder

detalle. Sus edecanes, entre los que estaba su flamante yerno, y demás funcionarios aguardaban impacientes la respuesta. Levantó la vista y miró fijo al irlandés.

—Estos países no necesitan de los auxilios de Sidney Smith. No hay enemigos capaces de borrar las glorias adquiridas en dos invasiones —desplegó el virrey con fiereza. —La felicidad y el amor de estos habitantes a su legítimo rey serán duraderos, conservándose intacta la integridad de estos dominios de España.

Burke puso cara de piedra. Aguantó el reflejo de moverse e hizo como si no pasara nada.

—Y como estarán al tanto mis colaboradores, porque de idiotas ni un pelo, nuestro distinguido visitante no es otro elemento que un espía —arrojó como chicotazo. —Se ha hecho pasar por francés en Madrid, unos años atrás. Ha engañado al marqués de Sobre Monte y bastante más, ¿me equivoco, *mister* Borche? ¿O es Burke, como reza en esta carta?

La sala se sublevó, el silencio que habían guardado hasta ese momento se rompió. Los allí presentes quisieron avanzar sobre el espía irlandés. Liniers aplacó a las fieras y con una voz de hielo le ordenó a Burke que volviera a embarcar y abandonara el país inmediatamente. Se le informó que le despacharían una carta al almirante con la respuesta de las autoridades coloniales a su debido tiempo.

El irlandés no tuvo alternativa. No había tomado en cuenta las consecuencias de sus actos, la reputación que había forjado en todos esos años. La sociedad porteña lo recordaba como un agente británico y varios se la tenían jurada. Se vio obligado a regresar al bergantín que lo había depositado en aquella ciudad.

Las calles se tiñeron de crepúsculo y Burke pudo perderse entre las sombras. En una de las esquinas se topó con algunos partidarios de Carlota. Allí lo aguardaban el hermano de Saturnino Rodríguez Peña, Nicolás, Antonio Beruti y Juan José Castelli. Cubiertos por sus capotes y a tranco vivo se dirigieron al puerto, y de allí al *Kiluik*. En otro momento se hubieran reunido en Los Tres Reyes, como habían hecho en el pasado, pero prefirieron el resguardo del bergantín. El irlandés traía noticias del Janeiro y los carlotistas querían conocer los detalles de la recepción en el Fuerte.

En la cabina estaban a salvo. Allí discutieron hasta altas horas de la madrugada. El emisario de Smith agregó nombres y les confió que había estado con Pueyrredón a la pesca de sumarlo a la causa británica, que en el Janeiro le encontrarían alguna función, que había que quitar del centro al francés porque metía piedras en el camino y los importunaba en el plan maestro carlotista. Los criollos sopesaban posibilidades.

Pasaron las horas y los convidados se retiraron. Burke quería descansar, tanto trajín lo había agotado. El suave vaivén del río le sirvió de arrullo y durmió más de lo que hubiera imaginado. Al despuntar el sol, unos ruidos en cubierta lo despertaron. Apenas se incorporó, uno de los tripulantes gritó su nombre y, sin esperar respuesta, entró y detrás de él, *madame* Périchon como una tromba.

—Anita, tanto tiempo… Pero qué inquietante visita y a estas horas —Burke le hizo el gesto al hombre de que podía irse e invitó a la dama a que pasara.

—Buenos días, James —Anita respiraba con dificultad. Se quitó la capa en un solo movimiento. Su pecho, casi al descubierto, subía y bajaba intentando encontrar algo de sosiego. Buscó un pañuelito de lino en el bolsillo y se secó la transpiración de la frente.

—No han pasado los años para ti, *madame.*

—Tampoco para ti, James, una lástima.

Después de años de no verse, el irlandés y la francesa tanteaban el terreno por donde caminar.

—¿A qué se debe esta intempestiva aunque grata aparición? Estoy pronto a regresar y no creo que sea una buena idea que te encuentren a bordo —disparó Burke. Se dejó caer contra la cabecera de la litera y recogió las piernas.

—Terminemos con esta farsa. ¿A qué has venido, Burke? —dijo Anita y lo miró a los ojos. —Sé que estuviste ayer con el virrey.

—Y con tu hermano, *belle* Annette. Notable la presencia del muchacho francés. Quiero creer que sabías del pedido que me hizo el ignorante de Juan Bautista cuando estuvo en Madrid para que escribiera una carta en su nombre a Napoleón pues era portador de unos despachos secretos de Liniers. —James se rascó el muslo fornido.

—Lávate esa boca sucia antes de hablar de mi hermano —lo increpó.

—Te pido disculpas, *madame.*

—Sé todo lo que sucede en Buenos Aires.

—Entonces debes saber que tu vida corre peligro.

—Santiago me ha contado que ha rechazado tu propuesta.

—Pero nosotros sabemos que a quien debería haber vetado es a Napoleón y no lo ha hecho. Sus días están contados. Cuidad a los tuyos, Anita. ¿O será que has cambiado de bando? Estoy al regresar y debo informar a mis jefes. ¿Nuestros jefes?

—Soy una mujer de palabra y las tuyas no logran amedrentarme. Sé cuidarme y eres testigo de eso, Burke —dio unos pasos, se paró al lado de la litera y sin quitarse el guante, extendió su brazo hasta las piernas del espía. Lo acarició hasta llegar a la ingle. En un segundo, el inglés la atrajo hacia sí y el ardor de otros tiempos incendió el aire del camarote.

* * *

Santiago estaba en la Fortaleza. Había despachado la carta para el almirante Smith en la que le confiaba lo poco que sabía de su emisario, que había sido engañado por él ya que era bien conocido en Buenos Aires como espía inglés. Liniers había destacado las actividades como agente encubierto que Burke había llevado adelante en 1804, y le confió que, pese a haberse cursado una orden de arresto, él, por el respeto que le merecía el almirante, había intervenido para que reembarcara y regresara al Janeiro.

Uno de sus edecanes entró al despacho y depositó la correspondencia sobre la mesa. Liniers recordaba los hechos de enero. No lograban irse de su mente el momento en que, acompañado por Saavedra, se había presentado en la plaza y, al frente de las tropas, había gritado que si no lo querían como su jefe que ahí tenían el bastón, que no quería mandar ni ser el virrey, lo único que quería era que no corriera sangre entre los hermanos, lo que deseaba era el sosiego, la paz. Pero las tropas lo habían aclamado, ¡que viva Liniers! No habían querido que soltara el mando. Los patricios lo habían devuelto al poder pero tenía muchos enemigos, y lo sabía bien. Varios habían sido apresados pero bastantes otros andaban sueltos. Conspiraban para sacarlo del medio. ¿Debía confiar en los confiables? ¿Entre los suyos había traidores? La calma no llegaba nunca.

Liniers dirigió su atención a la pila de cartas sobre el

escritorio. Solo le interesó una, firmada por James Burke. La abrió, la leyó y un frío helado le corrió por el espinazo. Volvió a leer y las imágenes se le amontonaron en la retina. Él y Anita, no podía ser…

Se calzó el sable en la cintura y sin dar explicaciones cruzó el puente levadizo del Fuerte. Apurado, caminó hasta la casa de los Périchon. Sin anunciarse franqueó la puerta y con ojos desorbitados la llamó.

—Ana, necesito hablar contigo —el tono de voz lo delataba.

Con la placidez de siempre, la dama apareció desde el fondo con una sonrisa.

—Buenos días, Santiago. ¿Te sucede algo?

La tomó de la mano y la sentó con brusquedad, pero él se mantuvo de pie. Prefería tenerla lejos.

—Me has engañado, Anita. No puedo creer haber sido tan incauto. Te entregué mi vida y has jugado con ella. Esto es imperdonable —Liniers hablaba con calma pero la decepción era evidente en su rostro dolorido.

—No te entiendo, querido —Anita sintió que le faltaba el aire.

—Has trabajado para los ingleses, y sigues haciéndolo a mi costa. Y, por si fuera poco, con el criminal de Burke —Liniers echó fuego por los ojos. —Dan asco, los dos.

Anita tomó aire profundo. Necesitaba calmar su mente, apaciguar el corazón que latía como tambor de guerra. Amagó con pararse pero Santiago la fulminó con la mirada y permaneció en el lugar.

—¿Qué ha podido causar en ti un cambio tan rápido y cruel? ¿En qué se han convertido tus juramentos de amor eterno?

—Ni lo intentes, Ana. Estás muerta.

—¡Aún ayer los reiterabas con tanto placer! ¿Por qué fatalidad no eres ya el mismo?

—¿Cómo te atreves a hablar de amor? Respóndeme, ¡habla, alimaña del infierno!

La furia le hacía hervir la sangre. Anita perdió la calma.

—El atrevido eres tú, Santiago. ¿Cómo crees que iba a sobrevivir con mi marido fugado, un perseguido de la ley en una ciudad hostil de la que todos han sacado tajada? Soy una sobreviviente, señor virrey, y lo he hecho lo mejor que pude. Tú también has sacado una buena tajada de mí —rugió, ya sin control.

—Me he enterado de todo, no quieras esconder la suciedad porque ya no hace falta. Empaca, que te vas de Buenos Aires. Ni un minuto más te quedas en mi ciudad.

—¿Tu ciudad? —Anita largó una carcajada. —Si serás atrevido, esta ciudad te ha abandonado, virrey.

—Mandaré mi escolta para que te lleve al puerto.

Madame Périchon se arrojó a sus pies y lo rodeó con sus brazos.

—Por favor, no me eches. Esta es mi casa, no quiero irme, no puedo —sollozó desesperada.

—Volverás a traicionarme, mala mujer. No te creo nada. Ya mismo te vas al Janeiro con tu amante —dijo Santiago, visiblemente alterado. Debía arrancarla de su vida de inmediato, aunque doliera. Sabía que estaba atrapado en su red. Era peligrosa, cuanto antes se fuera, mejor. Con ella cerca, no podía pensar, la confusión era inmensa.

—Siento mucho que ahora me quieras menos, Santiago. Si te hice mal, viviré en una penitencia extrema. Ya nada tiene sentido para mí. El sentimiento de dicha que me habías regalado durante todo este tiempo ha huido lejos, dejando en su lugar las más crueles privaciones —replicó Anita y apoyó la mejilla en las botas de Liniers.

Santiago se agachó, con fuerza se la quitó de encima y se fue. Anita permaneció tendida en el piso sin mover un músculo de su cuerpo. El terror se había apoderado de ella.

CAPÍTULO III

Anita partió rumbo a Río de Janeiro, acompañada por sus hermanos Eugenio y Luis. La familia organizó, como pudo, el despido de su hija dilecta. Juan Bautista, edecán del virrey además de su yerno, permaneció en la ciudad, lo mismo que Esteban María, tras su nombramiento como administrador de Correos. Los hijos de Anita, Adolfo, Tomás y Micaela, quedaron al cuidado de su abuela en la casa de Buenos Aires.

Como paria y con la urgencia de la que es echada sin contemplaciones, Anita desembarcó en el puerto más cercano. Se instaló con sus hermanos en una residencia que rápidamente se convirtió en la guarida de los expatriados que trabajaban por la causa carlotista. A pesar de las recomendaciones de cuidado y preservación que le hacían Luis y Eugenio, Anita actuó muy por el contrario. La ciudad se enteró de inmediato de la presencia de la despampanante exiliada, que ofrecía fiestas fastuosas a pesar de su condición. Y cuando no era día de festejo, jamás faltaban Rodríguez Peña y Padilla, amigos de tiempos mejores, en su residencia.

—Mis estimados, les estaré eternamente agradecida por los cuidados que me prodigan, aunque siempre he demostrado que sé cuidarme sola. —*Madame* Périchon les dedicó una sonrisa zalamera y continuó—: Quiero que me pongan al tanto de todo.

Anita atendía como si estuviera en Buenos Aires, se había

apropiado del Janeiro como si estuviera allí hacía años. Lo desconocido del lugar, y en especial sin marido ni padres en quienes apoyarse, al principio la había paralizado de miedo. Pero a medida que pasaban los días, fue encontrando una suerte de calma. Sabía de la presencia de sus conocidos, ellos podrían acogerla y ofrecerle ayuda, no estaba sola.

—Hay movimientos por aquí, querida Anita. Lord Strangford mandó a echar a Burke y a Smith. Hacía rato que los tenía entre ceja y ceja, y el revés sufrido en Buenos Aires fue la excusa perfecta para lanzarlos al mar —le comentó Rodríguez Peña con ojo vivaz.

—Lo bien que ha hecho, ¿no es cierto? —Anita se relamió en silencio. —Supongo que dejarán de estar a sueldo del Servicio Secreto. Eso es lo que merecen esos farsantes. El destierro y el oprobio, pero también la indigencia y el olvido.

Saturnino asintió. Pensó en la pensión de trescientas libras anuales que recibía, otorgada apenas instalado en el Janeiro. De tanto en tanto, se quejaba de que el miserable monto no le alcanzaba para mantener con decencia a su mujer y cinco hijos.

—Pagan a quienes lo justifican con el trabajo. Si no respondes, no recibes —intervino Padilla y levantó un hombro, displicente.

—¿Y qué es de la vida de nuestro querido Beresford? —Anita conocía de sobra la antigua colaboración de ambos con la fuga del británico.

—Entre idas y vueltas ha sido nombrado, al fin, mariscal del Ejército en Lisboa. Sir Arthur Wellesley acaba de desembarcar en Coimbra y se ha puesto al frente de todas las tropas, incluso del Regimiento de Buenos Aires, integrado por los prisioneros de guerra, porteños y montevideanos, que Auchmuty envió a Inglaterra. Nuestro estimado William Carr sigue unido a nosotros —comentó Saturnino.

Anita recordó sus encuentros con Beresford, ese interesante caballero inglés que había tratado, por todos los medios, de ganar la simpatía de la ciudad que luego le había dado la espalda. Ese hombre particular con el que tanto habían compartido… Pensó que, cuanto antes, debía organizar un encuentro con lord Strangford. Era imperativo para ella reunirse con la persona más influyente del Janeiro, nada menos que el ministro plenipotenciario. *Madame* ofreció algo más de tomar pero los caballeros no aceptaron la oferta. Tenían que partir.

—¿Siguen en las maniobras con la infanta? —largó Anita, como quien no quiere la cosa y los dejó pasmados. A pesar del rechazo de Liniers, ella estaba al tanto de las aspiraciones de unos y de otros.

—La correspondencia continúa. Nosotros llevamos y traemos, y doña Carlota no se deja amilanar. *Madame*, ahora nos retiramos, es tarde y no queremos molestar.

—No me molestan en absoluto, caballeros, pero entiendo sus compromisos —les extendió la mano y se dejó besar.

Rodríguez Peña y Padilla partieron y la sala se sumió en un silencio interrumpido, cada tanto, por algún pájaro vociferador. Anita organizaba sus pensamientos, urdía planes. Pero necesitaba dinero. Ya enviaría noticias a su casa de Buenos Aires y reclamaría lo necesario, apuntaría gastos y necesidades y encontraría el modo de hacerse de lo que necesitaba. Si era necesario, recurriría a Strangford para ofrecer sus servicios, esos que ella manejaba tan bien: el tráfico de influencias, la ofrenda de información a cambio de poder.

* * *

La infanta mandó a llamar a su secretario. Bastaba que no lo viera en sus habitaciones para que su presencia le fuera imprescindible. Estaba harta de los ineficientes, quería personal idóneo, nada de ineptos que circularan por palacio sacando provecho de la vida de reyes que ofrecía la Corte. También estaba cansada de su augusto esposo, a quien veía cada vez menos. Es más, le quitaba jerarquía y no le retribuía los honores que ella le había dado al casarse con él. Era la reina —aunque estuviera destronada— y toda esa ciudad de calores infernales le debía pleitesía absoluta. *Qué hace el imbécil de Presas que no llega cuando lo necesito,* pensaba.

—Su Alteza, aquí me tiene —Presas entró a la habitación de Carlota Joaquina como si le hubiera leído los pensamientos, y exageró la reverencia.

—No me impacientes, que sabes bien que no me gusta. Y deja de mover ese cuerpo con ampulosidad, que me hace viento. Siéntate y organiza mis papeles —ordenó. —¿Hemos recibido respuesta de las juntas? Estoy harta de esperar, todos me hacen esperar.

Carlota había enviado correspondencia a todas las juntas de provincia que se habían erigido en España, invitándolas a centralizar la autoridad suprema y haciéndoles saber que ella era la única heredera de la corona.

—Nadie ha respondido, Su Alteza —señaló Presas sin dirigirle la mirada. Ella se lo había prohibido pero él tampoco estaba deseoso de infringir la ley para mirar el permanente gesto desagradable de la infanta.

—No me hace ilusión alguna la llegada de Guezzi a cambio de Smith. Qué persona siniestra ese Strangford, tiene al príncipe de las narices.

Presas asintió, imposible llevarle la contraria.

—Quiero todas las cartas mañana para despachar a Eugenio Cortés y a Cerdán, también la de Abascal. La de Goyeneche que vaya bien tocadita y para el éxito de nuestro negocio. Que sean honrosas y obligantes, prometiéndoles que yo siempre he de mirarlos como ellos merecen —dictó la infanta. —Cuánto cansancio me dan estos pusilánimes.

—Recuerde, Su Alteza, el pliego recibido de la Real Audiencia de Chile por el que responden a la copia que ha tenido la bondad de remitirles, con las instrucciones de don Saturnino Rodríguez Peña —apuntó Presas, con filo helado.

—Me tienen precavida, Presas, ¿creerán que soy un ángel de bondad? Pues que se ajusten porque a mí no se me escapa ni una mosca de la mano.

Su secretario continuó con la faena, pero la miró de reojo sin que ella lo notara. Su señora había logrado aterrar al príncipe, su esposo, con el exabrupto de que nunca, ni por pensamiento, habría de consentir un alineamiento con los portugueses. Presas mascullaba bajito que doña Carlota estaba destemplada, que si para gobernar no fuera necesario hablar, quizás las mujeres gobernarían mejor que los hombres.

—Su Alteza ha recibido carta de Buenos Aires, de don Manuel Belgrano.

—Así es, qué caballero encantador. Me ha dedicado su amor, respeto y fiel vasallaje, y me habla como única representante legítima que conoce de su nación. —La cara de Carlota se torció en una sonrisa. —Me promete que hará todo lo posible para que logre ocupar el solio de mis augustos progenitores, prevé una pronta anarquía en esa tierra. Parece que ha arribado al puerto de Buenos Aires Baltasar Hidalgo de Cisneros para reemplazar a Liniers. Un botarate Santiago, no supo seguir mis instrucciones y ahora deberá salir por la puerta de atrás. ¿Has visto que si no me siguen caen en desgracia?

La nacionalidad del virrey había arrancado disturbios en Buenos Aires y la Junta de Sevilla, intentando cortar por lo sano, había tomado la decisión de separar del mando al que aparecía como la causa directa de la gresca, don Santiago de Liniers. Su reemplazo caía en manos de un español, para así evitar el pretexto en el que se habían apoyado los levantiscos. El 2 de mayo, Cisneros había embarcado en Cádiz a bordo de la fragata *Proserpina*, que lo depositaría, sano y salvo, en las playas de Buenos Aires.

* * *

Lord Strangford recibió a *madame* Périchon en su casa de campo. La hacienda había sido un presente que le había hecho la infanta a su querido almirante Smith en los tiempos de bonanza. Pero como el favorito había volado de una patada, la tierra había quedado vacante y el príncipe Juan había actuado en consecuencia.

Anita cruzó la ciudad en el carruaje que le había enviado Strangford. La casa de campo estaba situada al otro lado del puerto, en la falda de un cerro y a orillas de una pequeña bahía cuyas aguas batían sus muros. Había solicitado una reunión y se la habían concedido. Concluido el viaje, descendió con destreza, pese a la falda de talle princesa que se completaba con una media capa de terciopelo rosa claro, adherida desde atrás. En la puerta la aguardaba una fila de esclavos que le dio la bienvenida y la llevó hasta las galerías donde la aguardaba Strangford.

—Buenas tardes, *madame* Périchon —lord Strangford extendió sus manos para recibirla y ella se le acercó, sonriente, y le regaló una reverencia.

—Gracias por recibirme, ministro. Es un honor para mí.

—Por favor, el gusto es mío. Caminemos, *madame*, que el buen tiempo nos acompaña —Strangford le ofreció el brazo y ella aceptó encantada.

Corría una brisa suave y apacible de mar. El sonido del oleaje contra el paredón aplacaba cualquier ansiedad. Anette miró hacia abajo, divisó algunos peces y dio unos grititos de júbilo.

—Pero qué placer este sitio, ministro. Así da gusto permanecer en Río de Janeiro.

—Y esto no es nada, mi señora. Ya la llevaré al otro lado para que disfrute de otras bellezas naturales.

—Me recuerda un poco a mi infancia, a mi vida en la isla —Annette tomó aire y cerró los ojos.

—¿Cómo se encuentra por aquí? Tengo entendido que debió salir estrepitosamente de Buenos Aires —lord Strangford continuó con la caminata pero la observaba de reojo.

—Los franceses hemos sido objeto de furia, ministro —dijo con tono despectivo. —Aunque yo trabajara para los ingleses.

—Pero usted tenía cercanía con el francés más importante de la ciudad, ¿o me equivoco?

—Las sábanas no conocen de naciones, lord Strangford. La pasión es una paria que busca cobijo como puede, ¿estamos de acuerdo?

La conversación entre el hombre y la mujer subía de tono de a poco, haciéndose más confidencial. Buscaban conocerse, entender hasta dónde podían confiar el uno y la otra, reconocer si estaban del mismo lado o debían enfrentarse. El ministro plenipotenciario británico era un experto en esas lides, pero la Perichona todavía más.

—Le quiero mostrar otra parte de la hacienda, *madame*. —El inglés la invitó a que lo siguiera; llegaron hasta una escalinata y descendieron al terreno. Las hojas de los naranjos, plátanos y limoneros se mecían blandamente en la brisa de la tarde, y en sus ramas, los pájaros anunciaban con su canto los placeres inocentes de la vida campestre.

—Pero esto es el paraíso, ministro —exclamó Anita. —¡Cuánta belleza!

—Pero su belleza le hace sombra a cualquier exponente de la Naturaleza, *madame*.

—¡Ah, milord, había olvidado el efecto de las palabras bonitas! Hace tanto que no las recibo... —respondió Anita, encendida. —Si recuerdo los placeres del amor es para sentir más intensamente la nostalgia de estar privada de ellos.

—No dice la verdad, *madame*, habla como si estuviera en retirada. Nada más lejos de eso, está en carrera y con todos los bríos —Strangford sonrió.

—Entré en este mundo joven y sin experiencia, milord. ¿Qué es lo que he hecho, después de todo, sino resistir como mejor pude al torbellino al que fui lanzada? —jugueteó Anita y cambió el tono. —Pero no quiero correr riesgos en esta ciudad, le pido protección. Estoy dispuesta a retribuirla, como he hecho con vuestro gobierno desde siempre.

Lord Strangford detuvo la marcha y la miró. Le palmeó la mano y continuó con la caricia. *Madame* Périchon clavó sus ojos en la mirada clara del ministro. Había llegado hasta allí conociendo los movimientos y decisiones de Strangford, la protección y el apoyo que les había ofrecido a sus amigos expatriados cuando el representante de la Junta sevillana, el marqués de Casa Irujo, recién llegado de España, había pedido su detención tras algunos movimientos sospechosos. La influencia del inglés sobre el príncipe había dado buenos resultados, la demora en las decisiones del augusto Juan había encendido la ira del español. Quien no había quedado atrás en la furia había sido la infanta, enemiga acérrima del bloque lusitano-inglés.

—Vamos adentro, *madame*, que se ha levantado el fresco, no vaya a ser que la enferme este aire —le sugirió el caballero. —En cuanto a su pedido, estamos del mismo lado. Nada debe preocuparla.

Entraron a la casa, adornada con todos los lujos del lugar. Se escuchaba un silencio sepulcral en los salones. Lord Strangford le murmuró que lo siguiera, ella obedeció. Él caminaba adelante y *madame* Périchon lo observaba de arriba abajo. Era unos años menor que ella, apuesto por donde se lo mirara. *Debo cuidar mi pellejo; en Buenos Aires quisieron amedrentarme, en el Janeiro me persiguen, allá me acusaban de espía, acá de agente del mal; que me dejen en paz, necesito una tregua, quiero vivir en paz y solo recibo afrentas. Pero me vengaré.* Anita acomodaba sus ideas en silencio. Entonces se acercó por detrás y le regaló un soplido suave en la oreja a su anfitrión.

* * *

En cuanto los partidarios de la infanta notaron la oposición que hacía su augusto esposo para que ella no desembarcara en el Río de la Plata, hartos de esperar lo que tanto se les había prometido, la abandonaron y se unieron a la incipiente agrupación que aspiraba a la independencia de España. A los levantiscos de Buenos Aires les resultaba ideal el emplazamiento en el Janeiro. Necesitaban tener información acerca de las disposiciones que pretendiera adoptar la Corte del Brasil en caso de que se formalizara su proyecto. Saturnino Rodríguez Peña, Manuel Padilla, Manuel Sarratea y un recién llegado Juan Martín de Pueyrredón cumplían con el cometido ordenado en el Río de la Plata.

Sin embargo, la cabriola de tales agentes, antes aliados pero devenidos en opositores, no se le ocultaba a la princesa ojo de lince. Su Alteza Real también tenía a los suyos y había organizado una monumental persecución sorda. Presas mandaba a ejecutar y el marqués de Casa Irujo ponía la oreja para atender las demandas a viva voz.

El secretario privado asentía y apuntaba los pedidos de Carlota: que informara al intendente ya mismo de los clubes de españoles de la Prainha y los de Rua do Ouvridor; que metieran preso a un fraile que andaba en la trama secreta. «No encuentro quién ha protegido a ese canalla, son todos intrigantes, metiéndose donde no los llaman, buscando siempre su conveniencia a costa de los demás, yo me condeno y los diablos me llevan».

Presas intentaba calmar a Su Alteza pero poco podía hacer. Lo hostigaba sin cesar para que le buscara de una vez a todos los individuos que la policía había denunciado, los nombres de los conjurados y su lugar de residencia, una lista con cada nombre por separado y a qué hora solían estar en sus casas y dónde se juntaban. Y, sobre todo, quería el número de la casa de la Périchon.

Presas omitió las señas y circunstancias de *madame*, pero doña Carlota lo notó de inmediato. Se lo señaló pero el secretario descartó que la mujer se mezclara en semejantes asuntos, y le sugirió que tuviera compasión de una exiliada sola y sin marido. A grito pelado, la infanta le recriminó que se colocara como protector de las buenas mozas.

—Señora, soy hombre, pero a esta en mi vida le he hablado. Y si el ser buena moza en esta ocasión no la favorece, tampoco debe perjudicarla, no existiendo causa cierta para proceder contra ella. Pero Su Alteza podrá hacer lo que guste —se despachó el secretario.

La infanta se agotó. Los celos que sentía por la francesa carcomían sus entrañas. No había hombre que no sucumbiera a sus encantos; no pararía hasta quitarla de su vista. Le gritó cuatro frescas al marqués de Casa Irujo, lo amenazó de muerte si no cumplía con su parecer, y así fue como el español consiguió deportar a *madame* Périchon.

En diciembre de 1809, Anita y sus hermanos embarcaron en el *Essex* rumbo al puerto de Buenos Aires.

CAPÍTULO IV

Tras la renuncia a su cargo de virrey, Liniers, sus hijos y su yerno se habían instalado en Córdoba, en la estancia de Alta Gracia que fuera propiedad de los jesuitas. Estaba contento con su lugar de ostracismo por su hermosura y aseo, así como por la amabilidad de sus habitantes. Le escribía a su leal Letamendi y le confiaba que se le habían sosegado el corazón y el espíritu, y que sus reflexiones habían contribuido a la consideración de cuánto había sufrido y resignado para sostener sus principios, y para desmentir los asertos de sus enemigos.

Sus hijos cursaban estudios en el Colegio de Monserrat, donde el deán Gregorio Funes se desempeñaba como rector. El virrey Cisneros le había dado libre elección del lugar de residencia. Pero al tiempo de su estancia cordobesa, Liniers decidió que sería mejor marchar a España. Para esos menesteres, le reclamó a Letamendi que le procurara el pasaje a bordo de algún buque inglés o americano que lo depositara en Cádiz o en cualquier otro puerto. Planeaba viajar con su hijo Luis y cuatro criados, y dejar en Córdoba al resto de su familia a cargo de su yerno, Juan Périchon, con todos sus muebles y pertenencias. Pretendía trasladarse a Santa Fe y de allí al barco, no quería poner un pie en Buenos Aires, donde sus enemigos no dejaban de intrigar en su contra.

Don Gaspar de Santa Coloma, desde Buenos Aires, diseminaba entre sus acólitos que veía difícil que Liniers llegara a la península porque eran muchos los cargos en su contra, sobre todo el ser carne y uña con el odiado Napoleón.

Santiago aguardaba la respuesta de *El Domine* —así llamaba a Cisneros—, pero esta no llegaba. Tampoco la del gobernador de Córdoba, Gutiérrez de la Concha. Durante la espera, su querida Carmencita le dio un nieto al que llamaron Santiago Rodrigo Juan José María del Rosario. Las noticias que le llegaban de Europa no eran claras. No creía en la paz de Napoleón y desconfiaba del interés de la política inglesa y lusitana sobre el Río de la Plata.

Con algunas necesidades económicas, Liniers deseaba disfrutar de la paz hogareña hasta último momento antes de partir. Se vio obligado a vender una alhaja que había comprado en tiempos felices, una caja guarnecida de brillantes que había abonado, en su tiempo, cuatro mil pesos.

En Buenos Aires se respiraban aires nuevos. Gracias a la influencia que tenía en la Corte, Martín de Álzaga había conseguido lo que se proponía: la destitución de Liniers y su reemplazo por Cisneros. Los españoles europeos, que habían sido perseguidos desde la derrota del 1 de enero, lo recibieron como una bendición. Sin embargo, las medidas tomadas por el nuevo virrey fueron impopulares. Estas eran dirigidas por los peninsulares, es decir, Álzaga y sus aliados, y su principal objetivo era excluir a los extranjeros y someter a los criollos. Además, Álzaga aspiraba al inmediato rearme de los Vizcaínos, Gallegos y Catalanes, que Cisneros demoraba, y deseaba, de una buena vez, imponer un castigo ejemplar a sus detractores.

A fines de diciembre, el *Essex* ancló frente a las costas de Buenos Aires. Al conocer la identidad del pasaje, Cisneros prohibió su desembarco y, preocupado, escribió al marqués de Casa Irujo explicando las circunstancias graves que le habían impedido recibir a dicha señora y retornarla al puerto de origen. El virrey no quería ni cerca a la mujer que había tenido tanta influencia sobre Santiago de Liniers, menos aún conociendo sus interminables intrigas e intuyendo sus lazos con los independentistas.

* * *

—¡Cómo afrontar estas tempestades! ¿Cómo es posible que me nieguen la entrada? Me obligan a permanecer en un mar cubierto de restos de miles y miles de naufragios. Quiero hacer tierra, Cisneros del demonio, cobarde sin límites. ¿Acaso no entiende, ignorante de baja estofa? —despotricaba *madame* Périchon a bordo del *Essex*.

Sus hermanos intentaban calmarla pero era imposible. Anita parecía un animal enjaulado. Recorría la cubierta del buque, contaba los días que pasaban sin respuesta y no encontraba una salida. Era desesperante el hecho de gritarle al cielo, de reclamarle al agua. Luis y Eugenio, cuando ella bajaba la guardia, buscaban que entrara en razones pero era peor. Creía que Buenos Aires era su salvación y que solo allí encontraría el sosiego perdido.

Boyaban en el río, por momentos la marea arrullaba la inquietud creciente, en otros, las tormentas arreciaban con las esperanzas de todos. Anita rumiaba, se desesperaba. Habían transcurrido varios meses, había perdido la noción del tiempo. Finalmente, llegaron a la costa de Río de Janeiro, desde donde habían partido. Desahuciada, tomó la decisión de enviarle una misiva a la Real Audiencia de Buenos Aires para hacer su descargo, patrocinada por el doctor Martín José de Segovia:

... el deshonor de verme arrojada de un Pueblo en que tuve siempre un distinguido rango que no he desmerecido; el interés de los crecidos bienes que tengo en esta Ciudad, y que deben desaparecer en manos intermediarias. Mi familia, emparentada con la del Virrey Liniers, a raíz del casamiento de un hermano, Juan Bautista, que ha sido edecán, con Carmen, hija de aquel, por lo que creo ser acreedora de ciertas consideraciones...

Para terminar con las calumnias, reclamó que se le abriera un proceso pero no obtuvo respuesta. Tampoco le permitieron el desembarco. La infanta Carlota insistía con la venganza acérrima contra la Perichona. Nuevamente el marqués de Casa Irujo apresuró una respuesta al virrey Cisneros anunciándole que los unía el mismo objetivo: expulsar a *madame* Périchon de estas latitudes.

Pero no iban a aplastarla así como así. Frente a la situación, Anita creyó pertinente nombrar a don Vicente Echeverría como su representante legal. Al ver que sus reclamos desaparecían en el camino, la mano de un prestigioso abogado tal vez la ayudara. Pretendía que nadie le robara, quería salvaguardar su nombre y honor, pero también sus bienes, el dinero, la fortuna que había sabido acumular en los últimos tiempos.

—¡Que Liniers me devuelva todas mis pertenencias, todo lo que le di! —gritaba a la nada mientras le escribía a Echeverría.

Don Santiago recibió el pedido a través de Echeverría. El letrado le apuntó a *madame* que le retribuiría con una petaquita que contenía una pava de plata, unos jarros y una figurita de la China que la señora Ana O'Gorman le había dejado en custodia y ahora le reclamaba. Pero, como si el reclamo no hubiera sido suficiente, Liniers le envió además un esclavo llamado Aníbal y un anillo.

Anita creyó encontrar la solución en un pronto desembarco en otras costas. Si Buenos Aires y Río de Janeiro la despreciaban, la Banda Oriental podría ser una buena alternativa. Intentó que su abogado se lo facilitara, y al mismo tiempo se lo hizo saber a Liniers. Santiago seguía siendo un caballero, a pesar de todo. Veloz, le notificó a Echeverría que le transmitiera a Anita que la elección de Montevideo estaba sujeta a mil contingencias, que era preferible Río Grande, ya que hacia allí se dirigía Thomas O'Gorman. Los hombres habían mantenido una fluida correspondencia cuando el gobierno de Chile había encarcelado al irlandés tras una denuncia sobre su responsabilidad en la pérdida de un cargamento de azogue, papel sellado y otras mercaderías que transportaba por el Pacífico en la fragata portuguesa *Bons Irunaos*. Thomas había recurrido al virrey para que lo deportaran al Río de la Plata.

Madame Périchon pegó un grito sordo al volver a leer el nombre de su marido. Los recuerdos azotaron su memoria. Thomas, el mismo que le había ofrecido una vida itinerante, Tom que la había iniciado en las lides del goce y que había escapado sin darle tiempo a la pena, ¿regresaba ahora para salvarla?

Nada más alejado. Don Ventura Marcó del Pont, asociado en otros tiempos a O'Gorman, había iniciado un embargo contra ella por deudas de su esposo. Liniers, enterado a la distancia, se había ofuscado por procedimientos tan infames. ¿Quién le había dicho al señor Marcó que el ajuar de la mujer es solidario del marido?

También recibió noticias del tío de su marido, el querido Miguel O'Gorman, a quien también le había confiado poderes. Le solicitaba que las cuestiones con Marcó se las delegara a Echeverría porque él se encontraba mal de salud. *Madame*, a la distancia, le reclamó a su letrado que le cobrara el alquiler de su casa al inquilino don Juan Larrea, y que los doscientos pesos que le había remitido eran a cuenta de otro alquiler.

En abril de 1810, luego de meses de deambular por el océano, la familia Périchon aceptó desembarcar en Río de Janeiro.

* * *

Cuando empezaba a prepararse para su regreso a España, Santiago se enteró por rumores de lo sucedido en Buenos Aires a fines de mayo. Esa misma noche, en casa del gobernador Gutiérrez de la Concha, se llevó a cabo una reunión a la que asistieron Liniers, el obispo Orellana, el coronel Allende, el deán Funes y algunos más. Tras algunas deliberaciones, el gobernador expresó su propósito de desconocer a la flamante Junta, contando con el apoyo del Ayuntamiento y el vecindario. Todos asintieron salvo el deán, que recomendó que se aceptasen los hechos consumados. A grito pelado combatieron la opinión de Funes —Liniers el más vehemente— y el deán se retiró de la reunión.

Mientras algunos de los conocidos independentistas de Buenos Aires lo exhortaban a que se uniera al movimiento, Liniers recibió correspondencia secreta de Cisneros por la que le confería plenos poderes para organizar la resistencia en todo el Virreinato. Hizo suyo el plan del gobernador y en pocas semanas las milicias de Allende llegaron a conformar una división de mil hombres. A mediados de julio, el estado de la defensa parecía satisfactorio, aún más cuanto que se anunciaba la incorporación de los destacamentos procedentes de Mendoza y San Luis. Pero cuando desde Buenos Aires llegó a tierras cordobesas la Primera Expedición Auxiliadora del Alto Perú, los soldados desertaron en masa sumándose a la revolución. Los líderes contrarrevolucionarios huyeron hacia el norte pero fueron alcanzados por las avanzadas del ejército comandadas por Antonio González Balcarce. El 28 de julio, la Junta hizo su anuncio:

Los sagrados derechos del Rey de la Patria, han armado el brazo de la justicia y esta Junta ha fulminado sentencia contra los Conspiradores de Córdoba, acusados por la notoriedad de sus delitos y condenados por el voto general de todos los buenos. La Junta manda que sean arcabuceados don Santiago de Liniers, don Juan Gutiérrez de la Concha, don Victorino Rodríguez, el coronel Allende y el oficial Real don Joaquín Moreno. En el momento en que todos o cada uno de ellos sean pillados, sean cuales fuesen las circunstancias se ejecutará esta resolución, sin dar lugar a minutos, que proporcionasen ruegos y relaciones capaces de comprometer el cumplimiento de esta orden y el honor de Vuestra Señoría.

El 6 de agosto, el ayudante de campo José María Urien capturó a Liniers en la estancia de Piedritas, cerca de Chañar.

* * *

Los Périchon volvieron a su casa del Janeiro y Anita insistió con las reuniones de corte independentista. A veces las juntas se hacían en la casita de campo donde vivía Juan Martín de Pueyrredón, situada a un cuarto de legua de la ciudad. Preferían alejarse un poco del patrullaje real. Pronto se pusieron al tanto de la revuelta de Mayo en Buenos Aires y hubo brindis y juerga durante varios días.

Anita y Strangford ya no ocultaban su *liaison*, andaban del brazo a la luz de todos, poco les importaban las miradas furibundas. La francesa obtenía información de primera mano, el ministro se la filtraba. Producida la revolución, los realistas se habían hecho fuertes en Montevideo, donde Elío, Soria y Vigodet gobernaron en nombre del Consejo de Cádiz y ordenaron el bloqueo de Buenos Aires. *Ay, mi familia, ruego que no sucumban en aquel encierro obligado; yo aguanto lo que venga, tengo temple y fuerza, pero mi madre y mis niños, ¿qué será de ellos? ¿Habrán heredado mi fiereza? Tengo mis dudas, espero que no sean hijos de su padre…* pensaba Anita con preocupación, mientras blandía su abanico.

La Junta de Gobierno de Buenos Aires, inquieta con el bloqueo, había solicitado al jefe naval de la escuadrilla inglesa que operaba en el Río de la Plata que lo declarara ilegal y protegiese a los barcos ingleses que quisieran arribar al puerto. Sin embargo, el capitán Elliot se negó. Desconfiaba de los revolucionarios y tampoco quería afectar las relaciones con España, su aliada en la guerra contra Bonaparte. La Junta recurrió a lord Strangford, su colaborador dilecto. Le enviaron el título de ciudadano honorario del nuevo régimen y la donación de vastas superficies de tierra. El embajador rechazó el título pero aceptó las tierras.

—¡Bravo, querido! Seremos vecinos, qué alegría —lo felicitó Anita.

Pero los problemas crecieron. Lord Strangford encomendó al almirante De Courcy, jefe de todas las fuerzas navales inglesas en esta parte del mundo, que solucionara todo. Como primer adelanto, envió instrucciones en la goleta *Mistletoe* al mando del teniente Ramsay.

La liviandad con que Anita había tomado los últimos hechos cambió de cuajo cuando supo que Liniers, desde Córdoba, había encabezado la resistencia contra la Junta, y que esta, sin temblor en el pulso, había ordenado su apresamiento y ejecución donde lo encontraran. *He vivido tratando de no pensar y distrayéndome, tal vez la vida no sea eso... No, Santiago, no te puede estar sucediendo esto, a pesar de todo, no te mereces algo así. Me echaste de tu lado pero no te deseo un final semejante.* La angustia oprimía su pecho.

Le suplicó a lord Strangford que la devolviera a Buenos Aires. Él tenía más poder que nadie en el Janeiro, solo él podría resolver el entuerto sideral en el que estaba metida. Ahora, con Cisneros fuera del poder y sus amigos de la Junta en el Fuerte, las deliberaciones serían más fáciles. Quería interceder en favor de Liniers con sus amigos de la Junta. Necesitaba salvarle la vida. Tanto le rogó, que Strangford la embarcó junto a sus hermanos en el primer navío que zarpó del Janeiro hacia el Río de la Plata.

De nuevo a bordo, en esta oportunidad el viaje fue difícil. Cuando al fin llegaron cerca de Punta Piedras, los vientos rugieron como nunca y la nave zozobró. Fueron demasiadas horas. Anita creyó que se hundiría para siempre, no había salida. Sin embargo, fueron rescatados de las aguas por la *Mistletoe*, que apareció milagrosamente en las inmediaciones.

Anita estaba devastada. A pesar de sus treinta y cinco años, creía que la voluntad de vivir la había abandonado. Con la poca fuerza que le quedaba, le escribió a Echeverría:

Muy señor mío,

Las aflicciones y trabajos que he padecido con motivo de haber varado en Punta Piedra la fragata en que me condu-

cía con mi familia desde el Janeiro a esa capital, y el recio temporal que se ha experimentado en estas balizas desde que arribé a ellas, no me han permitido comunicar a usted con más anticipación la noticia de mi venida, e implorar me conceda el favor de que, usando el poder que le tengo dado, me alcance a los señores que componen la Junta de Gobierno de este reino, la licencia necesaria para mi desembarco, y resida en mi chacra o donde tengan por conveniente pues mi salud quebrantada con los trabajos de la navegación y la falta de auxilios con que me hallo para sustentarme con mi crecida familia, exigen de necesidad el pronto acceso de dicho permiso, el cual si se me negase (que no lo espero de la justificación de los expresados señores) completaría la amarga carrera de mis infortunios y marítimas peregrinaciones, reduciéndome a la situación de lo más lamentable que pueda imaginar. Los gastos que he sufrido son incalculables, ya en el pago de mis transportes de esa ciudad al Janeiro, y ya de este destino a ese, además de los que he tenido durante mi misión que son excesivos, y si se me obligase de nuevo a regresar a él no podría realizarlo por no asistirme ya medios con qué pagar un nuevo flete y mucho menos para sostenerme con solo el alquiler de mi casa, con mi familia en un país extraño donde los artículos de primera necesidad son extremadamente caros.

PD: Espero que usted, como se halla bien instruido de todos mis asuntos, girará la presente con la eficacia propia de su carácter, en los términos que le parezcan más propios; entre tanto, su muy humilde servidora,

Anne Périchon y O'Gorman

No recibió respuesta alguna. Tampoco de parte de Juan Larrea, inquilino de su casa de Buenos Aires y miembro de la Junta de Gobierno. El teniente Ramsay, conmovido por el abatimiento de la dama, le dirigió una extensa nota al presidente de la Junta, don Cornelio Saavedra, suplicándole su atención y reclamando por su regreso; que hacía un año que erraba de un lugar a otro, que había naufragado, que había padecido males que suelen acompañar a los desgraciados y había sido víctima de mucha calumnia; afirmaba que el hombre podía superar sus desgracias con medidas enérgicas pero una pobre mujer arrojada a un mundo insensible era digna de piedad. Tampoco el escocés Ramsay se libraba de la fascinación por *madame*.

Diez días más tarde, la Junta autorizó el desembarco de *madame* Périchon y sus hermanos. El 3 de noviembre de 1810, el capitán del Puerto de Buenos Aires recibió el acta que permitía que *madame* O'Gorman bajara a tierra para reparar su salud quebrantada pero con la precisa orden de no fijarse un momento en la capital, sino transferirse de inmediato a su chacra, donde debería permanecer guardando circunspección y retiro por encargo del gobierno.

Anita pisó tierra y le dieron la noticia de su nuevo exilio. También se enteró de que Santiago había sido fusilado junto con el gobernador de Córdoba Juan Gutiérrez de la Concha y tres compañeros más, y estaban enterrados en una fosa común de la villa de Cruz Alta. Ya nada tenía sentido.

CAPÍTULO
V

Thomas O'Gorman había continuado sus negocios como había podido. Fugado a Río Grande do Sul, había obtenido un permiso especial para transportar buques portugueses y norteamericanos desde Lisboa hasta las costas sudamericanas del océano Pacífico. Las expediciones a Chile y Perú le habían resultado bastante provechosas. Jamás abandonó su estilo arremetedor, el mismo que usó siempre y fascinaba a todo aquel que se le pusiera enfrente. Compraba barato y vendía caro. En el puerto de Valparaíso logró vender mercadería defectuosa —él argumentó ante escribano que los problemas del cargamento se debían a los daños provocados por el mar— a precios irrisorios. También logró colocar mercurio perteneciente a la Corona británica en pésimo estado. En Chile se hizo de lingotes de cobre, probablemente a cuenta del rey, entregados a cambio en la Hacienda Real. Casi todo el cargamento lo despachó en El Callao. Durante su recorrido por América, Thomas sacó buen provecho de sus negocios. Sin embargo, don Ventura Marcó del Pont, desde Buenos Aires, intentó por todos los medios el cobro de algunos tratos fraudulentos.

A fines de 1809 O'Gorman marchó hacia España. Dos años después registró una queja ante el Consejo de Regencia y las Cortes de Cádiz por las deudas contraídas por el gobierno español —referidas a contratos no cumplidos y falta de pago de fletes— y en 1812 el Consulado de Comercio citó a sus acreedores. Testó en Madrid y declaró que el gobierno le debía dieciocho millones de reales, y solicitó que su pariente residente en la Corte, Carlos O'Gorman, continuara con el reclamo. Thomas falleció en España a fines de 1816.

Tras su expulsión de la Corte lusitana, James Burke desembarcó en Inglaterra. Ansioso por mantener sus privilegios, se puso en contacto con el renovado secretario de Guerra, el conde de Liverpool, apuntándole sus recientes actividades en Sudamérica y reclamando una recompensa apropiada. Insistió sobre la gran influencia que ejercía sobre la infanta Carlota Joaquina y los beneficios que esto podría traer para la política británica. A los pocos días, fue asignado a las oficinas del flamante secretario de Exteriores, el marqués Wellesley. Ignorando por completo los pedidos de Burke, el hermano mayor del general Wellesley, jefe supremo de las fuerzas aliadas en la Península Ibérica, hizo uso de su indudable y experimentado talento y lo envió a una cantidad de misiones europeas hasta 1812. Durante las asignaciones, el espía irlandés mantuvo contactos con el zar Alejandro de Rusia y Bernadotte, uno de los mariscales de Napoleón, quien luego se convirtió en el rey Carlos XIV de Suecia. Después de ese año, fue difícil rastrear a Burke. Apareció su nombre en listas insólitas, posibles actuaciones de gran categoría, de las que varios se permitieron dudar. Como fue su costumbre, James cambió de vestiduras e hizo lo posible por no dejar rastros.

A principios de 1811, lord Strangford recibió a Manuel de Sarratea, el nuevo representante designado por la Junta Grande, para intentar una tregua que no se logró. La Banda Oriental sufrió una invasión portuguesa y el ministro británico en el Janeiro quedó muy mal parado ante su gobierno. La paz era fundamental para los intereses comerciales ingleses. De ahí en más, la vida de Strangford en Río de Janeiro se convirtió en una sucesión de protestas del embajador español, Casa Irujo, y de visitas de enviados de los gobiernos de Buenos Aires, en viaje a misiones diplomáticas en Europa: Sarratea, mandado a negociar un reconocimiento de la autonomía rioplatense; Bernardino Rivadavia y Manuel Belgrano, a los que advirtió que el horno no estaba para bollos en Europa; poco después, a un enviado de Carlos de Alvear, Manuel José García, que realmente lo sorprendió: ofrecía nada menos que convertir todo el Río de la Plata en colonia inglesa… Volvimos nueve años atrás en el almanaque, pensó lord Strangford mientras medía instrucciones a la Corte de Saint James, y en espera de la respuesta que ya sabía negativa de su gobierno, que prefería mantener la paz con España, al tiempo que le recomendaba a García que no mostrase esas notas al primer ministro. Por las dudas le impidió la salida del Janeiro. Exhausto de tantas intrigas, Percy Clinton Sydney Smythe, sexto vizconde de Strangford, caballero de la Orden del Baño, se sintió aliviado cuando se dio fin a su misión en Brasil, y pudo regresar a Europa. Al año siguiente fue nombrado embajador en Suecia y más tarde en Dinamarca. Se dio el gusto de traducir las *Rimas* del portugués Camoens y ser recibido como miembro de la Royal Society en 1825. En 1829 se retiró de la diplomacia y se incorporó a la Cámara de los Lores, donde mostró ser un *tory*. Mientras tanto se dedicó a la poesía y publicó algunos libros. Murió en Londres en 1855.

Durante su estancia en Lisboa, Beresford se dedicó a la formación de un eficiente ejército portugués. Desarrolló una incansable actividad, reglamentó la disciplina y el funcionamiento de la tropa a su mando inspeccionando los cuarteles regionales e impartiendo un intenso adiestramiento militar. Pudo lograr tal fuerza de combate en las tropas portuguesas que el futuro lord Wellington las llamó *gallos de pelea*. Se lo reconoció con el alto grado militar de mariscal general de todos los ejércitos del rey. Pero no todo se redujo al mundo castrense. El mariscal vivió un tórrido romance con la esposa de su secretario militar Antonio Lemos Pereira, vizconde de Juromenha, doña María Luz Whilloughby. El *affaire* animó a la sociedad lisboeta y cuando Beresford ascendió al marido al grado de general, se recitaron, en voz baja, estos versos:

De um corno fazer um tinteiro
Isso faz qualquer estrangeiro
Mas de um corno fazer um general
só o Senhor Marechal.[*]

Del amorío nacieron tres hijos: un varón y dos mujeres. No solo la carne unía al británico y a la portuguesa; la vizcondesa de Juromenha era adepta a la masonería, asunto que atraía intensamente a Beresford.

Durante las campañas peninsulares contra Napoleón, y al mando de la coalición anglo-hispano-portuguesa, Beresford libró la batalla de La Albuera, el 16 de mayo de 1811. Fue un gran combate donde hubo más de diez mil muertos. El resultado fue incierto pero representó una afirmación de la voluntad de lucha de los españoles contra la ocupación. El mariscal Beresford reparó en un bravo oficial que se enfrentó cuerpo a cuerpo con un oficial de caballería francesa. Resultó herido con un hondo tajo en la mano y el antebrazo derecho. Sin mostrar el perfil lastimado y tras engañar a su rival con un fulminante contraataque, el temerario atravesó su sable sobre el adversario, dándole muerte en el acto. El oficial se llamaba

[*] De un cuerno hacer un tintero/ Eso lo hace cualquier extranjero/ Pero de un cuerno hacer un general/ solo el Señor Mariscal.

José de San Martín. Beresford hizo migas de inmediato con el hombre de treinta y tres años. José le confió que esa sería su última batalla en la Península. William encontró inquietudes comunes con él. San Martín le dijo que en cuanto pudiera se marcharía a Londres, que tenía algunos planes para Sudamérica. Si buscaba sostén y apoyo en Buenos Aires, él bien podría darle recomendaciones. Había participado en una expedición hacía algunos años, conocía bien a una familia que lo hospedaría con honores y cuidados especiales, don Antonio de Escalada era confiable, no lo traicionaría, era de los suyos. De la conversación pronto comprendieron que estaban entre «hermanos», y sin que la palabra masonería se filtrase, hablaron de la Obra que tenían por delante, de los amigos y los no tanto, y William le entregó nombres ineludibles en Londres. José de San Martín partió a la isla con credenciales y medallas, y un plan maestro.

EPÍLOGO

Anita contaba los minutos, el tiempo se demoraba más de lo habitual. Aunque las horas, a esa altura, duraban nada. Reposaba en su cama de jacarandá, sola en la inmensidad de la alcoba de la chacra. Apenas había puesto el tacón en Buenos Aires, allá lejos y hacía demasiado tiempo, había ampliado la tierra de las afueras de la ciudad. Rápida, había desembolsado unos billetes para comprar las tierras aledañas a las de su esposo en La Matanza.

Cumpliendo el ritual de todas las semanas, Camila llegó al horario acostumbrado.

—La abuelita no se encuentra demasiado bien, niña Camila —le dijo la leal Marcelina, apenas franqueó la puerta.

—Si te escucha, te mata, mujer. Nada de abuelita en esta casa —la muchacha revoleó la melena negra y se dirigió a los aposentos.

El sol entraba pleno por la ventana. El olor a primavera se inmiscuía en el dormitorio, que Marcelina había llenado de flores frescas, como todos los días.

—*Chérie*, te esperaba —le dijo Anita y extendió el brazo. —Ven, ayúdame que quiero levantarme. Te voy a pedir un favor.

—*Grand-maman*, te has vuelto loca, ¿qué estás haciendo? —exclamó la jovencita.

Anita hizo poco caso de la reprimenda y se incorporó. A Camila no le quedó otra alternativa que cooperar con su abuela.

—Quiero que me lleves a dar una vuelta en el carruaje de tu abuelo. ¿Sabías que tu abuelo fue quien trajo un coche por primera vez a esta bendita *ville*? —señaló Anita con un brillo nuevo en los ojos.

Camila la ayudó a vestirse. *Grand-maman* tenía setenta y dos años, se la veía vieja, decían que no estaba bien de salud, sobre todo de la cabeza. Guardaba cama de la mañana a la noche y allí recibía a la familia, sobre todo a Camila, que era la favorita. Adolfo, su padre, no veía con buenos ojos la estrechez del vínculo de ambas. *Madame* no había sido una madre ejemplar, había atendido otros asuntos y no había dispensado a sus hijos la dedicación esperada.

—¿Te parece, *grand-maman*? Si se entera papá, me castigará —murmuró la joven mientras le acomodaba el pelo gris.

—Hazme ese regalo, sé buena, quiero ir de paseo —Anita se miró al espejo, no le gustó lo que vio. Ya no recordaba cuándo había sido la última vez que se había mirado y disfrutado de lo que veía.

Camila la tomó del brazo y la ayudó a salir de la recámara. Marcelina ahogó un grito, su ama la rechazó con un chistido y continuaron la marcha hacia los galpones. *Madame* Périchon le ordenó al Luisito que preparara el carruaje, que iban a salir. El cochero la ayudó a subir con cuidado, Camila le cubrió las piernas con una cobija de alpaca. Todos listos, látigo en el aire, un grito y partieron.

—Qué bonita es la chacra, me hace tanto bien tomar el aire, *chérie* —susurró Anita entendiendo que, tal vez, esa era la última vez que recorriera los caminos de su quinta.

Camila observó a su abuela, supo que la emoción ganaba la partida. Su padre le había dicho que no estaba bien, que se preparara para su posible partida de este mundo.

—¿Vas a contarme en qué andas, Camila?

La niña la miró asombrada. Su abuela parecía una bruja, jamás le había hablado de lo que le sucedía.

—No soy adivina, querida; se te nota en los ojos, en el cuerpo —la tomó del mentón y le sonrió.

—Estoy enamorada, *grand-maman* —Camila lo dijo como pudo. —Pero es un amor prohibido.

—Ah, cuánto más interesante, entonces. Cuéntame…

—Pero, no sé si decírtelo… Es que… es un cura, *grand-maman*, soy una sacrílega, voy a ir al infierno.

—Eres sangre de mi sangre, Camila. Vívelo, disfrútalo hasta perder la cabeza, confía en mí. A veces, el infierno está aquí nomás —señaló a su alrededor. —Y el cielo en el cuerpo de un hombre.

Camila le suplicó que le contara de sus desvaríos amorosos. A pesar del ansia de su padre por ocultar todo lo que tuviera que ver con el pasado turbulento de su madre, los rumores rodaban. Que esa vieja había sido la amante del virrey, que la llamaban la virreina sin corona, que era enferma de «allí abajo»…

—Encandilé a los hombres, *chérie*, los fasciné sin medida, ese fue mi desvelo, sentirme deseada, creerme amada, querida, necesitada. Casarme con Thomas fue casarme con mi propio fantasma, a veces tan buscado, otras tan temido. ¿Sabes qué me han confesado los hombres? Que no era una diosa a quien orarle sino una mujer a quien poseer —y se le nubló la vista.

—Pero *grand-maman*, eres mucho más que eso —Camila intentó aplacar la ira que la embargaba.

—No te enojes que yo no lo hago. Siempre han pensado en mí como la dueña del paraíso —Anita ensayó una sonrisa que le salió torcida. —Abría a medias las puertas de mi corazón, sabía que si las abría por completo, tal vez no entrarían. ¡Ah, los placeres de la vida! Pero ya no puedo procurarme otra cosa que el placer de seguir gozándolos con el recuerdo. ¡Y pensar que hay monstruos que predican con el arrepentimiento!

—Has entregado tu corazón, *grand-maman*, y por eso te han castigado.

—No te equivoques. He vivido rodeada de hombres pero siempre he buscado la soledad para poder deleitarme más a mis anchas evocando su imagen. Sus presencias no han tenido otro sentido que volver a crear una ausencia.

—¿No has amado, entonces? —preguntó Camila con preocupación.

—A veces se confunde el amor con el pánico, la vida es un cúmulo de preguntas, *chérie*, no de sentencias.

Anita miró por la ventana. Se había cansado de hablar, necesitaba un poco de silencio. Hacía demasiado tiempo que se sentía como extranjera en su cuerpo, como un alejamiento de las pasiones, una suerte de desarraigo. Los pensamientos se le amontonaron, la vida se le desordenaba, se confundía en un vértigo sin aire.

El amor, eso que se niega, pero que penetra… la incómoda experiencia, pura confusión, es un dios que te hiere en el corazón a propósito para su propio placer, y de placeres fui hecha… Sentí que el amor muerde y lastima…

—Nada puede ser tan frío como la vida —suspiró *madame* Périchon.

Camila la abrazó para darle calor. Su abuela permaneció rígida a su lado. Sollozaron las dos.

El 1 de diciembre de 1847 expiró sin estridencias. La familia la vistió de blanco sayal y le rindió honores entre cuatro baldonas. La francesa que alteró a una Buenos Aires colonial, la *Madame* que enamoró a todos pero nadie pudo asir, fue sepultada en la Iglesia de la Merced. Junto a su tumba, su nieta Camila O'Gorman derramaba gruesas lágrimas.

AGRADECIMIENTOS

A Diego Arguindeguy, por su sabiduría y generosidad, por ser mi aliado en este viaje.

A mi editora Mercedes Güiraldes, por ser mi cómplice eterna.

Siempre a Nacho Iraola, por su presencia y palabra justa.

Y a mis lectoras, por nuestras charlas y por la motivación constante.

ÍNDICE